Clementine Skorpil

MAX LEITNER

AUSBRECHERKÖNIG

ROMAN

RAETIA

Clementine Skorpil

ROMAN

MAX LEITNER

Ausbrecherkönig

EDITION RÆTIA

Clementine Skorpil

Studium der Sinologie und Geschichte. Sie schreibt und lektoriert für „Die Presse" und ist Lehrbeauftragte an der FH Wien. Autorin von Romanen und zahlreichen Erzählungen. Auszeichnungen für Kurzgeschichten. Sie lebt mit ihrem Mann und ihren Zwillingen in Niederösterreich.

Die handelnden Personen sind, abgesehen von Max Leitner, erfunden. Ähnlichkeiten mit lebenden Personen sind zufällig und ungewollt.

ICH SAZ ÛF EIME STEINE

Ich saz ûf eime steine,
und dahte bein mit beine;
dar ûf satzt ich den ellenbogen;
ich hete in mîne hant gesmogen
daz kinne und ein mîn wange.
dô dâhte ich mir vil ange,
wie man zer welte solte leben.
deheinen rât kond ich gegeben,
wie man driu dinc erwurbe,
der keinez niht verdurbe.
diu zwei sint êre und varnde guot,
daz dicke eim ander schaden tuot:
daz dritte ist gotes hulde,
der zweier übergulde.
diu wolte ich gerne in einen schrîn:
jâ leider desn mac niht gesîn,
daz guot und weltlich êre
und gotes hulde mêre
zesamene in ein herze komen.
stîg unde wege sint in benomen:
untriuwe ist in der sâze,
gewalt vert ûf der strâze;
fride unde reht sint sêre wunt.
diu driu enhabent geleites niht, diu zwei enwerden ê gesunt.

NEUHOCHDEUTSCH:

Ich saß auf einem Stein / und schlug ein Bein über das andere. / Darauf stützte ich den Ellenbogen. / Ich hatte in meine Hand geschmiegt / das Kinn und meine eine Wange. / So erwog ich in aller Eindringlichkeit, / wie man auf dieser Welt zu leben habe. / Keinen Rat wusste ich zu geben, / wie man drei Dinge erwerben könne, / ohne dass eines von ihnen verloren ginge. / Zwei von ihnen sind Ehre und Besitz, / die einander oft Abbruch tun; / das Dritte ist die Gnade Gottes, / die wünschte ich in ein Gefäß zu tun. / Aber zu unserem Leid kann das nicht sein, / dass Besitz und Ehre in der Welt / und dazu Gottes Gnade / zusammen in ein Herz kommen. / Weg und Steg ist ihnen verbaut, / Verrat lauert im Hinterhalt, / Gewalttat zieht auf der Straße, / Friede und Recht sind todwund. / Bevor diese beiden nicht gesunden, haben die Drei keine Sicherheit.

Walther von der Vogelweide, „Gedichte. Mittelhochdeutscher Text und Übertragung". Ausgewählt, übersetzt und mit einem Kommentar versehen von Peter Wapneski. Fischer Verlag, Frankfurt am Main, 26. Auflage, November 2006

ERSTER TEIL

STURMSCHADEN

Luft. Frische Luft. Sie ist überall. Immer bereit, geatmet zu werden. Von jedem. Luft kostet nichts. Selbst die Ärmsten der Armen, die Hungernden in Afrika und die Zerlumpten in den Slums, haben Luft. Sie, die Körperlose, ist weder schön noch hässlich, weder hart noch weich, weder laut noch leise, weder schrill noch wohltönend. Was also finden Menschen an frischer Luft? Schon als Kind, wenn die Mutter ihn hinausgeschickt hat, damit sie mit ihren Männern herummachen konnte, mochte Fausto die frische Luft nicht. Stundenlang stand er neben der Teppichklopfstange im betonierten Hof und starrte hinauf zu den Fenstern ihrer Wohnung. Erst viel später hat er verstanden, dass die Mutter das Herummachen auch nicht so gernhatte, sie sonst aber noch viel mehr frische Luft geatmet hätten, dauernd nämlich. Und dann in der Schule: Als der Lehrer die Kinder bei jedem Wetter in den Pausenhof geschickt hat, weil er dachte, sie würden dort Fußball spielen und herumlaufen. Die meisten sind aber nicht herumgelaufen, sondern gestanden, rund um ihn herum, sind näher gekommen, haben ihn gestoßen, geschubst, gehauen, getreten, Hurensohn genannt. Schon damals hatte Fausto einen regelrechten Frischlufthass. Das hat er Max alles erzählt. Sogar das mit den Jausenbroten. Die waren was Besonderes. Mit Mayonnaise. Damit hat Fausto die großen Buben im Hof geschmiert. Fausto war oft hungrig. Max war auch hungrig als Kind. Darüber spricht er nicht. Geht niemanden was an.

Max besteht darauf: spazieren gehen. Fausto lamentiert, ruft endlich die Kellnerin. Sie schlurft heran, kassiert zwei Cappuccio und das Glas Sekt, das die Dame getrunken hat. Max sieht Fausto von der Seite an, er ist nüchtern. Sie traben über den Waltherplatz. Wenig

los zur Vorsaison, ältere Leute, wahrscheinlich von einer Kaffeebusfahrt. Max filtert Brocken aus den Tönen, Wiener Akzent, wie ihm scheint. Vielleicht auch Kärntner oder Steirer, sicher keine Tiroler. Die Fremdenführerin doziert über Walther von der Vogelweide. Hundertmal im Vorbeigehen aufgeschnappt. Alle Teile zusammengefügt, könnte Max die ganze Biografie des Sängers herunterleiern, so fad wie die der fülligen Dame mit grünem Knirps.
Sie schlendern durch Seitengassen zum Auto. Nigelnagelneuer Alfa Romeo in Dunkelrot. Auffällig und nicht geländegängig, aber elegant. Sie fahren hinaus aus der Stadt, Max schweigt, Fausto schaut aus dem Fenster. Max lenkt den Alfa nach Süden, hinein in die Hügel, ins Grüne, Menschenleere. Nein, oder? Wirklich wandern? Fausto sieht ihn mit herabgezogenen Mundwinkeln an.
Von der SS 38 abfahren, weiter nach St. Michael. Das gelb-weiße Gleif-Kircherl mit seinen zwei rot behüteten Türmchen schaut heraus aus dem Buschig-Waldigen, dort oben auf der Höh, wo sonst die Trutzburgen stehen. Ein Fingerzeig Gottes, gelobt sei Jesus Christus. Max hält an, sie gehen einen Weg entlang. Links und rechts Weingärten. An den Enden der langen Reihen recken duftende Rosen ihre rosa, gelben, roten, weißen Blütenblätter himmelwärts. Nirgends weiße Gespinste, die Blätter und Knospen überziehen, ihnen die Lebenskraft aussaugen und den Bauern den Wein versauen. Schon hängen saure Trauben an den Stöcken. Fausto brummt, dass er sich die neuen Schuhe kaputt machen wird, es hat geregnet, der Weg ist rutschig, Max lacht. Wenigstens ist es nicht steil. Max erzählt vom Informanten. Erklärt die Route. Anfang August, genaues Datum später. Der Wagen kommt von Süden, sie werden ihn bei der Abfahrt Innsbruck-Süd aufhalten. Waffenausgabe um fünf Uhr morgens. Tatzeit: abends, kurz vor Sonnenuntergang.
Der Transporter wird ab dem Brenner verfolgt werden. Laut dem

Informanten sind Hunderte Millionen drin. Alles Valuten, Schilling, D-Mark, Pfund Sterling.

Faustos Miene verrät Ungeduld. Ja, das haben sie oft besprochen, Fausto ist gereizt, will zurück zu der Dame. Das gefällt Max nicht. Er ist es, der den Kopf hinhält, wenn es hart auf hart kommt. Sie gehen zurück zum Auto. Es ist windstill. Keine Wolke am Himmel.

Max reißt die Autotür auf, fährt auf verschlungenen Wegen zurück in die Stadt. Beim Bahnhof lässt er Fausto aussteigen. Weiter nach Brixen, die kurvenreiche Straße hinauf ins Dorf. Noch einmal brütet er über dem Zeitplan. Waffen. Wann wo übernehmen? Schwere Bewaffnung. Auf jeden Fall, MP, Handgranaten, Pistole. Wie viel Munition? Mindestens acht Magazine für die MP und einiges für die Pistole. Griffbereit im Fußraum. Da darf nichts herumfliegen, das muss gut verstaut sein. MP im Fußraum, Pistole am Körper. Abends beginnt es leicht zu regnen. Wo kommen die Wolken plötzlich her?

Max läuft zum Fluss. Hinter ihm die Carabinieri. Es ist kein Fluss, sondern ein Strom, so breit wie der Amazonas. Max springt hinein, samt Hemd und Hose. Er schwimmt und schwimmt, aber die Wellen werden immer höher. Endlich wirft ihm einer die Leine zu. Max hängt sie an das Halsband, lässt sich ans Ufer ziehen, das Halsband schnürt ihm die Luft ab.

Gleich am Vormittag geht er zu Notburga. Sie sitzt in der Stube und wirft kleine Bröckel vom Vinschger-Paarl in den Milchkaffee. Max setzt sich zu ihr. Erzählt ihr von Fausto, dem Hitzkopf. Von dem Traum sagt er nichts. Nicht einmal Notburga darf das wissen, dass er ein Halsband getragen hat und an die Leine genommen wurde wie ein Hund.

„Sie werden dich erwischen“, brummt Notburga. „Dich und deine ganze Saubande.“ Sie löffelt den Vinschgerlgatsch. Steht auf, geht zum Herrgottswinkel, kniet nieder zwischen dem heiligen Martin und der heiligen Katharina. Sie faltet die Hände. Lieber Jesus, mach den Max endlich vernünftig. Das übliche Ritual. Aufstehen, seufzen – zurück zum Tisch.

Max sagt, dass er ihr mit dem Geld ein schönes Kleid kaufen wird. Dann muss Notburga nicht mehr mit den abgetragenen Kleiderschürzen herumlaufen. Sie streicht über das festgezurrte graue Haar, eine borstige Strähne hat sich aus dem Knoten gelöst, liegt schief neben der großen Nase, wird wieder ins Gezurrte gezwungen, in den Knoten hineingestopft, mit einer Haarnadel aus braunem Horn an Ort und Stelle gebracht.

„Was brauch ich die Kleider vom Modeschöpfer?“, fragt sie. „Glaubst du, dass ich dem Herrgott droben im Himmel dann besser gefalle?“

Nein, dem nicht.

Notburga fasst Max am Handgelenk. Er starrt auf die gichtkrummen Finger. Wo sind die Muskeln, die diesen Fingern die Kraft geben? Wie ein Schraubstock umklammern sie sein grobes Gelenk.

„Macht es nicht am Freitag“, sagt sie.

„Warum nicht?“

„Wird nicht klappen. Ich spür es in den Knochen. Am Ende werden sie euch schnappen.“

Franco sitzt im Kaffeehaus. Er gibt das Geld gern vorher aus. Neben ihm eine Teure. Sie schlürfen Campari-Soda. Max mag die Huren nicht. Ein Mann macht die Frauen glücklich, er muss nicht bezahlen, dass sie mit ihm schlafen. Er muss sie auch nicht flachlegen. Sie legen sich selbst flach.

Die Teure trägt ein Kostüm in Beige. Aus dem engen kurzen Rock wachsen lange, schlanke Beine, zarte Waden. Sie ist jung, höchstens zwanzig. Das Kostüm ist von Max Mara oder Armani. Die Billigen tragen auch Armani. Steht in bunt leuchtender Schrift auf der Brust eines Schlabber-T-Shirts. Die Billigen sind alle krank,

die Teuren fast alle. Max sagt, dass er mit Franco reden muss. Die Teure verschwindet.
Franco ist jung, er lässt sich was sagen. Deshalb hat Max ihn ausgesucht. Die Alten, die die vierzig in Freiheit erreicht haben, denken, sie seien schlauer als er. Aber keiner hat seine Erfahrung, keiner bewahrt den Überblick. Sie hören hundert Millionen und ihr Hirn wird zu Matsch, braunweißem Notburga-Vinschgerl-Kaffee-Matsch.
Besprechung. Alles noch einmal durchgehen. Abfahrt vom Dorf um zehn Uhr vormittags. Geländewagen, geräumig, mit Allrad. Waffen im Fußraum. Nicht schießen, wenn es nicht notwendig ist.
Um zehn stehen sie vor der Tür, rauchend, angespannt. Sie fahren in ein Waldstück. Max gibt die MPs und die Pistolen aus. Munition in die Taschen. Franco, Fausto und der mit den kurzen Steroid-Beton-Armen und der breiten Nase stecken in engen Jeans und hellen Hemden. Darüber Gilets mit Taschen für die Patronen. Nur Max ist im Flecktarn. Wie es sich gehört. Wir sind im Krieg.
Sie fahren los. Über ihnen ein bleigrauer Himmel, schwere Wolken. Die vergangenen Tage war es unbeständig – zu kühl für die Jahreszeit. Es ist Anfang August, noch nicht Ferragosto. Da erst wechselt das Wetter, stimmt sich auf den Herbst ein. Max sieht nach oben. Am Brenner beginnt es zu nieseln. Die Autos vor ihnen schoppen sich zusammen, sie fahren siebzig, dann sechzig, dann gar nicht mehr. Max schaltet den Scheibenwischer ein. Ist der Brenner eine Wetterscheide? Scheint drüben die Sonne?
Der Brenner ist eine Wetterscheide. Drüben schüttet es. Schwere Geschütze prasseln gegen die Windschutzscheibe. Auf der Europabrücke staut es sich. Anderntags sind welche mit einem Gummiseil in die Tiefe gesprungen. Heute nicht. Franco steht weiter hinten, aber nach der Brücke ist freie Fahrt. Max bremst sich bei der Südabfahrt vor Innsbruck ein. Er fährt ab, einen kleinen Weg hinauf, die Ge-

gend hundertmal erkundet. Da gibt es einen geschützten Platz, von dem aus man die Autos herannahen sieht. Sie warten auf einen kleinen grauen Lieferwagen. Alle Autos sind grau. Die Größen kaum unterscheidbar. Aufschriften nicht zu lesen. Die Scheibenwischer schaufeln, füllen die Scheibe, sinken herab, dann ist eine Wand aus Wasser vor dem Glas.

„Wir werden total nass werden", brüllt Franco in das Walkie-Talkie.

„Ja, Scheiße!"

„Wie sollen wir denn den Wagen von Prosegur erkennen bei dem Scheißwetter?"

Sie warten, die Autos unten rasen vorbei – ein Wahnsinn bei dem Sturm. Es wird Unfälle geben. Aber hier nicht. Kein Engpass, keine Verzögerung, nichts, was hülfe, den Geldtransporter zu identifizieren.

„Abbruch", sagt Max.

Sie wenden. Im Fußraum klappert die MP, die Munition drückt gegen die Brust.

Max fährt auf die Autobahn auf. Das Überfallsadrenalin hat das Kommando. Max kann nicht aufhören zu fluchen und gegen das Lenkrad zu dreschen. Sein rechter Fuß tritt das Gaspedal, als wäre der Teufel hinter ihnen her. Disziplin! Wenn die Verkehrspolizei ihn wegen Schnellfahrens aufhält, in den Fußraum schaut oder in den Kofferraum … Notburga braucht einen neuen Fernseher, bei ihrem fällt das Bild durch. Im Haus ist allerhand zu tun. Eine neue Ledercouch. Rolf Benz wünscht sich die Kathi. Das Kind will eine Spielkonsole. Heute nicht, denkt Max.

Sie halten an einer Tankstelle, trinken Kaffee, gehen zurück zu den Autos. Neue Lagebesprechung morgen um elf bei Franco.

Francos Freundin hat schwarzen Kaffee und Schüttelbrot auf den Tisch gestellt, sie schlürfen aus Häferln mit Sprüchen. Liebe ist …

Das Koffein verliert den Kampf gegen die Müdigkeit, blass sehen sie aus allesamt, schwarze Ringe unter den Augen.
„Ich hab nicht geschlafen“, sagt Fausto.
„Was lehrt uns das gestrige Desaster?“, sagt Max streng.
Sie schweigen.
„Regenzeug mitnehmen?“, fragt Franco.
„Den Wetterbericht anschauen“, donnert Max.
„Aber geh. Der stimmt doch nie“, sagt Franco.
„Der hat gestimmt! Sie haben Regen angesagt.“
„Warum sind wir losgefahren, wenn du das gewusst hast?“
„Ich hab es nicht gewusst. Die Sabine vom Despar hat mir erzählt, dass sie schon seit Tagen vor dem Unwetter gewarnt haben.“

EINE LEGENDE

Es waren einmal drei Ritter. Sie hießen Osso, Mastrosso und Carcagnosso und lebten friedlich in Spanien. Aber dann wurde der Schwester von einem der Ritter Gewalt angetan. Die Ritter rächten die Schandtat. Sie mussten fliehen. Die drei bestiegen ein Schiff und landeten auf der Insel Favignana. In den Höhlen versteckten sie sich. Die Menschen am unteren Ende des Stiefels waren arm. Sie brauchten Essen, Kleidung, Häuser und Führung. So gründeten die drei Ritter einen Geheimbund mit strengen Regeln. Denn sie waren Ehrenmänner.

Die wichtigste Regel lautete: Omertà. Geheimhaltung. Niemals jemanden verraten. Wer sich an diese Regel nicht hielt, den mussten die Bosse des Geheimbunds töten, denn sie waren Ehrenmänner.

Später gab es Krieg. Die Adeligen hatten viele Ländereien. Die konnten sie nicht selbst bewachen. Also machten sie die Bosse des Geheimbunds zu ihren Aufpassern. Böse kleine Bauern wollten den Adeligen ihr Hab und Gut wegenehmen. Die mussten die Bosse töten, denn sie waren Ehrenmänner.

In dieser Zeit ging ein Gespenst durch Europa. Das Gespenst sammelte andere böse Geister um sich. Sie wollten die gottgegebene Ordnung stürzen. Gegen dieses Gespenst und seine Gefolgsgespenster mussten die Bosse kämpfen, denn sie waren Ehrenmänner.

So hielten die Bosse die Moral aufrecht. Sonntags und an den hohen Feiertagen gingen sie in die Kirche und beteten. Und wenn es eine Prozession gab, trugen sie die Schreine und Reliquien und warfen viel Geld in die Klingelbeutel. Denn sie waren Ehrenmänner.

Später zogen zwei große Kriege übers Land, überall auf der Welt wurde gekämpft. Danach waren die Menschen so arm, dass sie wieder scharenweise dem Gespenst nachliefen. Da mussten die Bosse wieder gegen das Gespenst zu Felde ziehen. Denn sie waren Ehrenmänner.

Dafür brauchten sie Geld. Also musste der Geheimbund Geschäfte machen. Sie betrieben Handel mit allen Weltgegenden. Sie handelten mit Menschen, Frauen, die ihre Liebesdienste anboten, und Heilpflanzen, die den Menschen schöne Träume brachten. Und sie halfen Menschen, im Spiel ihr Glück zu finden. Denn sie waren Ehrenmänner.

Die Herrscher des Landes waren gute Könige. Sie halfen den Bossen und die Bosse halfen ihnen. Denn sie waren Ehrenmänner.

Dann aber machte der sagenhafte Reichtum die Herrscher schwächer. Sie setzten Richter ein, die gegen die Bosse zu kämpfen begannen. Sie verfolgten die Bosse und versuchten, alle Zweige des Geheimbunds zu vernichten. Diese Richter mussten die Bosse töten, denn sie waren Ehrenmänner.

Man spricht heute viel von den unschuldigen Opfern der Mafia, den Menschen, die von der Cosa Nostra, der Camorra, der 'Ndrangheta umgebracht wurden. Es gibt auch unspektakuläre Fälle. Ein solcher bin ich. Mit sechs Jahren wurde ich aus der warmen südlichen Erde gezogen, entwurzelt und in den kalten unwirtlichen Norden verpflanzt.

Mein Vater wuchs in einem Dorf außerhalb Neapels auf. Man sagt, es gebe ein Stadt-Land-Gefälle, die Menschen auf dem Land hätten schlechtere Chancen. Im Dorf meines Vaters konnte jeder aufsteigen, für Kinderbetreuung, Ausbildung, Arbeit war gesorgt. Nur Hasenfüße und Drückeberger, die sich weigerten, das Handwerk zu lernen, hatten Probleme. Einer dieser Unwilligen war mein Vater. Später behauptete er, er wäre sogar dann geschnappt worden, wenn dem vor ihm Gehenden die Geldbörse aus der Hosentasche gefallen wäre und er sie nur aufzuheben brauchte. Zu Trickdiebstahl, Betrug, gar Mord und Totschlag sei er schon gar nicht geeignet gewesen. Auch in der Schule zeigte sich bald der charakterliche Makel. Sein Zeugnis bestand aus Zehnern. Nur Zehnern. Zu Hause errichtete er einen Schutzwall aus Büchern um sich herum. Dennoch war sein Leben nicht angenehm. Bis die Eltern ihn nach Neapel aufs Gymnasium schickten. Später studierte er an der Universität – einer Brutstätte für Feiglinge und Versager. Ich jedenfalls wurde dort gezeugt. Angeblich. In einem Hörsaal für Chirurgie, wo Vater meine Mutter kennenlernte. Dass die beiden gleich zur Sache gingen, stimmt nicht. Sie trafen sich häufig, gingen gemeinsam auf ein Studentenfest, da ist es passiert. Vielleicht auch erst in einer der kommenden Nächte, wer vermag das so genau zu sagen?

Die Legende wird dennoch gern in der Familie meines Vaters erzählt, um ihn zu rehabilitieren. Seine Mutter hatte Sorge, mein Vater könnte vom anderen Ufer sein, weil er – obwohl schon am Ende seines Studiums – noch immer keine Freundin hatte. Als dann endlich meine Mutter auf dem Radar aufleuchtete, wurde sofort geheiratet.

Vater arbeitete im Krankenhaus. Und traf dort alte Feinde wieder. Die taten plötzlich, als habe es nie ein böses Wort, gar Quälerei oder Schlägerei auf dem Schulhof und Schulweg gegeben. Sie machten meinem Vater Angebote. Er möge diesem oder jenem netten jungen Mann eine Kugel aus dem Leib holen oder Morphium aus der Klinikapotheke beschaffen. Eine kleine Geste, um die alte Freundschaft zu erneuern und die Familie – die reizende Frau und den Prinzregenten – zu schützen.

Vater lehnte ab. Auf einem Kongress lernte er einen Kollegen kennen, der in Südtirol eine Ordination hatte, dem biederen, langweiligen Südtirol, in dem sogar die Terroristen solche Spießbürger waren, dass sie nur Sachschaden anrichteten und sich bei den Hochspan-

nungsmasten, die sie in die Luft sprengten, vorher entschuldigten. Im Nachbarort wurde gerade eine Ordination frei. Bieder – das klang in den Ohren meines Vaters so verheißungsvoll wie für die Israeliten das Gelobte Land. Sisyphos musste keinen Stein mehr wälzen. Und Vater konnte seiner zweiten Leidenschaft neben dem Biedersein frönen: dem sinnlosen Herumstiefeln im Gebirg. Und ich mit ihm. Ich, Fabio Pagano, strandverwöhnter Bub aus den Ebenen Kampaniens, musste jeden Sonntag in Südtirol-Verkleidung, mit grauen Knickerbockern, kratzigen Wollstrümpfen, rot-weiß kariertem Hemd und einem Hut mit Gamsbart, einen Berg erklimmen, bis wir endlich bei irgendeiner Hütte rasteten, wo wir Jausenbrote mit Leberwurst, sogenannte Kaminwurzen und rotbackige Äpfel in uns hineinstopften und klares Quellwasser tranken. Den Gamsbarthut verweigerte ich – ein kleiner Sieg in diesem steinigen Meer der Würdelosigkeit.
Ich musste eine neue Sprache lernen. Das ist ein Segen für das kindliche Gehirn, Kinder sammeln die neuen Wörter und Sätze im Vorbeigehen auf. Nur 1,27 Prozent der Kinder tun sich schwer damit, darüber gibt es Studien. Während nur 5,32 Prozent der Erwachsenen eine Fremdsprache perfekt oder annähernd perfekt erlernen.
In unserer Familie hielt sich nur mein Vater im statistischen Rahmen. Weshalb er ausschließlich italienischsprachige Patienten behandelte. Die, die stur auf Deutsch beharrten, überwies er flugs an meine Mutter, auch wenn sie keine urologischen Probleme hatten, sondern Plattfüße oder unreine Haut.
Ich wurde eingeschult. Meine Mutter entpuppte sich als gnadenlose Verfechterin der kindlichen Gehirnförderung, sie steckte mich in die deutsche Grundschule. Deutsch verstand ich kaum, sprechen konnte ich es gar nicht. Ich fand keinen Freund in der Klasse, blieb stumm. Was im Unterricht geschah, zog als Stummfilm an mir vorbei. Ich hatte Zeit, die modischen Vorlieben der Lehrerin zu studie-

ren. Sie hieß Fräulein Linninger und war eine ältliche, dicke Person mit schütterem, blondem Haar. Ihr Kleiderschrank beherbergte zwei Lehrerinnennormkleider, eines erbsengrün, eines hellgrau. Beide waren gleich geschnitten und aus dünnem Wollstoff, was sehr praktisch war, denn so konnte Fräulein Linninger die Kleider sommers wie winters tragen. Die Kleider hatten einen Kragen, waren bis zum Bauch geknöpft. Der Rock war drangenäht. Vorn reichten die Kleider bis knapp übers Knie. Auf der Hinterseite endeten sie knapp darüber. Hätte ich damals schon die physikalisch-mathematischen Zusammenhänge von Verdrängung durch Körper erkannt, hätte ich gewusst, warum das so war. Die Kleider hatten noch einen gravierenden Vorteil. Fräulein Linninger konnte daran zupfen, dennoch blieben sie formstabil. Sie nutzte das weidlich.

An hohen Festtagen trug Fräulein Linninger ein beigefarbenes Kostüm. Das war tatsächlich etwas Besonderes, denn Rock und Jäckchen waren getrennte Einheiten. Die Rocklänge unterschied sich unterdes nicht: vorn übers Knie, hinten bis zum halben Oberschenkel.

Solch ein Festtag war die Zeugnisverteilung. Eines wie jenes von Fabio Pagano hatte die Lehrerin noch nie ausgegeben. Es bestand – in der Grundschule – hauptsächlich aus negativen Zensuren. Mutter eilte mit dem Zeugnis zur Lehrerin. Sie behauptete, sie könne mir nur Einser und Zweier geben, weil ich nichts sagte, und wenn ich von der Tafel abschrieb, dann wäre es mechanisches Kopieren, von Verstehen keine Rede. Nur in Rechnen konnte ich mit den anderen mithalten. Das war die hell leuchtende Zehn in meinem Zeugnis.

Mutter schleifte mich zu einem Psychiater. Der konstatierte, dass ich nicht Deutsch konnte, weil ich nichts sagte. Die Frage nach der Henne und dem Ei war in meiner Jugend keine theoretische. Mutter drohte, die Ordination aufzugeben und den ganzen Tag mit mir zu üben. Ich blieb standhaft, sprach nicht.

In der ganzen Schule gab es einen Einzigen, dessen schulische Leistungen mit meinen mithalten konnten. Er hieß Max Leitner und war zwei Klassen über mir. Schon damals weigerte sich Max, mit den Behörden zusammenzuarbeiten. In unserem Alter war die einzige Behörde, mit der wir es zu tun hatten, die Schulbehörde. Also lehnte er sich gegen die auf. Er schwänzte so oft, dass er nach Cesenatico versetzt wurde. Cesenatico! Eine Stadt am Meer. Jeden Tag Sonne, Strand, baden gehen, Muscheln sammeln. Und reden. Mit jedem reden, der einem über den Weg läuft. Ich tat alles, um nach Cesenatico zu kommen. Niemand kam auf den Gedanken, mich dorthin zu schicken. Stattdessen stapelten sich die Übungszettel und Bücher in meinem Zimmer: „Wir lernen Deutsch mit Hansi und Petzi". Hatte ich eine Aufgabe richtig gemacht, bekam ich einen Honigtopf vom Petzi-Bären oder Karotten vom Hansi-Hasen. Die sollte ich in ein Heft kleben.

Ich sammelte papierene Karotten, durfte dafür an manchem Sonntag zu Hause bleiben und fernschauen. Als selbst meine Mutter einsah, dass ich mich statt zum Einstein zum Analphabeten entwickelte, holte sie mich heraus. Ich wechselte an die italienischsprachige Schule und konnte versetzt werden. In Deutsch war ich sogar der Beste. Es ist eine holprige, uncharmante Sprache, erst später ist sie mir nützlich gewesen.

HUBSCHRAUBEREINSATZ

Kurznachrichten mit Wettervorhersage: In Meran ist eine Bank überfallen worden und es bleibt schön. Max öffnet den Schrank im Schlafzimmer. Auf Augenhöhe ein hoher Turm Leiberl. Max zieht ein rotes T-Shirt heraus, Ralph Lauren. Der Turm stürzt ein, Wäsche segelt zu Boden wie überreifes Obst im Herbst. Da muss was Neues her. Ein begehbarer Schrank. Max geht in die Knie, zieht einen Stapel heraus, wählt beige Shorts, wirft die anderen Hosen auf das Bett. Keine Socken, er wird Sandalen anziehen. Socken in Sandalen, wie sieht das aus! Nach Hausmeister. Der Schulwart in der Handelsschule hat graue Zwirnsocken angehabt und Sandalen. Die Socken hat er bis zu den dürren Waden hinaufgezogen. Und dann war nix. Nackte Knie. Drüber der graue Arbeitsmantel mit den ausgebeulten Taschen. Immer ausgebeulte Taschen. Der Schulwart hat nie hineingegriffen, nie etwas herausgeholt, als hätten Mäuse in den Taschen gewohnt.

Katharina steht im Bad vor dem Spiegel. Er schiebt sie hinaus, putzt sich die Zähne, rasiert sich.

Notburga kratzelt in den „Dolomiten" herum. „Die mit ihren Abkürzungen. Woher soll ich wissen, wie man Oberstudienrat abkürzt?"

Max beugt sich über die Zeitung. „OST, würde ich sagen."

Der neue Fernseher, ja. Wird geliefert. Schon bestellt, sollte bald da sein. Notburga holt das Tischerl, breitet weißes Papier aus, stellt den Tisch darauf, steckt den Bleistift durch das Loch, schließt die Augen, nimmt Max' Hände. Der Tisch schreibt: „Schlechte Stimmung. Streit endet böse." Kein weiteres Wort, als wäre der Tisch beleidigt. Der Tisch weiß es. Fausto und Franco liegen sich in den Haaren. Seit Tagen schnauzt Franco Fausto an. Gestern ist Fausto mit geballter

Faust aufgesprungen, Max ist dazwischengegangen. Es geht um ein Mädel, das will Max nicht wissen. Ruhe soll sein. Gerade jetzt!
Luigi hat angerufen. Endlich. Sie treffen sich bei der Tankstelle kurz vor Bozen. Luigi stellt den Fiat neben die Waschanlage und steigt in den Range Rover.
Grenze zu Österreich, der italienische Zöllner umrundet das Auto. Ein echter Range Rover! Max fährt die Scheibe hinunter, reicht die Pässe hinaus. Der Zöllner schaut sie nicht an, steckt den Kopf herein, erklärt das Armaturenbrett, fragt nach PS und Hubraum und ob Max mit dem Rover in den Wald fährt. Er ist mit einem Lada Taiga durch die algerische Wüste gebraust. Keine Probleme im Sand, überall wieder rausgekommen. Dort gibt es keine Straßen, nur Pisten. Endlos lange Wege festgefahrenen Sands. Mitten in der Sahara hat ihm eine Beduinenfrau einen Apfel geschenkt. Luigi holt eine Packung Marlboro aus der Brusttasche seines blauen Pierre-Cardin-Hemds. Max dreht den Zündschlüssel, Wüsten-Adam plaudert weiter über Beduinen-Eva und den kostbaren Apfel. Luigi steckt sich die Zigarette an, bläst den Rauch aus dem offenen Seitenfenster. Hinter dem Rover steht eine Schlange, die Fahrer hupen. Max startet den Wagen, rollt zur österreichischen Passkontrolle. Der Grenzer winkt ihn durch.
Luigi schimpft über die Hitze, sie sind jetzt in Österreich und rundherum Berge, da muss es kälter sein. Max dreht die Air Condition auf Tiefkühltruhe. Sie halten an einer Raststation, Luigi kauft zwei Flaschen Cola. Die Kassiererin akzeptiert keine Lire, Luigi zieht fluchend einen Hundert-Schilling-Schein aus der Geldbörse. Die Kassiererin gibt ihm heraus, österreichisches Geld. Davon werden sie bald noch viel mehr haben.
Die zweite Flasche Cola hält Luigi an Stirn und Wange, rollt sie hin und her. Die Air Condition bläst ihren kühlen Atem durch den Rover. Endlich Ausfahrt Innsbruck-Süd. Sie zweigen ab, wenige Autos

auf dem Zubringer. Max sondiert die Umgebung. Links eine enge Straße, leicht zu übersehen, eher ein Forstweg. Max lenkt den Wagen auf den Weg, es geht ein Stück in den Wald hinein. Max sucht nach einer Ausbuchtung, findet eine geschotterte Stelle. Hier können sie den Wagen parken. Sie steigen aus, gehen tiefer in den Wald hinein, einen Hügel hinauf. Von oben haben sie gute Sicht auf die nahe Autobahn und den Zubringer. Luigi deutet hinunter. Von dort, Arm und Hand nach rechts, kommt der Transporter, beladen mit Schilling, die er in Innsbruck abliefern muss. Zwei Männer werden drinsitzen. Sie werden sich beim Fahren abgewechselt haben, dennoch werden sie müde sein. Müde von der zermürbenden Fahrt auf italienischen Autobahnen, von Bologna, wo die Straßen immer verstopft sind, Richtung Norden. Durch Südtirol zu Ferragosto – die Hölle.
Schon am Morgen ist es heiß. Max stopft Patronen in die Brusttasche, setzt die Kappe auf, steigt in einen roten Renault. Der Rover steht im Wald bei Innsbruck. Sollten sich die Fahrer wehren, es zum Kampf kommen, dann hinein ins Gelände, über steinige, holprige Wege, da können sie ihm durchs Unterholz nachschauen in ihren Polizeirostschüsseln.
Max fährt zum Treffpunkt. Franco lehnt an der Fahrertür. Das andere Auto ist ein dunkelgrauer Mitsubishi Pajero. Franco wirft den Zigarettenstummel aufs Bankett, bleibt stehen, verschränkt die Arme. Max fragt, warum er nicht einsteigt. Franco wendet den Kopf zur Scheibe. Fausto starrt grimmig geradeaus. Schon wieder Stunk! Max herrscht Franco an, einsteigen! Franco öffnet die Fahrertür, klettert in den Wagen. Die Luft ist elektrisch geladen, bleiern legt sich der Zorn aufs Gemüt.
Max hat Kaffee getrunken und ein Glas Wasser. Bei der Hitze muss er viel trinken, damit der Kopf klar bleibt. Das sagt er den Burschen nicht, die zischen sonst schon am Morgen ein Bier – auch damit der

Kopf klar bleibt. Sie sind nervös, sagen sie. Max verbietet die Sauferei. Kein Alkohol, bevor der Job erledigt ist. Dienst ist Dienst und Schnaps ist Schnaps.
Max fährt voran. Ganz Italien ist unterwegs, als gelte es, Vorräte für den Winter zu sammeln oder für den großen Krieg. Max würde gern hupen, alle von der Fahrbahn fegen. Er zwingt sich, ruhig zu bleiben, nur keinen Streit. Der Tisch hat es vorausgesagt, das gibt Ärger.
„Sie werden euch erschießen", hat Notburga gesagt. Max hat nicht geantwortet, nichts gesagt, auch den Burschen nicht. Sie glauben ihm nicht. Eigensinnig sind sie, junge Bullen in der Hitze, sie wollen endlich Geld zählen. „Das werden wir nicht zählen", sagt Max, „das werden wir wiegen."
Drüben legt die Abendsonne gnädiges Licht auf die öde österreichische Autobahn. An den Rändern grüne Wände aus Nadelbäumen, Fichten, Tannen. Linker Hand ein See. Max sieht hinaus. Aussteigen, ausziehen, hineinspringen, ein paar kräftige Züge machen, erfrischt weiterfahren. Keine Zeit für Abkühlung. Max greift in den Fußraum, öffnet die Sporttasche, holt Mineralwasser heraus, macht die Flasche mit den Zähnen auf, gießt sich ein wenig über den Kopf, trinkt den Rest. Viel trinken, damit der Kopf klar bleibt.
Er schmeißt die leere Flasche nach hinten, hört, wie sie auf den Sitz fällt, runterkollert, sieht in den Rückspiegel, der Pajero ist zwei Autos hinter ihm.
Fahren, fahren, fahren. Endlich eine Tafel, Rastplatz Nößlach 2000 Meter. Der Pajero hat aufgeholt, Franco fährt. Max deutet zur Ausfahrt. Sie halten, trinken, vertreten sich die Beine, pinkeln hinter die Klos, weil es drin zu sehr stinkt. Max will letzte Instruktionen geben, aber die Burschen werfen ihm einen Blick zu – Max verstummt.
Weiter nach Norden. Neben der Autobahn fließt ein Rinnsal. Max hat die Karte studiert. Das Rinnsal ist der Grüblbach. Max grübelt

nicht. Er denkt nach. Was sein wird. Ob er die Trainingshalle auflassen soll. Ob er sich einen Porsche kaufen soll oder einen BMW 850. Abwarten. Nach dem Überfall den Ball flach halten, bis die Hüter des Gesetzes anderswo hüten und achtgeben, dass die braven Leute nicht gestört werden.
Max sieht auf die Uhr, es ist neunzehn Uhr. Eine halbe Stunde noch. Sie werden den Transporter zum Anhalten zwingen, Geldsäcke umladen, in die Autos steigen, abhauen. Hinter dem Brenner raus aus den Autos, in die kleinen Flitzer steigen, die dort geparkt sind, und zurück. Radio hören, fernschauen, Funk überwachen. Was wissen die Carabinieri? Zu viel? Dann Plan B, weiter nach Süden, in Vicenza, Padua oder Venedig verstecken, warten, bis das Gras hoch genug ist.
Es wird keinen Plan B geben.
Fast wäre Max an der Autobahnabfahrt Süd vorbeigefahren, er macht dem Verzögerungsstreifen Ehre, von hundertsechzig auf achtzig in drei Sekunden. Der Pajero ist dicht hinter ihm. Sie fahren ab, gleich da vorn ist der Feldweg. Sie zuckeln zu den markierten Stellen. Der Pajero steht weiter südlich. Wenn der Transporter kommt, wird ihn der Pajero vorn blockieren, der Rover dahinter, Masken runterziehen, rauslaufen. Sollten sich die Transporteure nicht gleich ergeben, Warnschüsse in die Reifen, dann MP auf die Fahrer richten. Reifen auf jeden Fall zerschießen und Funkgeräte einsammeln. Alles mitnehmen, womit sie die Bullen rufen können. Max nimmt das Walkie-Talkie: „Es ist neunzehnhundertfünfunddreißig. Wagen kommt von rechts, drei Uhr. Der Informant sagt, Wagen wird um neunzehnhundertfünfzig da sein. Over."
„Verstanden. Over", Franco.
Gleich nach dem Überfall geht die Sonne unter. Sie fahren ohne Licht. Nicht auf der Autobahn. Dort wird man sie suchen. Sie glei-

ten auf der parallelen Brennerstraße dahin. Unsichtbar auf der menschenleeren Straße – Geisterfahrer.
19.48. Max funkt den Informanten an. Wo ist der Van? Kommt noch, Geduld, Geduld, muss gleich da sein. Plötzlich Lärm, ein Auto rast auf Max zu, grelle Scheinwerfer. Das ist nicht der Transporter. Über Max dröhnt ein Hubschrauber. Das Auto stoppt. Schüsse. Männer in Tarnanzügen springen heraus, sie sind bewaffnet, Militär, nein, doch Polizei. Der Hubschrauber kreist über dem Autodach, schießt. Max lässt die MP nicht los. Der Rover ist umzingelt von gepanzerten BMW, drei oder vier. Die Kugeln durchlöchern den Range Rover, durchstoßen die Fahrertür, sirren an Max vorbei, auf der anderen Seite hinaus. Die Polizisten schreien: „Waffen runter, ergeben, sofort!" Kugel ins Knie. Kugel ins Becken, Kugel in den Oberschenkel. Max sieht das Blut, es rinnt, es rinnt, es wird warm, heiß. Das Bein … es ist verloren. Die Schüsse krachen weiter, dicht am Ohr, die Fensterscheiben sind geborsten. Der Blick trübt sich ein, ihm ist schwindlig. Nicht ohnmächtig werden, nicht jetzt. Aufstehen, raus, auf den Boden, Max öffnet die Fahrertür, lässt sich auf die Erde gleiten, kann nicht gehen, nicht kriechen, sich nicht rühren. Die Kugeln schlagen neben ihm ein, Zentimeter, Millimeter, Treffer. Schuss durch die Hand. Schuss neben das Ohr. Unglaublicher Lärm. Das Blut versickert im Boden, Max' Blut tränkt die Erde.
Bevor man stirbt, heißt es, zieht das Leben an dir vorbei.

BLONDINENWALZER

Die italienische Volksschule schaffte kurze Erleichterung, ehe mir meine Eltern die nächste Hiobsbotschaft bescherten. Unglückliche Menschen lernen früh, die Gesichter jener zu lesen, die ihre Welt bevölkern. Schlechte Nachrichten à la: „Wir besuchen deinen Cousin Stefano, und du bist nett zu ihm!" werden mit ernster Miene vorgetragen. Ziehen sich die Brauen zusammen, beben die Wangen, flutet Rot die Haut bis zu den Haarwurzeln, setzt es Hausarrest oder Fernsehverbot. Da aber, als sie mir den Boden unter den Füßen wegriss, strahlte Mutter. Sie strahlte, als wollte sie mir sagen, dass ich zum Cup-Finale fahren darf oder dass mich Pelé nach Brasilien eingeladen hatte. Ich ahnte nichts. Und dann wollte ich es nicht glauben. Hielt es für einen Scherz, eine Geschichte. Das war es nicht. Mutter wurde dicker. Ich war nicht mehr der Einzige.

Ab da setzte sich Mama nicht mehr zu den Hausübungen, sie brachte mich nicht mehr ins Bett, sie las mir nicht mehr vor. Ab da hörte ich den Satz. Jenen Satz, den ich geschworen habe, niemals meinen Kindern zu sagen: „Als ich in deinem Alter war …" Ja, Papa, als du in meinem Alter warst, hast du gebüffelt, weil es dir Freude gemacht hat. Weil du froh warst, wenn du unter Büchern warst, nicht unter Menschen. Aber ich, Papa, ich wollte draußen Fußball spielen und Comichefte anschauen und fernschauen. Ich. Allein.

Eineinhalb Jahre später kam dann noch ein Balg. Violetta. Mein Bruder erlebte nie den Schrecken, ungewollt verschwistert zu werden. Er hatte Glück, er war wie Papa. Paolo konnte lesen, bevor er zur Schule ging. Er war glücklich, als er in die Schule kam, endlich trafen sich Neigung und Pflicht. Violetta aber war die Glücklichste.

Sie durfte sein, wie sie war. Lernte sie, waren meine Eltern stolz, lernte sie nicht, fanden sie sie süß, eigenwillig, charmant.
Der, der nicht in das Idyll passte, war ich. Jahre, zäh wie Pech, zogen dahin, weit hinten wehte die Zielflagge mit einer Zahl: Sechzehn. Sechzehn und ein Moped. Alle waren erleichtert, als ich es war. Die linkischen Stöße überlanger Gliedmaßen in feindliche Umgebung, meine Unlust, mein Widerborst, mein Anderssein, mein Zorn hatten einen Namen: Pubertät. Die hatte Nachteile: überlange Gliedmaßen, Unlust, Zorn. Ich beneidete die Lehrlinge im Heim. Über die goss sich der Familiensirup nur am Wochenende.
Wir fuhren nach Laas. Dort steht ein Aquädukt – Pardon, ein beeindruckendes Aquädukt. Vater fabulierte über alte Wasserbautechniken, die Etrusker, die darin bewandert waren, in Rom die Cloaca Maxima errichtet hatten. Paolo lauschte. Ich wankte neben den beiden her. Vater gefiel mein Gesicht nicht. Mir auch nicht. Ich hätte gern ausgesehen wie Charles Bronson, war aber, was man in Südtirol ein Milchgesicht nennt.
„Warum schaust du so drein?“, fragte mich Vater. „Interessierst du dich denn für gar nichts?“
Für gar nichts. So einer war ich. Was sollte aus so einem werden? Die schiefe Bahn lag vor mir, so unausweichlich, wie ein Kanal der Cloaca Maxima in den nächsten mündete.
Ein grob unterschätztes Werkzeug der Verbrechensprävention: sonntägliches Wandern. Statt mich – wie noch in der Grundschule – zu Hause zu lassen, schleppte mich Vater nun wieder mit.
Den 20. ging Fabio durchs Gebirg, inzwischen wenigstens in ziviler Kleidung. Im Auto behauptete Papa, ich würde Freude haben. Freude? Woran? Wir würden nicht allein gehen. Der andere war ein Patient. Und Obmann des deutschsprachigen Alpenvereins. Vater war auch Mitglied im Alpenverein, dem italienischen selbstredend. Mit

dem Almöhi also wollten wir uns treffen. Der würde seine Tochter mitnehmen. Davon hatte ich geträumt. Mit der hohlwangig-blassen, flachbrüstigen, besserwisserischen Heidi durch die bleichen Berge latschen.
Sie war nicht hohlwangig, nicht blass. Sie war blond und sah aus wie Grace Kelly. Noch schöner, weit schöner. Und sie interessierte sich für mich in etwa so sehr, wie ich mich für die Cloaca Maxima begeisterte. Es ging hinan, ziemlich steil sogar, ich hatte Herzklopfen. Oben angekommen, schlug mir Vater auf die Schultern, faselte etwas von Panorama und klarer Sicht. Wir aßen unsere Brote und Äpfel. Nein, die anderen aßen Brote und Äpfel, ich hatte keinen Appetit.
Grace Kelly – wer hätte das gedacht – war eine Gämse. So geschickt kletterte sie über Geröll und Gestein abwärts, dass mir schwindelte. In der Nacht zuvor schienen meine Extremitäten exorbitant gewachsen zu sein. Während die Alpenvereinsmeier gemächlich nach unten trabten, stolperte ich auf meinen Überlängehaxen der Gebirgsziege hinterher – und war traurig, als wir auf dem Parkplatz ankamen. Wir hatten fünf Sätze gesprochen, ich vier, sie einen.
Die nächsten Tage vergingen – irgendwie. Ich kaute Nägel. Ich fiel auf drei Metern zehnmal über meine eigenen Füße. Wäre ich doch in der deutschsprachigen Grundschule geblieben, wie gut hätte ich die Sprache inzwischen beherrscht.
Am Wochenende wieder wandern. Und das darauffolgende auch. Die Frage lautete stets: mit oder ohne. Ich ging auch, wenn sie nicht dabei war – zum Training. Ich lernte klettern. Und Geografie, Orientierung, Biologie. Nach Wochen erkannte ich die Soldanelle, noch bevor sich Vaters Zeigefinger in den zarten violetten Kelch hineinschraubte. Ich erfuhr, dass Flechten keine in die Senkrechte wachsenden Moose sind, sondern eine Allianz aus Pilzen und Algen, von denen ich geglaubt hatte, sie wüchsen nur im Meer.

Es waren Tage, Wochen, Monate der aufgeklärten und nicht aufgeklärten Missverständnisse. Sie war vierzehn, ich knapp sechzehn. Ich brauchte ein Moped, dringender als irgendetwas auf der Welt. Es ist so: Vierzehnjährige Mädchen dürfen abends nirgends hingehen außer zu ihren Freundinnen, von denen sie eine ganze Menge haben. Dort werden sie abgeholt, um Verbotenes zu tun. Am besten mit einem Auto. Mindestens aber mit einem Moped. Landauer, Sportflugzeug oder Zeppelin gingen auch. Anita war erfahren, zwei Kerle hatten sie schon abgeholt. Mit Moped.
Das Schuljahr neigte sich, in Geografie, Biologie und Deutsch gehörte ich zu den Besten und hätte ich nicht wenigstens in Italienisch und Physik nur knapp die Versetzung geschafft, wäre ich als Streber durchgegangen. Es half mir nicht. Ende Mai fragte mich meine Mutter, was ich mir zum Geburtstag wünschte. Ein Moped. Was denn? Mutter sagte Nein. Ihre Antwort dröhnte in meinen Ohren. Warum nein? Sie malte schaurige Bilder von Gehirntraumata, die sich die jungen Menschen bei schweren Unfällen zuzögen, von Wachkoma und Querschnittslähmung. Ich glaubte ihr kein Wort.
Meine Eltern – die Kapitalisten. Die Ärzte. Die Alfa-Romeo-Fahrer. Die Hausbesitzer. Gönnten mir kein Moped. Mama klopfte an die Tür, ich sollte mit ihr reden. Ich blieb in meinem Zimmer. Es gibt Menschen, die wissen, wie man an ein Moped kommt. Zu denen wollte ich.

LEBEN

Das Leben zieht vorbei. Es zieht an Max vorbei, weg von ihm, hin zu anderen. Wird nicht gerade eben ein Kind geboren? Wird Max' Seele jetzt zu diesem neuen Menschen fliegen? Hineinfliegen? Sich hineinsetzen? Wird Max woanders neu anfangen? Ganz neu? Wo wird es sein? In Hinterindien oder in Afrika? In Kanada oder in Australien? Lass es an einem Ort sein, wo es warm ist, denkt Max. Jetzt ist ihm kalt. So furchtbar kalt, dass er meint, es würde nie wieder warm werden. Und die Kugeln hageln, rechts und links und oben und unten. Und das Leben zieht vorbei.

An die Geburt erinnert er sich nicht. Und schwach nur an die ersten Jahre. Damals Anfang der 1960er-Jahre auf dem Bauernhof. Ein großer Hof war das. Mit einem Stall und dahinter Wiesen und der Wald in der Nähe. Und im Stall waren die Rinder. Und links – Maisfelder. Aber dann – das große Feuer. Nacht war es. Und das ganze Haus ist in Flammen gestanden. Lichterloh hat es gebrannt. Die Mutter ist mit den Kindern aus dem Haus gelaufen und der Vater hat geglaubt, er kann das Vieh retten, aber dann ist die Mutter zu ihm gerannt, hat geschrien, dass der Poldi noch drin ist. Da ist der Vater raus aus dem Stall und hat die Mutter fast umgestoßen und ist zum Haus gelaufen und über einen Dachsparren gesprungen, der schon gebrannt hat und vor der Haustür auf den Boden gekracht ist. Und ist hinein. Und ist mit dem Buben wieder nach draußen gekommen. Gott sei Dank, hat die Mutter gesagt, und geplärrt hat sie die ganze Nacht und dann auch noch die Nächte und Tage und Wochen danach. Und der Vater hat mit der Versicherung verhandelt, aber da hat es nix gegeben. Unterversichert, hat der Mann behauptet und der Vater hat gesagt, dass die Versicherungen sowieso alle Betrüger sind.

Und dass sie dann in die kleine Wohnung gezogen sind. Das weiß Max noch genau. Sie war finster, und gefroren hat der Max, weil es in seinem Bett so klamm war. Immer klamm, sommers wie winters. Weil sie recht sparsam geheizt haben. Weil der Vater gesagt hat, dass das gut ist für die Kinder, das Abhärten. Und so ist er dann eben auch geworden. Hart. Das war kein Wunder, dass einer hart wird, wenn er so viel abgehärtet wird. Das hat auch die Lehrerin in der Schule gesagt, dass der Max zu hart ist. Zu hart, hat sie gesagt. Unbeugsam. Den Max, den kann man nicht biegen. Da geht nichts. Sie wollten ihn aber trotzdem biegen. Da ist der Max dann gleich gar nicht mehr in die Schule gegangen. Die Lehrerin hat sich nicht mehr zu helfen gewusst, so unbeugsam war er, der Max. Dann haben sie ihn nach Cesenatico gesteckt. Einen Buben mit nicht einmal zehn Jahren wegzugeben, so weit weg von zu Hause. Die Schule so streng, dass Max kaum nachgekommen ist mit dem Lernen. Und das Heim: auch nicht besser. Nudeln nicht aufgegessen? Karzer. In der Früh verschlafen? Karzer. Beim Fußballspielen in eine Rauferei geraten? Eine Woche Karzer. Da ist er abgehauen, gemeinsam mit diesem Jungen aus Bozen. Sie sind aus der Stadt hinausgelaufen, wollten mit dem Bus nach Hause fahren. Im Wartehäuschen hat sie die Schwester Chiara gefunden und zurückgebracht. Max hat geweint. Keiner hat ihn getröstet. So weit weg von zu Haus. Ist gut, hat der Vater gesagt, so wird er selbstständig, der Bub. Und das ist er dann auch geworden. Ganz selbstständig. Und ganz hart. Weil das war dann auch wieder so eine Abhärtung, das Allein-weg-Sein.
Als er zurückgekommen ist, war er ein anderer. Nein, kein anderer, aber ein Gescheiterer. Er hat gemerkt, dass man den Menschen nicht alles sagen kann. Dass man viel für sich behalten, mit sich selbst ausmachen muss. Dass man sich auf wenige verlassen kann. Auf ganz wenige. Vielleicht müsste er jetzt lachen, als er das denkt, weil er sich

wieder auf jemanden verlassen hat, auf den er sich nicht verlassen konnte. Aber er lacht nicht. Das Blut rinnt, das Leben zieht vorbei, aus Max heraus, hinein in den Boden. Dort wird es versickern.

Die Handelsschule. Wer hatte damals die Idee, den Max ausgerechnet in die Handelsschule zu stecken? War es die Lehrerin aus der Grundschule? Hat sie seiner Mutter den Floh ins Ohr gesetzt, dass aus Max einmal ein Büroangestellter werden könnte? Ein Buchhalter mit Ärmelschonern, der sich Kaffee in der Thermoskanne mitnimmt und ein Brot mit Speck? In der dritten Klasse hat er abgebrochen.

Und dann der erste Bruch. Da kannte er den Franco schon. Sie haben sich Strümpfe über den Kopf gezogen. Und sind mit Spielzeuggewehren in die Bank gelaufen. Die Bankbeamtin, die am Weltspartag die Sparbüchsen und Mensch-ärgere-dich-nicht-Spiele austeilte, hatte Angst, gezittert und gebebt hat sie vor lauter Angst und ganz blass war sie um den Mund. Max hat die Tasche über den Tisch geschoben, der Bankbeamte hat sie angefüllt. Sie sind rausgelaufen – ein Streich von dummen Jungen. Aber dann hatten sie plötzlich Geld. Geld für die Disco und für die Gitschen. Max hat sich sein erstes Auto gekauft. Einen VW Golf. Der war fast neu.

Das Leben zieht weiter. Max kann die Hand nicht bewegen. Sie klemmt an der MP. Keine Luft, Schwindel. Gegrüßet seist du, Maria, voll der Gnade, der Herr ist mit dir, du bist gebenedeit unter den Franco hat sich ergeben Frauen und gebenedeit ist die Frucht deines Leibes, Jesus. Heilige Maria Mutter Gottes, bitte für uns Sünder. Jetzt und in der Stunde unseres Todes.

Fausto hat sich ergeben. Wieso wird immer noch geschossen?

Das war was, damals. So viel Geld auf einmal. So leicht, so mühelos. Und das Leben war was. Ein Fest war das. Alles ein Fest. Ein lautes Fest, sie haben gelacht und getrunken. Laut, so laut. Max wird sein Leben lang nichts mehr hören, nur dieses Pfeifen der Kugeln. Das

Letzte, was er sieht, was er hört. Er bekommt keine Luft, kann nicht atmen. Lungendurchschuss. Erde im Mund oder Blut, ekliger Geschmack. Wie Essig. Schmerzen in der Hand – ein Nagel. Max muss spucken, husten, dann wird es finster, schwarz. Aus, vorbei.
In Ewigkeit, amen.

LEIHGEBÜHR

Wir fuhren im Kreis, hatten uns verirrt. Eigentlich sollte die Auffahrt Bozen-Süd direkt vor uns liegen. Mutter studierte die Karte, verstand nicht, wie da ein Hügel sein konnte, wenn die Karte bloß grüne Ebene zeigte, falsche Karte, falsche Landschaft, alles falsch. Sie kurbelte das Fenster unserer weißen Giulia 1600 hinunter. Es kam niemand. Wir fuhren weiter. Ortseinfahrt Schreckbichl. Mutter stellte den Wagen ab. Endlich Menschen.

„Frag keinen Alten, die lügen", sagte ich. Da war ich acht.

Warum sie über das Verliebtsein so viel Mist erzählen – ich weiß es nicht. Das Verliebtsein ist der anstrengendste Aggregatzustand. Ansatzlos wechselten Teile meines Körpers von fest zu gasförmig. Wo der Kopf war, wuchs ein Ballon aus meinem Hals. Ich verlor die Bodenhaftung, drohte jeden Moment abzuheben, vom Winde verweht. Dann wieder zog mich eine Erdschwere nach unten, dass ich kaum einen Schritt machen konnte.

Nur eines machte mich frei: meinen Körper bis in die letzten Fasern zu erschöpfen. Den 20. ging Fabio durchs Gebirg. Den 21., 22., 23., 24. auch. Allein. Ich stieg in die Bergschuhe, hinaus aus dem Haus, mit dem Fahrrad zum nächsten Waldweg und dann hinan, hinan. Immer die gleiche Route. Ich sah nichts. Keine Landschaft, keine Pflanzen, keine Tiere. Da war nichts. Doch, da war etwas. Bäume. Wurzeln, Gestein, Geröll, Gestein. Die Bilder blieben in der Netzhaut hängen.

Der Alpenvereinsobmann suchte eine lohnende Tour heraus. Von der Leiteralm auf die Hochgangscharte, zum Grünsee, hinunter zur Oberkaseralm und retour. Etwas für junge Leute. Anita stapfte zopfschwenkend neben mir. Unter dem Träger-Shirt zeichneten sich ihre

Brüste ab. Keine Nippel, das nicht. Auf dem schmalen Pfad war kein Platz für zwei. Ich musste nicht reden. Das Wetter hatten wir besprochen. Der Himmel war blau, es war heiß.
Steiles Wegstück. Links Wand, rechts Abgrund. Die Alten vor uns. Anita blieb stehen. Holte Wasser aus dem Rucksack, trank. Wir setzten uns, hängten die Beine über den Rand in die Tiefe. Mein Knie streifte das ihre. Sie schmierte Sonnencreme auf Nase und Wangen. Zwischen unseren Knien öffnete sich ein Spalt. Neuerlicher Versuch, mein Schenkel dicht an ihrem. Kein Ausweichen. Mein Herz klopfte bis zum Hals. Ich schnaufte. „Steil hier."
„Ja, sehr steil."
Menschen klettern die Zinnen-Nordwand ohne Seil. Sie tauchen hundert Meer hinab ohne Sauerstoff. Sie springen aus Flugzeugen und meistens geht der Fallschirm auf. Ich legte meinen Arm um ihre nackte Schulter. Vierzehnjährige Mädchenschulterhaut ist weich wie der Flaum eines neugeborenen Flamingos. Das glaube ich. Gespürt habe ich Schweiß meinen Rücken hinunterrinnen. Über meine Stirn laufen. Am Hals das Hemd nässen. Dort, wo es gepocht hat. Ich strich mit meinen Fingern über ihren Oberarm. Jetzt. Wir könnten jetzt abrutschen und uns in den Tod küssen.
Und dann die Alten. Wo wir bleiben? Wir überhörten es, einmal, zweimal. Jetzt legte Vater die Hände um den Mund, ließ das dritte Wobleibtihr durch den Trichter schallen. Das Steingerumpel unter seinen Sohlen wurde lauter. Wir sprangen auf. Was sollen wir gemacht haben? Pause halt. Wasser getrunken, verschnauft. Ziemlich steil hier.
Die Alten knurrten. An der Hochgangscharte wies mich Vater an, einen See zu bestaunen. Um uns herum arbeitete sich der Fels aus der Wiese heraus, zwischen dem nackten Stein mühte sich weißes Wollgras, uns flaumige Weichheit vorzugaukeln.

Beim Milchsee setzten wir uns auf felsigen Grund. Nicht zu nah beieinander. Anita raunte mir zu. Am Freitag wolle sie Lydia besuchen. Freitag. Nicht einmal eine Woche, um von null auf ein Moped zu kommen.
Die Alten studierten die Wanderkarte. Über die Taufenscharte ging es auf einem Pfad talwärts. Die Väter ermahnten uns, achtsam zu sein, langsam einen Schritt vor den anderen zu setzen. Als wären wir nie auf schmalem Grat gegangen.
Den Nachmittagskaffee tranken wir in Meran. Über uns rote Sonnenschirme mit weißem Logo, eine Kaffeefirma. Ich verscheuchte eine Wespe von meinem Cola, während der Alpenvereinsobmann die Zeitung vom Nachbartisch schnappte, Überschriften und Textpassagen vorlas. Die SVP von Bruneck hatte durchgesetzt, dass eine neue Straße gebaut wurde, wichtig für die Bauern der Umgebung, die Mais und Weizen zu den Mühlen lieferten. In Kaltern wurde die Raiffeisenbank überfallen. Die Täter konnten entkommen. Die Baader-Meinhof-Bande hatte in Frankfurt ein Sprengstoff-Attentat verübt.
„Geben die niemals Ruhe?", fragte Anitas Vater. Er legte die Zeitung hin, ich las den Artikel über die Bankräuber. Vier junge Männer mit Strumpfmasken über dem Gesicht hatten viele Millionen Lire erbeutet. Genug für eine Armada an Mopeds.
Die Alten redeten über Mörder und Entführer. Anitas Vater alterierte sich über die Roten Brigaden. Mein Vater meinte, die Mafia sei mindestens so brutal, man möge sich an John Paul Ghetty erinnern, den Enkel des amerikanischen Ölmilliardärs, der vor Jahren in Rom entführt worden war. Nur aus Geldgier, nackter, widerlicher Geldgier.
Ich verstand nichts von Entführungen, aber von Geldgier, von der Not, etwas haben zu wollen, das einem das Schicksal oder die Mut-

ter verwehrte. Was blieb einem da, wenn nicht rohe Gewalt? Ich brauchte das Moped!

Das Schicksal war weniger erbarmungslos als meine Mutter – es gewährte mir Aufschub. Anita wurde krank. Die gewonnene Zeit nutzte ich, meine Verbrecherkarriere anzukurbeln. Zum Üben klaute ich Vio die Schokolade aus der Schultasche. Mutter schimpfte sie, weil sie ihre Siebensachen nicht beisammenhalten konnte. Ich wagte Größeres. Mochte mein Vater ein moralinsäurezersetzter Feigling sein, ich war das nicht. Ich ging zum Despar. Sah durch die Scheibe. Die Kassiererin war beschäftigt, drei Leute standen an der Kassa. Drinnen öffnete ich meinen Schulrucksack und ließ das Diebesgut hineingleiten. Sabine kramte in der Münzenlade. Ich murmelte, ich hätte nichts gekauft. Sie nickte, las Preise von Butter, Milch, Eiern ab und tippte sie in die Kassa. Draußen schwang ich mich auf mein Rad, trat in die Pedale. Meine Beute waren zwei Bleistifte, Härtegrad 2h.

Der Direktor wollte mich der Schule verweisen. Das Moped hatte ich nicht gestohlen, ich hatte es geborgt. Mein Banknachbar Michele und Alessandro aus der Dritten kamen mit ihren KTMs zur Schule. Niemals hätte ich Michele beborgt. Er war mein Freund. Zeigte mir die Maschine und was man tun muss, wenn sie fährt: Kupplung ziehen, Erste rauf, Zweite, Dritte, Vierte runter. Er ließ mich aufsteigen, ich drückte die Kupplung, ließ sie los, verglühte im Hof. Ich war Easy Rider. Der Fahrtwind kühlte mein erhitztes Gemüt.

Alessandro war ein Angeber. Er zog sich die Handschuhe über, dozierte über die Beschleunigung seiner Maschine, einem Bomber. Die Burschen lauschten, mitfahren durften die Mädels. Nicht ich war der Dieb, sondern die Gelegenheit. Am Dienstag ließ Alessandro den Schlüssel auf der Bank im Patschenkeller liegen.

Vier Tage. Vier verdammte Tage wollte ich sie behalten. Dann hätte ich sie zurückgestellt.

„Ihr Sohn hat das Motorrad eines Kameraden gestohlen", brüllte der Direktor ins Telefon. Eines Kameraden, der eineinhalb Stunden in die Schule brauchte. Seine Eltern hatten ein Jahr gespart, um ihrem Sohn das Fahrzeug zu kaufen.

Vater holte mich ab, wir saßen schweigend im Auto. Mutter schwieg nicht. So habe ich sie noch nie erlebt.

Ich ging auf mein Zimmer, sie riss meine Tür auf, ehe ich sie eltern-dicht machen konnte. „Ihr seid doch an allem schuld", schrie ich. Mutter drehte auf dem Absatz um.

F 17

Da ist der Max also nicht gestorben. Keine Leiche in den Kühlfächern der Gerichtsmedizin. So leicht hätten sie ihn erwischen können, die Typen von der Cobra, der österreichischen Eliteeinheit der Polizei. Wo haben die schießen gelernt? In der Baumschule?
So ist das nicht, sagt der Polizist, der Max zum Röntgen bringt. Hunderte Röntgen haben sie von Max gemacht in diesen Tagen und Wochen. Immer wieder Becken, Knie, Hand. Heute wieder Hand. So ein Einsatz erfordert Erfahrung, sagt der Polizist. Warnschuss, ja. Streifschuss, ja. Schuss, um den Täter unschädlich zu machen, also Knie, Hand et cetera, ja, ja. Aber wenn einer ex geht bei einer Schießerei, hast du nur Scherereien. Zuerst sind sie nett, schicken dich zur Psychologin und die sagt, dass sie dir helfen werden, das Trauma zu bewältigen, einen Menschen getötet zu haben. Das Psycho-Quaqua halt. Aber wenn du wieder diensttauglich bist, kannst du Formulare ausfüllen, bis du schwarz wirst, F 10, 11, 13, 14 und 17, und zwar mit allen Beilagen! F 17 a, b, c, d, e! Da sitzt du Stunden! Stunden! Einen ganzen Tag kannst du dafür rechnen. Und dann kommt die Befragung – wenn du Pech hast, von der Internen. Wo du genau gestanden bist und wo der Täter gestanden ist. Und wer den ersten Schuss abgegeben hat und ob es nicht doch noch eine andere Möglichkeit gegeben hätte. Da musst du durch. Durch diese Fragen, die du dir selbst schon hundertmal gestellt hast. Deswegen geht es in der Polizeischule bei der Ausbildung nicht darum, wie man einen Täter erschießt, sondern wie man ihn nicht erschießt. Das ist der Kern der Schulung. Was tun, wenn es zu einer Rangelei kommt: Verhalten bei bewaffneter Auseinandersetzung. Das wird geübt. Hundert-, tausend-, zehntausendmal. Zum eigenen Schutz.

Damit du dann weißt, was du sagen sollst. Damit du weißt, dass du alles richtig gemacht hast.
„Dann hat mir also ein Formular das Leben gerettet", sagt Max.
„Könnte man so sagen", antwortet der Polizist todernst.
Das Röntgen bringt nicht viel Neues. Max kann die Hand kaum benutzen. Und das Knie, Herr Doktor, das Knie. Ganz schlecht!
Sie bringen ihn wieder zurück in die Zelle. Grauenhaft ist es in Österreich, diesem rückständigen Land. Moderner Strafvollzug ist hier, dass sie den Häftlingen nicht die Daumenschrauben anlegen.
Was noch komisch ist: Obwohl Max jetzt nicht mehr stirbt, flattern Erinnerungen durch seinen Kopf. Vielleicht ist es gar nicht komisch. Max ist nicht tot, aber auch nicht lebendig. Es ist schlimmer als tot sein. Er sitzt im Gefängnis. Lebendig begraben. In Stein.
Wieder zieht das Leben vorbei. Karate beim Matthias. Max hat den blauen Gürtel. Matthias teilt die Stangen aus, Befehle, Kampf, Max holt aus, erwischt den Ferdinand am Schienbein. Keine Absicht, wirklich nicht. Die Mama vom Ferdinand regt sich furchtbar auf, nennt ihn einen Halbstarken, will, dass Max nicht mehr kommen darf. Und das alles kurz vor den Ferien. Das Zeugnis reicht nicht zum Aufsteigen, also noch einmal in die Dritte. Die Schüler in dieser Klasse sind elende Streber. Die machen jede Hausübung. Die führen ein Buchhaltungsheft, die kannst du gleich in jede Firma stecken, die machen das. Am Ende der zweiten Dritten ist das Zeugnis auch nicht besser. Raus aus der Schule, bringt doch nix.
Hochzeitsvorbereitungen. Stimmt nicht. Das Kind war vorher da. Am letzten Novembertag ist die Kathi mit der Kleinen aus dem Spital gekommen. Eine Puppe. Riesige, strahlend blaue Augen. Die bleiben nicht, hat die Mutter gesagt. Frostig war sie. Aber dann hat sie die Julia doch mögen. Alle haben sie mögen, so ein fröhliches Kind. Gelacht hat sie den ganzen Tag. Max hat ihr eine Rassel gekauft zu

Weihnachten, dafür war sie noch zu klein. Kathi hat ihr eine Spieluhr geschenkt. Beigefarbenes Plastik mit einem Zwerg, der auf der Mondsichel sitzt. Wenn man an der Schnur zieht, erklingt „Guten Abend, gut Nacht".

Als das Kind da war, hat die Kathi nicht mehr aufgehört, vom Heiraten zu reden. Jeden Tag haben sie gestritten. Kathi hat geschrien. Sie wird ihm das Kind wegnehmen, hat sie gesagt. Max hat sie gefragt, was ihr einfällt. Wenn Kathi nicht spurt, wird er sich das Kind holen. Er hat Freunde, die wissen, wie das geht. Die Kathi hat gelacht. Dann geht sie weg mit dem Kind, hat sie gesagt. Nach Amerika oder nach Finnland oder Australien, weit, weit weg jedenfalls. Und wie der Max sie dann finden will, ha?

Max hat eingewilligt. Damit eine Ruh ist. Dann haben die Streitereien mit der Mutter angefangen. Warum er das Flitscherl heiratet? Das ihm ein Kind angehängt hat. Nur, damit sie Max vor den Altar zerren kann. Die einfältige Person. Was die denn kann? Gar nichts kann die. So viele Gitschen hätte der Max haben können. Die Sylvia zum Beispiel. Das ist eine Tüchtige. Ist jetzt schon Oberschwester in der Onkologie. Und sogar die Claudia, die ins Gymnasium gegangen ist, war in ihn verliebt.

Kathi stand im Vorraum und schaute in den Spiegel, setzte einen aberwitzig spitzen weißen Hut auf. Max riss ihn ihr vom Kopf. So gehst du mir nicht auf unsere Hochzeit. Kathi steckte einen Kranz mit Gänseblümchen ins Haar. Der sah hübsch aus. Schleier brauchte sie keinen. „Hast eh eine hübsche Larve", sagte Max.

Wie sollte eine Ehe schon werden, die er nicht gewollt hatte? Wenn Notburga nicht gewesen wäre, hätte er Kathi vielleicht doch nicht genommen. Sie flocht die Finger ineinander und dann wieder auseinander, rieb die Handflächen, sagte, ohne Max anzuschauen: „Wenn ein Kind da ist, muss geheiratet werden." Den Tisch hat sie erst gar

nicht geholt. Sie hat es auch so gewusst, dass das nix werden wird mit der Kathi und dem Max.
Das vorbeiziehende Leben schert sich nicht um Jahreszahlen. Lang vor der Hochzeit hat Max die Trainingshalle in Brixen eröffnet, die der Lechner-Alois bezahlt hat. Alois hat er auf einer Party kennengelernt. Damals, in den frühen Achtzigerjahren, konnten die Leute noch feiern. Da standen sie nicht steif herum mit ihren Cocktailgläsern, da ging die Sause ab. Mädels haben halbnackt getanzt, der Sekt ist in Strömen geflossen. Alois lehnte an der Bar und trank Bier. Sie waren sich sofort sympathisch, kamen gleich ins Geschäft.
Hat sich die Kathi gefreut? Nein. Herumgemeckert hat sie. Dass sich Max besser um die Halle kümmern muss. Dass die Halle nicht dazu da ist, dass er selbst die Hanteln hebt. Dass sie nicht allein die ganze Arbeit machen kann. Dass die Leute endlich zahlen müssen. Die meisten haben bezahlt. Es waren wenige, die kein Geld hatten. Der Richie war total abgebrannt, dafür konnte er nichts. Das war Pech. Dreimal wurde ihm gekündigt. Dann findest du so schnell keine Arbeit mehr. Jeder Chef fragt, was da los war. Und schon bist du wieder im Vorzimmer. Dafür war der Richie einer seiner treuesten Kunden, ist mindestens viermal die Woche gekommen. Und: Dass Anabolika ungesund sind, hat Max damals nicht gewusst. Verboten ist viel, was nicht schädlich ist, einfach nur, weil es Spaß macht. Das Zeug hat sich verkauft wie die warmen Semmeln. All die hühnerbrüstigen Brillenträger, die keine zehn Kilo stemmten, schluckten es wie Gummibärchen – und zahlten gutes Geld dafür.
Die Zellen hier: winzig. Ein Schlauch mit einem Bett, einem Tisch, vergitterte Fenster, klar. Erbsengrüne Stahltür mit einem kleinen Fenster, durch das sie Max den täglichen Fraß hereinschieben. Draußen vor der Tür ist es nicht besser. Elend langer Gang mit Linoleumboden alt, abgefuckt. Das ganze Gebäude ist aus dem vorigen

Jahrhundert. Oder noch älter. Nur der Innenhof ist groß. Da kann er aber nicht hin. Weil sie glauben, dass er nicht gehen kann, noch immer im Rollstuhl sitzt, nur heimlich seine Übungen macht. Täglich schlägt er sich aufs Knie, um es unempfindlich zu machen. Er muss hier raus. Jetzt, gleich, sofort. Weil er wahnsinnig wird hier drin. Wahnsinnig. Weil er keine Luft kriegt. Weil er es kaum aushält, im Rollstuhl zu sitzen, weil sein ganzer Körper gespannt ist wie die Sehne eines Bogens, weil er nicht klar denken kann hier drin. Deshalb hockt die Kathi in seinem Kopf und streitet mit ihm. Damit er sich nicht vorstellen muss, wie es draußen ist. Wie sich die anderen amüsieren, ins Kino gehen, mit feschen Flitzern herumfahren – mit einer Frau im Bett liegen. Es ist wider die Natur, einen jungen Mann einzusperren. Wider die Natur! Max kann hier nicht bleiben. Er braucht eine Strategie. Früher hat er einen Einbruch geplant, jetzt einen Ausbruch – beides ist kompliziert, beides muss bis ins Kleinste ausgeklügelt werden. Es darf nichts schiefgehen. Max muss sich konzentrieren. Er hat eine Aufgabe.

VERRAT

Ich bekam Hausarrest. War mir recht. Ich wollte niemanden sehen. Blöd nur, dass ich keinen Fernseher im Zimmer hatte. Michele hatte einen und Alessandro der Angeber sicher auch. Alle hatten Fernseher in ihren Zimmern. Nur ich nicht.
Wenigstens musste ich keine Hausübungen machen. Von der Schule suspendiert, bis die Angelegenheit geklärt ist. Was es da noch zu klären gab! Sie würden mich ins Gefängnis stecken, also brauchte ich gleich gar nicht mehr zur Schule zu gehen.
Ich schrieb Anita einen Brief. Dass wir uns nicht treffen konnten, weil ich nicht hinausdurfte.
Zwei Wochen hatten sie mir aufgebrummt – zwei endlose Wochen. Kurz vor Schulschluss. Die anderen gingen ins Bad, fuhren an den Teich, rasten mit den Mopeds herum, holten ihre Freundinnen von den Freundinnen ab, spielten Fußball. Ich saß in meinem muffigen Bubenzimmer und drehte Daumen oder durch. Nur den Plattenspieler hatten sie mir gelassen. Die Sex Pistols mochten meine Eltern nicht, sie gehörten zur Klassik-Fraktion, fuhren nach Verona, um sich Opern anzuschauen, haarwurzelziehendes Kreischen von dicken Frauen und Männern in lächerlicher Adjustierung. Ich las die alten Asterix-Hefte, nahm mir sogar einige von den noch älteren Superman-Comics, überlegte, wie ich das Zimmer gestalten könnte. Etwa: die Wäsche auf den Boden schmeißen, statt sie im Kasten zu stapeln. Schwarze Bilder malen. Schwarze Bilder aufhängen. Noch mehr schwarze Bilder aufhängen. Zum Essen durfte ich hinunter ins Wohnzimmer. Ich blieb standhaft. Mutter stellte den Teller vor die Tür, ich ließ die Hälfte stehen, wartete, bis das Brot schimmelte und die Salami an den Rändern zum Fossil versteinerte, bevor ich

den Gruselrest neben den Türrahmen platzierte. Morgens im Bad versorgte mich Paolo mit Neuigkeiten. Emilio aus seiner Klasse war im Stimmbruch, unsere Nachbarin hatte sich beim Holzmachen den Fuß verstaucht, Mutter weinte, weil eine ihrer Patientinnen an Blasenkrebs verstorben war. Eine Frau, die sie über Jahre begleitet hatte. Anita schrieb mir zurück, schlug ein neues Treffen vor. Ich ging nicht hin. Wir sahen uns bei einer Ausstellung über die Geschichte des Alpinismus, zu der mich Vater gezwungen hatte. Er stand dozierend vor einem Schaukasten mit genagelten Schuhen und Hanfseilen. Anita schlich sich von hinten an, legte ihre Hände auf meine Augen, machte mich blind. Ich war nicht vorbereitet. Mir fiel nichts ein. Ich sagte die Wahrheit: dass ich sie nicht abholen konnte, weil ich kein Moped hatte. Sie nannte mich einen Trottel und ging.
Kein Brief, kein Anruf. Sonntags wanderte ich mit den Alten, nur ich. Binnen weniger Wochen hatte ich mir alle zum Feind gemacht: Eltern, Freunde, Freundin. Violetta war dahintergekommen, dass ich ihre Schoki stibitzt hatte, und verpetzte mich prompt. Der Einzige, der zu mir hielt, war Paolo. Stundenlang saß er bei mir im Zimmer, obwohl ich kaum ein Wort mit ihm sprach. Wie sehr ich ihn mir auch schlechtredete: Er war ein feiner Kerl. Irgendwann verschluckte ich mich an meinem eigenen Schweigen, spuckte die ganze vertrackte Geschichte aus. Vielleicht die beste seiner Eigenschaften: Er gab mir nie Ratschläge, hörte einfach zu.
Vier Tage später saß meine Mutter morgens an meinem Bett. Ich setzte mich blitzschnell auf, herrschte sie an, was sie da machte. Sie antwortete, wir müssten reden. Paolo hatte ihr von Anita erzählt. Paolo, das Arschloch! Der Sack! Die Ratte!
Mutter schwieg, bis mein Drei-Wort-Flüche-Vorrat erschöpft war. „Du hast sie beleidigt", sagte sie. „Das musst du wiedergutmachen."
„Wie, beleidigt?"

Sie lächelte. „Denkst du wirklich, sie hat sich in dich verliebt, weil sie dachte, dass du ein Moped hast?“
Ich schnaufte, schluckte. „Was soll ich tun?“
„Schreib ihr einen Brief, lad sie auf ein Eis ein, geh mit ihr ins Kino. Und red mit ihr. Sag ihr, dass es dir leidtut. Dass es dumm war, sie sitzenzulassen, dass du das jetzt begriffen hast.“
„Ich wollte das Moped nicht stehlen. Ich wollte es mir ausleihen, um Anita bei ihrer Freundin abzuholen und eine Spritztour mit ihr zu machen. Und dann wollte ich es wieder zurückstellen.“
„Ich weiß“, sagte die Mama.
„Du glaubst mir?“
„Du bist mein Sohn!“
„Aber alle sagen, dass ich ein Dieb bin.“
„Es ist mir egal, was alle sagen. Ich kenne dich. Du stiehlst nicht.“
„Sie werden mich von der Schule werfen, und die Eltern von Alessandro werden mich anzeigen.“
Mutter legte ihre Hand auf meine. „Papa regelt das.“
Sie umarmte mich und es war so weich und tröstlich an ihrer Brust, und ich hab mich ein wenig geschämt, dass ich weinte.
Sie streichelte mir übers Haar. „Sei Paolo nicht bös. Ich habe ihn jeden Tag nach dir gefragt, ihn gelöchert, ausgequetscht. Jetzt hat er Angst, dass du nie mehr mit ihm sprichst. Er kennt sich mit Mädchen nicht aus. Deshalb sollte ich mit dir reden.“
Paolo – ein feiner Kerl.
Ich weiß nicht, wie viel Geld geflossen ist. Wir mussten jedenfalls nicht aus dem Haus ausziehen und den Alfa haben wir behalten. Wir sind auf Urlaub in den Süden gefahren – wie jedes Jahr. Aber das war nicht teuer, weil wir bei den Großeltern wohnten.
Ich musste wieder zur Schule gehen, Hausübungen machen und meinen Eltern etwas versprechen: nie mehr auf ein Moped steigen,

auch mit keinem meiner Freunde mitfahren. Schon gar nicht, wenn sie getrunken haben. Zu viele junge Männer sterben auf Südtirols Straßen.

NACHSOMMER

Was hat Max in einem österreichischen Gefängnis verloren? Er ist Italiener, er gehört nach Italien, nach Südtirol. Da kann ihn Kathi mit Julia besuchen. Nach Innsbruck kamen sie, da lag Max noch im Krankenhaus. Mit dem Hubschrauber hatten sie ihn dorthin gebracht. Sie dachten, er würde es nicht merken, so schwer war er verletzt. Aber er merkte es. Lag da in dem engen Fluggerät, festgeschnallt auf einer Bahre, Maske vor dem Mund. Manchmal kippte er weg, kam dann wieder zu sich und war gleich wieder weg. Irgendjemand gab Befehle. Und dann waren da Lichter über ihm, Neonröhren an weißen Decken, die über ihm vorbeizogen wie die Mittelstreifen auf den Straßen. Als das Licht das nächste Mal angeknipst wurde, lag er in einem Bett, die Seitenteile hochgeklappt. Sie gaben ihm Spritzen und Infusionen, wechselten Verbände und schnitten an ihm herum, davon merkte er nichts. Erst später, als die Kugeln draußen waren und sich die Schmerz-und-Tabletten-Wolken verzogen, kam Major Maier, setzte sich neben das Bett und fragte: Tathergang, Planung, Waffendepot. Und Max antwortete nicht und die Ärzte kamen und er wurde verarztet und dann saß wieder der Major da und so ging das hin und hin. Verarztet, befragt, verarztet, befragt. Warum er auf einen Polizisten geschossen hat. Max sagte, dass er nicht geschossen hat.

Dann ist endlich Besuch gekommen. Zuerst ist die Kathi da gewesen, dann die Eltern. Die Mutter hat ihm Vorwürfe gemacht. Warum sagte sie das alles? Max hat geweint. Da hat sie aufgehört mit dem Vorwürfemachen. Hat sich endlich ganz zu ihm gesetzt, seine Hand genommen – die gesunde. Geflüstert, dass alles wieder gut wird. Schließlich – das müssen die Richter einsehen – ist er kein schlech-

ter Mensch. Kein böser Mensch. Kein Mörder. Nur ein Räuber. Max fragte, wie es zu Hause war. Jessas, zu Hause! Jeden Tag Journalisten. Vom Fernsehen. Von den Zeitungen. Alle wollen wissen, was geschehen ist. Ganz Brixen ist auf den Beinen, alle erkundigen sich nach Max. Ach, sie glauben es nicht. Max? Hat einen Geldtransport überfallen? Nein, eine Verwechslung. Max geht jeden Sonntag zur Kirche. Max hilft den Alten und Schwachen. Max lässt die armen Teufel gratis in der Halle trainieren, damit sie nicht auf blöde Gedanken kommen, Max kann es nicht gewesen sein. Stimmt doch alles. Max geht jeden Sonntag zur Kirche. In die Pfarrkirche oben im Dorf mit dem spitzen Turm, der Muttergottes über dem kleinen Seitenaltar mit dem bestickten Tuch: Gnadenmutter, ich danke dir. Und manchmal geht er hinunter in den Ort und setzt sich in die große Kirche und hört dem Bischof zu beim Predigen. Und nach der Messe geht er in den Kreuzgang rechts vom Eingang, vorbei an den Halbreliefs mit den Bischöfen an der Wand und zu den bunten Fresken. Und vor dem Krippenbild bleibt er stehen und schaut hinauf zur Mutter Maria, die den kleinen Jesus hält. Vor den beiden kniet ein König und hat Weihrauch gebracht und dahinter stehen die anderen Weisen aus dem Morgenland, um die Geschenke abzuliefern. Aber die Muttergottes ist es nicht zufrieden. Sie weiß schon, dass der Knabe von ihr wegstrebt, dass er ihr entrissen wird. Und die Kuh und der Esel, die unter dem löchrigen Strohdach stehen, wissen es auch: Das nimmt kein gutes Ende.
Zweimal wurde Max operiert, am Oberschenkel und am Knie. Die Streifschüsse am Rücken heilten von allein. Die Hand blieb eine Klaue, verkrümmt, verkrüppelt.
Nach den Operationen lag Max im Bett, selten nur gaben sie ihm Tabletten. Die Tabletten nebelten alles ein, Max schlief die meiste Zeit, wenn er nicht schlief, spürte er den Zorn im Magen – ein fes-

ter, saurer Klumpen. So war es schon damals in Cesenatico, als die Schwestern ihn einsperrten, er tagelang keine Sonne sah, kein Licht. Von heute auf morgen war alles anders. Der Oberarzt kam dreimal an sein Bett, fragte, wie es ihm geht. Er bekam Schmerzmittel, so oft er wollte. Wurde noch einmal operiert. Diesmal richtig. Eine Therapeutin massierte seine Beine und Arme, zeigte ihm Übungen. Wurde auch Zeit, dachte Max. Er telefonierte mit Italien: Ist erledigt, sie spuren jetzt. Er wird es ausrichten, sagte einer, der sich Massimo nannte. Mit dem Boss selbst redete Max nicht. Nicht vom Gefängnis aus. Nicht am Telefon. Wichtig war: Die Burschen hatten ihn nicht vergessen.

Der Häftling, den sie abstellten, um Max mit dem Rollstuhl herumzuschieben, hieß Michael. Er war ein lausiger Taschendieb, man hatte ihn zum dritten Mal erwischt. Michael rollte mit Max in den Krankenhausladen. Dort gab es Genießbares, Max kaufte Speck, Kaminwurzen, Brot, Mineralwasser. Essen hält Leib und Seele zusammen, sagt man.

Vor seiner Zelle standen die Agenten. Drinnen saß Franco. Max klopfte ihm freundlich auf den Rücken, deutete auf die Typen auf dem Gang, verdrehte die Augen. Wer fürchtet sich vorm schwarzen Mann? Franco. Er fürchtete sich vor allem und jedem. Keiner konnte Italienisch, Franco sprach kaum Deutsch, redete nur mit Max. Trafen sie sich auf dem Gang, drehte sich Franco dreimal um, um zu sehen, wer hinter ihm stand. Seine Augäpfel wanderten nach links und rechts, Buster Keaton in einem alten Stummfilm. Er sprach hastig, abgehackt. Abends saßen sie in Max' Zelle. Franco rauchte, dämpfte die Zigarette aus, nahm die nächste aus der Packung, starrte hinein, nur noch zwei drin. Max legte ihm seine Pranke auf die Hand. „Schau mich an", sagte er. „Mich hat es übel erwischt. Und wird auch wieder werden. Wir bleiben nicht im Gefängnis. Sei froh, dass du

nicht Deutsch kannst. Die müssen immer einen Dolmetscher holen, wenn sie dich verhören. Das ist teuer. Sie werden bald aufgeben!"
Franco glaubte ihm nicht. Mit hängenden Schultern schlurfte er davon, den Kopf eingezogen wie eine Schildkröte, die sich in ihren Panzer zurückzog. Max sah ihm nach. Fausto kam seltener, auch ihn hatten sie gebrochen. Seine ganze Bande mit einem Schlag ausgelöscht. Zurückgeblieben waren drei Memmen und ein Krüppel.
Max machte eine Eingabe, Überstellung nach Italien. Major Maier kam vorbei. Keine Vergünstigung ohne Gegenleistung.
Welche Gegenleistung?
Wo sind die Waffen versteckt? Wo habt ihr den Sprengstoff deponiert?
Max verweigerte die Aussage.
Schieber Michael kam mit einem Freund in Max' Zelle – ein breitschultriger, stämmiger Mann mit wässrig blauen Augen und Glatze. Der Typ setzte sich auf das Bett, klopfte Max auf die Schulter, nannte ihn einen tollen Kerl, behauptete, er säße wegen Bankraubs. Max biss in eine dünne Hartwurst. Hätte er ein Messer gehabt, hätte er die Wurst in Radln geschnitten – keine Messer im Gefängnis, nicht einmal einen Taschenfeitel durfte er haben. Der Mann schwafelte weiter. Erzählte von einem, der eine vergewaltigt hatte und getürmt war. Von der Krankenabteilung, sagte der Kahle, könnte man jederzeit ausbrechen, weil da keine Gitter vor den Fenstern sind, sondern Betonpfähle. Die könnten mit einem Gewinde auseinandergetrieben werden. Wo er das Gewinde hernehmen soll, fragte Max.
„Kann man kaufen", sagte der Kahle. „Die machen solche Gewinde in der Schlosserei. Muss man mit den Häftlingen reden. Kostet aber …"
Der Kahle rieb Daumen, Zeige- und Mittelfinger aneinander.
Zum Abendessen gab es Kartoffelsuppe und eine Knackwurst mit Erbsen und Karotten.

Max schickte Michael in die Schlosserei, er kam mit einem Christian wieder. Christian notierte, was gebraucht wurde.
Max sitzt in seinem Stuhl, starrt hinaus auf den Himmel, der ist zynischblau, keine Wolke, nur Helligkeit. An diesen Tagen ist er noch unruhiger als sonst, kann die Beine nicht still halten, wippt mit den Knien auf und ab, steigt hin und her, als gelte es, dem Totmann kundzutun, dass er noch lebte. Der Zug fährt und fährt, Max kann ihn nicht aufhalten, nicht stoppen, er ist längst abgefahren. In die falsche Richtung. Hinter Max liegt die Freiheit, vor ihm ewige Gefangenschaft. „Bewaffneter Raubüberfall mit Schießerei – dafür kassierst du fünfzehn Jahre", hat Major Maier zu ihm gesagt.
Fünfzehn Jahre. Wenn er rauskommt, ist er ein alter Mann, impotent, zahnlos, grauhaarig. Fünfzehn Jahre, dann ist Max fast fünfzig. Ob das Gewinde funktioniert hätte? Bevor Max es an die Betonpfeiler anlegen konnte, fanden sie es unter der Matratze. Er wurde abgesondert. Von der Krankenabteilung in die Isolationshaft. Ganz allein in einer Zelle. Rundherum nur Mauern und ein winziges Fenster mit Gitter. Mit niemandem reden, den ganzen Tag nicht. Nur an die Decke starren. Froh sein, wenn sich eine Fliege in die Zelle verirrt oder eine Spinne ein Netz baut. Was Lebiges, hat Theodor Storm geschrieben. Aber den hat Max erst später gelesen. Ein Gefangener hier in Stein hat ihm das Buch geschenkt. Und dann ist der Max in die Bibliothek gegangen und hat nach anderen Büchern von Storm gesucht. Aber die hatten nix. Also hat er sich ein anderes genommen. Ein dickes. Von Stifter. „Der Nachsommer" hat es geheißen, und Max war froh, dass es so viele Seiten hatte. Aber dann nicht mehr. Im „Nachsommer" ist nichts passiert. So wie hier im Gefängnis. Es passiert nichts.

KRIEG

Habe ich mich je wieder so frei gefühlt wie damals nach der Schule? Endlose Ferien lagen vor mir und danach nicht mehr zurück ins muffige Klassenzimmer, sondern an die Universität in Bologna. Studentenleben! Fortgehen bis zum Morgengrauen und niemand, der mir vorrechnet, wie viele Gehirnzellen bei einem Vollrausch abgetötet werden. Ha! Fröhliches Sterben in Fabios Kopf!

Ich stand in meinem Zimmer und packte meine Siebensachen in einen Koffer und einen Rucksack. Paolo reichte mir ein schwarzes Shirt. Ich betrachtete es, überlegte, ob es schwarz genug war. Paolo sagte, dass er mich vermissen würde. Ich ließ das Shirt sinken.

„Ach, komm", sagte ich, „Violetta ist auch noch da!" Der blödeste Trost, der mir einfallen konnte. Was sollte ein Zwölfjähriger mit einer Schwester anfangen? Paolo zuckte die Achseln. Er machte mir keinen Vorwurf, er war ein feiner Kerl. Ich nahm ihn in den Arm, sagte endlich das Richtige, dass er mir auch fehlen würde. Geweint habe ich damals nicht. Das haben sie später behauptet.

Vater brachte mich zum Zug. Er hätte mich gern mit dem Auto gefahren, so viel Platz im Kofferraum des Alfa, das wollte ich nicht. Beim Abschied sagte er, dass er stolz sei, weil ich in Bologna studierte, der ältesten Universität Europas. Ich war auch stolz – irgendwie.

Klaglos hatten es meine Eltern hingenommen, dass ich nicht Medizin gewählt hatte. Soziologie hätte mich gereizt, ich konnte mir wenig darunter vorstellen, vielleicht fand ich es deshalb attraktiv.

Ich stand in einer langen Schlange, vor mir ein Mädchen mit einem braunen Rossschwanz und Brille. Sie unterhielt sich mit einer vor ihr, die wollte sich für Anthropologie einschreiben. Ah! Die ande-

re redete über Theater und Oper als Gesamtkunstwerk, und dann wurde ein zusätzlicher Schalter geöffnet, ich war plötzlich dran und sagte …, sagte …, sagte: „Jus.“
Das ist jetzt kein Beinbruch, man kann jederzeit wechseln.
Wir hatten diesen alten Professor, Schmerbauch, Hände in den Hosentaschen, vor der Tafel auf und ab marschierend, immer in einem blauen Anzug, der an den Ellbogen glänzte. Er sprach über Seneca. Dass man das Leben leben soll, statt sich über die Zukunft Sorgen zu machen. Dass es gleichgültig ist, was andere denken. Dass das Nachdenken darüber, was andere denken, Verschwendung ist. Verschwendung wertvollen Lebens, Verrat am Denken als solchem. „Verstehen Sie das?“, spie uns der Alte entgegen. „Da haben uns die Götter das Denken geschenkt. Und was machen wir? Wir denken nicht, wir grübeln. Über Sinnloses!“ Er selbst grübelte nicht und trug seinen blauen Anzug jahrein, jahraus. Auch als die Achtzigerjahre uns längst Bundfaltenhose und Lacoste-Polos brachten. Ich mochte ihn. Ich blieb bei Schwarz und eng, steckte am Knie Sicherheitsnadeln in die Jeans. Nicht durch Wangen und Ohren, dazu war ich zu feig.
In Sizilien brach der Krieg aus. Die Corleonesi hatten zu viel ferngesehen, Marlon Brando und Al Pacino begannen mit der Säuberung. Wir saßen im Gemeinschaftsraum des Studentenheims auf ausrangierten Bürostühlen an Tischen mit erbsengrünen Resopalplatten. Die Bierflaschen blieben an den Resten von Sauce Bolognese, Milch und Cola kleben. An manchen Tagen wurde das Resopal von beigerot karierten, gewachsten Tischtüchern geschützt. Hob ich die Flasche an, knatschte es. Ich behielt das Bier in der Hand, starrte in den Fernseher. Zerfetzte Autos. Die Toten lagen auf den Sitzen, im Rinnstein, Männer, Frauen, sogar Kinder. Erschossen, erwürgt, in Beton versenkt.

Und dann wusste ich, worüber ich nachdenken sollte. Meine Seneca-Meditation führte mich zu Professor Alessandro Galli, seines Zeichens Strafrechtler und Spezialist für organisiertes Verbrechen. Galli stammte wie ich aus dem Süden, auch ihn hatte die Mafia vertrieben. Ich erzählte ihm von meinem Vater und wie ich als kleiner Bub plötzlich alles Vertraute zurücklassen musste. Wie ich Jahre, Jahre, Jahre der andere unter Gleichen war, wie ich in den Nächten geweint und an den Tagen geschwiegen hatte. Nein, das erzählte ich nicht. Aber jetzt hatte mir Seneca einen Auftrag gegeben, jetzt wollte ich keinen Tag mehr verschwenden.
Ich, dessen Schulkarriere wenig dazu angetan war, mich als den Sohn meines Vaters auszuweisen, raste in Rekordzeit durch mein Studium. Galli erzählte mir von der Sonderkommission zur Bekämpfung der Mafia in Sizilien. Damals hörte ich das erste Mal seinen Namen. Giovanni Falcone, caccia col falcone, die Falkenjagd, war eröffnet. Ich wechselte die Verkleidung, legte meine kunstvoll zerfetzte Edel-Punk-Kluft in die Mottenkiste und stieg in einen Anzug von Gianni Versace, mit dem ich mein Staatsexamen ablegte. Den Anzug trug ich auch bei der Promotion, bei der sich meine Eltern an den Händen hielten, Mutter Tränen aus dem Augenwinkel wischte, Vaters Brust sich von seinem Körper zu lösen und aus ihm herauszuwachsen schien. Paolo starrte gelangweilt auf seine Schuhe und schleuderte mir böse Blicke entgegen: Auch ihn hatten sie in einen Anzug gesteckt. Violetta hingegen hatte ich eine Freude bereitet. Sie nutzte die Gelegenheit schamlos, sich von meinen Eltern ausstaffieren zu lassen. Anders als Paolo, der in meine pubertären Fußstapfen trat, hatte sie sich der unsympathischen Jugendstilrichtung der Paninari angeschlossen, fun, fun, fun, and no brain.
Professore Galli kannte Rocco Chinnici aus Studienzeiten. Der hatte die Sonderkommission zur Bekämpfung der Cosa Nostra ins Leben

gerufen. Chinnici war ein Jahr zuvor, im Juli 1983, einer Autobombe zum Opfer gefallen. Galli gab mir ein Empfehlungsschreiben mit. Zur Promotion hatte mir Vater mein erstes Auto geschenkt: einen Fiat Uno, der war erst ein Jahr alt. Ich hätte mir ein anderes Auto gewünscht, etwas Schnittiges, Flottes, Mutter ließ das nicht zu. Es sterben zu viele junge Männer auf Italiens Straßen. Hätte sie gewusst, dass ich einen Job in Sizilien antrat, hätte sie mir einen Panzerwagen gekauft. Es sterben zu viele Männer …

Falcone bekam ich nicht zu Gesicht. Er brütete über den Akten von Tommaso Buscetta, der kurz zuvor die Omertà gebrochen hatte. Seine Geständnisse hatten der Sonderkommission Arbeit beschert. Haftbefehle mussten erteilt, Menschen aufgestöbert und verhört werden.

Ich teilte mir das Zimmer mit einem brummeligen Ermittlungsbeamten, der in strengem Palermo-Dialekt vor sich hin nuschelte. Wir erledigten Papierkram, tippten endlose Protokolle – auf alten Schreibmaschinen mit ausgeleierten Farbbändern. Ich beantragte den Kauf einer elektrischen Maschine. Er wurde abgeschmettert. Das Geld wurde für Wichtigeres gebraucht. Ich kaufte sie mir selbst, eine Kugelkopfmaschine mit Korrekturband – ich liebte das Korrekturband.

Und dann stand er plötzlich in unserem Zimmer, rundes Gesicht, Schnauzbart, zerknitterter Anzug. Helden sind kleiner, als man glaubt. Er suchte nach meinem Kollegen, der gerade eines der Buscetta-Bänder in Arbeit hatte.

Das nächste Mal begegnete ich ihm, als wir einen Durchbruch erzielt hatten. Falcone und sein Freund, Paolo Borsellino, bereiteten einen Prozess vor. Einen Prozess, wie ihn Sizilien, Italien, die ganze Welt noch nicht gesehen hatte. Alle sollten drankommen. Alle. Wir hatten die Namen, wir brauchten nur noch Geständnisse und – Beweise.

Falcone lud die Mannschaft zu einer Feier ein. Er hielt eine Rede, ich hielt den Atem an – ich war Teil von etwas Großem, ich spürte es. Falcone setzte sich an jeden Tisch. Auch an unseren. Er fragte mich, wer ich sei, woran ich arbeitete. Schnell merkte er, dass ich nicht aus Palermo stammte. Ich erzählte von meiner Herkunft. Ich solle am nächsten Tag in sein Büro kommen. Er rückte einen Tisch weiter. Als er ging, standen vier Männer auf und folgten ihm.
Unser Termin war um zehn Uhr. Ich hatte meinen Versace-Anzug an, der hatte mir immer Glück gebracht. Falcone kramte einen „Corriere" hervor, warf ihn mir zu, ein Artikel war rot umrandet. Es ging um ungeklärte Banküberfälle in Südtirol. Ich überflog den ersten Absatz, lehnte mich zurück. Falcone riet mir, nach Südtirol zurückzukehren. Ich verstand nicht, Falcone erklärte. Der entscheidende Faktor in allem sei Geld. Wollten wir die Mafia auslöschen, müssten wir ihre Geldströme unterbinden. Nur die hielten sie am Leben. In den großen Dimensionen ging es um Banken, Geldwäsche, Umwandlung des schwarzen in weißes Geld, was nicht ohne die Hilfe von Politik und Wirtschaft passierte. In den kleinen aber weiterhin darum, die Kriminalität zu bekämpfen. Erfolgreiche Bankräuber waren für die Mafia so interessant wie diese EDV-Spezialisten, von denen allerorten die Rede war, für die Industrie. Ich schnaufte. Falcone beugte sich nach vorn, sah mir in die Augen, warf mir einen Namen ins Gesicht: Mala del Brenta. Die alten Sizilianer hätten sich in den Siebzigerjahren auf die Suche nach neuen Quellen gemacht und seien, wenig verwunderlich, im reichen Norden fündig geworden. Dort, an der Brenta also, habe man sich angesiedelt und versuche nun, neues Geld in altes Gewerbe zu pumpen. Je mehr Raum wir den Mafiosi ließen, desto besser würden sie ihn nutzen. Auf dem Weg zum Erfolg sammelten sie die kleinen Kriminellen ein, machten sie zu Komplizen, Freunden, Menschen, die ihnen einen Gefallen

schuldeten. „Aber“, Falcones Schnurrbart zitterte, „seien Sie auf der Hut. Die Leute sind brandgefährlich, gelten als besonders brutal.“ Ich schluckte, riss die Zeitung wieder an mich. Die Bande, die verdächtigt wurde, eine Bank in Mühlen in Taufers und andere um einige Millionen Lire erleichtert zu haben, war die eines gewissen Max Leitner.

FESTSTELLUNG DER BESCHLUSSFÄHIGKEIT

Eine Magd ging in den Hof, um den Kehricht auszuleeren. Da fand sie einen Brief. Darin stand, dass sie in den Berg, an dessen Fuß das Dorf lag, kommen sollte, denn dort warte viel Gold auf sie. Die Magd fürchtete sich, aber ihre Herrschaft sagte, sie solle nur hingehen, sonst würden ihr die beleidigten Zwerge übel mitspielen. Also begab sich die Magd zum Berg, sie wurde eingelassen und die Zwerge gaben ihr güldenes Geschmeide. Als sie wieder gehen wollte, sagten die Zwerglein, sie möge doch noch zwei Tage bleiben, und so setzte sich die Magd wieder an den kleinen Tisch, plauderte und trank mit den kleinen Gesellen. Dann verließ sie fröhlich den Berg, doch als sie in ihr Dorf kam, siehe, da war alles anders geworden. Das Haus stand leer und wurde vom Wilden Wein überwuchert, ihre Herrschaft kannte keiner mehr und auch die Kühe und Pferde im Stall waren ihr fremd. Sie fragte die Dorfbewohner, aber keiner kannte sie oder ihre Herrschaft. Am Waldesrand wohnte ein ganz alter Mann, der erzählte, dass vor langer, langer Zeit eine Magd aus dem Dorf verschwand und nie wiederkehrte. Seither seien wohl dreihundert Jahre ins Land gezogen. Als sie dies hörte, bekam die Magd mit einem Male schlohweißes Haar, ihr Gesicht wurde runzelig und die Zähne fielen ihr aus. Sie kippte um, wo sie stand, und war auf der Stelle tot.

Die Mutter hatte Max das Märchen erzählt. Als sie gegangen war, konnte Max nicht einschlafen, so sehr fürchtete er sich vor den Zwergen, die das arme Mädchen dreihundert Jahre in ihrem Berg gehalten hatten. Später – als er nach Cesenatico kam – wusste er es: Die Zwerge hatten das Mädchen gefangen, es durfte gar nicht mehr nach Hause. So wie ihn die Nonnen hier hielten und nicht wegließen. Es sei zu seinem Besten, sagten sie. Wie die Zwerge, die die arme Magd belogen hatten. Jetzt ist es gewiss: Der Berg der Zwerge war ein Gefängnis. Genau wie dieses hier. Und die Zeit ist stehengeblieben, als hätte sie vergessen zu vergehen. Und hundert Jahre sind ein Tag und ein Tag dauert hundert Jahre.

Max hat wieder eine Eingabe gemacht. Er hat mit der Sozialhelferin gesprochen. Sie hat ihm gesagt, was er schreiben muss. Und sie hat ihm ein Buch gegeben, Rechtsberatung. Auf dem Tisch stapeln sich Bücher, die ihm verstehen helfen, was in den Gesetzen steht. Sollte er hier je wieder herauskommen, könnte er eine Beratungsfirma aufmachen, die haben sich in den vergangenen Jahren ausgebreitet wie Schimmel auf altem Brot. Jeder hat Berater. Max braucht keine Berater, er berät sich selbst. Überhaupt macht er alles selbst. Herbert, mit dem hat er sich angefreundet. Der sitzt wegen Betrugs. Er hat ihm das Heft verkauft. Da war es schon abgegriffen. Aber Max benutzt es dennoch. In dem Heft ist eine drin, die sieht aus wie Eliana. Die schönste Frau in ganz Argentinien, einem Land, in dem die schönen Frauen so prächtig gedeihen wie die Zitronen in Sizilien. Sie hat ihn in Südtirol besucht. Der Porsche – der hat ihr gefallen. Sie wollte selbst fahren, hatte keinen Führerschein. Bei Treviso standen die Carabinieri. Eliana stieg aus dem Auto, der Carabiniere starrte auf ihre Beine, sein Blick glitt nach oben, saugte sich an ihren Brüsten fest. Eliana schimpfte. Sie sei aus Argentinien, ob man sie deshalb aufgehalten habe. Weil man glaube, dass eine ausländische Frau sich nicht wehren könne gegen solche Angriffe. Ja, Angriffe. Sie sei vorschriftsmäßig gefahren. Keinerlei Übertretung. Warum also werde sie so grob nach den Papieren gefragt. Der Carabiniere nickte, ja, das sei unhöflich gewesen, keinesfalls wolle man sie beleidigen, sie hätten auch gar nicht gesehen, dass Eliana Ausländerin sei, obwohl: So schöne Frauen wie sie seien hier selten, ja, selten.

Hätte ihn Eliana auch nur ein einziges Mal in Stein besucht, wäre er längst draußen. Sie hätte den Beschließer beschimpft, ihn an der Krawatte gepackt, ganz nah an ihr Gesicht mit den schimmernden schwarzen Augen, der kleinen Nase, den vollen roten Lippen gezogen. Sie hätte ihm etwas ins Ohr geflüstert, etwas mit ficken oder küssen, und der Schlüssel des Beschließers wäre ganz von allein aus seiner Hosentasche in ihre kleine, feste Hand gewandert.
Eliana kommandiert in der Villa Miseria von Buenos Aires eine Bande williger junger Burschen, die für sie stehlen, rauben, vielleicht töten. Max vermisst sie nicht, er denkt nur wegen des Hefts an sie. Sie war ein Abenteuer, gut im Bett, schlecht fürs Herz, solche Frauen gehören dir nie.
Julia wird ihn auch vergessen, wenn sie ihn nie sieht. Max muss Kathi zwingen, mit ihr nach Stein zu fahren. Was sind sechs Stunden? Nicht mehr als ein Funke in einem Dutzend Jahren. So schlimm wird es nicht kommen, behauptet sein Anwalt. Was weiß der schon? Er ist draußen, er bringt seine Kinder täglich ins Bett. Julia wird ihn vergessen. Ex-Ehemänner und vergessene Väter gibt es in Stein so viele wie Sterne am Firmament.
Julia hat ihm ein Bild geschickt. Eine Wiese mit einem großen bunten Schmetterling. Dahinter Berge. Max muss aufpassen. Die Tränen lösen die Farben auf. Er darf die Zeichnung nicht zu lang in der Hand halten, muss sie schnell weglegen. In den Zellen von anderen Häftlingen hängen vergilbte Kinderzeichnungen an den Wänden. Max legt das Blatt sorgfältig zusammen, steckt es zurück in das Briefkuvert, auf dem in Schönschrift sein Name steht. Julia ist klug. Sie wird studieren. Er wird dabei sein, wenn sie ihre Urkunde entgegennimmt. Seine Tochter. Er wird da sein. Er muss hier raus.
Diesmal wird er es klüger anstellen. Er wird sich nach Italien überstellen lassen. Stein sei ausbruchsicher, sagen sie. Alle sagen das. Die

Wärter, die Rechtsanwälte, die Häftlinge. Nichts ist vor Max sicher. Gar nichts. Gut, das mit dem Löffel geht nicht, er hat es probiert. Das hat auch in Innsbruck nicht geklappt. Er hat einen Hohlraum gefunden. Er hat gekratzt. Er kam auf Stahlbeton. Er hat Klebstoff, Brot und Spucke gemischt und das Loch wieder zugekleistert. Es hat echt ausgesehen. Inzwischen wird es nicht mehr echt aussehen, es wird grün-schimmelig glänzen. Sie werden den Naturkleister aus dem Loch holen und es mit Mörtel zuschmieren. Es gibt viele solche Löcher in den Gefängniswänden. Die Gefängniswände sind ein einziger Emmentaler Käse. Die Löffelmethode bringt nichts.
In Innsbruck saß Walter Grubauer, ein Schönheitschirurg. Der hatte den besten Anwalt. Max wollte auch den besten Anwalt. Dr. Manfried Rainer kam mehrmals die Woche. Der Anwaltsbesucherraum war so karg wie alles andere hier. Ein Tisch, zwei Stühle, nackte Wände, vier Ecken, in einer davon ein Aufpasser. Das Klo wie jedes Klo, das Fenster durch ein Vorhängeschloss gesichert.
An einem Dienstag wurde Heinz entlassen. Max gab Heinz die Nummer. Wenige Tage später meldete sich Massimo. In einem dieser Gangsterfilme aus den Fünfzigerjahren hätte ihm Massimo einen Kuchen gebracht. Aber Massimo kam nicht.
Notburga tröstete ihn. Sie steckte ihm ein Bild der heiligen Thekla zu. Er solle nur nie den Glauben verlieren. Schau, die heilige Thekla. Als sie zum Tod verurteilt wurde und man einen hohen Scheiterhaufen aufrichtete, löschte der Regen die Flammen und ein Erdbeben ließ die Leute davonlaufen. So jung hätte sie sterben sollen und ist doch neunzig Jahr alt geworden.
In seiner Zelle zerbrach Max den Rahmen, wischte die heilige Thekla zur Seite und popelte das dünne Blatt der Eisensäge heraus. Lang würde es dauern, damit etwas zu zersägen. Max hob die Matratze an, inspizierte den Rost – zwei lange Eisenstangen, eine würde genügen.

Max öffnete die Tür des Spinds, drehte das Radio auf volle Lautstärke, setzte sich an den Bettrand, begann zu arbeiten.
Die Wache schlug gegen die Tür. Max stand auf, brachte die Matratze in Ordnung, schloss den Schrank. Das Fressfensterchen stand offen, darin das Gesicht des Wachmanns, es war purpurn um die Nase, die Stimme eine Oktave zu hoch. Er soll sofort das Radio leiser stellen. Die Anweisung habe er nicht gehört, sagte Max, das Radio sei so laut gewesen. „Ah, da, das ist mein Lieblingslied!" Max hob die Arme, schwenkte die Hüften, drehte sich herum, wackelte mit dem Hintern. Der Wärter knallte das Türchen zu. Die Melodie verebbte, eine Sprecherin säuselte: „Fenster und Türen von Internorm. Sicher und stabil."
Zwei Wochen sägen, telefonieren, organisieren. Feine Kerls waren das in Innsbruck. Fanden sofort jemanden, der helfen konnte, draußen warten würde mit Geld, Pass und Auto. Dr. Rainer war ein großartiger Anwalt. Max bestellte ihn ins Gefängnis wegen der Eingabe zur Überstellung. Er zog einen Rollkragenpullover an. Den hatte ihm die Kathi mitgebracht. Max hatte ihn gleich angezogen, da weinte Julia noch mehr. Der Papa soll mitkommen, warum er denn immer noch hierbleibe, in diesem hässlichen Haus mit den unfreundlichen Männern. Max zog den Rolli wieder aus, streichelte Julia über den Kopf. So viele Monate waren vergangen und Max war noch immer nicht bei ihr. Er steckte die Eisenstange im Rücken in den Rolli. Sie passte zwischen Kragen und Hosenbund. Alles ausgemessen, nichts dem Zufall überlassen. Messen im Gefängnis, wenn es kein Maßband gibt. Nicht einmal ein blödes Geo-Dreieck, wie sie es in der Schule verwendet hatten. Also Naturmaße. Hände, Füße, Besteck … arbeiten mit dem, was da ist. Fünf Löffellängen misst die Eisenstange. Fünf Löffellängen sind es vom Hals bis zum Hosenbund. Max steckte die Stange hinten hinein. Klopfte so fest gegen die Tür, dass

alle Taferl, die sie außen an die Tür geheftet hatten, runterfielen. Billige Magnettäfelchen, auf denen stand, dass Max gefährlich ist. Dass Fluchtgefahr besteht. Dass er nicht kooperiert.
Der Wachmann sperrte auf. Dr. Rainer wartete schon. Aber zuerst untersuchen. Abtasten.
„Bist du schwul oder was? Gib deine Pfoten weg."
Der Wärter antwortete nicht. Er bückte sich, um Max' Hosenbeine abzugreifen, während Max mit erhobenen Armen dastand und wartete.
„Umdrehen", sagte der Wärter.
„Lass gut sein", knurrte Max. „Ich geh nur zu meinem Anwalt."
„Umdrehen", wiederholte der Wärter.
„Geh doch zu einem Stricher und lass mich in Ruh."
„Umdrehen", schnauzte ihn der Wärter an.
Max verdrehte die Augen, schnauzte zurück. Lärm von der anderen Seite des Gangs. Was war da los? Versuchte einer auszureißen? Der Wärter schnaubte, er könne gehen, lief hinaus. Max stiefelte hinunter zum Sprechzimmer. Der Beamte im Eck hieß ihn sich setzen. Max erzählte von seinen Rückenschmerzen. Die Betten hier, ein Glumpert. Total durchgelegen. Der Anwalt hatte Verständnis, der Wachebeamte auch: Oh weh, Ischias – eine Plage. Ohne Voltaren ginge gar nichts. Dr. Rainer stamperte den rückenlahmen Wachebeamten hinaus. Rainer setzte sich, öffnete seinen Aktenkoffer. Die Eisenstange drückte Max ins Kreuz, höchste Zeit, dass sie zum Einsatz kam. Max klappte den Klodeckel herunter, stellte sich drauf, zog die Eisenstange aus dem Pullover, fädelte sie in das Vorhängeschloss ein. Jetzt ein wenig Hebelwirkung, Physik, zweite Klasse Handelsschule.
Die Handelsschule erwies sich einmal mehr als nutzlos, statt des Vorhängeschlosses wurde die Stange demoliert. Die Betten hier – ein Glumpert! Draußen stand das Auto. Draußen warteten die

Freunde, um ihn über die Grenze zu schmuggeln. Aber die Hebelwirkung versagte auf allen Linien. Max gab auf, bevor die Stange brach. Wie hätte er sie rausbringen sollen? In Teilen? Er steckte die verbogene Stange wieder in den Rollkragenpullover. Ging hinaus. Dr. Rainer deutete auf einen Stuhl. Auf keinen Fall hinsetzen. Die Eisenstange würde aus dem Kragen herauswachsen, sich ausstülpen wie die Tentakel eines Tintenfischs. Eine aus dem Pullover lugende Eisenstange konnte selbst sein Anwalt nicht übersehen. Max faselte etwas von Durchfall und Bauchweh, das nächste Mal reden, heute schnell wieder in die Zelle.

Der Durchfall war gut. Max drohte den Wärtern mit spontaner Darmentleerung, die er nicht steuern könnte. Die Wärter führten ihn zurück in die Zelle. Max legte die Stange an ihren Platz zurück. In dieser Nacht schlief er schlecht. Die Betten hier: total durchgelegen.

ICH SAZ ÛF EIME STEINE

Mein Büro war ein ödes Zimmer in einem alten Gebäude nahe des Eisack, nicht größer als jenes in Palermo, aber weniger heiß. Im Sommer stellte mir die Reinigungskraft einen großen Ventilator herein, der laut brummend die warme Luft hin- und herschaufelte. Auf meinem Schreibtisch thronte die Kugelkopfmaschine.

Sergio Martinelli kam herein. Er war schon seit zwanzig Jahren bei den Carabinieri. Vererbt, sagte er, schon der Vater war bei der Polizei. Martinelli hatte die Anfänge der Mala del Brenta in Venedig gut in Erinnerung. Sie hätten auch vorher so manche Leiche aus den Kanälen gefischt, aber als die Sizilianer kamen, sei es anders geworden. Brutaler, härter, systematischer. Die Verbrecher aus dem Süden kassierten Schutzgelder, wie sie es von zu Hause gewohnt waren. Sie erpressten die Leute, handelten mit Waffen und Drogen. Alle zahlten und schwiegen.

Inzwischen expandiere die Mala del Brenta, breite sich nach Norden aus. Ich fragte, ob den Leuten hier Schutzgeld abgepresst werde. Sergio wiegte den Kopf. Nicht im großen Stil, aber man kooperiere mit lokalen Kriminellen. Ich ließ einen Namen fallen. Sergio nickte. Ich fragte, wie sich das abspiele. Sergio erklärte. Die Mafiosi erfuhren über ihre Kontaktleute, wo es etwas zu holen gab. Diese Informationen wurden an Interessenten verteilt. Die Gegenleistung war das Übliche: ein Teil der Beute, ein Gefallen hier, Unterstützung da. Sehr bequem für die Bosse. Sie brachten sich nicht selbst in Gefahr und kassierten dennoch.

Ob es möglich wäre, jemanden in die Organisation einzuschleusen? „Sicher", sagte Sergio. „Aber mich nicht. Mich kennen sie. Ein Junger müsste es sein. Einer mit Schneid. Die Typen sind gefährlich.

Sie wägen nicht lang das Für und Wider ab. Wenn sie dich enttarnen, bist du tot."
Ob es einen gäbe, fragte ich. Einer, der das auf sich nähme.
Schon am nächsten Tag kam er mit einem zackigen Kerl wieder. Er hieß Luigi, kaute Kaugummi, beklagte sich über die Hitze. Ich schaltete den Quirl ein. Luigi hob das Hemd, ließ Luft einströmen, setzte sich, fragte nach Cola. Sergio ging zum Automaten, kam mit zwei Flaschen wieder. Luigi trank eine leer, hielt sich die andere an die Stirn.
Luigi war ein Pentito, gehörte früher selbst zur Mala. Ich erzählte von Max. Sergio sagte, dass Max etwas plane. Was genau, sei nicht bekannt, einen Überfall, das sei sicher. Vielleicht eine Bank. Vielleicht Größeres.
„Soll ich ihm einen Tipp geben?"
„Ja", antwortete ich. „Darüber habe ich nachgedacht."
Luigi rollte wieder die Cola-Flasche über die Stirn. „Ein Geldtransport könnte was sein. Wie soll ich mich ihm nähern?"
Ich drückte auf Luigis Bizeps, befand ihn als trainingsbedürftig, empfahl Einheiten in der Kraftkammer. Luigi war es zufrieden. Er würde sich melden.
Ich hörte lang nichts. Eines Abends rief er mich an. Wir trafen uns in einer Imbissbude außerhalb der Stadt. Ich bestellte Würstel und ein Bier. Luigi aß Spareribs mit fetten Saucen. Er erzählte von der Trainingshalle. Die wurde von Max Leitners Frau geführt. Katharina: eine Brünette mit dunklen Augen, breitem Gesicht, schlank. Luigi hätte mit ihr geflirtet. Katharina sei darauf eingestiegen. Und dann war Max da. Luigi richtete Grüße von Massimo aus. Sie seien ins Gespräch gekommen. Über dies und das, Gott und die Welt und das liebe Geld und wie es so transportiert wird.
„Glaubt er dir?", fragte ich.

„Ja." Als wolle er mir zeigen, welch guter Mafioso er sei, stocherte er mit dem bloßen Finger in den Zähnen herum.
„Übertreib es nicht", sagte ich und deutete auf den Totenkopfring an seinem rechten Ringfinger.
„Der?" Luigi besah sich den Ring, als hätte er gerade erst bemerkt, dass er an seinem Finger steckte. „Den hat mir meine Frau geschenkt."
„Die Nazis haben solche Ringe verliehen."
„Die Nazis? Wusste ich nicht."
Ich bereitete die Aktion vor. Sprach mit der Spezialeinheit. Forderte Hubschrauber und gepanzerte Wagen an, studierte die Akte Max Leitner. Sie war dick. Bei mehreren Banküberfällen galt er als Hauptverdächtiger. Es waren kleinere Filialen, die keine Videokameras hatten. Drei bewaffnete Männer stürzten herein, alle militärisch gekleidet, alle bis an die Zähne bewaffnet. Einer schob die Tasche über den Tresen, die MP in der rechten Hand. Die anderen beiden blieben im Hintergrund, beobachteten das Geschehen, Waffen im Anschlag. War die Tasche – Sporttasche, keine Marke erkennbar – befüllt, liefen die Täter hinaus, sprangen in ein Auto, das vor der Tür geparkt war, und fuhren davon. Keiner der Anrainer hatte etwas bemerkt. Niemandem war ein Auto aufgefallen, es gab keine Anzeigen wegen Schnellfahrens.
Seit die RAF in Deutschland gewütet hatte, waren in vielen Städten auf öffentlichen Plätzen und Straßen Videokameras montiert. Die italienischen Kommunen hatten für technischen Schnickschnack kein Geld, und hätten sie es gehabt, hätten sie zu wenig Personal gehabt, die Bänder durchzusehen … und zu wenig Gefängnisse. Hier in Südtirol gab es Geld, aber keine Mafia. Die Roten Brigaden überfielen Banken zur Geldbeschaffung. In Südtirol gab es was zu holen. Die Kriegskasse der Brigate Rosse füllte sich. Und nicht nur

die. Viele sprangen auf das Trittbrett auf und fuhren munter drauflos. Wir hatten keine Aufnahmen. Der einzige Anhaltspunkt war die Sporttasche. Sie war rot oder violett. Mit einem weißen Streifen. Oder einem blauen. Oder gelben. Es sei kein Streifen gewesen, sondern eine Welle, sagte eine Kassiererin und eine andere behauptete, die Tasche sei einfärbig gewesen. Blau. Die Trainingshalle verkaufte keine Sporttaschen.

Die Waffen ließen Mafia-Kontakte vermuten. Maschinenpistolen gibt es nicht im Supermarkt. Die örtlichen Waffengeschäfte verkauften Gewehre für die Pirsch. Dennoch wurde in den Geschäften nachgefragt. Schließlich geht es auch um Zubehör. Holster, Taschen. Auch diese dünne Spur verlor sich.

Ich lud Sergio auf einen Kaffee ein. Fragte nach Luigis Familie. Sergio verzog den Mund, brummte etwas von Predappio. Ich fragte nach. Luigis Familie verehrte den Duce. Schon als Kinder seien sie mit dem Vater in dessen Geburtsort gepilgert und hätten Duce-Bilder gekauft.

Ich erzählte von dem Ring. Sergio verrührte den Milchschaum in seinem Kaffee. Der Ring hätte nichts zu bedeuten, sagte er. So einen hätten viele, vor allem unter Motorradfahrern sei er beliebt. Ich nickte, sagte, dass er den Ring von seiner Frau geschenkt bekommen hätte. Sergio schüttelte den Kopf. Sicher nicht von seiner Frau. Luigi war nicht verheiratet. Dem blieb keine. Er behandelte sie schlecht. Informanten müssen nicht sympathisch sein.

INNSBRUCK, ICH MUSS DICH LASSEN

Der Prozess. Max' Kumpels saßen wie die begossenen Pudel auf der Anklagebank und Max wiederholte zwanzigmal, dass er der Kopf der Bande war, dass er alles geplant hatte, dass er die Burschen mit hineingezogen hatte. Und die Burschen sagten nichts, und die Dolmetscher wisperten.

Vor dem Prozess hatte Max viel gelesen, exakt recherchiert, worauf zu achten war. Ein Buch von einem Franzosen erzählte von einem Mann, der in Algerien einen Araber erschossen hatte. Der Mann fand es interessant, was im Prozess über ihn gesagt wurde. Was sollten sie über Max sagen? Jedenfalls nicht das Richtige. Nicht, dass er mutig war und stark. Dass er kühn war und dass er Ehre im Leib hatte. Das konnten alle sehen. Alle. Zwanzigmal sagte er, dass er der Kopf der Bande war.

Es gab auch ein Buch, das hieß „Der Prozess". Darin ging es gar nicht um einen Prozess. Also schon. Aber eigentlich darum, dass einer willkürlich von der Justiz verfolgt wird. Max las das Buch nicht zu Ende. Zu kompliziert geschrieben und dass die Behörden Schweine sind, weiß jeder.

Die juristischen Bücher von der Sozialhelferin halfen schon. Gleich zu Beginn sagte Max, dass die ballistische Untersuchung beweisen würde, dass er nicht geschossen hatte. Es wurden keine Kugeln gefunden, die aus seiner Waffe stammten. Nirgends. Den ganzen Tatort danach abgesucht, aber nix. Das Gewehr wurde nicht abgefeuert. An seinen Händen: keine Schmauchspuren. Null, nix, niente.

Wer das Feuer eröffnet hat? Franco, Fausto, Marco? Marco bekam sechs Jahre, Fausto sieben, Franco zehn.

Max Leitner: zwölf Jahre.

Zwei schon abgesessen. Noch zehn. Nein. Nie. Niemals.
Sie kamen am Nachmittag. Max solle seine Sachen packen. Es gehe ins Hochsicherheitsgefängnis. Nein, danke.
Doch.
Max zeigte Willenskraft, blieb sitzen, tat keinen Handgriff, spannte die Muskeln an, verschränkte die Arme. Aber die hatten Handschuhe. Packten zu. Zerrten ihn in die Höhe. Zerrten ihn zum Auto. Stießen ihn hinein. Grob, richtig gemein. Carabinieri sind Schweine, österreichische Polizisten sind Scheißhunde.
An die Fahrt nach Stein erinnert sich Max kaum. Als hätten sie ihm K.-o.-Tropfen ins Frühstück gemischt. Alles dumpf im Schädel. Der Hof ist ihm aufgefallen. Und dass das Haus gelb gestrichen war – gelb wie das Wiener Schloss Schönbrunn. Ein alter Kasten – der muss zu knacken sein.
Die waren nicht freundlich in Stein. Max hat Notburga geschrieben. Sie hat den Tisch gefragt. Er wird hier herauskommen. So viel ist sicher.
Die Stein-Männer sind widerlich. Einer hat Kinder gevögelt. Einer hat Frauen vergewaltigt. Einer hat Prostituierte stranguliert. Aber nein, der wurde vor zwei Jahren entlassen, weil er so schöne Gedichte geschrieben hat. Wenn einer schöne Gedichte schreibt, darf er Nutten umbringen.
Max schreibt keine Gedichte. Er denkt lieber nach. Meditiert. Ruft die Geister an. Sie sollen ihm helfen. Der alte Kasten macht ihm zu schaffen. Er träumt schlecht, das ist kein Wunder. Das Bett ist kalt und leer.
Kathi hat endlich geschrieben. Sie kommt mit Julia. Max freut sich. Und er hat Angst. Was denn? Ein Kerl wie er. Der sich nicht fürchtet, mit einer Maschinenpistole in eine Bank zu rennen. Der einem Mann auch dann aufs Maul schlägt, wenn der drei Kopf größer ist

als er selbst. Frech werden braucht keiner. Er hat Angst. Vor einem kleinen Mädchen, das sieht, wie sie seinen Papa schikanieren und herumkommandieren. Der Direktor zum Beispiel. Ein Militär. Drei Sterne auf dem Kragen seiner Uniform. Aber darunter kein bisschen Ehre. Isolationshaft, weil Fluchtgefahr besteht.

Julia sitzt hinter kugelsicherem Glas. Sie weint, will zum Papa, jetzt gleich. Sie will ihn umarmen und halten, sie will eine Geschichte von ihm hören. Einen Papa im Gurkenglas, eine Papa-Schneekugel – wer braucht das?

Max hätte ihr gern etwas geschenkt. Einen Teddybären oder eine Barbiepuppe. Spielzeug gibt es nicht im Gefängnisladen. Und überhaupt kann er nur für vierzig Schilling einkaufen. Eine Packung Speck und zwei Schachteln Zigaretten. Für mehr reicht es nicht. Das Geld gammelt auf einem Konto vor sich hin. Der Gefängnisladen holt sich das Geld direkt von der Bank, Max bekommt keinen Groschen. Meist schickt die Kathi Geld, manchmal die Mama oder die Notburga. Aber die geht nicht gern zur Bank. Seit sie den neuen Fernseher hat, überhaupt selten außer Haus. Im Gefängnis braucht Max kein Geld. Hier wird mit Zigaretten bezahlt. Zwei Kilo Fleisch kosten eine Packung Marlboro oder Camel. Ohne Fleisch kann Max nicht leben. Ohne Camel schon. Einmal hat er es probiert. Aber ihm ist schlecht geworden. Und überhaupt mag er es nicht, wenn das brennende Ding an seine Lippen kommt. Aber die Wachen rauchen wie die Schlote. Zigaretten sind teuer. Das Fleisch, das Obst, der Kuchen, das Essen, das Max gegen die Zigaretten eintauscht, kostet die Wachen nichts. Es kommt aus der Gefängnisküche.

„Sind auch nur Menschen", sagt Gerhard. Aber Gerhard versteht alles. Nicht einmal die Kinderschänder will er verprügeln. Sind auch nur Menschen. Nein, sagt Max, das sind keine Menschen. Trotzdem schlägt er sie nicht. Das erledigen andere. Max wird nie geschlagen.

Weil alle wissen, dass ihnen das nicht guttut. Den Wärtern tut es nicht gut und den Knackis tut es nicht gut.
Wenn ihm einer im Hof blöd kommt, zeigt Max auf einen von den Serben oder Kroaten und dann sagt er, dass dieser die Sache regeln wird. Und sofort ist der Kerl still, sagt kein Wort mehr. Die österreichischen Verbrecher haben keine Ahnung von der Mafia. Sie glauben, dass alle dazugehören. Nur sie nicht. Die meisten österreichischen Verbrecher sind so blöd wie die Beamten. Nur Gerhard nicht. Der ist ja auch Bankräuber, genau wie Max.
Die Jugoslawen kennen sich aus. Sie sagen Max, was er tun muss. Arbeiten. Auf jeden Fall arbeiten. Die Sozialhelferin freut sich, dass Max sich endlich integriert, dass er mittut. Ja, arbeiten, das ist ein erster Schritt. Und wenn er noch ein paar solcher Schritte macht, ein paar mehr, dann werden sie ihm das gutschreiben und er sitzt nur mehr neun Jahre oder kommt sogar nach acht Jahren schon wieder raus. Hinaus in die Freiheit, und ob Max sich das nicht wünscht. Nein, das wünscht sich Max nicht. Er will jetzt hinaus.
Schlosser kann er werden, oder Drucker, und wenn er sich geschickt anstellt, kann er Flugzeuge bauen. Max will Automechaniker werden. Einen guten Mechaniker braucht man immer. Und ein Mechaniker braucht gutes Werkzeug. Eine Flex, eine Säge … In der Autowerkstatt arbeiten Italiener. Die versteht keiner. Nur Max kann mit ihnen reden. Der Direktor ist gegen die Pizza Connection. Sie stecken Max in die Druckerei. Laut ist es da, laut wie in der Hölle. Der Druckerchef sitzt in einem Glaskobel. Zwei Beamte stehen herum und glotzen die Leute an, während die Druckmaschinen endlose Formulare für die Justiz ausspucken: F 10, 11, 12, 13, 14, 17. Die Formulare werden in Schachteln geschlichtet und auf einen Wagen geschichtet. Ist der Wagen voll, fährt Max mit dem Wagen hinunter ins Erdgeschoß.

Die Autowerkstatt liegt auf dem Weg. Beim Zurückfahren bleibt Max an der Werkstatt stehen und plaudert mit den Italienern. Er muss feilschen. Für lange Verhandlungen ist keine Zeit. Dennoch: Hundert Packungen Marlboro sind zu viel, schließlich ist der Hilti-Bohrer nur geliehen, kommt wieder zurück in die Werkstatt. Der Genuese ist mit drei Stangen einverstanden. Die Hilti verschwindet in einer leeren Papierschachtel. Als Max hereinkommt, liest der eine Wärter die „Kronen Zeitung", der andere sieht zu Max, kommt auf ihn zu. Schaut auf die Schachteln. Sieht er die Hilti? Beult sie die Schachtel aus? Der Wärter steht jetzt vor ihm, deutet auf den Wagen. Max greift in die Hosentasche: „Zigarette?"
Der Wärter nimmt sich eine aus der offenen Packung. Geraucht wird auf dem Gang. Nicht hier in der Druckerei. Da ist alles voll mit Papier, wenn das Feuer fängt, sind die Häftlinge draußen.
„Wir kriegen bald Besuch", schreit der „Kronen Zeitung"-Leser seinem Kollegen hinterher. „Hat schon wieder einer seine Frau erstochen und zwei von den Kindern sind auch tot. Eines hat überlebt."
„Garantiert ein Jugo oder ein Türk", brüllt der andere zurück, bevor er draußen ist.
„Und in Wien haben sie wieder Autos gestohlen. Sicher die Polen! Immer die Polen! Die haben wir gebraucht."
„Was du daherquatschst", sagt Max, während er mit der Hilti in der Schachtel an dem Wärter vorbeifährt. „Wir sichern euren Arbeitsplatz."
Der „Kronen Zeitung"-Leser ist schon beim Sportteil. Rapid hat 2:0 gegen die Austria verloren. Auch das noch.
Max fährt den Wagen zu seinem Platz. Neben ihm arbeitet Ahmed. „Hey, Kümmeltürk", hat Max gesagt, als er vor zwei Wochen angefangen hat zu drucken, „wie viele Frauen hat dein Harem?"
„Vier", hat Ahmed gesagt. „Eine geheiratet und drei so."

Max hat gelacht und der Türke hat gelacht und sie sind Freunde geworden.
Jetzt hat der Türke den Mann, der in der linken Ecke an der Druckmaschine steht, bestochen, damit er die Wand aufbohrt. Und der Mann bohrt. Und der Türke bohrt. Und Max bohrt. Und damit es noch lauter ist als sonst, wirft Max kleine Kügelchen in die Druckmaschine. Die Maschine mag keine Kügelchen. Sie fängt an zu stottern und macht Radau. Max nimmt sich einen Stapel fertiger Formulare von Ahmed und legt sie in seinen Wagen. Und noch einen Stapel und noch einen.
Was mit Max' Maschine los ist, will Marlboro Man wissen. Nix, sagt Max, alles gut. Er hebt Ahmeds Papierstapel in die Höhe. Max soll aufpassen, sagt Marlboro Man. Die Maschine klingt, als wolle sie gleich explodieren. Aber klar. Max passt auf. Und der Mann in der Ecke bohrt.

FRIEDEN

Ein Mann stieg mit großem Rucksack auf den Ritten. Oben prüfte er die Winde. Der Mann stellte sich an den Rand eines Plateaus, sprang. Der Fallschirm öffnete sich. Der Mann landete in Bozen, raffte den Fallschirm zusammen, stopfte den glänzenden Stoff in den Rucksack, lief zehn Minuten, blieb vor einer Bank stehen, beugte sich nach vorn, atmete schwer. Der Sportler wiederholte sein Ritual. Erst einmal die Woche, dann mehrmals. Einem Anlageberater fiel er auf. Der Fallschirmspringer kam immer um kurz vor zwölf. Wir postierten Männer in Zivil. Sergio und ein gewisser Agostini standen in hellen Leinenhosen vor der kleinen Eisdiele neben der Bank und leckten am Zitronensorbet. Der Fallschirmspringer kam pünktlich, sah auf die Uhr, schüttelte den Kopf. Agostini nahm seinen Bozen-Führer heraus, blätterte, blieb bei den Erdpyramiden hängen, fischte nach der Kamera, fotografierte den Ritten. Dort oben auf der Höhe warten die Erdmenschen auf Wanderer. Ihr Kopf ist ein großer Stein, er schützt sie vor schwerem Regen. Der weichte ihre Mäntel auf, die in großen hässlichen Brocken ins Tal kollern würden. Die Erdpyramiden waren von unten nicht zu sehen.

Das In-den-Städten-Springen war eine neue Disziplin. Ein Jahr zuvor war ein verrückter Österreicher aus einer Seilbahnkabine gesprungen. Die Leute nannten sich Base-Jumper und nutzten sogar Wolkenkratzer zum Absprung. Agostini folgte dem Jumper. Er wohnte am nördlichen Stadtrand.

Agostini ließ die Fotos entwickeln. Der bewaldete Ritten. Sanfte Hügel, Edelkastanien. Am äußersten Bildrand ein schlaksiger Mann in enger dunkelgrauer Sportkleidung. Der Base-Jumper war in keiner Kartei. Am nächsten Tag nahmen wir ihn fest, als er aus der Bank

herauskam. Sein Rucksack beherbergte keine Ballonseide. Drin lagen eine Strumpfmaske, eine Neunmillimeter und viel Geld.
Loretta schnauzte mich an, als ich die Tür aufschloss. Seit Wochen machte sie mir Vorhaltungen: Ich betrüge sie. Das tat ich nicht. Obwohl ich enttäuscht war. Ich wollte Kinder, sie nicht. Sie habe nicht studiert, um hinter dem Herd zu versauern. War es meine Schuld, dass sie nicht den Job gefunden hatte, der ihr Freude bereitete? In der Landesregierung schrieb sie endlose Berichte über die Diglossie der Ladinischsprachigen. Ich erklärte mich solidarisch mit den Ladinern. Erzwungene Zweisprachigkeit: Dagegen ist Dantes Vorhölle das Paradies. Ich hätte nichts verstanden, sagte Loretta.
Ich blieb ihr treu in Taten. Leider. Daniela Brandtner hatte eine kecke Kurzhaarfrisur, trug eine dunkle Hornbrille und schminkte sich die Lippen dunkelrot. Sie war schlank, hatte aber breite Hüften und Hintern. Einladend. Wenn sie mir Briefe zum Unterschreiben brachte, neigte sie sich zu mir. Dann lüftete sich die Bluse am Ausschnitt, ich erhaschte einen Blick auf den Ansatz ihres kleinen, festen Busens.
„Brauchen Sie noch etwas?“, fragte sie.
„Nein, danke“, antwortete ich. „Das Protokoll tippe ich selbst, ich hab ja die hier.“ Ich legte meine Hand auf die Kugelkopfmaschine.
Sie lächelte und verschwand.
Wäre ich Max Leitner gewesen, wäre ich ihr nachgelaufen, hätte sie zu meinem Auto – Alfa Romeo … Lamborghini … Ferrari – gebracht, hätte ihr die Tür aufgerissen und sie hineingewinkt. Nicht auf der Beifahrer-, auf der Fahrerseite.
„Aber ich hab doch keinen Führerschein!“
„Was! Schon einundzwanzig und noch keinen Führerschein. Dann wird es Zeit. Wir sollten üben, was?“
Wir wären eingestiegen, davongebraust. Die Carabinieri hätten uns

aufgehalten, ich hätte gesagt: „Ich bin Staatsanwalt. Glauben Sie, ich ließe jemanden ohne Führerschein an das Steuer meines Wagens?" Loretta sagte, dass der Auspuff des Fiat wieder ein Loch hatte. Ich brauchte ein neues Auto.

Oh Lord, won't you buy me a Mercedes Benz. Ich brauchte keinen Lord, konnte mir den Mercedes selbst kaufen. Wir waren erfolgreich. Um Max Leitner kümmerte sich die österreichische Justiz. Der würde so bald nicht aus dem Gefängnis kommen. Die Österreicher waren streng. Akte Max Leitner geschlossen.

BOHREN UND ARBEITEN

„Du aber geh in deine Kammer, wenn du betest, und schließ die Tür zu.“ (Matthäus 6,6)

Ahmed ist ein kluger Mann. Aber der an der Maschine rechts neben Max ist einer von diesen Verrückten. Steht am Gerät und reibt sich am Hosenbund. Und stöhnt. Und selbst wenn Max hinschaut, hört er nicht auf. Max denkt, dass er dann sogar noch schneller reibt.
Dann stehen sie plötzlich da und fassen Max am Kragen und zerren ihn zu dem Loch in der Wand. Ja, was denn? Kennt er nicht. Hat er nichts damit zu tun. Schlechtes Maurerhandwerk. Kommt vor. Die Wachen lachen nicht.
Sie wollen Max isolieren. Der Gefängnisdirektor steht vor ihm und brüllt, dass seine drei Sterne auf dem Revers wackeln. Der Verrückte, das hat ihm Ahmed gesteckt, hat sie verpfiffen. Max brüllt auch. Wem der Direktor glauben will: ihm oder diesem Idioten, der seinen Hosenstall selbst in der Öffentlichkeit nicht zulassen kann. Den sollte der Direktor verhören. Unkontrollierbare Triebhaftigkeit. Das ist wohl ein Grund, hier auszubrechen, wo sie wie die Mönche leben.
Er möge seine Zunge im Zaum halten, sagt der Direktor. Er steht jetzt ganz nah bei Max und starrt ihm in die Augen. Die Kirche zu beleidigen werde ihm kaum weiterhelfen. Das will er keineswegs, sagt Max. Im Gegenteil und dass er öfter und inbrünstiger betet als der Direktor, den er noch nie in der Messe gesehen hat.
Der Direktor lässt Max abholen, bevor er sich vergisst. Das sagt er, als die Wachebeamten kommen und ihn zurückbringen. Er glaubt dann aber doch ihm und nicht dem Exhibitionisten. Der ist nämlich plötzlich in Isolationshaft und ein paar andere auch. Max bleibt in

seiner Zelle, aber er darf nicht mehr in die Druckerei. Sie wollen, dass er das Handwerk des Schusters erlernt. Aber Max will keine Sohlen aufdoppeln. Er ruft Massimo an. Es dauert Monate, bis sie ihn in die Tischlerei lassen. Wo gehobelt wird, fallen Späne. Und damit die fallen, braucht es Holz. Das wird in großen Lkw geliefert. So ein Riesenauto kann Türen sprengen. Mit Vollgas auf das Tor zurasen und fertig. Max steigt ein. Da ist kein Schlüssel.
Julia hat wieder geweint hinter der Scheibe. Max sagt zur Kathi, sie sollen nicht mehr kommen. Ist nicht gesund für die Seele des Kindes, wenn es so traurig ist. Und überhaupt: Was kann er schon sagen in zehn Minuten. Zehn Minuten. Laut Gesetz stünden ihm zwei Stunden zu. Aber wer hält sich im Gefängnis an das Gesetz? Wer – außer den Verbrechern? Sie müssen alles hinnehmen, die Gefangenen. Friss, Vogel, oder stirb. Max kann nicht mehr schlucken. Es ist zu viel. Selbst die Mandeloperation hilft nicht. Er hat alles vorbereitet, koordiniert. Eine große bewaffnete Aktion. Aber das Krankenhaus wird streng bewacht. Es gibt kein Entkommen.
Der Südamerikaner hält es nicht mehr aus, flüstern sie im Hof und auf dem Gang. Und das Flüstern schwillt an, wird lauter und lauter. Max kennt keinen Südamerikaner. Einer, der aus der Karlau ausgebrochen ist und aus Garsten, sagt Gerhard. Und dann Lärm und Krach, Max stürzt zum Fenster. Da stehen die Häftlinge im Hof, angekettet an einem Pfeiler. Max schreit den Wachmann vor seiner Tür an. Der öffnet das Fensterchen. Niemand, schreit er, niemand hat das getan. Die Wahnsinnigen haben sich selbst angekettet. Sie fordern ihre Freilassung. Aber sie werden nicht freigelassen. Niemand wird freigelassen, bloß weil er sich an einen Pfeiler kettet. Die Häftlinge stehen da, einen Tag und noch einen und noch einen. Max darf nicht hinunter in den Hof. „Sicherheitsverwahrung heißt sichere Verwahrung", sagt der Wärter.

„Ah", sagt Max, „und die anderen sind nicht sicher verwahrt? Da möchte ich auch hin."
Und dann ist wieder die Spezialeinheit da, brutale Typen ohne Gewissen. Sie schneiden die Ketten der Häftlinge durch. Das Blut spritzt, es spritzt und spritzt und Max starrt in den Hof, und da liegen sie, die Häftlinge, in ihrem Blut und keiner hilft ihnen. Endlich kommt ein Arzt. Er legt den Finger an den Hals des einen. Den kennt Max, er hat ihn in der Tischlerei gesehen. Mein Gott, das ist Karl. Der alte Karl. Ein bisschen dumm ist er, der Karl. Haftverblödet. Jetzt liegt er da und rührt sich nicht mehr. Und der daneben auch nicht. Und dann ist da noch einer, der wälzt sich in seinem eigenen Blut. Er wird es nicht schaffen, er hat dem Wärter die Flex entrissen und sich die Pulsadern durchtrennt.
Max wendet sich ab, rutscht die Wand hinunter, liegt auf dem Boden, spürt den Schmerz in der Brust. Sie haben sie verbluten lassen, verbluten lassen. Ihm ist schlecht und schwindlig. Er faltet die Hände, so wie immer, wenn jemand gestorben ist. Seine Lippen murmeln die Formel von ganz allein. Herr, gib ihnen die ewige Ruhe, und das ewige Licht leuchte ihnen. Lass sie ruhen in Frieden. Amen. Es sind Selbstmörder, sie werden nicht in geweihte Erde kommen.
Jetzt ist keine Zeit zum Nachdenken. Max muss das Auto bestellen. Gleich, sofort.
Fünf Leute passen in ein Auto, sechs, wenn sie sich zusammenquetschen. Alle wollen mit. Es sind zu viele. Max nimmt die Schlüssel, die ihm der kluge Jugoslawe in der Schlosserei nachgemacht hat. Er kann jeden Schlüssel nachmachen. Muss sich bloß das Schloss anschauen und weiß, welcher Schlüssel passt. Und jetzt hat Max die Schlüssel in der Hand, jetzt sperrt er auf, schnell in die Tischlerei, von dort auf das Dach. Sie sind zu viele, sie werden nicht in das Auto passen. Es wird geschossen, die Wachen haben sie entdeckt. Ach, ein

Glück, es ist Ferdinand der Gütige. Er lässt sich mit ganz wenigen Zigaretten bestechen. Max nimmt den Haken, den hat er lang vorbereitet. Er setzt den Haken an die Mauer. Herrschaft, er verbiegt sich, er wird Max' Gewicht nicht halten. Max muss springen, weit hinunter in die Tiefe. Sprung vom Zehn-Meter-Brett, das Wasser ist wie Beton. Max rollt sich ab, der Knöchel schmerzt ein wenig, nur gestaucht. Gerhard landet neben ihm, er schreit auf, Knochen zerfetzt die Haut, Blut quillt aus dem Bein, Gerhard ist ohnmächtig geworden. Max lässt ihn liegen, schnappt einen Burschen am Kragen. Sie laufen zum Auto, schnell zum Auto. Aber da steht nichts, kein Auto, nirgends. Max sieht sich um. Dort, Polizei! Max rennt in die andere Richtung. Der Junge mit ihm. Da vorn, ein Haus. Die Tür ist offen, Max steht in einem Stiegenhaus. Drei Stockwerke hinauf. Es geht nicht weiter, hier ist Schluss. Max hört die Sirenen. Unten quietschen die Angeln, jetzt läuft einer die Stufen hinauf. Max reißt eine Holztür auf, er steht im Dachboden. Da lagern Kohlen, er legt sich hin, türmt Kohlen über sich auf. Max liegt ihm Kohlenstaubgrab, bekommt keine Luft, alles schwarz, der Staub legt sich schwer in seine Lungen. Und dann ist es plötzlich still, sie sind weg. Max klettert aus dem Kohlebergwerk. Schwarz wie ein Mineur. Aber frei, schwarz und frei.
Max muss lachen, so viel lachen wie seit Langem nicht mehr. Er lacht so laut, dass er die Hunde nicht hört. Aber dann doch. Sie scharren an der Tür, die öffnet sich, die Hunde laufen los. Max klettert durch das Dachfenster auf den Giebel. Der ist schmal und die Dachziegel lösen sich und fallen hinunter. Hinter ihm kläfft der böse Schäfer, über ihm kreist der Hubschrauber. Ergib dich, heißt es. Ergib dich, über ihm, hinter ihm, neben ihm. Vom Hubschrauber kommt das Seil herunter. Max läuft weiter, springt auf ein anderes Dach. Alle sind da. Polizisten, Hubschrauber, Hunde. Scheiße.

LETZTE FRAGEN

Ich hielt die Zeitung in Händen, starrte darauf, starrte auf die Bilder, las die Titel, verstand nicht, als hätte ich über Nacht vergessen, dass die seltsam eckigen und bauchigen Zeichen Buchstaben sind. Dass sich Buchstaben zu Wörtern und Sätzen fügen. Dass Wörter und Sätze Platzhalter für die Wirklichkeit sind. Mein Gehirn blendete die Wirklichkeit hinter den Zeichen weg, ließ sie im Dunkeln. Die Zeitung entglitt mir, ich hob sie auf, steckte sie in die Jackentasche, ging hinaus in den warmen Frühlingstag, neben der Eisenbahnspur, den Eisack entlang, bog in eine Straße ab, dann in eine andere. Spazierte eine Allee entlang. War plötzlich am Talferufer. Obszön reckten sich die Blütendolden der Kastanien in die Höhe. Üppig weiß glänzend bogen sie sich vorbeisurrendem Bienenvolk entgegen, während ein paar Straßen weiter rosa Päonien die Schmetterlinge lockten.
Die Erinnerung an diesen Tag ist löchrig. Ich zerfetzte die Zeitung, ließ die Schnipsel auf den Boden fallen, trat mit dem Fuß darauf, kickte eine leere Flasche in den Fluss. Ich schlug mit der Faust gegen die weißfleckige Rinde einer Birke. Sie rührte sich nicht, ich drehte mich um, lehnte mich an ihren Stamm, rutschte hinunter, kauerte am Boden, keuchte, schnaubte. Eine Frau blieb stehen, fragte, ob ich Hilfe brauchte. Sie hatten meinen Richter in die Luft gejagt, den mutigsten, tapfersten Mann, den ich je kennengelernt hatte. Irgendein Analphabet hatte auf einen Knopf gedrückt und die Autobombe gezündet.
Arrogant sei er, sagten manche, als wir Tag und Nacht arbeiteten, um die Cosa Nostra auszuhebeln. Ja, das war er. So arrogant zu glauben, er könne dem Elefanten die Stoßzähne ziehen, dem Wolf das Lamm entreißen, dem Bären den Honigtopf wegnehmen.

Ich weiß nicht, wie ich nach Hause kam, was Loretta sagte, wie viel Grappa ich getrunken habe. Gekotzt habe ich. Aber nicht genug.
Ich hatte Feierabend. Nicht, dass ich mich auf daheim gefreut hätte. Aber Feierabend ist Feierabend ist Feierabend. Schon gar für einen wie mich. Einen, für den es oft gar keinen Feierabend gibt. Ende Juni machte sich der Sommer bereit für seine großen Aufgaben. Die Kinder hatten der Schule den Rücken gekehrt und kugelten am See herum, während ihre Eltern Schlauchboote kauften, Last-minute-Angebote in den Reisebüros einholten, das Auto in die Werkstatt brachten.
Luigi war in den Staatsdienst aufgenommen worden. Sein Mut solle belohnt werden, wurde mir berichtet. Und dass er jetzt nicht mehr spionieren musste, sondern Innendienst machen durfte. Damit sich niemand an ihm rächen konnte.
Loretta hatte die Scheidung eingereicht.
Der Mann lehnte am Toreingang. Ob ich Staatsanwalt Pagano sei. Ja, bin ich. Ob er mir ein paar Fragen stellen dürfe. Ich verlangte einen Ausweis. Er hielt mir ein zerfleddertes Stück Karton mit seinem Foto hin. „La Stampa". Ich verwies ihn an die Pressestelle. Die könne ihm diese Auskunft nicht geben, sagte er.
Ich seufzte. Also gut, aber nur ein Bier. Wir latschten zum Waltherplatz. Er erzählte, dass er gerade in Österreich gewesen sei. In Stein. Fast hätte ich ihn gefragt, wofür er denn gesessen habe. Er sah nicht so aus, als wäre ihm nach mittelmäßig lustigem Staatsanwaltskalauer. Wenigstens redete er nicht um den heißen Brei herum. Fragte, ob ich wisse, wie es in Stein zugehe. Ob ich von der Revolte gehört hätte. Ich sagte, dass ich darüber gelesen hatte. Der Journalist legte den Kopf schief. Max Leitner, der Mann, den ich hinter Gitter gebracht hatte, saß dort ein. In Stein. Er selbst habe mit ihm gesprochen, ihn nach den Zuständen in dem österreichischen Gefängnis gefragt.

Max habe ihm Schreckliches geschildert. Ich hörte zu, trank mein Bier. Ich hatte Feierabend.
Ob ich ruhig schlafen könne angesichts der dortigen Zustände und des Wissens, dass einer meiner Delinquenten dort gequält, um nicht zu sagen, gefoltert werde. Seit mir Maier geschrieben hatte, dass Max dort im Hochsicherheitstrakt untergebracht war, schlief ich besser denn je. Das sagte ich nicht. Die Pressestelle hätte mich gewürgt. Wer die Pressestelle kannte, wusste, sie hatte kräftige Hände.
Ich murmelte etwas von Menschenwürde und Rechten, die Häftlingen zustünden. Dass Österreich nun aber keine Bananenrepublik, sondern ein Rechtsstaat sei, der diese Rechte auch berücksichtige. Eine Demokratie mit Kontrollorganen, die sicherstellten, dass dem Gesetz genüge getan werde.
Er machte sich Notizen. Ich redete mich in Wallung. Dass die Gesetze natürlich einzuhalten wären, auch und vor allem im Gefängnis. Dass es aber wohl die Häftlinge wären, die versuchten, diese zu umgehen. Dass sie jede Gelegenheit nutzten, sich Vorteile zu verschaffen. Dass die Camorra im Gefängnis entstanden sei, wo sie damit begonnen hätte, andere Gefangene zu erpressen und Schutzgeld für jede Kleinigkeit zu verlangen.
Der Journalist schrieb, ich redete und trank. Ein Bier, ein zweites, ein drittes.
Es begann zu nieseln. Wir standen auf, ich zahlte, lief zurück zum Amt, ach, wie dumm, das Auto stand in der Werkstatt. Ein letztes Mal.
Loretta war nicht da. Und am nächsten Morgen war ihre Seite des Betts immer noch leer. Es war kein guter Morgen. In der Kaffeedose nur mehr Krümel. In der Brotlade fand ich altbackene Vinschgerl, der Kühlschrank hielt ranzige Butter und zwei schimmlige Tomaten bereit. Ich ließ die vergammelten Lebensmittel, wo sie waren,

und setzte mich ins Café am Eck. Dort konnte ich in Ruhe Zeitung lesen. Ich stand drin. Zum ersten Mal in meinem Leben. „Staatsanwalt billigt Folter im Gefängnis", lautete die Schlagzeile. Ich wurde als Law-and-Order-Vertreter diffamiert. Das Foto zeigte mich beim dritten Bier. Oder war es das vierte? Ich erinnerte mich nicht einmal, dass ich fotografiert worden war. Und dann sah ich es. Das war nicht das Café am Waltherplatz. Es war die Frittenbude, in der ich mich mit Luigi getroffen hatte, als er mir über seinen Undercover-Einsatz bei der Mala del Brenta erzählte. Woher das Foto stammte, blieb unklar. Ein fremder Name stand als Urheber des Bilds neben dem Text. Der Artikel drückte mir auf den Magen. Ich ging zurück in die Wohnung. Loretta stand in der Küche. „La Stampa" lag aufgeschlagen auf dem Tisch, an dem wir früher gefrühstückt hatten.

„Es tut mir leid", sagte sie.

„Was tut dir leid?", schnauzte ich sie an. „Dass du mich mit einem Tennislehrer betrügst, oder dass man mich in der Zeitung verunglimpft?"

„Er ist kein Tennislehrer", sagte sie gekränkt. „Er ist Profi."

„Ach. Worin denn? Im Ehefrauenvögeln?"

Ich wäre auch gegangen.

Mein Elend nahm kein Ende. Die Pressestelle kannte meine Nummer. Wenn das Telefon läutete, hob ich ab. Es bedurfte zweier, vielleicht sogar dreier Nokia-Generationen, ehe ich es lernte, zuerst auf das Display schaute, dann auf die Taste mit dem grünen Hörer drückte – oder eben nicht. Damals hob ich ab. Die Pressestelle ortete meine Talente eher im Bereich von putzen und aufräumen, weniger im juridischen, schon gar nicht im kommunikativen. Da lag sie nicht falsch.

Mein überbordendes Geschick, mir Freunde zu machen, sorgte dafür, dass ich allein in der Kantine saß, dass die Kollegen auf den

Boden schauten, wenn sie meiner ansichtig wurden, dass mein Telefon still blieb.
Abends rief meine Mutter an. Sie fragte, wo der junge Revoluzzer geblieben sei, der ich einst war. Da zum ersten Mal konnte ich heulen. Ich sagte, dass der mit Falcone in die Luft gesprengt worden war. Zu Klump geschossen von ein paar elenden Mafiosi.
Am nächsten Tag kam der Oberstaatsanwalt. Ich sagte, dass ich mir seit einem Monat schwertäte, mit Verbrechern mitzuleiden. Er nickte. Klopfte mir sanft auf die Schulter. Eine hilflose Geste. Er werde sich um die Presse kümmern. Ich sagte, er möge sich gleich auch noch um die Pressestelle kümmern. Er lachte. Freundlich.
Als er gegangen war, ließ ich mir von der Pressestelle die Artikel über die Gefängnisrevolte liefern. Max Leitner war gar nicht dabei gewesen. Ein Südamerikaner hatte sie vom Zaun gebrochen, war selbst aber auch nicht beteiligt. Ich rief Maier an. Fragte, was in Stein los sei. Warum man die Leute dort so behandelte. Er fragte zurück, ob ich wüsste, dass Leitner zweimal versucht hatte auszubrechen. Einmal habe er ihn selbst an der Nase herumgeführt. Hatte es sogar über die Grenze geschafft, aber die Carabinieri hätten ihn zurückgeschickt. Glücklicherweise.
Nicht glücklicherweise, sagte ich. Auf meine Anweisung hin. Schließlich hatte mich Maier selbst informiert, dass sie mit Max an die Grenze führen, um nach dem Waffendepot zu suchen. Ich redete mit Sergio. Sagte ihm, dass Max plane, nach Italien zu flüchten. Dass wir das nicht zulassen dürften, ihn wieder zurückschicken müssten, sollte er frech genug sein, die Grenze zu passieren. Er war frech genug.
„Vielleicht hätten wir ihn hierbehalten sollen", sagte ich. „Er reicht ohnehin dauernd Gesuche ein, nach Bozen überstellt zu werden."
Maier meinte, die österreichischen Behörden würden gegen ein sol-

ches Gesuch keinen Widerspruch einlegen. Immerhin werde der Gefängnisdirektor von Stein massiv bedroht.

Von wem?

Von wem wohl?! So kurz nach dem Mord an diesem Richter – wie hieß der gleich? – Falcone! – werde das auch in Österreich ernst genommen!

Ich nahm mir die Akte Max Leitner, holte den Auslieferungsantrag heraus. „Ich bring ihn her und sorg dafür, dass er lebenslang sitzt, und wenn es das Letzte ist, was ich tue.“

ITALIENISCHE REISE

Ein finsteres Loch. Ein Bett, ein winziger Tisch. Eine Decke, ein Polster. Ein T-Shirt, ein Pullover, eine Hose, Turnschuhe. Und Gedanken. Sonst ist hier nichts. Nichts und niemand. Kein Mensch. Kein Radio, kein Fernseher. Ein winziges Fenster. Keine Sonne. Und die Gedanken. Immer die Gedanken.
Und dann endlich eine normale Zelle. Und ein Zellengenosse. Wieder so ein nächtlicher Stöhner. Aber besser als allein. Alles besser als allein.
Der Jugo hat wieder Schlüssel gefertigt. Max erzählt einem von der Schlosserei, dass er einen Ausbruch plant. Am Montag. Und dann kommen sie. Sie durchsuchen seine Zelle, stellen alles auf den Kopf. Sie sind schnell fertig, viel Auf-den-Kopf-Stellbares ist hier nicht. Matratze, Bücher, Kleidung, Hustenzuckerl – steht alles nicht gut, auch auf dem Kopf nicht. Jetzt ist er dran, der aus der Druckerei. Max redet mit den Italienern. Eine Abreibung, ja. Aber nur hauen, nicht töten. So macht man das mit Verrätern.
Am Freitag – oder ist erst Donnerstag? – kommt der Jugo und sperrt die Zelle auf. Max nimmt seinen Haken mit. Den haben ihm die aus der Schlosserei besorgt. Hatten was gutzumachen. Einen Verräter in ihren Reihen … Ob sie nicht selbst für Ordnung sorgen können, hat Max sie gefragt. Die Typen haben ihm dann den Haken zurechtgebogen und Max hat ihn in einer Werkzeugkiste in der Tischlerei versteckt. Dort schauen sie nicht nach. Am Haken hängt das verknotete Leintuch. Im Lassoschwingen ist Max geübt. Trotzdem verfängt sich der Haken erst beim dritten Mal auf der Mauerkante. Und dann Alarm. Wegen des Molotowcocktails, den der nette Lukas in den Hof geworfen hat: alte Leintücher, in Spiritus

getränkt. Aber nein, sie kommen zur Mauer gelaufen, sie holen Max herunter. Schon wieder Strafpredigt.
Nur der alte Steiner versteht es. Er ist schon lang hier Kommandant, schon dreißig Jahre lang. So einer kann unterscheiden, so einer weiß, wem er vertrauen kann und wem nicht. Max vertraut er nicht, aber er hat genügend Respekt vor ihm, dass Max endlich seine Freundin sehen kann. Sie heißt Yvonne, hat in der Zeitung über ihn gelesen. Hat ihn besucht. Hat sich verliebt. Sie ist klein und zart und Max hat es lieber, wenn mehr da ist, aber Yvonne ist anschmiegsam. Den alten Steiner hat sie um den Finger gewickelt. Er flirtet mit ihr. Sagt, dass er auch Steiner heißt, wenn er nicht in Stein Dienst tut. Sie versteht nicht. „Steiner – einer aus Stein, verstehst du?"
Der Witz wird nicht besser. Aber Yvonne ist freundlich. Sie lächelt, Steiner – aus Stein, ja. Aber er ist doch gar nicht aus Stein. Er hat doch ein Herz, ein richtig gutes Herz. Er weiß, dass ein Mann und eine Frau Gelegenheit brauchen, allein zu sein. Das leuchtet dem Alten aus Stein ein, obwohl er lieber selbst der Mann wäre, mit dem Yvonne allein ist.
Als sie im Besucherraum sind und keiner zuschaut, geht alles schnell. Zu schnell, aber Max hatte Stau. Da passiert das schon. Beim nächsten Mal, sagt er, wird es besser. Yvonne ist nicht enttäuscht.
Und dann gibt es plötzlich Fernseher und der Steiner sagt, dass es die gibt, weil Yvonne so entzückend ist. Und weil sie immer gesagt hat, dass das unmenschlich ist, nicht fernschauen zu dürfen.
Das ist jetzt gar nicht mehr so wichtig. Weil Max nun doch nach Italien ausgeliefert wird. Richter Falcone persönlich hat das angeordnet. Es geht um ungeklärte Fälle von Bankraub und wie Max mit der Mafia kooperiert. Deshalb soll er in Italien vor Gericht gestellt werden. Das alles hat ihm dieser Kommandant Bleudl erzählt. Groß, dunkelhaarig, Schnauzbart, Muskeln. Die lässt er spielen, wann im-

mer es geht. Übler Typ, streng, unnachgiebig, verbissen. Wenn ihn der Bleudl ansieht, denkt Max, dass das keine Augen sind, sondern Röntgenapparate, die ihn durchleuchten. Die seine Lippen auf Lügen prüfen, die sich zwischen den Zähnen versteckt halten, seinen ganzen Mund nach hinuntergeschluckten Beschimpfungen. Wenn Bleudl könnte, legte er ihm Kabel ins Gehirn, um zu sehen, was Max denkt. Aber Max hält den Röntgenstrahlen stand und sagt nichts, was Bleudl verwerten könnte. Und Bleudl ist froh, dass er Max loswird. Das hat er selbst gesagt, als er mit dem Schreiben von Falcone in seine Zelle gekommen ist.
Max dreht das Radio auf. Es gibt Nachrichten aus Süditalien. Nach den Mördern von Falcone wird auf Hochtouren gesucht. Auf der Autobahn bei Capaci ist Falcones Wagen explodiert. Seine Frau und seine Leibwächter: alle tot. Als die Nachricht in Stein ankam, hatte jeder das Radio an. Die Italiener kamen zum Fenster, schlugen mit ihren Tellern gegen die Stäbe und jubelten. Max jubelte nicht. Ein Mann ist gestorben und seine Frau und andere Männer auch. Berufsrisiko? Nein. Das zählt nicht. So wie es nicht zählt, dass die Bankräuber riskieren, eingesperrt zu werden, wenn sie die Polizei schnappt. Zählt nicht, zählt nicht. Der Richter war zu jung zum Sterben, erst dreiundfünfzig.
Ob die Auslieferung noch gilt, wenn Falcone tot ist? Ja, sagt Rechtsanwalt Haid. Die gilt. Aber will er wirklich nach Italien? Sie werden ihn wieder verknacken. Und er, Haid, kann dort nichts für ihn tun. Wenn er hierbleibt, ist er in acht Jahren draußen. Kann sogar die Staatsbürgerschaft annehmen. Ist ein freier Mann. In Italien aber – gerade jetzt, da sie auf die Ehrenwerte Gesellschaft so schlecht zu sprechen sind? Nein, er kann ihm nicht dazu raten.
Max will nach Hause.
Der Hubschrauber hängt zitternd im Luftraum über dem Gefängnis,

als hielten ihn unsichtbare Schnüre fest. Sie fesseln Max an Händen und Füßen. Wie er jetzt einsteigen soll, fragt er. Sie nehmen die Fußketten ab und legen sie im Hubschrauber wieder an. Als Max aufs Klo muss, glauben sie ihm nicht. Endlich landen sie in Graz, vier Polizisten schleppen Max zur Toilette, zwei tragen die Haxen und zwei die Arme. Weiter zum Brenner, an der Grenze wartet die Polizia di Stato und bringt Max in die Kaserne. Er soll nach Bozen kommen. Aber der Direktor von Bozen will ihn nicht haben, weil Max ein Ausbrecher ist. Ein notorischer Ausbrecher und weil Bozen kein Hochsicherheitsgefängnis ist und weil dort auch Mafiosi sitzen, solche aus Kalabrien und solche von der Mala del Brenta. Und da braucht der Direktor nicht auch noch einen, der jede Gelegenheit nutzt, um zu türmen.

Wer die Leute denn seien, fragt Max. Und die Wachen erzählen. Und Max stellte sich den Herren vor, und Max und die Herren üben sich in gepflegter Konversation. Leise und gesetzt, wie man eben spricht unter ehrenwerten Herren. Sie werden verpfiffen – wie üblich – und Max muss nach Vicenza.

Die Pressestelle hätte es nicht gestattet. Ich rief dennoch in der Lokalredaktion von „La Stampa“ an und fragte nach Francesco Susa. Er sagte zu, sich mit mir zu treffen. Ich hatte eine Rede vorbereitet. Über die Verbreitung des organisierten Verbrechens. Darüber, wie sich die Mafia wie das Myzel von Pilzen ausbreitete, den Boden mit ihrem Geflecht durchzog, dass wir nur die hellroten, hübsch getupften Pilzköpfe sahen, aber nicht, wie aus gutem Humus ein undurchdringliches Netz wurde, das an geeigneter Stelle durch die braune Kruste brach.

Es war zehn Uhr vormittags, mein Plädoyer rauschte in endlosen liegenden Achtern durch meinen Kopf. Francesco kam zu spät. Um Viertel nach zehn sah ich mich nach einem Telefon um. Gerade als ich aufstehen wollte, stand eine junge Frau vor mir, fragte mich nach meinem Namen, stellte sich als Sofia vor. Nur Sofia. Sie sei statt Francesco da, der habe einen Termin in Turin. Ja, dann …

Sofia war eine von diesen modernen jungen Frauen. Kurzes hellbraunes Haar, Stupsnase, breite rote Lippen, hohe Wangen, schlank natürlich. Heute nennt man das definierten Körper, damals hieß das noch sportlich.

Sofia interessierte sich gar nicht für die Mafia, fragte nur nach dem Prozess. Wie hoch das Strafmaß sei, ob man Max wirklich noch einmal zwölf Jahre aufbrummen würde, obwohl er doch schon zwölf Jahre bekommen habe. Wieder eine von denen, die dem Charme des Kavalierräubers verfallen waren. Ich erklärte. Dass es nicht bloß darum ginge, jemanden hinter Gitter zu bringen, Rache zu üben. Vielmehr darum, Strukturen aufzubrechen, Netzwerke durchzuschneiden, Verbindungen zu kappen. Leitner habe aber nie jemanden

verletzt und ob vierundzwanzig Jahre für ein bisschen Geld nicht viel zu lang wären, wenn man bedenke, dass Männer, die Frauen vergewaltigten, mit ein paar Jahren davonkämen oder gar nicht belangt würden, bloß weil die Frauen einen kurzen Rock getragen und wild getanzt hatten. Ich kannte die Argumente.
Sie fragte, ob ich im Gerichtssaal wäre. Ich sagte, dass ich der zuständige Staatsanwalt sei und selbstverständlich im Gerichtssaal stünde. Wann die nächste Verhandlung sei und ob sie dann mit Max reden könne. Sie möge sich an die Pressestelle der Justizanstalt in Vicenza wenden, wenn sie Max interviewen wolle, das Gericht sei nicht der geeignete Ort dafür. Eigentlich aber hätte ich einfach aufstehen und gehen sollen. Selbst die Pressestelle hätte nichts einwenden können.
Als ich heimkam, stand der Wagen des Tennisprofis vor der Haustür. Ich hatte keine Lust auf eine Begegnung und wollte umkehren. Aber mein Café am Eck hatte geschlossen, ich war zu müde für einen längeren Ausflug, ging hinauf in den ersten Stock. Die Wohnungstür stand offen, Loretta warf Unterwäsche in einen großen Koffer, der Tennisprofi saß in unserer Küche und trank einen Espresso aus meiner Mokkatasse.
Ich ging zu Loretta. „Da hockt ein fremder Mann an unserem Frühstückstisch und trinkt meinen Kaffee“, sagte ich übellaunig.
Sie wackelte mit dem Kopf, dass ihre Lockenpracht wippte. „Wer hat von meinem Tellerchen gegessen? Wer hat aus meinem Tässchen getrunken?“
Ich knurrte, dass dies immer noch meine Wohnung wäre, sie solle ihren Lover rauswerfen oder ich würde es tun. Sie quatschte auf den Sportsmann ein, er trollte sich. Sie kam zurück, warf Klamotten in den Koffer und verschwand.
Ich war allein. Ganz allein. Drückende Stille senkte sich über mich. Ich drehte den Fernseher auf – ein grausiges Déjà-vu. Wieder ein

zerfetztes Auto, wieder Blut auf den Straßen, Leichenteile. Nur einer der Leibwächter hatte überlebt.

Niemand war überrascht. Auch ich nicht.

Ich bin nicht religiös. Trotzdem dachte ich an jenem heißen 19. Juli, dass sie jetzt vereint waren. Giovanni Falcone und Paolo Borsellino.

Ich legte mich samt Gewand auf das ungemachte Bett. Nein, ich legte mich nicht einmal ordentlich hin, ließ mich einfach nach hinten sinken, die Füße standen noch auf dem Boden. Das Leben hatte mich geknickt, niedergemäht – ein dünner Grashalm, verdorrt.

Sie war hereingekommen, ohne dass ich die Tür gehört hatte. Plötzlich lag sie neben mir. Sie nahm meine Hand. Ich fragte sie, was sie hier tue, wo der Tennisprofi wäre.

Sie sagte, der spiele jetzt ohne sie weiter. An solchen Tagen sollte niemand allein sein. Ihre Hand war warm und weich und trocken. Ihre Augen schimmerten feucht, ihre Wangen leuchteten rosa, ihre Lippen glänzten, ihre Haut strahlte bronzefarben. Während sich auf meiner Stirn die ersten Linien eingruben, war ihre glatt und makellos wie ehedem, als ich sie zum ersten Mal sah – auf der Party eines befreundeten Anwalts.

Sie drehte sich zu mir. Ich betrachtete die feinen Bögen ihrer Augenbrauen. Die waren mir damals schon aufgefallen. Mein Blick wanderte zu ihren kleinen Ohren und weiter den Hals hinunter. Wir rutschten nach oben. Ich nahm eine ihrer Locken, legte sie hinter das kindliche Öhrchen. Sie streichelte mein Gesicht. Ich sagte, dass ich mich freute. Sie lächelte. Ich freute mich wirklich. Sie küsste meine Tränen weg.

Wir lagen nebeneinander, hielten uns an den Händen. Mir war nicht nach Sex.

Der Prozess gegen Max Leitner zog sich in die Länge. Er kooperierte nicht, egal, ob ich Good Cop oder Bad Cop spielte. Wir verhandelten

im Extrazimmer auf dem Gericht. Ich forderte ein umfassendes Geständnis, mit wem er die Coups geplant und woher er die Waffen bekommen hatte. Meine Angebote waren mittelprächtig attraktiv: statt vierundzwanzig nur einundzwanzig Jahre Knast. Max lachte mich aus. Er hat unsere Gespräche genossen, er konnte mich nach Lust und Laune beleidigen.
Sofia saß im Gerichtssaal und beobachtete Max. Er sah aus wie ein Söldner in einem amerikanischen Kriegsfilm. Blondes kurzes Haar, Schnauzbart, Bizeps aus Stahl an den Armen, die aus den Ärmeln seines Shirts in Camouflagemuster herausschauten. Unter dem engen Leibchen zeichnete sich ein Waschbrettbauch ab. Seine schmalen Hüften steckten in Militaryhosen mit vielen Taschen. Die waren nutzlos, ein Leatherman wurde nicht geduldet. Neben Sofia saß eine alte Dame in einer karierten Kleiderschürze, an die ich mich vage erinnerte. Sie hatte Max manchmal von der Schule abgeholt. In ihrer knotigen Hand hielt sie einen Rosenkranz und schob die Perlen weiter, ohne zu beten. Max hob die zusammengeketteten Hände und winkte ihr.
Abends riefen mich die Carabinieri an. Auf dem Weg zurück ins Gefängnis hatte Max auf dem Klo die Handschellen aufgesperrt und war getürmt. Woher er die Schlüssel hatte, fragte ich zornig. Nachgemacht. Aus dem Deckel einer Konservendose zurechtgebogen. Wie hatte das passieren können? Der Polizist murmelte etwas von mangelhafter Technologie. Was, bitte schön, ist an Handschellen Hightech? Sie hätten ihn wieder eingefangen, brummte der Polizist. Hätte er gleich sagen können. Ich ging in die Dusche. Das heiße Wasser prasselte auf meinen Nacken, er blieb hart und steif. Ich wandte den Kopf, starrte auf hellbraune Fliesen – Loretta. Wenn sie ausgezogen war, würde ich als Erstes diese Fliesen runterschlagen. Wer will Braunes im Bad? Weiße Fliesen – ich will weiße, klare, saubere

Fliesen. Ich stieg aus dem Bad, trabte zum Kasten, zog ein T-Shirt heraus. Eins von den gemütlichen. Die Lade mit den Unterhosen hielt nur noch rote Boxershorts bereit.
Ich ging in die Küche, fand Ravioli, vor drei Monaten abgelaufen. Ich öffnete die Dose. Ging ins Schlafzimmer, holte die Handschellen aus der Kommode, legte den Schlüssel auf den Küchentisch, nahm den Deckel, klappte ihn mehrfach um, fertigte einen Schlüssel, der aussah wie der Handschellenschlüssel. Ganz ohne Schneidwerkzeug. Fast ohne Schneidwerkzeug. Messer, Gabel, Schere, Licht sind für kleine Kinder nicht. Dosendeckel auch nicht. Ich wischte mir den blutigen Daumen und den Zeigefinger ab, ging ins Bad, fand eine leere Pflasterpackung.
Ich legte die beiden Schlüssel aneinander, passte den Dosenschlüssel an, bis die beiden deckungsgleich übereinanderlagen, kaum zu unterscheiden waren. Ich legte mir die Handschellen an. Nahm den Dosenschlüssel, steckte ihn in das Loch. Er blieb auf halbem Weg stecken, kein Vor und Zurück. Ich fluchte. Nahm den anderen Schlüssel, steckte ihn hinein. Er blieb auf halbem Weg stecken, kein Vor und Zurück. Welcher war der echte, welcher mein selbst verfertigter? Beide verbogen. Ich knetete daran herum, knickte das Aluminium in die, dann in die andere Richtung. Die Schlüssel verloren mehr und mehr Kontur. Ich steckte einmal den, einmal jenen in das Loch, sie wehrten sich gegen das Schloss. Die Handschellen scheuerten meine Gelenke wund. Loretta war nicht da. Mein Nachbar links war nicht da. Der rechts war nicht da, der ober mir sah durch den Spion. Ich konnte das Auge erkennen. Die Tür blieb geschlossen. Einem Mann mit blutenden Händen in Handschellen und Boxershorts öffnen die Leute nicht gern. Ich musste ins Büro. Auto fahren unmöglich. Ein Taxi rufen? Auch nicht gut. Ich ging zurück in die Wohnung, rief Sergio an. Er schickte einen jungen Kollegen: Agostini. Ich rieb mir

die tauben Hände. „Bisschen früh", sagte Agostini, auf den Mann mit weißem Rauschebart auf meinen roten Shorts deutend. Zeichen einer Ehekrise: wenn du im Oktober in Weihnachtsboxershorts und Handschellen im leeren Schlafzimmer stehst.

Der Richter in Bozen war auf meiner Seite. Fast alle Richter des Landes waren damals auf der Seite der Staatsanwälte. Das waren sie Falcone/Borsellino schuldig. Die anderen redeten darüber, dass wir uns von dem Terror nicht die unabhängige Gerichtsbarkeit kaputt machen lassen dürften, jeder Fall einzeln zu prüfen sei. Dass sie weiterhin objektiv und unabhängig Urteile fällen wollten: In dubio pro reo. Das waren sie der Mafia schuldig.

Wir saßen im Richterzimmer. Leitners Rechtsanwalt klappte seinen Lederkoffer auf. Er nahm ein gläsernes Teeset mit imposantem Sieb heraus, stellte es auf den Tisch, bat um Wasser. Der Richter deutete mit dem Kopf zum Waschbecken. Seufzend stand der Anwalt auf, füllte seinen Teekocher, platzierte das Sieb auf der Kanne, warf eine Handvoll zerwuzelter Teeblätter in das Sieb, noch eine Handvoll, zupfte einzelne wieder heraus, prüfte den Hitzegrad des Wassers, es darf nicht kochen, Gott bewahre! Andächtig ließ er den Wasserkocher über dem Sieb kreisen. Wir sahen zu, wie sich die Blätter entwuzelten, das Wasser eingrünte. Der Anwalt parlierte über japanischen Green Powder, taiwanesischen Pu Erh, Wetter und Aktien.

„Sechs Jahre", sagte er, in kleinen Schlucken seinen Tee einsaugend.

„Zehn", sagte ich. „Zwölf", sagte der Richter.

DRAUSSEN WARTET

Es ist ein trüber Tag, kalt, feucht, neblig – November. Vor dem Fenster steht eine Linde. Sie hat ihre Blätter dem Wind geschenkt. Er spielt damit, wirbelt sie hin und her, auf und ab, lässt sie fallen, wenn er ihrer überdrüssig ist. Im Sommer hat die Linde Max mit ihrem Duft betört, jetzt ist sie kahl geworden. Am Morgen kommt der Wachebeamte. Es geht zurück nach Bozen. Max lässt sich fesseln, steigt in den gepanzerten Wagen.

Der brummige Bozener Direktor verzichtet auf eine zeremonielle Begrüßung. Max schüttelt dem alten Alois die Hand, lernt den jungen Alois kennen, winkt Beppo, Harald und Stefan zu. Die Kalabresen haben neue Tattoos auf den Armen, die von der Mala singen. Eine Unsitte ist das.

Max kommt in eine Zelle im ersten Stock, wirft seinen Beutel auf das Bett, nimmt sich einen Stuhl, stellt ihn vor das Fenster, sieht hinaus in den Hof. Alles wie gehabt. Links ein Fenster, in der Mitte die spitz zulaufende Zwischenmauer. Sie ist mit Glasscherben bekrönt. Glasscherben, die dir die Handflächen zerschneiden, wenn du hineingreifst. Auf der Außenmauer spazieren die Wachen. Max erkennt sie wieder. Sie latschen auf und ab, Stunden, Tage, Wochen, Monate. Auch fad.

Sie treffen sich in der Mitte, machen kehrt, driften auseinander. Minutenlang. Dann drehen sie um, gehen aufeinander zu. Sie halten die MP in der Hand, bereit, sie hochzureißen, wenn einer davonläuft. Einer wie Max. Der spaziert im Hof auf und ab, sieht nach oben, nickt kurz. Der junge Alois schmeißt die drei verknoteten Leintücher herunter, die Wachen sind auf ihrem Weg in die voneinander abgewandten Ecken. Max wirft das Seil mit einem Haken nach oben,

klettert auf die Zwischenmauer, die mit den Scherben. Zieht sich hoch, eine Glasscherbe bohrt sich in seine linke Hand. Max beißt die Zähne zusammen. Jetzt ist er oben, jetzt läuft er, leise, geduckt. Die Wachen sind noch nicht in ihrer Ecke, aber gleich. Gleich drehen sie sich um, gleich sehen sie, wie Max von der Zwischen- auf die Außenmauer springt. Jetzt, jetzt haben sie sich umgedreht, jetzt tastet der Kontrollblick das Gelände ab. Der Blick der Wachen ist ernst und streng, aber nicht gut. Sie sehen Max nicht. Er hängt an der Außenmauer, es sind nur seine Hände zu sehen. Warten, warten, bis sie sich wieder umdrehen. Dann springen. Da ist ein Kabel. Das Kabel eines Scheinwerfers. Max greift danach, gleitet ein wenig nach unten. Der Scheinwerfer löst sich, fällt in die Tiefe. Zentimeter an Max' Kopf vorbei. Max lässt das Kabel los, springt, rollt sich ab. Ah, der Knöchel, der Knöchel, Mund zu, nicht schreien, eh nix passiert. Max steht auf. Steht auf der Talferwiese. Gelobt sei Jesus Christus. Das Fluchtauto wartet vorn an der Gasse. Das sind fünfzig Meter. Zwei Frauen bleiben stehen, schauen ihn an, fassen sich an den Händen. Die eine lässt die andere los, stemmt die Fäuste in die Hüften.
„Bist du da gerade ausgebrochen?"
Max lächelt. „Nein, nein", sagte er beruhigend, widersteht dem Drang, die blutige Rechte in die Hose zu wischen. „Ich bin Polizist. Das ist eine Übung. Risikomanagement."
„Ah", sagt die Frau. Max liest es in ihren Augen: Sie ist beeindruckt von dem Fachausdruck. Max ist auch beeindruckt. In welcher Windung seines Gehirns hat sich dieses Wort versteckt und wie ist es dorthin gelangt?
Die Frauen wenden sich ab, sie müssen nach Hause zu ihren Familien und Nachbarn, sie haben etwas zu erzählen. Erst recht, wenn sie abends den Fernseher aufdrehen.
Max ortet das Fluchtauto, sprintet los, leise, geduckt, springt in den

Kofferraum. Der Deckel klappt zu. Max liegt im Finstern. Das Auto fährt los. Freiheit! Die fühlt sich eng und finster an. Max lauscht, hört andere Autos. Sie sind noch in Bozen. Wann kommen sie zur Autobahn? Oder Staatsstraße? Wie schnell fahren sie? Es wird gebremst. Der Wagen rollt aus. Max wartet. Der Kofferraumdeckel öffnet sich nicht. Max spürt sein linkes Bein nicht mehr, versucht, sich zu drehen. Es stinkt. Dann hört er es gluckern. Als führen sie durch einen Fluss.
Der Kofferraumdeckel öffnet sich einen Spalt, eine Plastikflasche fällt herein, der Deckel geht zu, das Auto fährt los. Max trinkt, das ist schwierig im seitlich Liegen. Es rinnt aus dem Mundwinkel, durchnässt sein Hemd und versickert in der Matte unter Max. Wie viel Zeit ist vergangen? Ist es schon Abend? Nein.
Die Straßengeräusche werden leiser, hören ganz auf, es knirscht unter den Rädern. Und dann wird es endlich hell. Max setzt sich auf, blinzelt. Der Fluchthelfer wirft ihm eine zweite Flasche Wasser zu. Max trinkt, klettert aus dem Wagen, das linke Bein schmerzt, kribbelt, als liefen Tausende Ameisen in seinen Venen. Sie stolpern zu einem kleinen Haus, einer gemauerten Hütte. In der Küche steht eine Jause auf dem Tisch und ein Fernseher im Eck. Max schaltet ein, setzt sich auf die Eckbank. Die Nachrichtensprecherin berichtet von seiner Flucht. Neben ihr Max' Foto, von vorn und von der Seite. Es wird groß eingeblendet. Um Hinweise wird gebeten. Die beiden Frauen werden sich melden. Es wird keine Belohnung geben, ihre Geschichte ist wertlos.
Es ist erst vier Uhr nachmittags. Max zieht den grün-beige gestreiften Vorhang zur Seite, sieht hinaus, kippt das Fenster, hört Schritte, es knackt. Max bleibt hinter dem Vorhang, die Geräusche verhallen, Rotwild vielleicht oder eine Bache auf der Suche nach einem paarungsbereiten Keiler. Max schneidet Wurst und Tomaten, isst

ein wenig Brot, lässt die halbe Scheibe liegen. Streckt sich auf der Bank aus. Sie ist eng, die Polsterung hart. Max steht auf, schaut in die Kammer. Da steht ein altdeutsches Bett mit klobigen braunen Fuß- und Kopfteilen. Max zieht die Schuhe aus, streckt sich auf dem Bett aus, Polster und Tuchent stecken in blütenweißen Überzügen mit aufgenähter Spitze, dennoch riecht es muffig und klamm, als hätte die Hausfrau vergessen zu lüften. Max schreckt hoch, jemand macht sich an der Tür zu schaffen, er stellt sich in Socken hinter die Tür, lugt hinaus. Massimo steht in der Küche. Er hat das Licht aufgedreht. Die Polizei war in Brixen und im Dorf, hat Kathi und seine Eltern ausgequetscht. Sogar bei Notburga waren sie. Max will mit Kathi telefonieren, mit Julia reden, die Stimme von der Mama hören, wissen, was die Geister sagen. Massimo ist gegen Telefonate. Max darf einen Zettel schreiben. Den wird man ins Dorf bringen.
Massimo ist weg und Max schaltet den Fernseher ein. Gerade einmal zwei Minuten ist Max' Ausbruch in den Hauptnachrichten wert. Es gibt nichts Neues. Der Gefängnisdirektor rechtfertigt sich. Bozen ist kein Hochsicherheitsgefängnis. Das hat er von Anfang an angesagt, er hat die Staatsanwaltschaft gewarnt. Die Sprecherin – eine Blonde mit einem Muttermal am Hals und großen blauen Augen – sagt, es steht zu befürchten, dass Max von seinen Komplizen mit Waffen versorgt worden ist, er ist gewaltbereit. „Das bin ich", sagt Max zu der Blonden. Er spießt mit dem Buttermesser ein Stück Käse auf, zeigt es der Blonden, bevor er es sich in den Mund steckt, kaut, schluckt. Danach läuft „Tatort". Die Kommissarin mit den kurzen dunklen Haaren und ihr feister italienischer Kollege ermitteln im Gefängnis. Dort hat sich ein Häftling mit einem Leintuch in der Zelle erhängt. Die Kommissarin glaubt nicht an Selbstmord. Der Italiener faselt von der Mafia, die sich in den deutschen Städten breitmacht. Zum Einschlafen.

Max wird um fünf Uhr munter, schaut aus dem Fenster. Draußen ist es stockfinster. Max zieht sich die Schuhe an, geht vor die Tür. Er kann spazieren gehen. Er kann wieder hineingehen. Er kann Wasser trinken oder Kaffee. Er kann den Fernseher einschalten. Er kann essen. Er kann Sit-ups machen. Er kann Julia einen Brief schreiben. Max nimmt die Taschenlampe aus der Lade des Küchentischs, schaltet sie ein, geht vor die Tür. Die Luft ist frisch. Es riecht nach Moos und Pilzen. Im Gefängnis riecht es immer nach Menschen – Schweiß, Urin, Scheiße, Sperma.
Im Fernsehen läuft eine amerikanische Serie. Zwei schöne junge Frauen streiten um einen Mann. Er hintergeht beide mit einer Asiatin. Zu sehen sind viel Leintuch, viel Polster, ein schlankes Bein, noch eines, glattes schwarzes Haar, auf den chamoisfarbenen Seidenpolster gegossen. Max schaltet um. Ein Koch steht in einer Küche und hackt Schalotten in Stücke. Er holt eine Glasschüssel aus dem Ofen, worin etwas gegart wurde, wirft die gewürfelten Schalotten in heißes Fett. Max drückt auf der Fernbedienung herum. Teletext – was Neues. Geschriebene Nachrichten im Fernsehen auf einem eigenen Kanal. Es gibt nichts zu berichten. Die Polizei bittet um Hinweise.
Max stopft einen Filter in den Trichter der Kaffeemaschine, löffelt braunes Pulver hinein, gießt Wasser in den Behälter, schaltet ein. Bald wird er in einem italienischen Café einen Espresso trinken. Max gießt Milch in die Tasse. Auf dem Tisch liegt das angebissene Brot. Max denkt an Notburga. Nein, er wird das Brot nicht im Kaffee versenken. In den Notzeiten, hat Notburga gesagt, wenn Max sich als Kind über die fade Erdbeermarmelade beschwert hat, haben wir alles gegessen. Auch schimmliges Brot. Aber jetzt sind keine Notzeiten, jetzt ist Zeit zum Feiern, zum Tanzen, Singen und Lachen. Zeit zum Fröhlichsein.

DAS LEITNER-PRINZIP

„Der weiche Gang geschmeidig starker Schritte, / der sich im allerkleinsten Kreise dreht, / ist wie ein Tanz von Kraft um eine Mitte, / in der betäubt ein großer Wille steht." (Rainer Maria Rilke, Der Panther)

Agostini lief in meinem Zimmer auf und ab, gestikulierte, drohte mit der Faust, sagte den immer gleichen Satz, als hätte ihn jemand mit einem Schlüssel aufgezogen: „Ich verstehe es nicht. Ich verstehe es nicht. Mit einem simplen Leintuch und einem Haken …"

Sein Herumrennen machte mich nervös. Ich nötigte ihn auf einen Stuhl, drückte ihm einen Espresso in die Hand. Kamillentee wäre besser gewesen. Agostini legte das linke Bein auf das andere. Sein Fuß oszillierte neben dem rechten Knie wie ein Geigerzähler über einer kontaminierten Wiese.

„Wir werden ihn wieder einfangen", hörte ich mich sagen. Glaubte mir selbst nicht.

„Und er wird wieder davonrennen", sagte er.

„Das ist das Prinzip Leitner", sagte ich.

„Das ist die Unfähigkeit unserer Gefängnisse", sagte er.

Ich nickte. „Auch. Es hat mehrere Faktoren. Manche Verbrecher brechen, wenn sie geschnappt werden. Etwa dieser Battaglia, Leitners Komplize. Der ist fertig mit der Welt. Und die Welt ist fertig mit ihm. Wenn er rauskommt, wird er Sozialhilfe beziehen. Wieder kriminell werden. Wieder ins Gefängnis kommen. Und dann gibt es die, die ihre Strafe absitzen und nie wieder auffällig werden. Die sind selten. Und dann die, die nie aufgeben. Durch nichts und niemanden von ihrem Kurs abgebracht werden. Nicht durch Strenge, nicht durch Vernunft, nicht durch Liebe. Sie haben Wachs in den Ohren, sind taub für die Gesänge der Sirenen. Die sind noch seltener. Bei den Beamten gibt es die Pflichtbewussten, die Abgestumpften, die Korrupten. Treffen die Unbeugsamen auf die Korrupten, gelingt der Ausbruch."

Agostini lachte bitter. „Und daran lässt sich nichts ändern?"

„Doch. Kostet aber Geld."

„Für jeden Scheiß geben sie Milliarden aus, nur uns lässt man verhungern."

„Ja", sagte ich. „Das finden alle. Für jeden Scheiß geben wir Geld aus, nur für das Wichtige nicht."

Er sah mich böse an.

„Mein Vater ist krank. Bauchspeicheldrüsenkrebs. Er wird sterben. Ich kann nichts mehr für ihn tun, aber die Ärzte sollen ihn gut behandeln, ihm die Schmerzen nehmen und die Angst. Was ist wichtiger? Gute Gefängnisse oder gute Krankenhäuser?"

Agostini sprang auf, riss seine Jacke von der Stuhllehne.

„Wo gehst du hin?"

„Ich habe zu tun", sagte er grimmig, „ich muss einen Bankräuber einfangen."

„Viel Glück", rief ich ihm hinterher.

Er knallte die Tür zu. Ich war auch zornig. Leitner war zu Mittag ausgebrochen. Das Gefängnis war keine fünfhundert Meter entfernt. Ich hätte bloß über die Straße gehen, die Brücke überqueren müssen. Ich hätte Max Leitner auffangen können!

Zwei ältere Damen hatten ihn beobachtet. Aber erst am frühen Nachmittag hatten die Wachebeamten bemerkt, dass er getürmt war. Die paar Stunden Vorsprung hatten genügt. Nach dem Fluchtauto wurde gefahndet. Ein weißer BMW 520i. Dessen Auffinden würde den Besitzer freuen, es war ein gestohlener Wagen. Uns würde es kaum weiterhelfen. Talferwiese und Umgebung waren großräumig durch-

sucht worden. Für die Straßensperren war es zu spät. Wir konnten nicht in ganz Italien Straßensperren errichten.
Natürlich war Max Leitner nicht so dumm, geradewegs nach Hause zu laufen, trotzdem wollte ich hin. Seit Vater krank war, nutzte ich jede Gelegenheit, nach Brixen zu fahren. Und jede, schnell wieder wegzukommen. Wenn der Krebs die Ärzte kneift, verfallen sie rascher als andere – sie wissen, was kommt. Vater war ein Gespenst, dürr, kraftlos, verwelkt. Aus dem Bergsteiger war ein Seelenwanderer geworden. Ich hielt seine Hand – oder das, was noch da war, Knochen, bleiche, faltige Haut. Diese Hand konnte nichts mehr halten, nichts mehr greifen, nichts mehr drücken. Sie flatterte auf und ab wie ein kleiner Schmetterling. „Glück gehabt", sagte er nach einer Weile. „Pankreaskrebs – da leide ich nicht lang."
Ich ertrug den Modergeruch nicht, sagte, dass ich zu tun hätte, fuhr zu Katharina und Julia, den Lebenden.
Katharina öffnete mir die Tür mit vollem Wäschekorb. Sie begrüßte mich mit der Frage, was denn nun wieder los sei. Ich ging ins Haus, folgte ihr ins Bad. Sie stopfte Hosen, Leibchen, Geschirrtücher in die Maschine. Im Wohnzimmer warf sie sich auf ein schwarzes Ledersofa, bot mir nichts zu trinken an.
Ich wusste, dass Max schöne Frauen liebte. Katharina hätte ich ihm nicht zugetraut. Sie war von verhaltener Schönheit: elegant fließende Bewegungen, feine Gliedmaßen. Sie zog die Beine heran, legte die Hand auf ihre nackten Füße. Sie war aschblond. So wie Loretta. Die hatte das nie gemocht, sich die Haare braun gefärbt. Loretta mochte Braun. Katharina ließ ihr Haar, wie es war, es fiel in großen Wogen auf ihre Schultern. Die Augenachse, sagen die Maler, sollte auf halber Höhe des Kopfs liegen. Katharina hätte Leonardo da Vinci Modell sitzen können. Sein Stift hätte ebenmäßige Züge eingefangen, Maria Magdalena am leeren Grab. Sie beantwortete meine Fragen

routiniert, sorgsam. Wo sich Max aufhielt, wusste sie nicht. Nicht einmal, dass er ausgebrochen war.
Während wir redeten, sprang ein Reh an der Tür vorbei. Lange, dünne Beine, kurze Hose, Rossschwanz. Ich deutete auf das Kind: „Julia?"
„Lassen Sie sie in Ruhe."
Ich hob die Hände, hielt sie wie einen Schild vor die Brust. „Ich hatte nicht vor, sie zu befragen."
Das Reh kam trotzdem herein. Setzte sich auf die Lehne des Sofas neben seine Mutter. Katharina umfasste die Taille des Kindes. Es sah Max ähnlich: die gerade Nase, die vollen, ein wenig unregelmäßigen Lippen, das Grübchen am Kinn.
„Sind Sie von der Geheimpolizei?", fragte Julia. „So wie der Papa?"
„Nicht ganz", antwortete ich.
Julia senkte den Kopf. Wippte mit den Beinen. „Ich mag seinen Beruf nicht", sagte sie. „Er ist nie da. Und andere Kinder reden blöd über ihn."
„Ja", sagte ich. „Das ist unangenehm. Mein Vater war Arzt und die Kinder sind nicht gern zu ihm gegangen, weil er ihnen Spritzen gegeben hat. Das war auch blöd."
Ich fuhr zurück ins Büro. Der zweite Frühling von Loretta und mir war ein Altweibersommer. Kurz war es warm gewesen, bald die Eiszeit zurückgekommen. Ich hatte ihr nichts von Vaters Krankheit erzählt, sie nahm es mir übel.
Daniela Brandtner legte mir neue Berichte vor. Und Sofia, die Journalistin, hatte zweimal angerufen. Daniela hatte sie an die Pressestelle verwiesen, aber Sofia verlangte nach mir. Daniela gab mir die Nummer. Widerwillig wählte ich, sagte, dass es keine Neuigkeiten gebe. Sie schlug ein Treffen vor. Auch da würde ich nichts anderes sagen. Sie gab auf.

Später erst merkte ich: Sofia war wie Max. Sie gab nie auf. Neben der Platane vor der Quästur fing sie mich ab. Auf dem Waltherplatz setzten wir uns in mein Lieblingscafé. Es ging gar nicht um Max. Jedenfalls dann nicht mehr.

DRAUSSEN SEIN

„Alles, was ihr bittet in eurem Gebet, / glaubt nur, dass ihr's empfangt, / so wird's euch zuteilwerden.“ (Markus 11,24)

Massimo reicht Max die Papiere. Führerschein, Pass, Personalausweis, eine Walther P99 und eine Kalaschnikow. Sie gehen vor die Hütte, auf dem Kiesweg steht ein blauer Fiat. Kein schnelles Auto, aber unauffällig. Max steigt ein. Die Kalaschnikow legt er in den Fußraum, wie gewohnt. Die Walther hat er griffbereit am Gürtel. Das Funkgerät liegt auf dem Beifahrersitz. Sie fahren im Konvoi, Max in der Mitte. Kurz vor Trient kracht das Funkgerät. Max greift danach. An der Ortseinfahrt stehen sie. Max dreht um. Nimmt eine Abzweigung nach Gablöss. Die führt nirgends hin – außer nach Gablöss. Max sieht in den Rückspiegel, hinter ihm ein grauer VW. Sind das Polizisten in Zivil? Der Mann am Lenkrad sieht verdächtig normal aus: grauer Haarkranz, Brille, Hemd. Max dreht wieder um. Der VW fährt weiter. Im Rückspiegel sieht Max, dass Grau-in-Grau doch gewendet hat und wieder hinter ihm ist. Max biegt rechts ab, dann wieder links. Schaut nach hinten, kein VW. Über Andalo zur Nordküste des Gardasees. Von dort weiter nach Rovereto. Keine gute Entscheidung. Wieder umdrehen, am Gardasee entlang, hier ist niemand. Die Touristen dürfen nicht verschreckt werden, gerade jetzt, im November, sind nur reiche alte Leute da. Auto wechseln für alle Fälle. Nach Verona auf schmalen, holprigen Landstraßen in einem schlecht gefederten Peugeot. Von dort weiter nach Vicenza. Endlich ankommen. Max wird von der Familie empfangen, Riesenhaus im neuen Stil, ein weißer Würfel mit flachem Dach und schmalen, länglichen Fenstern. Sie gehen in den Salon, der Boss umarmt Max,

es wird gelacht. Der Boss gratuliert ihm zehnmal, klopft Massimo auf die Schulter, öffnet die Sektflasche, spritzt herum, lässt es in die Gläser perlen. Massimo drückt Max in das helle Sofa mit Holzlehne. Es wird geplant. Wie lang kann Max bleiben? Wohin dann? Es darf nichts schiefgehen. Max bekommt ein neues Auto, neue Papiere. Und dann sind auch die anderen da: Frauen und Mädels. Sie schalten den Fernseher ein. Über Max kein Wort. Sie können nicht täglich berichten, dass sie ihn nicht gefasst haben. Es gibt Spaghetti ai frutti di mare und Pannacotta. Max sticht in den Pudding, aber eigentlich würde er gern woandershin stechen. Massimos Tochter ist eine Schönheit, gerade im richtigen Alter. Sie lächelt ihm zu, sie zwinkert, sie leckt den Löffel ab. Massimo setzt sich neben ihn. Raunt ihm ins Ohr. Er wird ihn eigenhändig erwürgen, sollte sich Max an Francesca vergreifen. Max weiß nicht, wie ernst Massimo das meint. Er will es nicht herausfinden, will keinen Streit.
Und dann wird doch gestritten. Der Boss will Max in Vicenza behalten, Massimo ist dagegen. Im Winter ist es auf Isola Verde sicherer. Max ist auch fürs Grüne. Sie fahren los. Vom Himmel fallen dicke Graupel – Ferrari auf Regenfahrbahn, das war noch nie gut. Die Scheibenwischer kommen gegen die Geschoße nicht an. Den Carabinieri ist das Wetter auch zu schlecht. Sie müssen nirgends abzweigen, fahren frech über die Autobahn. Bei Padua runter, weiter auf die SS 516 und dann die 309er. Der Wagen schiebt sich durch die Regenmassen, sie kommen zu einer langen Brücke. Jetzt geht es übers Meer und dann noch ein Stück auf der Landstraße, links und rechts abgeerntete Felder, in denen nasse Saatkrähen hocken. Und dann, kurz vor der Ortseinfahrt, lenkt Massimo in einen Feldweg. Max folgt ihm. Massimo sperrt die Hintertür eines gelben Hauses auf. Sie gehen durch den Keller, über Stiegen mit grauen Steinzeugfliesen hinauf in einen großen Salon mit blassgrünen Sofas, dicken

blauen Seidenteppichen, auf denen sich herrische Drachen ringeln, zwei Stehlampen mit cremefarbenen befransten Lampenschirmen, einem falschen Kamin. Geheizt wird mit Öl, der Tankwagen war schon da. An einem Ende des Sofas sitzt ein schwarzer Dobermann mit güldenem Halsband. Auf dem Kaminsims steht eine Spieluhr mit einer Balletttänzerin. Der Hausherr hat Freude am Porzellan. Auf den Hund soll er aufpassen, sagt Massimo. Der war teuer, darf nicht zu Bruch gehen.
Max zieht sich aus, geht zum Pool, schwimmt ein paar Längen, steigt heraus, schlüpft in einen flauschigen weißen Bademantel. Es will nicht warm werden. Max legt sich ins Solarium, während der Saunaofen aufheizt. Er setzt sich auf die obere Stufe, legt sich hin, setzt sich wieder. Die Kohlen glühen, Max gießt auf, es wird zu heiß hier drin. Die Sanduhr steht noch immer bei der Hälfte, der Sand will nicht rieseln. Max klopft drauf. Allein in der Sauna.
Er macht eine Liste: Sandra, Carina, Claudia, Monika, noch eine Claudia, Doris, Verena. Am liebsten wäre ihm Sandra, sie hat keine Zeit. Macht schwierige Prüfungen, etwas Wirtschaftliches. Carina hebt nicht ab. Die beiden Claudias könnten am Wochenende kommen. Und dann Doris. Ihr Mann ist auf Dienstreise.
Claudia eins redet viel. Max schickt sie schon am Sonntag nach Hause. Vor Weihnachten will sie wiederkommen. Claudia zwei ist heiß. Max fährt mit ihr nach Venedig. Sie wandeln über den Markusplatz, biegen Richtung Canal Grande ab, bleiben in einem kleinen Ristorante hängen, Spaghetti al nero und Calamari fritti, viel Catarratto Bianco. Claudia zwei lacht über Max' schwarzen Schnauzer und die Perücke. Er sieht aus wie Charlie Chaplin, fast wie Charlie Chaplin, müsste sich nur den Bart an den Enden stutzen. Sie zahlen, gehen weiter zur Rialtobrücke. Max dreht die Schuhspitzen nach außen und drippelt dahin, er dreht die Rechte, als hielte er einen Stock.

Claudia lacht und lacht. An der Rialtobrücke haben die Stände geschlossen, sie fahren mit dem Vaporetto zurück, trinken einen Espresso in einer Bar. Max muss noch fahren. Sie lieben sich im Auto, in der Villa, noch einmal in der Villa.
Am Montag ist Claudia zwei noch immer da. Sie will wieder nach Venedig. Dafür ist nicht Zeit, weil Doris für den Nachmittag angesagt ist. Max sagt, dass ihm der Wein nicht bekommen ist. Dass er Ruhe braucht. Claudia ist gekränkt. Aber Max sieht wirklich nicht gut aus. Er ist blass und hat Ringe unter den Augen. Claudia steigt in ihren Suzuki und fährt davon. Max geht ins Bad, wäscht sich die Schminke ab und steigt in die Dusche.
Doris hat Max viele Jahre nicht gesehen. Er erinnert sich an einen festen Hintern und kleine, kompakte Hügelchen. Sie bringt Weihnachtsbäckerei und einen Schokoladekuchen mit. An dem hat sie schon genascht. Das sieht man. Der Hintern ist eine Kugel, die Schenkel sprengen die Hose. Max ärgert sich, dass er Claudia nach Hause geschickt hat. Zum Frühstück bringt Massimo Gebäck und eine Nachricht für Doris. Ihr Mann kommt früher als erwartet von der Messe in Düsseldorf zurück. Doris zieht die Brauen zusammen. Woher Massimo wisse, dass ihr Mann in Deutschland ist. Massimo zuckt die Achseln. Alle, die mit Max zu tun haben, werden überprüft. Doris sieht zu Max. Er schaut betreten drein. Doris packt schnell ihre Sachen. Sie wird nicht wiederkommen. Gut gemacht, Massimo. Ja, die Töchter von Freunden sollst du nicht anrühren, jedenfalls nicht, wenn du sie brauchst. Alte Mafia-Weisheit.
Sonnenstrahl an einem verregneten Mittwoch: Sandra ruft an. Sie hat die große Prüfung bestanden, jetzt noch eine kleine, in zwei Wochen kann sie da sein. Isola Verde im Winter. Ein Abenteuer.
Max überbrückt die zwei Wochen mit Spazierengehen, Schwimmen, Claudia und Monika. Es ist jetzt fast immer wolkenlos, die Sonne

zaubert Lichtpunkte auf die Fenster der leeren Hotels. Max geht ans Meer. Für den Strand setzt er die graue Perücke auf. Ein Pensionist, mit dem niemand redet, der an der Küste entlangstreift, statt einsam die erste Adventkranzkerze anzuzünden und auf den Tod zu warten. Das dunkelgrüne Wasser schleudert weiße Schaumkronen gegen das Land, die Kronen versickern im Sand neben Max' Zehen. Die Wellen haben leere Muschelgehäuse ausgespuckt, sie bleiben achtlos liegen. Der Wind zerrt an der Perücke. Max bückt sich, hebt eine Meeresschnecke auf, sie ist unversehrt, weiß und grau und schwarz, am Rand wölbt sie sich zackig nach außen. Max steckt sie in die Tasche. Frauen mögen Muscheln. Er geht zurück zur Straße, setzt sich auf eine Bank, wischt die sandigen Sohlen ab, zieht die Schuhe an. Neben ihm ist eine Möwe gelandet. Sie kreischt nach Futter, Max kann ihr nichts geben.
Abends ist Claudia wieder da. Sie fährt um Mitternacht. Das Frauenjonglieren wird schwieriger, Carina kommt am späten Nachmittag, sie bringt eine Freundin mit. Die Freundin ist auch hübsch, als sie wegfahren, steckt Max ihr seine Nummer zu.
Mit der grauen Perücke geht Max einkaufen. Er will eine Barbiepuppe kaufen, Julia hat schon viele. Lego interessiert sie nicht. Max hat als Kind mit Matador gespielt. Das war zu teuer für Leitners. Oliver hatte einen Kasten. Matador gibt es nirgends. Im Spielzeugladen von Venedig stehen prachtvolle Schiffe. Schiffe aus Holz, mit Muscheln, mit Segeln, mit Kanonen. Sehr schön sind sie, die Schiffe. Max kauft einen Zauberkasten, eine Puppe mit schwarzem Haar und drei verschiedenen Kleidchen, einen großen Plüschtiger. Die Puppe steht in einer weißen Schachtel mit durchsichtigem Zellophanfenster wie die Frauen, die in Amsterdam in der Auslage auf Freier warten. Im Geschäft nebenan kauft Max Cowboystiefel.
Der Schuhkarton ist groß genug für den Tiger. Sandra legt ihn hi-

nein. Wickelt Puppe, Tiger und Zauberkasten in rotes Papier mit güldenen Sternen und Kerzen drauf. Max zerrt eine Kiste aus dem Abstellraum, die hat der Essenslieferant dagelassen. Sandra schreibt die Adresse auf den Karton, schnürt ihn zu, nimmt das Paket mit, das wird kosten …

Sie ist dann drei Tage bei ihren Eltern, Pfeffersäcken aus Deutschland, die im Winter nach Italien fahren. Zeit für Elisa, so heißt Carinas Freundin. Max fährt mit ihr nach Verona, Elisa mag Opern. Sie findet die schwarze Perücke albern.

GUARDIE E LADRI

Agostini rief mich zu Hause an. „Ich komm sicher nicht", sagte ich. „Ich habe Urlaub." Er schaffe das nicht allein. Wir waren an ihm dran, hatten aber zu wenig Leute. Das mochte gut sein, dennoch: Ich war nicht zuständig. Urlaub ist Urlaub ist Urlaub. Nicht aus Prinzip. Sofia räkelte sich auf meinem Bett. Sofia mit den wachen braunen Augen, dem sinnlichen Mund, der hohen Stirn, der frechen Nase, den langen, schlanken Beinen. Sofia, die Quirlige, Temperamentvolle. Sofia konnte, durfte ich keinen Moment aus den Augen und Armen lassen. Schon in die Küche zu gehen war gefährlich. War sie noch da, wenn ich mit den Weingläsern zurückkam? Oder stand das Fenster offen und das Bett war leer?

Sie schlich sich an, legte ihre Arme um meinen Hals, rieb ihr Bein an meinem, mir wurde schwarz, ich vergaß zu atmen, legte auf, ohne mich von Agostini zu verabschieden. Sie trieb es mit mir. Das war nicht Sex. Es war Ekstase. Jetzt, da ich mich daran erinnere, fallen mir die Versäumnisse meiner Kindheit auf. Ich könnte die Sache mit allerlei medizinischen Begriffen benennen: Koitus etwa oder Kopulation. Kohabitation gar. Aber kaum schmutzigen. Ficken. Das kenne ich. So haben es meine Eltern nie genannt.

Ich verschwendete keinen Gedanken an Max Leitner.

Um acht Uhr morgens stand Agostini an meiner Wohnungstür. Ich schloss sie wieder. Sofia streifte sich mein Hemd über, lief hinaus ins Stiegenhaus. Agostini kam zurück. Ich stellte die Espressokanne auf die Herdplatte. „Reicht nur für zwei", sagte ich übellaunig.

„Ach, da gehen schon drei Tassen heraus", sagte Sofia freundlich.

„Ja, aber zwei davon trinke ich."

Agostini bekümmerte meine Verdrossenheit nicht, starrte unver-

hohlen auf die Beine meiner Freundin. Dass sie keinen Slip anhatte, machte uns beide nervös.
Agostini berichtete. Er war im Gefängnis gewesen. Verhörte die Häftlinge, die mit Max Kontakt hatten. Ein gewisser Alessio soll ihm geholfen haben. Der stritt alles ab. Agostini zog die Daumenschrauben an. Erklärte, dass Alessio nach dem Antimafiagesetz zu fünfzehn Jahren verurteilt werden könnte. Aus staatsanwaltlicher Sicht war das dünn. Auch Alessio wollte ihm nicht glauben. Agostini setzte eins drauf. Die Fluchthilfe weise Alessio als Mitglied der Mafia aus, es sei nachgewiesen, dass Leitner bei der Mafia sei, was sich schon im Gefängnis offenbart habe. Ging es ans Spazierengehen, ließen sogar die Bosse Max den Vortritt. Das erzählten die Wachebeamten. Die Fluchtwagen wurden von der Cosa Nostra gestellt. Wer Max Leitner half, war selbst von der Ehrenwerten Gesellschaft. Da wurde Alessio weich. Erzählte von Alois Kofler, einem jungen Südtiroler. Der soll Leitner das Leintuch in den Hof geworfen und auch den Haken besorgt haben. Alois Kofler schwieg.
Dann fing die Polizei einen Funkspruch auf. Es ging um Pasta, Polpa, Parmaschinken, Milch und Mineralwasser.
„Aufregend", sagte Sofia lächelnd.
Agostini verpasste die Ironie.
„Und hier …" Er breitete Listen mit Namen aus. Kontrollen von Straßensperren. Dreimal war ein Name rot eingekringelt.
Sofia beugte sich darüber.
„Das dürftest du gar nicht sehen", sagte ich streng. „Du bist von der anderen Seite."
Sie schüttelte den Kopf. Sprach über Gewaltenteilung im Staat und die Kontrolle durch die Medien – die vierte Macht und ihre Aufgaben.
Agostini war die vierte Macht egal. Er glotzte ihr in den Ausschnitt.

„Alora: Was ist mit diesen Leuten?“ Sie stellte ihren Zeigefinger auf die Rotumrandeten.
„Haben wir überprüft“, sagte Agostini mit Blick auf ihren Busen. „Die Kerle, die zu den Führerscheinen gehören, waren zu dem Zeitpunkt nicht an dem Ort.“
Sofia sah mich fragend an.
„Die Dokumente sind falsch, aber die Namen sind echt, reale Personen. Sonst fliegen die Gangster sofort auf, wenn wir kontrollieren.“
Sofia hob die Augenbrauen. „Dann könnte jemand mit einem Ausweis herumlaufen, auf dem mein Name steht?“
„Wenn du dich dafür bezahlen lässt, ja. Sonst eher nein.“
„Und diese Namensgeber lügen nicht, wenn sie verhört werden?“
„Doch“, sagte ich. „Die lügen. Aber manchmal gelingt es nicht. Wenn zum Beispiel die Ehefrau sagt, dass der Mann schon seit einem halben Jahr auf Montage in Saudi-Arabien oder Dschibuti ist.“
Sie nickte stumm.
„Was soll ich tun?“, fragte ich. Agostini zog eine lange Liste hervor. Männer, die in den vergangenen Tagen kontrolliert worden waren. Wir mussten schauen, wo die falschen Führerscheine, Personalausweise aufgetaucht waren – das Gebiet eingrenzen. Alte Akten durchforsten: Haben sich in der Gegend jemals Entflohene versteckt? Entflohene mit Mafiafreunden. Oder Mafiosi selbst.
Die Suche ergab ein Gebiet südlich von Chioggia, eine Halbinsel zwischen Brenta und Etsch. Da stand eine Villa, eigentlich ein Bungalow direkt am Strand mit eigenem Spa. Agostini zeigte mir das Bild. Wer immer den Bungalow geplant hatte, war Pritzker-Preis-verdächtig. Das Haus gehörte einem Silvio Agnello. Agnello arbeitete als Automechaniker in Verona. Mein Automechaniker hatte keine Villa. Nicht einmal ein Haus. Vom Reparieren alter Unos konnte man sich einen solchen Kasten nicht leisten. Agnello reparierte die Autos von

Massimo Bottoni. Der ein Freund von Manfredo Feliciano war – dem Boss der Mala del Brenta, den ich schon lang im Visier hatte. Agostini fragte, ob er sich mein Auto borgen könne, seines sei kaputt. Er ging um den Uno herum, sah durchs Fenster ins Innere. Sofia reichte ihm wortlos die Schlüssel für ihren Renault Clio. Ich klopfte an die Scheibe. „Halt mich auf dem Laufenden."

Ich hätte auch ins Büro gehen können. Wir warteten neben dem grünen Apparat, hielten den Atem an, wenn es klingelte. Agostini schnaufte in den Hörer. „Ich hab ihn gesehen. Er ist in eine Telefonzelle gegangen."

„Hat er dich auch gesehen?"

„Denke schon."

„Kennt er dich?"

„Glaub nicht. Ich hab mir den Hut tief ins Gesicht gezogen."

„Wie unauffällig."

„Wieso? Es hat gestürmt!"

„Bist du dir sicher, dass er es war?"

„Ganz sicher. Er wohnt in diesem Bungalow. Ich hab mit den Nachbarn geredet. Zwei ungarische Frauen. Denen kommt das Haus schon lang seltsam vor. Sie meinten, es wohnten zwei Leute dort. Ein alter und ein junger Mann, Vater und Sohn, sie sehen sich ähnlich."

„Das ist er."

„Wer? Der Alte oder der Junge."

„Beide."

DRAUSSEN BLEIBEN

„Ihr Männer und Brüder, es musste die Schrift erfüllt werden, welche der Heilige Geist vorausgeredet hat durch den Mund Davids über Judas, der den Führer gemacht hat für die Häscher Jesu." (Apostelgeschichte 1,16)

Max hat ihn gesehen. Er war telefonieren, nahe der Telefonzelle ist er gestanden: ein junger, sehniger Typ, den Hut tief ins Gesicht gezogen. Das ist kein einsamer Muschelsammler, das ist einer vom Geheimdienst. Er hat Max beobachtet. Max dreht dem Mann den Rücken zu, zieht langsam den Fotoapparat aus der Tasche. Er geht aus der Zelle, ohne Hast. Der Mann ist allein dort gestanden. Max biegt in eine Seitengasse ab, biegt noch einmal ab und wieder zurück zur Telefonzelle. Der Mann steht jetzt beim Telefon, sucht die Zelle ab. Max zieht den Apparat heraus. Der Nebel verschluckt Land und Leute, aber Max ist nah genug. Er drückt ab, steckt die Kamera wieder ein. Läuft in die Villa. Wirft Pistole, MP, Munition und Funkgeräte in eine Tasche, nimmt eine zweite Pistole, prüft, ob sie geladen ist, steckt sie ins Halfter am Gürtel. Draußen bellt ein Hund, der elende Köter dieser Ungarinnen. Max sieht durch die Jalousien hinaus, sieht nichts. Der Nebel macht ihn blind, aber nicht taub. Max hört Leute gehen. Vielleicht die Ungarinnen, die ihren Hund äußerln. Max drückt wieder die Lamellen der Jalousie auseinander. Jetzt sieht er sie. Carabinieri und Polizisten, alle uniformiert. Einer hat die Pistole gezogen. Er deutet den Männern, sie sollen nach links gehen, die anderen nach rechts. Max läuft ins Schlafzimmer, zieht den Vorhang ein wenig zur Seite, beobachtet, wie die Polizisten nach hinten schleichen. Er reißt die Tasche mit den Waffen vom

Sofa, stößt den Köter um, stolpert über die Scherben zur Kellertür, sperrt auf. Hört, wie die Vordertür gerammt wird, läuft in die Garage und hinaus ins Freie. Läuft, läuft, läuft, dreht sich nicht um. Die Luft brennt in den Lungen, die Tasche zieht zu Boden, der Schweiß rinnt unter der Kappe die Stirn hinunter in die Augen. Egal, Max sieht ohnehin nicht, wohin er läuft. Irgendwann bleibt er stehen, hockt sich hin, lauscht, hört es keuchen, das ist er selbst. Er kann nicht mehr, er muss ausruhen, das Herz rast, die Lunge fordert Luft, Luft, Luft. Er muss weiter. Und jetzt hört er es: Es knattert. Über ihm. Max kennt das Geräusch. Er hasst es. Er hat es gehasst, als sie ihn in Innsbruck erwischt haben, als sie ihn von Gefängnis zu Gefängnis geflogen haben. Er hasst Hubschrauber. Der Scheinwerfer sticht durch den Nebel, Max kauert an einer Hausmauer unter einem Dachvorsprung, der Lichtkegel nur Zentimeter entfernt. Jetzt ruhig bleiben, warten, bis der Hubschrauber abgedreht hat. Es dauert, dauert. Dann entfernt sich das Knattern. Max springt auf, der Hubschrauber hat ihn mitsamt seinem Infrarot-Hightech-Firlefanz nicht gekriegt. Die Bullen werden ihn auch nicht kriegen. Sie werden ihn nicht kriegen!

Es ist vier Uhr früh. Max ist erschöpft, er braucht Schlaf, endlich die müden Augen zumachen. Sich jetzt in der Villa in das Doppelbett legen, in die Seidenpolster sinken, in die Decken kuscheln. Ausruhen. Aufstehen, fernschauen, kochen, essen, auf Carina, Sandra, Claudia warten.

Der milde Herbst ist vergangen, es ist Jagdsaison. Max muss sich ein Versteck suchen. Im dichten Gebüsch hinter dem Strand. Er schleicht geduckt zur Küste. Andere Schuhe hätte er anziehen sollen, die Turnschuhe, die er vorige Woche gekauft hat. Stattdessen stecken die Füße in Lederslippern mit dünner Sohle. Elegant. Unbrauchbar für den Einsatz im Feld. Unter der dünnen Windjacke, die weder Wind noch Regen abhält, hat er ein kurzärmeliges T-Shirt an. Wa-

rum hat er keine warme Kleidung in die Tasche gepackt? Jetzt gefriert der Schweiß unter den Achseln.
Max ist eingeschlafen. Als er erwacht, ist er so erschöpft wie vorher. Er muss hier weg. Die Büsche schützen nicht vor den Hunden. Max steht auf, sieht sich um. Sein Magen knurrt. Wie lang hat er nichts gegessen? Der Magen muss warten. Erst ein Versteck suchen, dann planen. Dann essen und trinken. Seine Kehle ist trocken und rau. Wenigstens Wasser hätte er einstecken sollen. Idiot.
Max klettert aus dem Gebüsch, es ist früher Morgen, der Nebel hat sich verzogen, die Sonne steht hinter weichen Wolken, hüllt Pflanzen, Meer und Häuser in milchiges Licht. Isola Verde – ja, da ist viel Grün, Gesträuch und niedrige Bäume. Aber auch Braun. Büsche mit spitzen, scharfen Dornen. Die halten die Hunde ab. Max nimmt die Tasche, sieht sich um, läuft den Strand entlang zu der Stelle, an der die Dornenhecken stehen. Die hat er auf seinen Spaziergängen entdeckt. Da schon hat er gewusst: Wenn sie mich suchen, werde ich mich hier verkriechen. Jetzt ist er wirklich da, geht hinein. Die Stacheln zerreißen die Hose, bohren sich in seine Waden. Arschbacken zusammenkneifen, Zähne zusammenbeißen. Es tut trotzdem weh. Max ist jetzt weit drin im Gebüsch. Lässt die Tasche fallen, schaut noch einmal hinein. Vielleicht liegt doch Essbares drin. Nein, es liegt nichts drin. Kein Krümel Brot, kein Tropfen Wasser, keine Milch. Max blickt in den Himmel. Der Durst könnte bald gelöscht werden. Die Sonne ist jetzt ganz hinter den Wolken verschwunden. Es wird regnen.
Gegen Mittag fallen die ersten Tropfen. Max öffnet den Mund, lässt das Wasser ein, lässt seine Zunge begießen, seine Lippen, seinen Gaumen. Der Regen wird stärker, es gießt in Strömen. Max ist jetzt durch und durch nass. Überall. Es ist kalt. Eiskalt. Die Hände spürt er nicht mehr, die Füße spürt er nicht mehr. Erfrieren ist ein schö-

ner Tod. Max denkt an das Märchen von dem Mädchen, das nichts hatte außer den Schwefelhölzern, die es verkauft. Max hat nicht einmal ein Schwefelhölzchen, das seine Hände wärmte. Und der Magen knurrt und knurrt, immer rabiater, immer aggressiver. Bald wird er sich selbst verdauen, wenn Max ihm nichts gibt. Er sieht auf die Uhr. Es ist früher Nachmittag. Es regnet und regnet. Dennoch ist es zu gefährlich, bei Tag die Dornen zu verlassen. Die Polizisten sind geschützt gegen Wind und Wetter. Sie patrouillieren trotz des Platzregens. Max hat sie gehört, sie dirigieren die Hunde, die wütend sind, dass sie draußen bleiben müssen.

Eine der Bestien hat ihn entdeckt, steht vor dem Buschwerk, kläfft wie verrückt. Max muss den Hund ruhigstellen, bevor er die gesamte Einheit zusammenbellt. Er klettert bis zum Rand des Gebüschs, der Hund schnappt nach ihm, beißt ihm in die Hand. Max packt den Hund, drückt ihm die Kehle zu, bis der Hund bewusstlos ist, trägt ihn zum Strand, lässt ihn liegen, klettert zurück in die Dornen, ist von oben bis unten blutig, zerkratzt, zerbissen. Es ist Zeit aufzugeben. Alles besser als diese Hölle hier in den Dornen von Isola Verde. Ja, er wird sich ergeben, sollen sie nur kommen, er wird mit erhobenen Händen hinausgehen. Aber jetzt nicht, er kann nicht mehr aufstehen, er ist zu müde, zu erschöpft, der Schmerz wütet in der Hand, Max krümmt sich, hält die Hand in der anderen, kniet auf dem sandigen Boden, will schreien, brüllen. Selbst dazu ist er zu schwach.

Und dann hört der Regen auf. Von einem Moment auf den anderen. Es wird finster. Max hat geschlafen. Tief geschlafen. Der Schmerz in der Hand hat ihn geweckt. Er braucht Essen. Jetzt. Gleich. Er steht auf. Kann er stehen, gehen, laufen? Die Beine sind taub, kraftlos. In den Füßen kribbelt es. Max wankt aus dem Gebüsch. Das nächste Apartmenthaus ist fünfhundert Meter entfernt. Es hat fünf Stockwerke. Vor dem Haus steht ein zerbeulter Ford. Max klettert auf das

Auto, springt hoch, erhascht den untersten Balkon. Er zieht sich hoch, in der Hand tobt das Höllenfeuer, Max achtet nicht auf den Schmerz, er zieht und zieht, ist endlich oben, sieht durch die Balkontür hinein, stemmt sich gegen die Türklinke, sie gibt nach. Er schiebt die Tür zur Seite, ist erstaunt, wie leicht es gegangen ist. Hier steht ein weiches Bett. Max darf sich nicht hineinlegen. Nicht eine Sekunde. Er würde liegen bleiben, nicht mehr aufstehen.
Er geht in die Küche, reißt den Kühlschrank auf. Nichts. Doch. Eine Flasche Coca-Cola. Max trinkt das Cola, eiskalt rieselt es durch seinen Brustkorb in den leeren Magen. Max schlägt die Kühlschranktür zu, geht hinaus. Im Erdgeschoß ist nichts zu finden. Im zweiten Stock liegen Fischdosen in einem Küchenkasten und ein vertrockneter Panettone, im dritten Stock findet er eine Rolle Keks. Er zieht das Leintuch vom Bett, legt das Essen drauf, macht einen Knoten, reißt das andere Leintuch in feine Streifen, seilt zuerst das Essen und dann sich selbst ab. Er läuft mit seiner Beute zurück zu den Dornen. Die Klettertour hat ihn aufgewärmt, jetzt gibt es ein Mitternachtsmahl mit Ölsardinen, Keksen und altbackenem Kuchen. Er stopft sich die Sardinen in den Mund und dann den Kuchen. Schmeckt eklig süß. Schon als Kind mochte Max keine Aranzini. Aber der Magen freut sich. Er gibt endlich Ruhe. Lässt Max schlafen. Nur ein paar Stunden, bis es hell wird.

IM FERIENPARADIES

Ob ich mir das antun wolle, fragte Agostini. Es sei nicht lauschig dort. Ich wollte. Unbedingt. Sofia fühlte sich seit Tagen unwohl. Ich konnte ihr nicht helfen. Mit den Infrarot-Hubschraubern, die jedes Objekt lokalisierten, das siebenunddreißig Grad warm war, war es eine Frage von Tagen, bis wir Max aufgespürt hatten. Er versteckte sich auf Isola Verde in der Nähe des Bungalows. Wir hatten etwa tausend Carabinieri dort stationiert, die engmaschig durchsuchten, was als Versteck dienen konnte. Bis Sofia ihre Darmgrippe überwunden hatte, war ich zurück und Max hinter Gittern. Ich war froh über den Virus. So erübrigte sich die Diskussion. Ein Polizeieinsatz, bei dem ein entsprungener Sträfling wieder eingefangen wird – ein Fressen für eine hungrige Reporterin.

Ich packte meinen Koffer und fuhr auf die Halbinsel – im Sommer eine Hochburg für Touristen, jetzt ein tristes, kaltes Versteck für einen Raubritter. Irgendwo in dieser verlassenen Einöde hockte Max. Agostini saß in der Winterjacke der Polizei in der Lobby des Hotels Residence Isola Verde. Ein Fünfsternebetrieb – jetzt außer Betrieb. Ich ließ mich neben ihm in den Sessel fallen. Er nagte an einem Baguette mit Schinken und Mayonnaise.

Lagebericht: Die Hunde standen manchmal kläffend vor einer Hecke mit dornigem Gebüsch. Aber man hatte dort nichts gefunden, es war auch unmöglich, da hineinzukommen. Wahrscheinlich lag ein alter Kadaver von einem Tier oder eine verendete Möwe im Gestrüpp.

In den vergangenen Tagen hatte es geregnet, Außentemperatur: drei Grad. Leitner musste in ein Gebäude eingedrungen sein, wo er sich versteckt hielt. Bloß welches? Die Patrouillen gingen die Insel ab,

jeweils in einer Viererstaffel. Sie durchkämmten Felder und Wiesen, sahen in den leeren Hotels nach, fragten in den Häusern, ob jemand Max gesehen oder etwas Verdächtiges gehört hatte. Selbst in Heuschobern und Ställen wurde nach Leitner gefahndet: nichts. Bei Schönwetter flogen drei Hubschrauber über die Halbinsel.
Agostini schüttelte den Kopf. „Manchmal frage ich mich, ob er wirklich hier ist."
Ich zog die Brauen hoch. „Im Ernst?"
Agostini seufzte. Ein Blatt Schinken hing aus dem Baguette. Er zupfte es heraus und stopfte es sich in den Mund. „Er war da. Das ist sicher. In der Villa haben wir seine Fingerabdrücke sichergestellt. Und eine Menge anderer wertvoller Dinge: drei Perücken, Haarfarbe, Pinsel zum Färben und den hier." Er zog einen Fotoapparat aus seiner Tasche. „Wir haben die Bilder entwickelt. Sie zeigen Max mit seinen Frauen in Venedig, Rom, Florenz."
Die Fotos lagen in Agostinis Zimmer. Max vor dem Colosseum. Max vor den Uffizien und mit einer Dunkelhaarigen im Arm auf der Ponte Vecchio. Mit einer Brünetten in Venedig, mit einer anderen Brünetten auch in Venedig. Mit derselben Brünetten vor dem Schiefen Turm in Pisa.
„Mit der hier", Agostini deutete auf eine der Brünetten, „hat er in einem Hotel in Siena eingecheckt. Als Marco Rossi. Die Hotelangestellten haben sich an sie erinnert."
„Und die Brünette?"
„Monika Gruber."
„Was sagt sie?"
„Dass ihr Max einen Ring mit Brillanten geschenkt hat."
„Und sonst?"
„Sonst nichts."
Ich hätte Monika Gruber auch reich beschenkt. Langes, dichtes

Haar, herrlich glänzende große Augen, eine schmale Nase, sinnliche Lippen und eine Figur: ein Fotomodell! Eine, wie sie mir von den Fernsehzeitungen entgegenlächelten, die Loretta kaufte, obwohl sie wenig fernsah.

„Hat sich ausgezahlt, dass er getürmt ist“, sagte ich. „Sieht nach einem schönen Leben aus.“

„Jetzt nicht mehr“, sagte Agostini. „Ich begreife nicht, wie er das durchhält. Seit vierzehn Tagen suchen wir ihn unter jedem Stein, in jeder Nische, überall … Es ist eiskalt, es regnet, es gibt nix zu essen. Wie macht er das?“

„Für Max Leitner ist das Gefängnis ein Sarg, das hat er mir erzählt. Und dass er so lang versuchen wird rauszukommen, bis er entweder tot ist oder wir aufgegeben haben, nach ihm zu suchen.“

Agostini warf den letzten Rest seines fettigen Baguettes in einen Mülleimer. Wir machten eine Runde, latschten die gesamte Promenade ab. Laut Wetterbericht hatte es fünf Grad, es fühlte sich an wie minus fünf. Ich zog den Reißverschluss meiner Jacke zu bis zum Kinn und steckte die Hände in die Tasche. Wir marschierten an den verwaisten Hotels vorbei. Tausend leere Augen sahen aus ihren Fassaden auf uns nieder. Die Strandpromenade zog sich dahin. Die nackten Sonnenschirmständer standen in Reih und Glied – Gerippe einer Armee, die im Sommer die Touristen gegen die sengenden Sonnenstrahlen verteidigte. An den Strand schloss dichtes grünes Buschwerk an. Hier war Max nicht, da hätten ihn die Hunde längst aufgespürt.

Der Wind fuhr durch meine Hose und suchte sich Schlupfwinkel in meiner Jacke. Er war erfolgreich. Ich fror und hatte Hunger. Wir betraten eine Cafeteria, ich trank einen Espresso und mampfte eine Focaccia pomodorini. Was anderes gab es nicht.

Agostini zog die Brauen zusammen: „Ich hab dich gewarnt. So ist

das hier. So verbringen wir unsere Tage. Nicht sonderlich aufregend, dafür kalt und feucht."
Ich antwortete nicht, hatte mir an der heißen Focaccia die Zunge verbrannt.
Abends zogen wir los. Mit großen Taschenlampen stiefelten wir zwischen den Hotels durch. Straßenbeleuchtung gab es um die Zeit keine – Sparmaßnahme. Im Hotel Villa Al Vento, einem Zweisternehaus wie das Eingangsportal offenbarte, fanden wir aufgebrochene Balkontüren und zwei offene Schränke. Er war hier gewesen.
„Das muss heute gewesen sein", sagte Agostini aufgeregt. „Gestern war hier noch alles in Ordnung."
„Es ist erst zehn", sagte ich. „Wir haben ihn knapp verpasst."
Wir rannten die Stufen hinunter, auf die Straße, blickten nach links und nach rechts. Dort: ein Schatten. Ich lief hin. Ein Hund aus der Staffel pinkelte an eine Hausmauer.
Ich raste zurück zur Hauptstraße, es blieb still. In die andere Richtung – ex oriente lux. Max war nirgends. Am Ortsende machte ich kehrt. Ging zurück, traf Agostini im Zentrum, eine leere Wasserflasche in der Hand. Könnte von ihm sein. Ja, könnte. Wir trabten wortlos nebeneinander her, der Lichtkegel unserer Taschenlampen leuchtete wenig Weg aus. Ich lauschte in die Stille. Und dann Geräusche. Reden. Jemand redete. Es kam vom Strand. Ich horchte, bemühte mich, die Richtung zu orten. „Von dort", sagte ich.
„Von dort", sagte Agostini und zeigte woandershin.
Als wir eintrafen, hockten zwei Beamte im Sand vor einer Brombeerhecke – über einen Hund gebeugt. Einer der Polizisten redete beruhigend auf den Köter ein und strich ihm über das nassgeschwitzte Fell. Der Hund lag mit blutverschmiertem Hals auf dem Boden und hechelte.
Der Polizist hob den Kopf. „Er hat ihn gebissen."

„Wie bitte?"
„Der Flüchtige hat Rocco gebissen."
„Sind die Hunde nicht dazu da, die Flüchtigen zu beißen, um sie festzuhalten?"
Die beiden Polizisten antworteten nicht, der Hund hechelte. „Wir müssen ihn zu einem Tierarzt bringen", sagte der Streichler. „Eine Bisswunde von einem Menschen kann sich entzünden."
„Ja, dann …"
Ich suchte nach unserem Hotel, es lag am anderen Ende der Promenade. Mein Zimmer war im vierten Stock, ich warf mich samt Gewand aufs Bett, erwachte gegen Mittag. Zog mich an. Ging in das nächstbeste Café, trank einen Espresso, aß ein zähes Plundergebäck mit Marmelade. Trabte die Hauptstraße entlang. Keine Spur von Max. Nichts. Nirgends. Keine aufgebrochenen Türen, keine leeren Flaschen, keine angebissenen Kekse, nicht einmal angebissene Hunde. Er war wie vom Erdboden verschluckt. Vielleicht nicht vom ganzen, aber von dem auf Isola Verde.
Agostini und ich brüteten über der Karte. War es dem alten Fuchs gelungen, unter unseren Augen den Bau zu verlassen? Wie hatte er das geschafft? Mit einem Boot? Oder ist er durch eine Furt gewatet? Ich sah ihn vor mir, wie er, das Gewehr über dem Kopf, durch kinnhohes Wasser stakst. Nein, das waren Bilder aus amerikanischen Actionfilmen.
Zugetraut hätte ich es ihm. Es gab bloß keine Furt mit kinnhohem Wasser in dieser Gegend.

HALALI

Es regnet nicht. Eine kalte Sonne steht am Horizont. Sie wärmt nicht. Max schaut in den Himmel, die Wolken sind klein und weit auseinandergezogen. Sie werden sich nicht treffen, sie werden keinen Regen schicken. Tag und Nacht stehen die Hunde vor der Hecke und kläffen.

Max kann nicht hinaus. Er kann die Hunde nicht vertreiben, es sind zu viele. Und dann zischt etwas an seinem Ohr vorbei. Eine Kugel. Irgendein Idiot beschießt die Hecke. Sie ballern und ballern und Max sitzt mittendrin, die Beine umklammert. Keine Angriffsfläche bieten. Ha, das Magazin ist leer. Endlich. Aber ein Magazin ist schnell hineingesteckt. Sie schießen wieder. Überall schlagen die Kugeln ein, jetzt, jetzt haben sie seinen Fuß getroffen, den linken. Er spürt gar nichts. Der Schock. Max tastet den Fuß ab. Nein, heil geblieben. Die Kugel ist Millimeter daneben in die Erde gedroschen. Max legt den Kopf auf die Knie. Sollen sie ihn doch abknallen, dann ist wenigstens Ruhe.

Ruhe. Jetzt ist Ruhe. Sie haben aufgehört zu schießen. Redet da jemand? Nein, wahrscheinlich nicht. Max ist ganz taub von dem Lärm, er hört nichts. Er könnte jetzt aufstehen und sich ergeben. Sie haben aufgehört zu schießen. Aber wenn sie ihn sehen, fangen sie gleich wieder an. Und dann werden sie sagen, es war Notwehr, und man wird ihnen glauben, sie sind die Polizisten und er ist der Räuber. Und eigentlich ist das dann auch egal. Jetzt wird wieder geballert. Aber nicht so nah, sie schießen jetzt weiter vorn in die Hecke. Das ist gut. Sie wissen nicht, wo er ist.

Bei Sonnenschein kommen die Hubschrauber. Max buddelt mit bloßen Händen eine Grube, legt sich hinein, schüttet Sand darüber. Er ist jetzt bis zum Hals eingegraben. So finden ihn die Wärmebildkameras nicht. Die Flaschen, die Max von seinem letzten Ausflug in ein Hotel mitgenommen hat, sind leer. Es gibt nichts zu trinken. Am Abend ist seine Kehle trocken wie die Sahara. Die Hunde bleiben jetzt auch nachts an der Hecke und bellen. Er könnte sie erschießen, aber dann wären gleich die Polizisten da. Verdient hätten es die blöden Viecher. Dreimal haben sie ihn gebissen, als er mit dem Rücken voran in die Dornen gegangen ist. Zweimal in die Wade. Die Wunde an der Hand ist auch noch nicht verheilt, reißt immer wieder auf, wenn Max in ein Hotel einsteigt, sich am Balkongeländer hochzieht. Nachts kommen die Ratten, kosten Max' Ohren. Max bläst ihnen ins Gesicht, sie hauen ab. Brave Ratten. Schlafen kann Max trotzdem nicht. Am zweiten Tag wird der Durst schlimmer, am dritten ist er kaum mehr zu ertragen. Max muss pinkeln. Er schlüpft aus seinem Hügelgrab und zieht die Hose runter, alles sehr schwierig im Liegen und ohne Kraft. Endlich kann er pinkeln. Es kratzt und tut weh. Der Urin jetzt nicht mehr dunkelgelb wie an den Tagen zuvor. Er ist rot. Max blutet aus dem Penis. Jesus, Maria! Mit dem Blut rinnt die letzte Kraft aus ihm heraus, er sackt zusammen, er wartet auf den Hubschrauber, warum findet ihn keiner? Er liegt hier, krank und weh, er braucht Hilfe. Jetzt.

Hört ein Geräusch. Endlich. Jemand beugt sich über ihn. Ach, Notburga. Sie hebt seinen Kopf, sie redet auf ihn ein. Sie hat mit den Geistern gesprochen. Die haben ihr verraten, wo Max ist und dass er sie jetzt braucht. Sie holt ein Tuch aus ihrer Tasche und bindet es Max um den Kopf. Das wird ihm helfen. Es ist ein heilendes Tuch. Max schließt die Augen, als er sie wieder aufmacht, sieht er, dass es gar nicht Notburga ist, sondern die Mama. Nein, die auch nicht. Es ist Julia. Julia, das Kind. Sie ist so tapfer wie Max. Sie ist seine Tochter. Und dann bellt der Hund wieder so laut. Der elende Köter vom

alten Hias nebenan und Max hat geglaubt, der ist längst tot. Aber jetzt bellt er, bellt, bellt, dass Max der Schädel platzt. Wie ein Kürbis, der explodiert. Der ganze Schädel reißt auseinander. Mit fünfunddreißig ins Gras beißen, bloß weil der Köter nicht aufhört zu kläffen. Und jetzt ist alles schwarz, schwarz und violett, silberweiße Blitze, alles dreht sich. Max ist schlecht. Er muss kotzen, aber da ist nix zum Kotzen.
Und dann fällt Max hinunter. Er fällt und fällt und fällt. Wie weit denn noch? Hört das nie auf?
Es ist Nacht, rabenschwarze Nacht. Dann wird es heller, heller, heller. Max kommt zu sich. Fühlt seine Beine nicht mehr. Alles taub. Als hätte ihn ein Lastwagen überfahren. Doch, jetzt spürt er etwas. Es regnet. Dicke Tropfen fallen vom Himmel, fallen ihm ins Gesicht, in den Mund, in den Hals. Max kann sich bewegen. Ein wenig. Noch ein Stück. Er setzt sich auf, alles dreht sich. Langsam legt er den Kopf in den Nacken, öffnet den Mund. Wie lang wird es regnen? Er braucht einen Vorrat, gräbt eine Grube. Nicht tief. Aber tief genug. Er legt seine Windjacke in die Grube, sie füllt sich mit Wasser. Max säuft aus der Pfütze. Er säuft und säuft, bis er nichts mehr trinken kann. Dann lässt er sich zur Seite fallen und wartet auf den Tag. Wasser ist Leben. Der Wassergeist hat den Lebensgeist geweckt. Der Lebensgeist verlangt Nahrung. Aber noch kann Max nicht hinaus. Gut, dass er in den Hotels die Nylonsäcke mitgenommen hat. Er öffnet einen Sack und lässt ihn mit Wasser volllaufen. Und dann noch einen und noch einen und noch einen. Vorrat für trockene Tage.
Endlich wird es Nacht, aber die Hunde lassen Max nicht hinaus. Sie kauern vor dem Gebüsch und knurren. Wenn Max sich rührt, bellen sie. Die Carabinieri laufen auf und ab und vermessen Fußspuren. Max hat sich einen Weg gebahnt, auf dem die Dornen nicht mehr so dicht sind. Sie haben seinen Eingang nicht gefunden, sonst wären sie

längst da. Und dann endlich ist es still vor der Hecke. Haben sie die Hunde abgezogen? Nein, zwei sind da. Sie schlafen. Max schleicht hinaus, findet ein anderes Dornengestrüpp nah an den Häusern. Da ist es gefährlich. Die Carabinieri patrouillieren hier auch nachts. Max muss schnell sein. Ganz schnell. Sonst erwischen sie ihn. Er sitzt in seiner Hecke und starrt auf die Häuser. Wo brennt Licht? Wo ist es finster? Max darf kein Risiko eingehen. Er hat sich an den Hunger gewöhnt. Fastenkur mit Wasser.
Zwei Wohnungen. In zwei Wohnungen ist es in den vergangenen Tagen finster geblieben. Max hat seit einer Woche nichts gegessen. Seit Tagen ist ihm kalt. Der Körper kann nicht mehr heizen. Max braucht Essen, Wärme, Kleidung. Er wagt sich an den Rand der Büsche, schaut nach rechts, nach links. Freie Bahn. Über die Straße und hinauf auf den ersten Balkon. Drin ist es finster. Aber das ist nicht die Wohnung, die er gesehen hat. Die ist viele Stockwerke höher. Max zieht sich hinauf. Es ist anstrengender als zu Beginn. Er keucht, die Arme wollen nicht stemmen. Max beißt die Zähne zusammen, fast, er hat es fast geschafft, noch ein Stockwerk, und dann noch eines. Ein paar Zentimeter. Jetzt, jetzt ist sein Kopf auf Höhe des Geländers, jetzt sieht er schon die Balkontür. Er zieht, zieht, zieht. Wie kann es sein, dass sein gottverdammter Arsch immer noch so schwer ist. Endlich oben. Endlich drin. Die Balkontür ist ganz leicht aufgegangen. Glück gehabt. Und wieder Glück. Es gibt Strom. Max setzt die Infrarotbrille auf, geht ins Bad, lässt heißes Wasser in die Wanne fließen. Geht in die Küche, findet Toastbrot, frisst das Brot. Im Kühlschrank liegen Eier. Max nimmt eine Pfanne, brät die Eier. Isst noch mehr Toast. Eine Dose Bier steht auch im Kühlschrank. Max trinkt das Bier, es schmeckt herrlich herb und würzig. Er hätte gern noch ein zweites getrunken. Erst als er in der Wanne liegt, merkt er, dass er betrunken ist. Von einem Bier! Das Wasser in der Wanne färbt sich dunkelgrau.

Aber Max ist wieder sauber. Und endlich ist ihm warm. Er will hier liegen. Einfach im Wasser bleiben. Unten hört er jemanden rumoren. Was machen die Leute mitten in der Nacht? Max steigt aus der Wanne, rutscht aus, kann sich gerade noch am Waschbecken abfangen. Er geht ins Schlafzimmer, leuchtet in den Kleiderkasten. Das Apartment wird von jungen Leuten bewohnt. Einer ist ein Mann, etwa so groß wie Max. Frische Jeans hängen in dem Schrank und Hemden und Shirts. Max nimmt eine Unterhose, Jeans, Socken. Frische Socken, was für ein Genuss. Er zieht sich ein langärmeliges Shirt an und einen Pullover. Jacke? Hängt draußen in der Garderobe. Etwas eng, aber geht. Jetzt wird das Rumoren unter ihm lauter. Max geht auf den Balkon. Lauscht. Da! Drei Polizeiautos rauschen heran. Jetzt aber fix! Max wirft seine alten Klamotten in den Mülleimer, packt das restliche Toastbrot, hört Schritte auf dem Gang, zieht die Pistole, steht hinter der Tür. Die Schritte verhallen. Max geht zum Balkon, schwingt sich hinunter. Muss aufpassen, dass die Familie im Apartment darunter nix merkt, wenn er an ihrem Balkon weiter hinunterklettert. Jetzt, jetzt richtet sich ein Finger auf ihn. Bevor der Mann sich seinen Morgenmantel übergestreift hat und auf dem Balkon ist, ist Max wieder unten, über die Straße und hinein in die Dornen. Ach herrje, die neue Hose. Sie reißt nicht, das ist guter Jeansstoff. Der hält was aus. Max muss kichern. Er ist ihnen wieder entwischt. Und er hat jetzt frische, warme Kleidung, Wasser und Brot.
Die Hotels sind alle umstellt. Max kehrt in seine alte Hecke mit dem getrampelten Eingang zurück. In den Apartments ist fast nix mehr zu finden. Die Einzigen, die noch Proviant haben, sind die Carabinieri. Also muss Max dorthin. Er läuft zu dem Hotel, die Hunde schlagen an. Niemand achtet auf sie. Max klettert in den ersten Stock. Die Apartments der Carabinieri sind leer, alle unterwegs. Max steigt ein, holt sich Dosen, Gemüse, Schinken. Nimmt einen

Dosenöffner aus der Küche, stopft alles in Nylonsäcke. Ab die Post. Die Polizei zu bestehlen ist einfach.
Max sitzt in der Hecke, öffnet eine Dose Ravioli. Er ist verärgert. Die Funkgeräte haben schon seit Wochen keine Batterie mehr. Aber seine Leute wissen, wo er ist. Warum kommt niemand und holt ihn endlich raus? Haben sie ihn vergessen? Die Mafia vergisst nie. Heißt es.
Max will Gewissheit. Er steigt auf einen Hügel. Von dort hat er gute Sicht. Es ist ein klarer Tag, der Nebel hat sich vor Stunden verzogen. Auf der Brücke, der einzigen Zufahrt hierher, stehen Straßensperren. An jeder Straßenkreuzung Einheiten der Polizei, und auf dem Fluss schieben sich Militär- und Polizeiboote träge dahin. Da ist kein Durchkommen.
Das Hotel neben dem Hügel ist eine Goldgrube. Im dritten Stock findet Max Jagdausrüstung. Er verkleidet sich als Jäger, hängt sich das Gewehr um die Schultern. Als er im ersten Stock angelangt ist, ist das Hotel umstellt. Max kann nicht ins Erdgeschoß klettern, er muss springen, landet im weichen Sand, rappelt sich hoch, wischt sich die Hände ab, geht auf die Straße. Als hätte er ihn gerufen, ist der Nebel wieder da, verbirgt ihn vor neugierigen Blicken. Er hört Schritte, jemand nähert sich. Ausweichen geht nicht, wenn er davonläuft, schießen sie ihm in den Rücken. Das Gebiet ist dornenheckenfrei. Nirgends ein Unterschlupf. Sie kommen näher. Es sind fünf und ein Capitano. Sie haben Hunde. Max grüßt sie freundlich, mit dem Jagdgewehr über der Schulter. Sie grüßen zurück. In seinem Rücken hört er einen schreien: „Das war er. Das war Max."
Sie machen kehrt, eröffnen das Feuer. Max wirft sich auf den Boden. Die Kugeln pfeifen über und neben ihm vorbei. Kurz ist es still. Max steht auf, läuft im Zickzack. Er hat fünfzehn Meter Vorsprung. Max erreicht die Hecke.

UNWOHLSEIN

Seit einem Monat, einem ganzen verdammten Monat, suchten wir Max Leitner. Er saß in der Falle. Es gab kein Entrinnen. Die einzige Zufahrt war blockiert. Da kam keine Maus durch. Max hätte fliegen oder sich beamen müssen, um die Halbinsel zu verlassen. Flügel hatte er nicht, aber sich in Luft auflösen – das konnte er.

Jeden Abend, bevor ich auf Patrouille ging, telefonierte ich mit Sofia. Sie musste immer noch brechen und hatte Magenschmerzen. Ich vermutete eine Gastritis, schickte sie zu einem Internisten, den meine Eltern kannten. Wir müssten reden, sagte sie. Deshalb bin ich geblieben. Ich wollte nicht reden. Wollte nicht hören, was sie zu sagen hatte. Dass wir doch nicht so gut zueinanderpassten, dass wir keine Zukunft hätten, dass sie sich in mir getäuscht hätte. Ich kannte die Abschiedslitanei.

Agostini polterte in mein Zimmer. „Er ist noch immer hier!"

Ich legte auf, sah ihn verdattert an.

„Er hat uns bestohlen."

Ich machte den Mund auf und wieder zu.

„Stell dir das vor: Er ist zu uns ins Hotel gekommen und hat unser Essen geklaut. Und keiner hat was bemerkt! Wir waren hier, er war hier … unfassbar!"

„Haben die Hunde nicht gebellt? Wozu haben wir denn die Köter?"

Agostini atmete schwer. „Also: Die meisten waren unterwegs. Ein paar sind unten in der Lobby gesessen und haben Pause gemacht. Dann haben die Hunde angeschlagen. Aber die dachten, es sei irgendein Jäger, der da herumstreift. Jetzt, kurz vor Weihnachten, jagen sie Enten für den Weihnachtsbraten."

Ich sprang auf. Wusste nicht, ob ich lachen oder weinen sollte. Stell-

te mich auf den Balkon. Wieder hatte er es geschafft, die Rollen zu tauschen. Wir waren doch die Jäger, er war der Gejagte. Ich sah nach unten, mir wurde schwindlig. Vielleicht sollten wir ihn laufen lassen. Einen Mann, der die Fassaden hinaufklettert wie Spiderman, der tagelang nichts isst und trinkt und trotzdem überlebt. Ein Fakir, der im Freien bei drei Grad Celsius und Dauerregen schläft.
Das Telefon läutete. Meine Mutter war dran. Vater ging es schlechter. Noch ein paar Tage, sagten die Ärzte.
„Mir reicht es“, sagte ich zu Agostini. „Ich fahre. Ich bin Staatsanwalt. Schreibtischhengst. Zu Hause wartet der Papierkram auf mich.“
„Und eine schöne Frau“, sagte Agostini.
Ich antwortete nicht.
Im Auto war es klamm, die Heizung funktionierte nicht. Ich fuhr Schlangenlinien durch die Patrouillen, zeigte etwa zehnmal meinen Ausweis her, musste trotzdem zweimal aussteigen und meinen Kofferraum untersuchen lassen. Mein Kofferraum beherbergte mein halbes Leben: zwei Koffer mit Kleidung und Toiletteartikeln, einen kaputten Regenschirm, meine Schreibmaschine, ausgetretene Bergschuhe, Werkzeugkoffer, Spanngurten und einen Sack mit Schüttelbrot, das nur mehr aus Bröseln bestand.
Im Büro herrschte heilloses Durcheinander. Ich ordnete meine Akten, stellte die Kugelkopfmaschine an ihren Platz. Öffnete die Akte Feliciano. Auch ein Verrückter. Ein Jahr zuvor hatte er aus einer Kirche das Kinn einer Statue des heiligen Antonius von Padua entfernt, um uns damit zu erpressen. Wir sollten seinen Cousin freilassen, sonst würde uns Ähnliches drohen wie der Statue. Wir nahmen die Kinnlosigkeit in Kauf, ließen den Cousin, wo er war. Laut Angaben der Polizei hielt sich Feliciano auf seiner Jacht auf. Die sei zuletzt bei Portofino gesehen worden, dann aber nach Süden gefahren. Man vermutete, sie liege in der Nähe von Capri. Offensichtlich ist es leich-

ter, eine Jacht im Mittelmeer zu verfolgen als einen einsamen, wehrlosen Mann auf einer winzigen Halbinsel.

Ich drehte das Licht ab, ging nach Hause, rief Sofia an. Sie war binnen einer halben Stunde bei mir, sah blendend aus. Ein strahlendes Gesicht: Ich erwartete das Schlimmste. Sie setzte sich, wollte nichts trinken. Sagte dann: „Ich bin schwanger. Und ich werde das Kind behalten."

Wir stießen mit Fanta an. Hatte ich seit meiner Kindheit nicht mehr getrunken. Und dann nie wieder.

Agostini rief an. Max hatte aus einer Garage ein Schlauchboot gestohlen, das wurde beschossen, aber Max konnte sich schwimmend ans Ufer retten. Dort verlor sich seine Spur. Agostini ordnete an, die Dornenhecken allesamt mit einer Motorsäge niederzumähen. Sie fanden ein verdrecktes Stück Windjacke und Fußspuren. Er war die ganze Zeit direkt vor unseren Augen gewesen.

Es war mir egal. An diesem Morgen war mein Vater gestorben.

GROSSES RÄUBEREHRENWORT

Zu den nützlichsten Erfindungen der Menschheit gehören Müllsäcke. Bevor Max auf den Union Jack gestiegen ist, hat er trockene Kleidung in einen solchen Sack gestopft, den Sack bummfest zugebunden, eine Schnur um seinen Bauch gewickelt, den Müllsack daran befestigt. Der Sack hat gehalten. Als er an Land gekommen ist, war alles staubtrocken. Max hat sich umgezogen. Die Luftmatratze mit der lächerlichen Fahne hat er liegen lassen. Bald hat Julia Geburtstag. Max stülpt sich eine braune Perücke über den Kopf, wie gut, dass er die noch hat. Setzt sich in den Zug, fährt nach Brixen. Julia hat ihre Geschenke schon bekommen. Das größte Geschenk aber steht jetzt an ihrem Fenster und klopft. Sie reißt es auf, Max klettert hinein, erklärt ihr, dass die Männer vom Geheimdienst eigentlich nie durch Türen, sondern nur durch Fenster gehen. Julia hüpft um ihren Papa herum. Max kniet sich auf den Boden, umarmt sie. Er hat doch versprochen, zu ihrem Geburtstag immer da zu sein. „Papa", sagt sie, während sie sich aus seiner Umarmung herauswuselt, „du stinkst."
Max duscht, aber er darf nicht bleiben, muss sich verstecken. Die Polizei kann jederzeit hier aufkreuzen. An der Straßenkreuzung vorn stehen seine Leute. Sie funken Max an, wenn sich Verdächtiges tut. Max läuft in den Wald und wartet, bis es ruhig wird.
Der Prozess in Bozen geht weiter. Seine Leute erzählen Max, dass man ihm Banküberfälle und Überfälle auf Geldtransporte anhängen will. Alle anderen Verdächtigen werden freigesprochen. Der Staatsanwalt, ein gewisser Fabio Pagano, berüchtigt für seinen Ehrgeiz, fordert zwölf Jahre. Der Richter folgt dem Vorschlag des Staatsanwalts. Rechnet er die Strafe aus Österreich dazu, hat Max nun also vierundzwanzig Jahre Gefängnis ausgefasst.

Vierundzwanzig Jahre, das sind vierundzwanzig gute Gründe, das Land zu verlassen. Max will keinen Tag mehr im Gefängnis sitzen. Dann sind es also 8760 Gründe. Max setzt die Perücke auf, nimmt den Pass mit dem Bild des Braunhaarigen. Er ist jetzt Heinrich Stauffer, Geschäftsmann. In Brasilien wird er gute Geschäfte machen.

Das Haus steht seit Jahren leer. Max muss putzen. Aber nein, wer Geld hat, putzt nicht. Die Frau, die abends kommt und wischt und kehrt, ist auch sonst sehr angenehm. Max sitzt am Strand und trinkt Piña Colada, klebriges Zeug, das ihn sanft einlullt. Er geht zu einem Kiosk auf der langgestreckten Copacabana und schreibt Postkarten. Eine an Julia. Eine an Notburga. Eine an Major Maier in Innsbruck, eine an Fabio Pagano: „Ich bin weg und komm nicht wieder." Hier in Rio ist immer Schönwetter und nichts zu tun. Ein Mann muss arbeiten. Sonst kommt er auf blöde Ideen. Etwa auf die, den Garten Eden zu verlassen und in den heimischen zu fahren.

Max läuft mit Julia durch die Weinberge, sie ist eine Reihe links von ihm, Max rennt um die Ecke, sie sprintet davon, Max bekommt sie nicht zu fassen, sie ist schnell: seine Tochter. Sie lachen und lachen, Max ist außer Atem, sie setzen sich am Rand der Weingärten ins Gras. Es ist fahl und matt vom Winter, in ein paar Wochen erst wird es grün schimmern. Noch eine Runde Fangen spielen? Nein, vielleicht morgen. Julia ist enttäuscht. Sie kennt den Code. Vielleicht morgen, das heißt, vielleicht morgen oder übermorgen, vielleicht in einer Woche, vielleicht nie.

Kathi freut sich nicht, dass Max da ist. Das Haus wird belagert. Einer der Agenten kommt jeden Tag und leuchtet in Kathis Inneres: Agostini, die Zecke. Er bohrt und saugt und lässt nicht locker. Und Kathi ist es leid, immer die gleichen Lügen aufzutischen. Max sieht es ihr an. Alles an ihr ist welk, ihre Wangen, ihre Arme, Beine. Müde

schiebt sie sich durch die Zimmer, müde sieht sie hinaus auf die Straße, wo die Polizisten lauern. Sie will nicht mehr die Frau vom Bankräuber sein.
Max ist gegen die Scheidung. Was Gott zusammengeführt hat, das soll der Mensch nicht trennen. So steht es in der Bibel. Jedenfalls sagt das der Pfarrer in der Messe.
Dass sie ein Verhältnis hat, weiß Max schon lang. Vielleicht sogar mit einem Bullen vom Geheimdienst. Das sagen jedenfalls seine Leute. Aber dann behaupten sie, dass Monika sich in einen von denen verschaut hat. Das will Max nicht glauben. Er fährt nach Meran. Monika ist wunderschön. Ihre Brüste – Max kann sich nicht sattsehen an den kleinen festen Äpfeln. Monika schläft mit ihm und dann noch einmal. Den Ring hat sie noch. Aber Max muss vorsichtig sein. Die Polizei war da und hat sie nach jedem Detail gefragt.
Max muss weg. Zurück nach Brasilien. Dafür braucht er Geld. Diesmal wird er nicht fliegen. Er wird sich von seinen Kontaktpersonen über Portofino nach Cannes bringen lassen. Dort auf eine Jacht steigen. Die Franzosen sind gut mit den Süditalienern. So wird er über das Meer schippern. Wein, Weib und Wellen.
Von oben im Wald kann er alles sehen. Auch das Haus. Die Polizisten sind wieder da. Sie sperren alle in einen gepanzerten Wagen und durchsuchen das Haus. Max kann nicht hin, kann sich nicht verabschieden. Aber Julia wird ihm winken. Ein letztes Mal. Max steht mit dem Fernglas am Aussichtspunkt, sieht hinunter zu seiner Tochter. Sie bleibt am ausgemachten Punkt stehen, lächelt, hebt die Hand, winkt. Und dann schaut Max an sich herab. Ein roter Punkt. Direkt auf seiner Brust. Jetzt hört er die bekannte Stimme: „Keine Bewegung. Stehen bleiben oder wir schießen." Max lässt sich fallen, kugelt einen Abhang hinunter. Unten empfängt ihn Agostini, die Handschellen klicken. Monika!

HEUREKA!

Wir trafen uns in einem Fischrestaurant in Brixen. Agostini saß in einer Ecke und stocherte in einem gegrillten Bachsaibling herum. Er stand auf, wir klatschten ab, statt uns zu begrüßen. Seltsame Männerrituale nannte Sofia dieses Gehabe. Als wäre Max Leitners Männerkult, sein Gerede von Ehre und Ritterlichkeit, von ihm zu uns diffundiert, hätte uns getränkt, durchtränkt, durchnässt.
Wir schwemmten unangenehme Fragen mit Weißwein weg.
„Die Gruber?", fragte ich. „Max behauptet, sie hätte sich mit einem von uns eingelassen. Ich war gerade bei ihm in der Kaserne."
„Ach, die!" Agostini verdrehte die Augen. „Die weiß gar nichts."
„Wer dann? Kathi?"
Agostini popelte Gräten aus dem Fleisch, zog eine zwischen den Zähnen hervor. „Die ist eine Festung. Hat einen Freund, sagt aber nichts. Kein Wort. Wahrscheinlich wegen der Tochter. Die hängt an ihrem Vater. Wir haben das ganze Haus auf den Kopf gestellt, aber nichts gefunden. Keinen Hinweis, wo er ist."
„Und wo war er wirklich?"
„Im Wald. Hatte dort ein Zelt."
„Wie habt ihr ihn gefunden?"
Agostini legte das Fischmesser zur Seite, wischte sich den Mund ab. Auf seinem Teller lag der abgeweidete Saibling.
„Ganz klassisch. Haben einen Informanten gefunden. Einen abgesprungenen Mala-Typen. Der hat uns gesagt, wann Max wo sein wird."
Wir hatten ihn ein Jahr lang gesucht. Jetzt endlich saß er wieder, wo er hingehörte. Dieses Mal hatte Fortuna ihr Horn über uns ausgegossen. Das war es: pures Glück. Am meisten geholfen hatte uns

Max Leitner. Wäre er in Brasilien geblieben, hätte er mit Posträuber Ronald Biggs auf die dumme Polizei anstoßen können. So stießen wir an. Auf die gute Polizeiarbeit. Auf die Geduld. Auf die Gerechtigkeit.

Eine hübsche dralle Kellnerin stellte die dritte Karaffe Silvaner auf den Tisch, fragte, ob es etwas zu feiern gebe. Ich sagte, dass wir gerade Max Leitner hinter Schloss und Riegel gebracht hatten. Das habe sie in den Nachrichten gehört, sagte die Kellnerin. „Er", sagte ich mit etwas schwerer Stimme und deutete auf Agostini, „er war es. Er hat nicht lockergelassen, bis wir ihn hatten."

Agostini lächelte. „Du auch nicht."

„Ich habe ihn nach Vicenza bringen lassen, das ist ein Hochsicherheitsgefängnis. Dort kommt er uns nicht mehr aus."

Es war spät. Ich wäre gern nach Hause gefahren, hätte an Sofias Busen geschmachtet, wäre in ihren Armen versunken, stattdessen versank ich im Rausch. Mutter hatte mich gefragt, ob ich bei ihr bliebe. An jedem anderen Tag hätte ich Ja gesagt. Heute wollte ich mich von ihrer Trauer nicht betrüben lassen, schlief bei meiner Schwester, Violetta. Ich legte großzügig Trinkgeld auf den kleinen Teller. Vor der Tür sah ich mich nach einem Taxi um. Die Kellnerin kam heraus, drückte mir Scheine in die Hand. Von einem wie mir nehme sie keine Lira an.

Mochte Fortuna auf unserer Seite sein, die Sympathie war auf seiner.

ZWEITER TEIL

DER PROFESSOR

In Vicenza ist es freier gewesen. Hochsicherheitstrakt, dennoch: Tagsüber ist Max in den Gängen herumspaziert, hat mit seinen alten Freunden geplaudert, über die perfide Gefängnisdirektorin gelästert. Einmal die Woche hat sie Max vorgeladen und von seinen Ausbruchsversuchen gefaselt. Dabei hat sich Max ganz ruhig verhalten. Ganz ruhig.

Hier in Belluno muss er sogar am Tag in der Zelle bleiben. Nur eine Stunde spazieren im Hof. Allein. Sie haben Angst. Wegen des Professors. Der sitzt schon lang. Ist aber immer noch mächtig. So mächtig, dass alle kuschen. Der Einzige, der sich nicht fürchtet, ist Max. Auf dem Weg zum Spazierhof hat einer aus der Zelle gepfiffen. Max ist stehen geblieben. Der Häftling ist zur Tür gekommen. Er weiß, wer Max ist, hat er gesagt. Und dass sie sich ähnlich sind. Und dann hat er gefragt, ob Max zufrieden ist mit seiner Zelle, und Max hat gesagt, dass er nicht zufrieden ist – in einer Dreierzelle eingepfercht, keine Ruhe zum Lesen. Der Mann hat genickt, den Rauch seiner Zigarette ausgeblasen. Er soll am Abend wiederkommen, hat er gesagt. Da ist Max dann aufgefallen, dass der Mann chic gekleidet ist. Anzug, nicht von der Stange. Designerschuhe, feinstes Leder. Ein Sir. Er wird sich um eine Verlegung kümmern, hat er gesagt.

Am nächsten Tag schon haben sie Max in den anderen Trakt verlegt. Jetzt ist Claudio sein Zellengenosse. Ein Politischer und ein gescheiter Mensch, nicht wie die in Trakt A, die sind alle Proleten. Claudio ist von den Roten Brigaden. Die kennt der Professor. Ende der Siebzigerjahre haben die Brigate Rosse einen Politiker von der Democrazia Cristiana entführt. Der Professor hat dafür gesorgt, dass er freigelassen wird. Max will wissen, warum man ihn den Professor nennt. Claudio lehnt sich mit dem Rücken an die Zellenwand, zieht die Decke seines Betts glatt. In seiner Familie, erklärt Claudio, war der Professor der Einzige, der lesen und schreiben gelernt hat. Ach! Claudio ist so alt wie Max, sieht aber jünger aus, weil er so dürr und schlaksig ist. „Leptosom", verbessert Claudio. Draußen hat er wilde Locken. Er zeigt Max ein Foto mit seiner Freundin, Lucia. Sie stehen in Florenz vor der großen Statue des David von Michelangelo. Lucia studiert Kunstgeschichte. Hat Kunstgeschichte studiert, jetzt ist sie sicher schon irgendwo in einem Museum angestellt. Claudio zieht noch ein Foto aus einem speckigen Heft, diesmal von einer sitzenden Statue: Moses. Auch von Michelangelo. Max nimmt das Bild in die Hand, betrachtet es. Ein Fehler. Michelangelo hat einen Fehler gemacht. Er hat dem Moses Hörner aufgesetzt, als wäre er der Leibhaftige, der Beelzebub, Lucifer, der Lichtbringer. Claudio lacht. Ja, ein Fehler, ein Übersetzungsfehler nämlich. In den damals verbreiteten Vulgata, den Bibeln, die für das Volk gedruckt wurden, wurde Moses mit Hörnern beschrieben. Also hat Michelangelo ihn so modelliert.

„Sieh dir nur diesen Bizeps an", sagt Claudio, „fast so wie deiner." Er zwickt Max in den Oberarm und grinst. In seinen stahlblauen Augen sitzt der Schalk, das mögen die Frauen, Max weiß das. Claudios Augen hat Max zu Beginn gar nicht gesehen, weil Claudio sie immer hinter einem Buch versteckt hat. Er ist gebildet, neugierig. Er wird Freude haben an Max' Lektüre. Max reicht ihm sein Lieblingswerk. Claudio nimmt es in die Hand, betrachtet es nachdenklich, schlägt es auf, gibt es Max zurück. Er kann nicht Deutsch und dann: Was nützte es ihm, die österreichischen Gesetze zu kennen. Max sagt, er soll es sich genauer anschauen. Claudio blättert durch die Seiten, bleibt hängen, tastet, lacht. Lacht, lacht, lacht. Zieht das kleine Sägeblatt hervor, das Max im Buchrücken versteckt hat.

Claudio bleibt skeptisch, glaubt nicht daran, dass sie damit rauskommen. Max zerrt ihn ins Klo, rüttelt an den Gitterstäben. Das Fenster ist klein und eng. Gerade groß genug, dass sie durchkommen, wenn die Stäbe weg sind. Die sind nicht aus gehärtetem Stahl, das hat Max sofort bemerkt. Sie sind aus stinknormalem, einfachem, sägbarem Stahl. Und Max sägt und Claudio steht Schmiere. Lenkt die Wachen ab. Unterhält sich mit dem fetten Barletta. Der ist jetzt zuständig für ihren Abschnitt. Wenn die Zelle durchsucht wird, lüpft er kurz die Decken, krümmt ein wenig den Rücken – ein wenig nur, denn er hat es mit dem Kreuz –, sieht unter das Bett und findet nichts. Nicht einmal die Kaffeedosen auf dem Regalbrett interessieren ihn. Wenn sein Kollege hineinschauen will, sagt er, er hat das schon erledigt. Barletta ist nicht gesund: die Leber. Und die Ohren. Ja, die Ohren. Barletta hört ganz schlecht. Und Max sägt. Bis sein Arm erlahmt. Dann ist Claudio dran, und Max unterhält Barletta, den Kreuzlahmen.

Am Dienstag kommt Notburga. Es geht ihr gut, sie braucht nichts. Der Fernseher funktioniert und, ja, das Sofa sollte neu bezogen werden, aber das ist nicht dringend. Notburga legt eine Decke drauf und basta. Sie hat Max einen Sack Kirschen mitgebracht. Es gibt zu wenig Obst im Gefängnis, Obst essen ist gesund. Auf dem Weg zurück in die Zelle greift Max in den Sack, steckt Barletta seinen Anteil zu. Die Leber zu behandeln ist teuer, da muss ein Spezialist ran, die sind alle privat.

Barletta hat Nachricht vom Professor. Claudio hat ihn gebeten, sein Auto, einen silberfarbenen Mercedes, zu verkaufen. In zwei Tagen wird der Käufer das Auto von Claudios Familie abholen. Claudio kann sich nicht darum kümmern, er ist beschäftigt. Tagsüber wird gesägt. Nach dem Abendessen sitzen Max und Claudio bei Tisch und basteln: eine Spachtel aus einem Plastikbecher. In einem anderen Becher mischen sie Asche mit Klebstoff, schmieren ihn mit der

Spachtel in die Rillen der Gitterstäbe. Der Klebstoff klebt, die Asche graut – nichts zu sehen. Jedenfalls nicht für Barletta, den Altersweitsichtigen.
Nach getaner Arbeit ist gut ruhen. Außer sie wecken dich um drei Uhr morgens, werfen dich aus deiner Zelle, sperren dich in eine andere. Drei Stunden lang. Drei Stunden, in denen du kein Auge zutust. Die perfide Direktorin hat ihren Mann fürs Grobe geschickt. Der interessiert sich sogar sehr für die Kaffeedosen auf den Regalen. Und für Bücher.
Max wird zur Direktorin geschleift. Es ist sechs Uhr morgens, der Schlaf hängt in ihren Lidern. Sie ist noch dünner geworden. Unter den Faltentälern der Stirn und um die Augen fächert sich ein feines Gespinst auf ihren Wangen auf. Von den hängenden Mundwinkeln ziehen sich tiefe Gräben zum Kinn.
Max wird nach Padua verlegt. Er schluckt. In zwei Tagen wartet ein silberfarbener Mercedes mit frischen Pässen und Geld vor dem Gefängnis. Es wird keiner kommen. Max will das Papier mit der Anweisung zerreißen. Sein Blick fällt auf die Unterschrift: Fabio Pagano. Das Arschloch.
Sie eskortieren Max in die Zelle zurück. Kurz überlegt er, seinen rechten Ellbogen in den Magen des Wachebeamten zu rammen. Aber es sind zwei, beide Muskelprotze. Claudio liegt apathisch auf seinem Bett, starrt an die Decke. Er wird hierbleiben. Nicht zwei Tage, sondern zehn Jahre. Zehn fette Jahre.
Luxus in Padua. Max hat eine Einzelzelle und wenn er will: nette Gesellschaft. Beim Hofgang ist einer zu ihm gekommen. Hat über Zahnschmerzen geklagt. Max hatte in der Sekunde ebenfalls Zahnweh. Wer ihn geschickt hat, hat Max gefragt. Luca, hat er geantwortet, und Max ist beinah gestolpert. Ein Name, ein einfacher Name wirft ihn um. Mit Luca hat Max seine ersten Brüche gemacht. Luca

war sein Trauzeuge. Sogar Kathi hat ihn gemocht. Luca – ein Anker aus seinem alten Leben. Die Kette ist rostig geworden. Jetzt ist er da. Und er gehört zur Mala del Brenta.

Luca steht in einer Ecke des Hofs. Er lässt den Kopf hängen. Ein Dicker hat ihn in der Dusche vergewaltigt. Max legt seine Finger auf Lucas schmales Handgelenk. Er wird das regeln.

In Padua ist alles Qualität. Auch die Gitterstäbe: hart wie Diamant. Also einen Haken basteln. Für einen Haken braucht man Eisen. Max hebt die Matratze auf, zersägt das Bettgestell. Das dauert. Dann ist endlich eine Leiste fertig. Max zersägt sie in fünf gleiche Stücke. Jetzt muss gebogen werden. Mit bloßer Muskelkraft. Vier glatte Stücke zu vier Bögen runden. Der Haken muss geschweißt werden. Die Mala-Leute haben Kontakte. Sie bringen die Einzelteile in die Schlosserei. Der Haken soll in zwei Tagen fertig sein. Leintuch dranbinden und raus. Aber dann kommt wieder alles anders. Die Mala-Leute verschieben die Flucht. Manfredo Feliciano soll von Vicenza nach Padua verlegt werden. Ohne den Boss fliehen – unmöglich.

Max wird warten – und die Zeit nutzen. Der mit den Zahnschmerzen hört ruhig zu. Zeigt auf einen Mithäftling: Schwarzenegger mit Tattoos auf den Muskelpaketen und niedriger Stirn. Luca geht wieder duschen. Max steht an der Tür. Neben Luca dreht der Dicke die Brause auf. Er nimmt seinen Penis in die Hand, seift ihn ein. Bevor er Luca packen kann, ist Schwarzenegger zur Stelle, drischt ihn gegen die Wand, Blut spritzt. Max hört Knochen brechen. Der Dicke liegt winselnd am Boden. Luca zeigt ihm den Stinkefinger.

Jetzt aber raus hier.

COMPUTERSPIELE

Der Hausmeister stellte mir das Gerät auf den Schreibtisch, ein Techniker robbte unter dem Tisch auf dem Boden herum, steckte Stecker in Dosen, drehte das Gerät an. Der Monitor blieb schwarz. Dann eine Schrift: ms-dos, schließlich weiße Zeichen, Zauberwörter, auf schwarzem Grund, die über den Bildschirm liefen und wieder verschwanden ohne mein Zutun. Was sollte ich damit?

Warten. Erst einmal warten. Der Bildschirm ergraute. Ein verzogenes Rechteck mit vier Quadranten. Windows. Was jetzt? Warten. Das Fenster verblasste, kleine Bildchen kamen zum Vorschein. Das hier, sagte der Mann von der Computerabteilung, sei die Revolution. Formulare und Berichte schreiben: eine Kleinigkeit. Im Handumdrehen erledigt. Meine Schreibmaschine könnte ich in den Müll werfen. Sie hätte ausgedient.

Der Mann drückte auf der Tastatur herum, tippte: Blablabla, drückte wieder herum. Der Drucker sprang an, zog am Rand gelochtes Papier durch die Walze. Unter Höllengetöse schrieben die Nadeln Blablabla auf das Endlospapier. Eine Revolution.

Wir wurden zu Computerkursen eingeteilt. Daniela Brandtner und ich nebeneinander auf der Schulbank – ein ungleiches Paar. Unser Tutor erklärte das binäre System, mit dem der Computer arbeitete: 1, 0. Brandtner und ich waren ein binäres System, sie die Eins, ich die Null.

Ich holte Pietro von der Tagesmutter ab, Sofia war auf einem Presseempfang. Pietro war müde, schlief auf dem Sofa ein, bevor ich ihm das Abendessen bereitet hatte. Ich drehte den Fernseher auf. Ein kleiner, quadratschädeliger Mann hielt eine Rede. Ein Fernsehfritz, dem ein Privatsender gehörte. Er wollte in die Politik gehen, um die kommunistische Gefahr abzuwenden. Ich musste lachen. Wer sollte diesen Clown ohne Programm und Ideen wählen? Vor fünf Jahren war die Mauer zusammengestürzt. Seither war der Kommunismus ein Gespenst. In Europa ging es nicht mehr um.

In der Quästur erwartete mich Ungemach. Max Leitner hatte sich in Vicenza mit dem Professor angefreundet. Der war der Boss der neapolitanischen Camorra, hatte mit zwanzig seinen ersten Mord begangen, war seit Ewigkeiten inhaftiert. Das hinderte die Bosse nie daran, ihre Organisation zu dirigieren. Ich ließ Leitner verlegen. Schickte ihn nach Padua. Ohne mein Placet wurde auch Manfredo Feliciano dorthin gebracht. Dabei war ich es, der Feliciano zur Strecke gebracht hatte. Gemeinsam mit dem unermüdlichen Agostini. Wir hatten sein Boot vor Capri aufgebracht, ihm den Prozess gemacht, ihn nach Vicenza geschickt. Was tat Feliciano? Er inszenierte eine Flucht, ziemlich unprofessionell übrigens, wurde geschnappt, nach Padua verlegt. Zwei Meister des Ausbruchs in einem Gefängnis. Einem Gefängnis, in dem Felicianos Leute seiner Befehle harrten.

Ich ordnete Leitners Verlegung nach Spoleto an. Klüger wäre es gewesen, Feliciano dorthin zu bringen. Es dauerte Monate, bis wir seiner auf seiner Jacht vor Neapel wieder habhaft wurden. Und dann erwischten wir die anderen – einen nach dem anderen. Feliciano wurde zum Pentito.

In Spoleto saßen die von der Corona Unita, der Apulien-Mafia, viele von der 'Ndrangheta und der Anonima Sarda. Auch kein guter Umgang. Agostini hatte einen Spitzel eingeschleust, der sich unter den Sarden umhörte. Ein Hubschrauber sollte zuerst Max aus der Zelle holen, dann einen der Anonima aus der Krankenabteilung. Den Sarden schickten wir nach Bergamo.

Im steinigen Hügelland Sardiniens trieben die Verbrecher ihr Unwesen, unter der kargen Erde der Insel trieben wir Häftlinge durch schmale Gänge, Verbrecher wie Maulwürfe. Verbrecher und Maulwürfe. Hierher kamen die Bösen. Die von den Roten Brigaden, die Bosse der sardischen Mafia, der 'Ndrangheta, der Camorra, Kidnapper und Mörder allesamt. Menschen ohne Gewissen. Das Gefängnis von Nuoro war stubenrein. Die Korrupten waren woanders. In Nuoro verhielten sich alle ruhig. Hier sollten sie Max Leitner Mores lehren.

Ich hatte keine Zeit für Leitner-Sperenzchen. Sofia arbeitete bis spät in der Nacht. Ich lief zur Tagesmutter. Pietro breitete die Ärmchen aus, strahlte mich aus seinen blauen Augen an. Ich weiß nicht, woher er die hat. Ich – ein typischer Süditaliener, Sofia dunkelhaarig und braunäugig, Pietro blond, blauäugig, germanisch. Wir trabten zum Auto, ich hob ihn hinein, er lachte, als ich ihn festzurrte. Pietro war ein umgängliches Kerlchen, leise, vorsichtig. „Kinder, die doppelsprachig aufwachsen, beginnen später zu reden", erklärte mir die Kinderärztin. Sofia und ich sprachen zu Hause Italienisch, die Tagesmutter und unser Kindermädchen redeten Deutsch mit ihm. Er sollte es später leichter haben. Er hatte es jetzt schwerer. Mit mir als Vater und der erfolgreichen Mutter, Sofia war zur Ressortleiterin Chronik in ihrer Zeitung aufgestiegen.

Das Autotelefon klingelte. Wir trafen Onkel Agostini am Eisack, warfen Steinchen in den Fluss. Agostini zeigte Pietro, wie man sie auf der Oberfläche springen lässt. Pietros Steinchen wollten nicht springen. Ich sah in das enttäuschte Kindergesicht. Agostini hob ihn in die Höhe, tat, als wolle er ihn in den Eisack werfen. Pietro quietschte, vergaß den steinigen Kummer.

„Neue Verhandlung", sagte ich leise. „Leitners Rechtsanwälte haben Rekurs eingelegt."

„Wie stehen seine Chancen?"

„Ich weiß es nicht."

Ich übergab ihm die Akte. Im Gefängnis von Nuoro hatte es eine Messerstecherei gegeben. Einer der Kalabresen war zusammengebrochen. „Ich versteh es nicht", sagte Agostini. „Sogar in Nuoro kommen sie an Wäscheklammern heran."

Pietro hatte es gehört.

„Wäscheklammer", sagte ich und klemmte ein Fantasiehemd an eine unsichtbare Wäscheleine. „Damit hängt die Mama die Wäsche auf."

Pietro sah verwirrt drein. Er hatte recht. Meist war ich es, der die Wäsche aufhängte. Agostini sah auch verwirrt drein. Wäscheklammer nannten die Gangster das Klappmesser.

„Und? Hat Leitner was damit zu tun?"

Ich zuckte die Achseln. Der Direktor ließ ihn einen Computerkurs machen – weil er sich so gut führte.

VA, PENSIORO, SUL'ALLI DORATE

Max will hier raus. Will nach Hause. Wer soll auf diese steinige Insel fahren, um ihn zu besuchen? Sogar Notburga ist es zu anstrengend. Sie ist nur mehr Haut und Knochen, sagt die Kathi. Wegen Kathi will Max nicht zurück. Sie hat sich scheiden lassen. Max hat protestiert. Hat gesagt, dass sie kirchlich verheiratet sind. Dass das eine Sünde ist. Der Richter blieb hart. Einer von diesen Typen, die von Recht und Unrecht labern, aber keinen Funken Moral haben. Als hätte Max seiner Ex verboten, sich einen zu nehmen. Das tat sie ohnehin. Und Julia, sein Kind. Wie lang hat er sie nicht gesehen? Wann ist er mit ihr durch den Weingarten getobt? Es gehörte verboten, einen Vater so lang von seinem Kind zu trennen.

Er passt nicht hierher. Das Gefängnis ist ein düsterer Kasten, sehr, alt, die Wachen fast so alt. Der Computerkurs war in Ordnung. Der, der neben ihm gesessen ist, ein Südtiroler, so wie Max selbst, hat gesagt, man könnte heute überhaupt nicht mehr arbeiten, nicht einmal eine Bank ausrauben, wenn man von Computern nichts versteht. Das hat Max nicht geglaubt. Maske überziehen, reinstürmen, MP und Pistole ziehen, warten, bis die Kassiererin die Tasche gefüllt hat, rauslaufen. Was sollte sich geändert haben?

Jetzt ist hier Schluss, jetzt will Max in den Norden. An Bozen hat er gute Erinnerungen. Vor allem an die Talferwiese. Selbst Vicenza wäre besser.

Max geht im Hof spazieren. Die Wärter kommen, er soll seine Sachen packen. Und ab in den Wagen. Gepanzertes Schaukeln über die Insel. Er muss mal, sagt Max. Die Eskorte wartet, bis sie auf der Fähre sind. Sie begleiten ihn zum Klo, warten vor der Tür, sperren ihn wieder ein. Was soll das? Auf hoher See mit Handschellen.

Max ist ein guter Schwimmer. Mit den Dingern am Handgelenk säuft selbst er ab.
Er kommt nach Bo- …logna. Muss sich nackt ausziehen. Sie lassen ihn die Arme heben, tasten Kopf und Ohren ab, reißen seine Arschbacken auseinander. Max kommt in Isolationshaft. Schon wieder Einzelzelle. Warum denn? Was hat er getan? Der Gefängnisdirektor lässt ihn rufen, hält eine Predigt in mittlerer Länge der Gefängnisdirektorenlitanei: Er soll nicht versuchen auszubrechen, man werde ihn Tag und Nacht überwachen, seine Zelle durchsuchen, seine Besucher filzen.
„Tut mir leid", sagt Max, „nix verstanden."
Der Kommandant sieht ihn misstrauisch an, greift zum Telefon, fragt, ob Leitner Italienisch spreche, legt auf, brüllt. Er lässt sich nicht verarschen.
Na ja, werden sehen.
Max soll in die Handelsschule gehen. Besser als den ganzen Tag allein in der Zelle sitzen. Oder in der Werkstatt schuften. Morgens um acht kommen sie ihn holen. Zwei Wachmänner. Sie bringen ihn zur Schule, er wird in die letzte Reihe gesetzt. Muss noch einmal in die zweite Klasse gehen, damit er in die dritte versetzt werden kann. Wenn ihn jetzt die Schwestern aus Cesenatico sähen: Max in der Schule. Freiwillig. Fast freiwillig.
Die Lehrer sind freundlich, höflich, distanziert. Und dann kommt sie herein. Sie schwebt zum Katheder, bleibt dort stehen, sieht in den Klassenraum. Eine Venus. Wie die auf der Muschel. Nur schlanker. Das Haar fällt in Wellen bis zum Hintern. Es hat die Farbe glatter, glänzender Kastanien. Die Augen sind grün wie der Kalterer See am frühen Morgen. Sie ist sein Typ, sein Typ. Aber Max ist nicht ihr Typ. Sie geht an ihm vorbei. Während seine Hände und Knie zittern, schreitet sie gelassen durch die Klasse wie ein Kamel durch die Saha-

ra. Noch für zehntausend Meilen Wasser im Höcker. Während ihm der Schweiß von der Stirn tropft, ist sie kühl wie weißer Marmor in der Kirche. Sie stellt sich an seinen Tisch. Verschränkt die Arme. Bitte nicht. Bitte nicht die Arme verschränken. Er soll sich auf die Bücher konzentrieren. Welche Bücher? Ah so, die Schulbücher. Ja. Ja, wie denn? Wie soll er sich auf Bücher konzentrieren, wenn gerade der verheißungsvollste Hintern an ihm vorbeiwackelt? Ein Hintern, der sogar einen verheirateten Mann, der jeden Tag zu Hause vögeln kann, auf Abwege führte. Wie dann erst einen, der Hintern seit Jahren nur vom Papier kennt?
Die Lehrerin geht zum Katheder, schaut nicht mehr zu ihm. Max hört nicht, dass die Schulglocke läutet, hört nicht, dass er wieder mitgehen soll. In seiner Zelle denkt Max an die Lehrerin. Er denkt, denkt, denkt, denkt, schneller, schneller. Aber wenn er fertig ist, zerfleischt ihn die Sehnsucht gleich noch mehr. Ein wildes Tier, versteckt hinter Affenbrotbäumen. Jetzt ist es hinter den Stämmen herausgesprungen. Max wischt Klebriges in ein Taschentuch, wirft es in den Müll. Sie hat gelächelt am Ende der Stunde. Wenn sie lächelt, bleibt sein Herz stehen. Bleibt einfach stehen. Als hätte es vergessen, dass es Blut durch die Adern pumpen soll. Als hätte es alles vergessen.
Um zehn ist es finster. Nichts mehr zu tun. Max liegt mit verschränkten Armen auf dem Rücken. Wer kann um zehn Uhr schlafen? Er steht auf. Geht in die Mitte der Zelle, macht zwanzig Liegestütze. Trabt schwer atmend im Kreis. Legt sich wieder hin. Ist durstig. Geht zum Waschbecken, hält das Gesicht unter den rinnenden Hahn. Legt sich wieder hin. Sieht auf die Uhr. Elf Uhr siebzehn. Erst elf Uhr siebzehn. Auf dem Rücken kann Max nicht einschlafen. Er dreht sich zur Seite. Sieht auf die Uhr: elf Uhr zweiundfünfzig. Max wälzt sich in dem schmalen Bett hin und her. Der Polster ist zu flach. Max

klappt ihn zusammen. Jetzt ist er ein harter Klumpen. Das Leintuch ist von der Matratze gesprungen und wuzelt sich unter seiner Schulter, dicke Falten drücken in die Seite. Max steht auf, stülpt das Leintuch über die Matratzenecke, setzt sich auf den Bettrand. Der Schlaf hat sich verzogen, weit weg nach Hinterindien oder Belutschistan. Es ist noch viel Nacht übrig bis zum Morgengrauen. Auf dem Boden liegt ein kleines helles Rechteck, die Beine des Sessels stören das Licht. Wie kriegt er die Lehrerin? Wie nur? Sie muss sehen, sehen, wie er sich müht. Wie er die Welt für sie einfängt, sie ihr zu Füßen legt. Den wunderbar zarten Füßen in den dunkelblauen Riemchensandalen. In Innsbruck saß einer wegen Steuerhinterziehung. Der hätte ihn in Buchhaltung unterrichten können. Aber die hier? Was verstehen die von Buchhaltung? Höchstens von Buchziehung. Über den Schädel nämlich. Selbst Claudio, der Intellektuelle, könnte ihm nicht helfen. Er hat Literaturwissenschaften studiert. „Wollen mal sehen, ob sich das Schicksal nicht bald geniert, mich weiterhin so zu quälen", hat er gesagt, als sie gemeinsam die Stäbe durchgesägt haben. Der Spruch ist von Machiavelli. Max kennt Machiavelli. Ein Politiker aus längst vergangenen Zeiten. Max interessiert sich nicht für Geschichte. Warum geht ihm der Satz nicht aus dem Kopf? Es ist nicht das Schicksal, denkt er. Es ist sie. Wollen doch mal sehen, ob SIE sich nicht bald geniert, mich weiterhin so zu quälen. Sie geniert sich nicht. Max weiß es. So eine Frau geniert sich für nichts. Er sieht auf die Uhr: zwei Uhr vierunddreißig.

In stockfinsterer Nacht kommen die Dämonen. Sie fegen um das Haus und warten, dass sich eine schlaflose Seele ins Freie verirrt. Aber das sind nicht die echten Dämonen, das ist bloß der Wind oder der Sturm, dem die Menschen ein Gesicht gegeben haben. Die echten Dämonen kommen, wenn sie gerufen werden. Nicht von allein. Max setzt sich auf, stellt die Füße auf den Boden, stützt das Gesicht in die Hände. Schaut auf die Uhr. Drei Uhr zwölf. Noch zwei Stunden, bevor das erste matte Tageslicht durchs Gitter fällt. Von allen Torturen im Gefängnis ist die Lehrerin die schlimmste. Eine Fee inmitten hungriger Körperfresser. Eine Fata Morgana in der heißen Wüste. Wenn Max seine Hand nach ihr ausstreckt, greift er ins Leere. Um kurz nach fünf sieht er wieder auf die Uhr. Sein Körper ist vom Schlafentzug zerschlagen, aber sein Geist peitscht ihn weiter. Und dann ist es plötzlich sieben Uhr dreißig. Max hört das Frühstücksgeklapper. Sein Türchen geht auf, das abgeschabte graue Plastiktablett wird hereingeschoben. Wässriger Milchkaffee, zwei Scheiben geschmackloses Weißbrot, Margarine, Erdbeermarmelade. Max setzt sich benommen auf, geht zum Türchen, holt das Tablett, stellt es mechanisch auf den Tisch. Ihm ist schwindlig. Er zittert. Schaut in die Kaffeetasse. Muss gleich kotzen, schiebt das Tablett von sich. Um acht Uhr kommen sie ihn holen. Er muss sich beeilen. Anziehen, waschen. Die Seife ist Kernseife. Sie stinkt. Max spritzt Rasierwasser in die Achselhöhlen. Schaut in den Spiegel. Wieder ist ihm schwindlig. Die Augen sind verquollen. Er lässt das Wasser rinnen, bis es kalt ist, sammelt es in seinen Händen, legt das Gesicht hinein. Das Wasser zerrinnt zwischen den Fingern. Max nimmt das Handtuch, tränkt es, presst es an die müden Augen.

Er hat wieder Briefe bekommen. Die Kellnerin aus dem Fischrestaurant in Brixen hat ihm geschrieben. Ihre Tochter geht mit Julia in die Schule. Julia ist ein Ass im Hochsprung, wird zu den Leichtathletik-Schulmeisterschaften geschickt. Das hat sie ihm nicht erzählt. Und dann noch drei andere Briefe. Einer von einer Chemikerin. Eine dünne Mitfünfzigern, geschieden. Arbeitet für eine Pharmafirma in der italienischen Schweiz. Max betrachtet das Foto. Sie steht in einem dunklen schmalen Vorraum, trägt eine dünne Goldkette um den Bauch, hat einen Hängebusen und dünnes fahles Haar. Ob

die Frauen daran denken, dass ihre Briefe nicht nur von ihm gelesen werden? Die Chemikerin macht ihm Angebote. Er reißt das Foto in winzige Stücke, wirft es weg. Kramt in der alten Post. Ein Brief von Monika. Den hätte er längst zum Müll geben sollen! Max zieht ihn aus dem Kuvert, betrachtet das Bild. Monika in engen, dunkelgrauen Jeans, darüber ein anliegendes T-Shirt. Sieht klasse aus. Max steckt Monikas Foto in den Brief von der Chemikerin. Schmeißt ihn in den Sack mit den Schulsachen. Und dann gleich noch den Brief von der Kellnerin dazu. Der ist auf Deutsch. In der Buchhaltungsstunde werden die Briefe zufällig aus seinem Sack herausfallen. Mit dem Foto.
Max steht vor dem Waschbecken, schaut in den Spiegel. Ob ihr der Bart gefällt? Ein Bart kratzt beim Küssen. Max dreht den Kopf nach links, nach rechts. Der Bart muss weg. Er schabt die Haare von der Haut, würde das lieber mit einem Rasiermesser machen. Einem, das die Haut richtig glatt macht. Aber Rasiermesser gibt es keines. Nicht einmal beim Friseur.
Dritte Stunde: Buchhaltung. Wird subliert. Die Lehrerin ist erkältet. Es kommt der Geografielehrer herein. Jetzt fällt die Müdigkeit auf Max herab und hüllt ihn ein wie ein Leichentuch. Er kann sich kaum auf dem Sessel halten. Noch so eine Nacht hält Max nicht aus.
Er hält sie dann aber doch aus. Buchhaltung ist in der ersten Stunde und wenn die Lehrerin heute nicht kommt, wird Max auch krank werden. Krank vor Sehnsucht. Aber das wird er nicht sagen. Er wird sagen, dass er Halsweh hat und Herzbeschwerden. Und dass er nicht schlafen kann.
Die Tür geht auf. Die Lehrerin kommt herein und gleich hat Max wieder Herzbeschwerden, Herzbiszumhalsklopfen. Herzstolpern. Herzstillstand.
Die Lehrerin geht auf und ab. Sie bleibt nicht stehen, sie sagt nichts zu seinem neuen Gesicht. Sie teilt Aufgaben aus, steht an der Tafel,

schreibt Buchungssätze. Die Schüler schreiben ab. Soll und Haben. Was steht wo? Leere Habenseite. Kein Land, kein Haus, kein Schatz. Die Lehrerin ist eine Prinzessin. Sie will einen Ritter, keinen Raubritter. Sie will einen König, keinen Ausbrecherkönig.
Jetzt kommt sie auf Max zu. Ihre Augen sind schwarz umrandet. Auf den Lidern klebt grüner Puder. Die Lippen sind zartrosa. Max deutet auf sein eigenes Auge. Sie bleibt an seinem Tisch stehen. „Hier", sagt er und wedelt vor seinem Unterlid hin und her.
„Was ist hier?"
„Verschmiert", sagt Max.
Die Lehrerin dreht sich um, geht zum Katheder, zieht einen Taschenspiegel heraus, befeuchtet ihren Zeigefinger, reibt am schwarzen Rand, bis der sich wieder glatt an die Rundung des Auges schmiegt. Die Lehrerin steckt den Spiegel ein, geht zwischen den Bankreihen auf und ab, beugt sich über Max' Tisch. Er riecht ihren Duft, saugt ihn ein, seine Knie werden weich, sein Atem stockt. Sie legt ihre Hand auf seine Schulter, zeigt ihm Fehler in den Buchungszeilen. Soll und Haben. Er soll, sie hat. Der Sack mit den Büchern fällt um, die Briefe kollern heraus. Die Lehrerin bückt sich, legt die Briefe wortlos auf seinen Tisch. Das Foto bleibt drin, sie hat es nicht gesehen. Nicht gesehen, wer Max geschrieben hat. Die Briefe werden keine lohende Eifersucht entfachen.
Max will die Lehrerin in seine Arme ziehen, sie festhalten, küssen und noch viel mehr. Die Glocke läutet. Er springt auf, nimmt ihre Hand, flüstert: „Ich brauche Sie!" Sie zieht ihre Hand aus der seinen.

Alles unser: Die Cosa Nostra – unsere Sache – bringt über Mare Nostrum – unser Meer – Drogen in alle Welt, vor allem in die USA. Pizza Connection hieß das früher. Jetzt heißt es nur mehr Drogenschmuggel. Fleißig dabei: die Leute von der Mala del Brenta.

Max Leitners Rekurs wurde zurückgewiesen. Seine Anwälte förderten Protokolle und Tabellen zutage. Max Leitner konnte die Brüche nicht gemacht haben, weil er zu den jeweiligen Tatzeiten an anderen Orten gewesen sei. Wir konterten. Boten Zeugen auf, die erzählten, dass sie ihn gesehen hatten. Max Leitner, wie er in die Bank hineinstürmt, wie er herauskommt, die Maske abnimmt, in ein Auto springt, auf den Sozius eines Motorrads steigt. Wie er davonrauscht. Mit voller Tasche.

Er saß auf der Anklagebank, starrte geradeaus. Er war verändert. Das überraschte mich nicht. Das Gefängnis ist keine Kuranstalt. Hätte ich einen anderen vor mir gehabt, hätte ich gesagt: Er sah geläutert aus, weicher, weniger verbittert. Er trug zivile Kleidung statt seines bevorzugten Military-Looks. Diesmal war er nicht im Krieg. Oder gut getarnt. Das sah wieder eher nach dem mir bekannten Max aus. Aber lassen sich die Scharten des Lebens so einfach auswetzen? Lassen sich Gewalt und Hass so leicht aus Blick und Miene wischen, als putzte man sich die Nase? Oder war es der Bart? Den hatte er sich abrasiert.

Als das Urteil verkündet wurde, blieb er sitzen, brüllte nicht herum, bedachte weder mich noch den Richter mit Flüchen und Spucke. Die Arme der Anwälte und des Wachpersonals – immer bereit, den Tobenden zu beruhigen – blieben in der Luft hängen: bestellt und nicht abgeholt.

Max Leitner wandte den Kopf, nickte ins Publikum. Eine elegante Brünette nickte zurück. Es war nicht Katharina.
Fragen, die das Leben stellt: Warum wird einer kriminell? Warum wird einer mit solch außergewöhnlichen Fähigkeiten, solch einem Durchhaltevermögen wie Max Leitner kriminell? Warum kriegt er die schönsten Frauen?
Ich fuhr nach Hause, holte Pietro vom Kindergarten ab, war zu müde zum Kochen. Sofia war auf Pressereise in Tunesien. Ich leerte Milch in einen Teller, ließ Cornflakes hineinrieseln, schnitt eine Tomate auf, um mein Gewissen zu beruhigen. Wir knallten uns vor den Fernseher. Die Barbapapas fuhren mit dem Zug durch die Wüste. Sie stiegen aus, verwandelten sich in Kakteen und warteten auf Löwen, Füchse, Wüstenspringmäuse, um sie zu filmen. Die Tiere kamen nicht. Wäre ich Wüstenfuchs, hätte ich die Kakteen in Lila, Blau, Gelb, Schwarz auch stehen lassen. Pietro beruhigte mein Gewissen nicht, mampfte die Cornflakes, verlangte nach Schokolade. Wir verdrückten die Tafel gemeinsam, zu viel Schokolade ist schlecht für die Zähne. Die Tomate verschrumpelte auf ihrem Teller, ich warf sie am Morgen in den Mistkübel.
Auf meinem Tisch lag ein Schreiben der Aufsichtsrichterin von Bologna. Max Leitner wollte Hafturlaub. Er besuchte den Unterricht im Gefängnis. Eine der Lehrerinnen hatte für Max Leitner gebürgt. Sie wäre bereit, ihn in ihre Wohnung bringen zu lassen. Ich rief die Aufsichtsrichterin an. Fragte, wie es um ihn stand. In Bologna liefen drei Disziplinarverfahren gegen Max Leitner. Und es gab Hinweise, dass er eine neue Flucht plante. Ich fragte die Richterin, ob sie ernsthaft daran denke, Max Leitner zu seiner Geliebten zu lassen.
Der Hafturlaub wurde nicht gewährt. Leitner legte Beschwerde ein. Ich schrieb eine Entgegnung: Artikel 30 gelte für Häftlinge, die mit der Justiz kooperierten. Und sich im Gefängnis entsprechend be-

nahmen. Max Leitner kooperierte nicht. Max Leitner nutzte jede Gelegenheit, sich zu entziehen.
Ich schickte Agostini nach Bologna. Die Schule lag im Erdgeschoß des Gefängnisses. Die Fenster waren vergittert. Vor dem Unterricht zeigten die Lehrer und Lehrerinnen, was sie in ihren Taschen hatten. Agostini sah zu, wie Stifte, Dreiecke, Hefte, Bücher untersucht, die Lehrer abgetastet wurden. Nach dem Unterricht ließ Agostini die Lehrer in einen Besucherraum kommen und fragte nach Max. Sie sagten, er sei keine Leuchte. Aber bemüht. Nur einer schüttelte den Kopf. Er hatte gehört, wie Max in einer Pause mit einem anderen Häftling – einem von der Corona Unita – über einen Helikopter geredet hatte. Der von der Corona sagte, dass ein Hubschrauber zu viel Zeit brauche. Weil er im Hof landen müsse. Das sorge für Aufruhr. Dann müsse die Zellentür von Max mit der Flex aufgeschnitten werden und dann die von dem anderen. Dem aus Foggia. Bis sie beide im Hubschrauber säßen, wären die Wachen informiert.
Ich telefonierte mit Bologna. Der Direktor ließ Max' Zelle untersuchen. Mehrmals. Auch mitten in der Nacht. Sie fanden nichts. Max weigerte sich, sich durchsuchen zu lassen. Der Direktor schickte deshalb seine Tochter weg, als die ihn besuchen wollte. Wie sonst bringt man den Aufsässigen unter Kontrolle? Ich schwieg. Nein, ich sagte sogar okay. Das war es nicht. Was konnte Julia dafür, dass ihr Vater sich nicht anständig verhielt?
Mein Max-Kontigent war ausgeschöpft. Ich wandte mich den Verhörprotokollen Manfredo Felicianos zu. Wir hielten den Hebel in Händen, mussten nur noch kräftig drücken, dann wäre der Nordableger der Cosa Nostra vernichtet, getilgt, ausgemerzt. An die hundert Leute hatten wir festgenommen. Manche mussten wir freilassen. Mangel an Beweisen. Ein gewisser Luca behauptete, Max Leitner gehöre jetzt auch zu ihnen. Ich las das Verhör dreimal. Hatte ich end-

lich den Beweis in der Hand, dass Max Leitner aktives Mitglied der Mafia war? Er hatte stets behauptet, er kenne die Leute, sie hätten ihm geholfen, er sei ihnen aber nie zu Gefallen gewesen.
Wer sollte das glauben? Wie viele Fluchtautos hatten sie ihm vor die Gefängnismauern gestellt? Wer hatte ihm Waffen, Funkgeräte, Munition besorgt? Wer gab ihm Tipps, wo es was zu holen gab? Wer versteckte ihn, wenn wir ihn suchten? Die Mafia. Immer und immer wieder die Mafia.
Ich war schon wieder in die Falle gegangen. Statt mir zu Hause ein Bad einzulassen, ein Glas Wein auf den Rand zu stellen, das Radio laut aufzudrehen, saß ich hier und dachte über Max Leitner nach.

KASSIBER

Der schönste Raum im ganzen Gefängnis: die Abstellkammer neben dem Klo. Nach dem Unterricht wartet Carolina auf ihn, sie ziehen sich aus, es muss schnell gehen. Carolina stöhnt so laut, dass Max ihr den Mund zuhält. Sie will auch vor dem Unterricht. Es geht nicht. Die Wachen holen ihn so spät ab, dass er in der ersten Stunde nicht pünktlich ist.
Carolina beschwert sich beim Direktor. Max muss gleich in der Früh gebracht werden. Gerade in Buchhaltung ist er nicht auf der Höhe, braucht besondere Zuwendung, damit er versetzt werden kann. Dem Direktor sind Max' Zensuren egal. Sowieso sitzt Max noch im Gefängnis, wenn er alt und grau ist, was braucht er gute Noten auf Schularbeiten?
Max ist wütend. Er soll Hose und Unterhose bis zum Knie hinunterlassen und das T-Shirt ganz ausziehen. Und dann Kniebeugen machen. Max macht keine Kniebeugen. Weder nackt noch halbnackt. Seine Knie beugt Max nur vor Gott dem Herrn. Der Gefängnisdirektor lädt ihn vor. Es gibt niemanden, der sich über die Kniebeugen beschwert. Nur Max Leitner.
Die Tage teilen sich in Soll und Haben. Es ist Montag. Max soll Buchhaltung haben. Er hat schon das ganze Wochenende ohne durchgehalten. Am Montag steht eine Doppelstunde Englisch auf dem Lehrplan, Mathematik, Betriebswirtschaftslehre und Italienisch. Keine Buchhaltung. Es ist Dienstag. Max hat Buchhaltung in der dritten Stunde und ist so aufgeregt, dass er schon um fünf Uhr munter ist, Liegestütze und Sit-ups macht, im Kreis rennt, bis das Frühstück kommt, das er ungegessen zurückschickt. Viermal Haben, dreimal Soll. Eine schöne Bilanz. Und doch zu wenig. Zu starr. Zu unfrei.

„I must go outside."
„You don't go outside. You stay here", sagt der Englischlehrer, bis in die Spitzen seines grauen Schnauzers erbost. Carolinas Kopf steckt zwischen Tür und Rahmen. Der Lehrer lässt Max ziehen, aber: Max muss nachsitzen, er hat den Grammatiktest versaut. Die If-Clauses … ja, die If-Clauses. Max folgt Carolina ins Lehrerzimmer. Hier sind die Fenster auch vergittert. Sie setzt sich auf einen Tisch, lässt die Beine baumeln. Max küsst sie. Carolina will jemanden in das Gefängnis einschleusen, der die Demütigung bezeugen kann. Max soll Zeugen suchen. Abends geht er duschen. Die Männer wollen keinen Ärger, sagen sie. Er fragt im Hof. Die Spaziergänger sind brave Häftlinge, sie müssen keine Kniebeugen machen. Die im Gymnastikraum machen Gymnastik. Angezogen. Carolina will zur Zeitung gehen, „La Stampa", sagt Max.
Die Wachen sitzen im Klassenzimmer und beobachten ihn wie die Geier das Aas. Nach dem Unterricht zerren sie ihn zurück in die Zelle. Der Abstellraum bleibt leer. Carolina stellt einen Antrag. Es dauert einen ganzen Monat, bis Carolina ihn besuchen darf. Sie küssen sich. Carolina schiebt Max einen Zettel in den Mund. Eine Journalistin interessiert sich für die Geschichte. Sie ist die Chefin des Chronikressorts. „La Stampa" berichtet: „Misshandlung in der Justizanstalt Bologna". Sogar das Justizministerium ermittelt. Jetzt werden auch andere Medien auf Bologna aufmerksam. Ein Fernsehteam von einem Privatsender recherchiert im Gefängnis. Alte Geschichten werden aufgewärmt. Gerüchte, dass Wachen früher Häftlinge getötet hätten.
Max lässt sich nichts mehr gefallen. Ein Wachebeamter hat es versucht. Hat Max gegen das Schienbein getreten. Unabsichtlich. Max hat ihn angeschrien. Genauso unabsichtlich. Dass er nichts ist, nichts, niemand, weniger als Scheiße, Abschaum. Gestern hat einer

genau diesen Wärter mit „Ispettore“ angesprochen. Da ist Max zu dem Idioten hin und hat ihm die Dienstgrade erklärt. Der wollte es nicht lernen. Die anderen Häftlinge sind dem Hirnlosen zu Hilfe gekommen und haben Max verdroschen. Jetzt muss er wieder zum Direktor. Max soll sich nicht in Dinge einmischen, die ihn nichts angehen. Geht ihn aber etwas an, wenn sich ein Gefangener in den Staub wirft, Dreck frisst wie ein Wurm.

Max hat genug vom Streiten. Er gibt sich reuig, streut sich Asche aufs Haupt. Noch mehr Asche streut er auf die angesägten Gitterstäbe. Sein Fluchtplan fliegt dennoch auf. Einer von den Marokkanern oder Türken hat ihn verraten. Sie glauben, sie kämen dann schneller raus. Keiner weiß, wer ihnen den Mist erzählt.

Carolina schickt ihn zum Arzt. Die linke Hand tut weh und er kann den Ringfinger nicht ausstrecken. Der Arzt versucht, den Finger geradezubiegen. Max schreit auf, der Finger bleibt krumm. Der Arzt sieht die Narben. Hundebiss und Schusswunde, Stigmata eines anstrengenden Lebens. Er verschreibt Max ein Schmerzmittel. Max soll die Hand bandagieren lassen. Das soll er denen in Carinola sagen. Carinola? Das liegt bei Neapel und hat einen schlechten Ruf. Max ist erschrocken. Der Arzt auch. Er hat sich verplappert.

Max redet mit den Wachen. Sie wissen wieder einmal nichts. Max geht im Hof spazieren, fragt jeden, den er trifft. Fabri – den soll er fragen. Fabri also, Turnvater Fabri – den Erfinder der Hosen-runter-Kniebeuge. Max steckt ihm große Scheine zu, fragt nach dem Termin. In einer Woche kommt der Panzerwagen.

An den Schultagen sind sie um acht Uhr gekommen. Wenn Carolina die erste Stunde gehalten hat, um halb neun. Am Verlegungstag stehen sie um sechs Uhr fünfzehn vor seiner Tür. Dort bleiben sie. Die Tür klemmt. Die Wachen werden nervös. Holen den Direktor. Der Direktor ist verärgert, will nicht wegen solcher Lappalie konsultiert

werden. Rammt den Schlüssel in das Schloss. Der Schlüssel bricht ab. Max öffnet das Essensfensterchen. Der Direktor atmet schnapp. Gleich blubbert weißer Schaum auf seinen Lippen – ein Geysir. Er will sofort wissen, was mit dieser Tür passiert ist, warum sie sich nicht öffnen lässt. Die Wachen sind ratlos. Eine Flex muss her. Mit einer Flex muss die Tür aufgeschnitten werden. Die Wachen suchen nach einer Flex, finden eine Flex, setzen sie an. Halt, das muss von der Aufsichtsrichterin genehmigt werden. Der Gang leert sich. Max legt sich auf sein Bett. Sie werden wiederkommen. Aber noch tun die Eisensplitter, die er nachts in das Schloss gesteckt hat, ihren Dienst. Am Nachmittag steht Carolina vor seiner Tür. Max öffnet das Fensterchen. Sie fragt, warum Max nicht aufmacht. Er erzählt von der Verlegung – weit weg in den Süden. Carolina weint. Max dreht sich um, seine Beine zittern, er rutscht an der Tür hinunter, bleibt dort hocken wie gelähmt, weint auch. Leise. Allein. Nein, nicht allein, Carolina steht noch immer vor der Tür. Sie sagt, sie werden sich wiedersehen, Carolina wird sein, wo Max ist. Sie sagt, sie wird die Aufsichtsrichterin anflehen, ihn nicht zu verlegen. Max schluckt. Sie sagt, Max soll etwas sagen. Max kann nicht sprechen. In seinem Hals sitzt ein Knödel, auf der Brust liegt ein Stein, sein Kopf ist Watte. Sie hätte nicht kommen sollen. Jetzt ist Max kraftlos – dem Duracell-Hasen ist die Batterie ausgegangen.
Carolina sagt, dass sie wieder um Hafturlaub für Max bitten wird. Und dass sie ihm vertraut, egal, was die Leute sagten. Max steht auf, sieht durchs Fenster, fragt, was sie meint. Carolina erzählt, dass ein Staatsanwalt bei ihr gewesen ist. Er hat Carolina naiv genannt und dass sie nicht Max' einzige Freundin ist. Er hat ihr Fotos von Max mit seinen Freundinnen in Venedig, Rom, Pisa gezeigt. Und dass er mit seiner Anwältin schläft, hat der Staatsanwalt auch gesagt. Pagano, das Arschloch. Alles gelogen. Mit der Rechtsanwältin hatte

Max einen One-Hour-Stand. Und die anderen hat er seit Isola Verde nicht gesehen. Max schwört Treue. Sie beugen sich hinunter zu dem Essensfenster. Sie küssen sich durch die enge Luke, es ist ein verworrener, verwirrender, verhaltener Kuss. Das Essensfenster ist nicht die Abstellkammer.
Die Wachen scheuchen Carolina davon. Max schließt das Fenster, wirft sich aufs Bett, weint wieder. Carolina – Carinola. Zwischen ein paar verdrehten Buchstaben spannen sich Kilometer auf.
Besser, er denkt nicht an Carolina. Besser, er findet heraus, wer Paganos Informant ist. Die Fotos, die kann er sich erklären. Sie haben die Kamera in der Villa gefunden, Max hat sie nicht mitgenommen. Aber woher weiß Pagano, dass Max eine Affäre mit seiner Rechtsanwältin hatte? Intimsphäre, Herr Staatsanwalt, gehört die nicht zu der Menschenwürde, von der immer die Rede ist?
Um fünf Uhr früh fällt Max aus dem Bett. Die Flex schneidet mit ohrenbetäubendem Quietschen eine Schneise in die Zellentür. Die Wachebeamten kommen herein, reißen ihm die Arme auf den Rücken, fesseln ihm die Hände, zerren ihn zur Tür. Max muss sich bücken, um durch das Loch zu kommen. Sie bringen ihn zu dem Panzerwagen. Bevor das Auto abgesperrt wird, wirft ihm einer seine Tasche zu. Darin sind Kleidung, Bücher, Zahnbürste, Seife. Max kann nicht nachschauen, ob das Buch mit den österreichischen Gesetzen dabei ist. Er wird es wissen, wenn in Carinola der Metalldetektor piepst. Oder auch nicht.

BRÜDERCHEN UND SCHWESTERCHEN

Pietro wünschte sich ein Brüderchen. Er wusste noch nicht, dass Mama und Papa dafür im gleichen Bett liegen, dass sie sich kosen und liebhaben mussten. Wir hatten uns nicht lieb. Wir sprachen nur das Notwendigste, seit mir Sofia in den Rücken gefallen war. Seit sie die Justiz und in einem Aufwaschen die Staatsanwaltschaft als Folterknechte gebrandmarkt hatte. Sie sagte, sie hätte das nicht geschrieben, aber es war ihre Zeitung, ihr Ressort, sie war die Ressortleiterin.

Ob ich gewusst hätte, welche Zustände in der Justizanstalt Bologna herrschten. Welche Zustände denn? Ein einzelner Häftling behauptete, die Gefangenen müssten halbnackt Turnübungen machen, um sie zu demütigen und in die Knie zu zwingen. Als er dafür Zeugen hätte benennen sollen, fand sich kein einziger. Zufällig hieß der Beschwerdeführer Max Leitner. Zufällig war der dafür bekannt, dass er sich niemals unterordnete, dass er gegen die Justiz arbeitete, wie und wo er konnte. Dass er log wie gedruckt, wenn es vorteilhaft war. Und manchmal auch nur, um Spaß zu haben, um der Fadesse des Gefängnisses ein Schnippchen zu schlagen – und allen, die nicht auf seiner Seite waren.

Sofia war nicht die Einzige, die mich zur peinlichen Befragung rief. Ich wurde ins Justizministerium zitiert, ein junger Ministerialbeamter in Armani-Anzug fragte, weshalb Max Leitner, ein Südtiroler, in Bologna einsaß, das meilenweit von seiner Heimat entfernt war. Obwohl es doch Usus, gelebte Praxis sei, Häftlinge, die nicht nach dem Mafiaparagrafen verurteilt worden waren, nahe an ihrem Wohnort, ihren Familien unterzubringen. Ich rang um eine Antwort. Nicht, dass nicht Tausende Antworten in meiner Kehle darauf warteten,

hinausgelassen, hinausgeschrien zu werden. Allein: Sie waren zynisch, wiesen auf meinen Zorn, meine verlorenen Illusionen, meine enttäuschten Hoffnungen. Ich zählte alle Gefängnisse auf, aus denen Max Leitner versucht hatte zu fliehen, nannte als letztes Bozen. Wo es ihm gelungen war. Der ministerielle Schnösel zog die Brauen hoch. Ließ die Akte Leitner auf den ministeriellen Glastisch gleiten. Er zog eines dieser neuen schnurlosen Telefone aus seiner Jacke, telefonierte, legte es auf den Tisch neben die Akte Max Leitner. Motorola stand auf dem Telefon.
„Er wird nach Carinola verlegt", sagte er. „Von dort wird es ihm kaum gelingen auszubüchsen, nicht wahr?"
Ich wusste nichts von einer neuerlichen Verlegung, hatte aber nichts dagegen. Carinola. Das war weit genug weg. Weit genug weg von mir, meiner Frau, meiner Verantwortung.
Der Ministerschnösel klopfte mir aufmunternd auf die Schulter, während er mit dem Minister telefonierte. Neue Plakatserie? „Italien sicherer machen", knapp, präzise, eindeutig. Wer kann da etwas dagegen haben? Es gab ein paar, das sagte ich nicht. Die Hand auf meiner Schulter drückte mich nieder. Pagano: ab. Mitte Juni knallte die Sonne ungefiltert auf den Platz vor dem Palazzo Piacentini. Ich ließ das Auto stehen, wurde von einem Pulk deutscher Touristinnen mitgeschwemmt. Wir strömten zur Fontana di Trevi. Sie stellten sich mit dem Rücken zum Brunnen und warfen Markstücke über die Schulter. Ich hätte es ihnen gleichtun können. Nach einem neuerlichen Besuch beim Ministerschnösel drängte es mich indes nicht. In meinem Säckel stauten sich Hundert-Lire-Münzen, jede weit weniger wert als eine einzige Mark. Ich war kein Politiker, hatte kein Kleingeld zu waschen, großes schon gar nicht. Wozu sich also die Mühe machen? Da doch alle Wege nach Rom führten. Die deutschen Mädels in ihren kessen kurzen Röcken und Shorts zogen

weiter zur Spanischen Treppe. Ich ging zum Auto, verbrannte mir die Handflächen am Lenkrad meines inzwischen auch nicht mehr neuen Fiat Punto, stieg wieder aus, latschte quer durch die Stadt zur Piazza Navona und setzte mich in eines der Kaffeehäuser. Wieder ein Tag ohne Sex.

Agostini kam ins Büro. „Wir haben uns vielleicht getäuscht", sagte er. Ich kniff die Augen zusammen, hörte ihm schweigend zu. Agostini hatte sich gewundert, dass Max schon wieder ausbrechen wollte, obwohl er in Bologna mit dieser Lehrerin schlief. Der Hinweis kam von einem, der das Gespräch von Max und einem anderen Schüler belauscht hatte. Dem Englischlehrer. Agostini recherchierte. Fand heraus, dass dieser Englischlehrer zuvor mit Carolina Rizzoli, der Geliebten von Max, liiert gewesen war. Und dass er die Buchhaltungslehrerin immer noch liebte.

Die Hauspost brachte Ankündigungen für neue Computerkurse. Das Internet. Eine Revolution. Damit sollte es jetzt viel leichter werden, Verbrecher aufzuspüren und dingfest zu machen. Hatten sie damals, als wir die Computer bekamen, nicht das Gleiche gesagt? Wir könnten uns jetzt auf die eigentliche Arbeit der Verbrechensbekämpfung konzentrieren, weil uns der Computer den Papierkram abnehme. Mir hat er ihn nicht abgenommen.

Ich schickte die Brandtner. Sie sagte mir, dass sie schwanger sei und in ein paar Wochen in Karenz ginge. Alle in unserem Stockwerk wussten das schon. Nur ich nicht. Mein Blick wanderte von ihrem Gesicht zu ihrem Bauch. Er wölbte sich unübersehbar unter ihrem Busen. Ich hatte ihn dennoch übersehen.

Agostini wurde zum Ispettore Superiore befördert. Auf meinem Schreibtisch lag die Einladung zur Feier. Ich konnte nicht hingehen.

Pietro sollte im Herbst eingeschult werden. Er wehrte sich, hatte Bauchweh, als wir zum Eignungstest vorgeladen waren. Wir gin-

gen zur Kinderpsychologin – einer Koryphäe auf dem Gebiet der Schulverweigerung. Die Koryphäe sagte, sie hätte noch nie ein Kind erlebt, das bereits im Kindergarten strikt ablehnte, die Schule zu besuchen. Schlechte Gene, sagte ich, und dass es bei mir genauso gewesen wäre, bloß, dass ich mich nicht getraut hatte, nicht hinzugehen.
Agostini hob nicht ab. Ich erinnerte mich, dass man ihm zur Beförderung auch so ein Telefonino gegeben hatte. Wie fand man eine Mobiltelefonnummer? Stand die im Telefonbuch? Kaum. Er hatte das Handy eben erst bekommen. Ich ging zur Brandtner, fragte, ob sie mir die neue Telefonnummer von Agostini geben könne.
„Steht im Intranet", sagte sie spitz.
Ich forderte sie auf, mir die Nummer zu suchen, latschte in mein Büro zurück. Verstand die Welt nicht mehr. Hieß das nicht Internet? Wie die Mobiltelefonie das Leben erleichtern sollte, erschloss sich mir nicht. Bis ich die ewig lange Nummer getippt hatte, waren im wirklichen Leben sämtliche Katastrophen passiert. Ich sagte Agostini, dass ich nicht kommen konnte, er verstand mich nicht, ich verstand ihn nicht, ich schrie in den Hörer, es half nicht, irgendwann hörte ich Teile eines Satzes und dann Teile eines anderen. Ich setzte die Bruchstücke zusammen. Die Botschaft war: Agostini hatte schlechten Empfang. Ich möge zur Feier nachkommen. Ich kam nicht nach. Musste Pietro ins Bett bringen. Sofia war auf Pressereise. Wieder mit dabei: der Fotograf der Zeitung. Ein Künstler, der bei „La Stampa" sein Brot verdiente. Sofia hatte mir seine Kunstfotos gezeigt: Porträts von Obdachlosen. Verödete Industriegebiete. Kloaken und Wüsteneien. Alles in Schwarz-Weiß.
Auf dem Nachhauseweg kaufte ich eine Flasche Merlot für Agostini: Wiedergutmachung für mein Versagen. Am Morgen saß Pietro am Bettrand und drosch eine winzige Plastikfigur gegen die Kante. Ich sagte, er solle sich anziehen und die Zähne putzen. Pietro unter-

brach die strenge Bestrafung des Plastikmanns, sah mich an, sagte gelassen: „Heute gehe ich nicht in den Kindergarten. Heute nehme ich mir frei.“

STEINE WÄLZEN

Carinola ist ein Drecksnest. Wäre es überall auf der Welt wie hier, es lohnte sich nicht auszubrechen. Das Gefängnis: eine Zumutung. Nicht einmal eine Schule haben sie. Hätten sie eine, ginge Max nicht hin. Er bleibt Carolina treu. Sie hat einen Besuchsantrag gestellt. Es kommt keine Antwort, Max fragt nach. Der Antrag wurde abgelehnt. Max wird schwarz. Er schwankt zurück in seinen Trakt. Abgelehnt. Das fahle Licht einer Taschenlampe, ohnehin bloß eine schwache Funzel: abgedreht. Er wird Carolina nicht sehen, weiter nur an sie denken. Das tut er immerzu, schon in der Früh beim Aufwachen und dann in der Dusche und beim Frühstück, und den ganzen Vormittag schaut er sich ihr Foto an. Und während des Mittagessens auch. Oft weiß er nicht, was er gegessen hat. Im Hof geht er im Kreis und die Gedanken auch. Er hat die Tage und Stunden gezählt, bis sie kommt. Jetzt kommt sie nicht. Und das Sehnen hört und hört nicht auf. Es macht ihn schwach, knieweich, ängstlich. Wo ist sie, was tut sie, was treibt sie und mit wem? „Schon der Gedanke, dass ich dich einmal verlieren könnt, dass dich ein anderer Mann einmal sein Eigen nennt …" Wo hat er das blöde Lied gehört? Drei steife Lackaffen in schwarzen Anzügen, die linkisch mit den Händen gewackelt haben, als hätten sie keine Hüften.

Max ist ganz wund vor Verlangen. Ein Monat ist vergangen und ein zweiter Antrag gestellt. Und sie lassen ihn nicht zu ihr. Er darf sie nicht sehen, nicht mit ihr reden, sie nicht berühren. Wenn er sagt, dass er schikaniert wird, glaubt ihm keiner. Was kann er tun? Arbeiten. Arbeit ist die beste Medizin. Das hat die Notburga gesagt. Damals, als Max mit fünfzehn in die Eva verliebt war. Die war achtzehn und wollte nix wissen vom kleinen Maxi. Arbeit also. Sägen,

schleifen, hämmern, biegen. Marmor, Stein und Eisen bricht, aber dieses Gefängnis nicht.
Alles neu macht der Mai. Max wird nach Padua verlegt. Padua, da hat er alte Freunde. Über die Autobahn ist man in eineinhalb Stunden in Bologna. Max ist nicht allein im Panzerwagen. Neben ihm sitzt Nico Marra, ein Sarde, den Max schon in Nuoro kennengelernt hat. Der Wagen wird von vier Autos begleitet. In Padua ab in den Hochsicherheitstrakt und wieder in Isolation. Marra stecken sie auch in eine Einzelzelle. Sie können gemeinsam Umschluss machen, vor dem Schlafengehen ein wenig plaudern. Max geht hinüber zu Marra. Es ist nicht seine Zelle, sieht aber so aus. Abwechslung wird hier kleingeschrieben.
Max Leitner, Chefmetallurge von Padua, erläutert seinem Freund und Kollegen das Ergebnis seiner Expertise. Es lässt sich mit einem Wort zusammenfassen: aussichtslos. Die Gitterstäbe hier lassen sich nicht einmal an-, geschweige denn durchsägen.
Die Sozialhelferin ist eine mittelalterliche Matrone in einem orangeroten Leinenflattergewand. Sie sitzt mit ihrem breiten Hintern im Sozialhelferinnenkammerl und studiert seine Akte. Als Max sich setzt, verzieht sie den Mund. Solche wie Max – die sind nicht resozialisierbar. Max protestiert. In Freiheit ist er ganz anders. In Freiheit sind alle anders, sagt die Sozialhelferin. Aber nicht besser. Jedenfalls nicht gesetzestreuer. Ob Max sich endlich fügt? Die Sozialhelferin knetet die roten Hände, sie schlagen sich mit den orangefarbenen Ärmeln. Die Fingernägel enden unter den Fingerkuppen, daran kaut sie wahrscheinlich, wenn sie auf Diät ist. Der Max soll sich fügen. Sonst wird sie gegen einen Hafturlaub stimmen. Hafturlaub? Ja. Wenn Max guten Willen zeigt, kann sogar die Direktion nichts dagegen haben. Er sitzt ja lang genug. Hat Anspruch.

Max ist aufgekratzt. Hafturlaub. Er schreibt Carolina einen Brief. Marra sieht ihn erstaunt an, als sie abends auf seinem Bett sitzen. So kennt er Max nicht. So fiebrig und fahrig. Ja, Max ist nervös. Er hat nichts anzuziehen. Die Leute draußen sehen jetzt anders aus. Max braucht eine Hose. Schlaghosen sind en vogue. Oder sind die schon wieder out? Und diese Jeans, bei denen der Hintern an den Knien schlabbert. So eine zieht Max nicht an. „Rapper-Outfit", sagt Marra, der Modefachmann. „Ist praktisch zum Skaten."
Der Gefängnispriester ist ein gemütlicher Mann mit Glatze, Brille und Bäuchlein. Er redet mit Max über Sünde und Vergebung. Max sagt, dass er alles gebeichtet und Gott ihm vergeben hat. Und Max hat Gott vergeben, seit Carolina in seinem Leben ist. Das verschweigt er. Für männliche Bedürfnisse sind die Priester nicht die Richtigen. Überhaupt sind sie in der Liebe einseitig. Nur die Gottesliebe zählt. Max glaubt das nicht. Die Gottesliebe, denkt Max, ist in allem. Auch in der körperlichen Liebe. Oder gerade dort.
Ernesto Francese heißt der Priester. Seine Gemeinde ist in der Nähe des Gefängnisses. Max zieht sich eine Jacke über. Die hat ihm Carolina geschickt. Jetzt, kurz vor Weihnachten, ist es zu kalt ohne Überkleidung. Das Auto bringt ihn zu Franceses Gemeindezentrum. Julia ist schon da. Eine selbstbewusste junge Frau ist sie geworden. Sie sieht Kathi ähnlich, der gleiche sinnliche Mund, die schönen, strahlenden Zähne, die weichen Locken. Und die Figur: schmale Taille, lange Beine mit festen Waden und schmalen Fesseln. Julia umarmt ihn, es fühlt sich anders an als damals bei Kathi. Julia ist größer, ihr Kopf passt nicht in die Halskuhle. Der Raum ist riesig, eine Halle. Es stehen viele Tische mit je vier Sesseln herum. An der Stirnseite gehen Stufen hinauf zu einer Bühne. Julia ist blass und rotfleckig, das machen die Neonröhren, sie stellen jede Unebenheit bloß, die Menschen sehen aus, als kämen sie vom Mars, grünlich schimmern-

de Haut und harte Kontraste. Julia hat Max Mannerschnitten mitgebracht. Sie studiert in Wien. Das ist Max nicht recht. Österreich mag er nicht. Julia will nicht streiten. Es ist ihr Geburtstag. Ach, das hat Max vergessen. Julia sagt nichts, senkt den Blick. Max lacht, zieht ein Päckchen hinter seinem Rücken hervor. Dass es ihm immer noch gelingt, sie an der Nase herumzuführen. Eine Freude.
Es ist eine katholische Kirche. Selbst eine Kirche, Ort der Reinheit, muss geputzt werden, braucht ein Kammerl für Staubsauger, Besen und Schaufel. Sex mit Carolina – Sex ohne Carolina. Beides probiert, kein Vergleich. Sechs Stunden ist er draußen. Ein Phänomen: Sechs Stunden sind kürzer als sechs Minuten.
Der nächste Hafturlaub ist frühestens in einem halben Jahr. Wenn sich Max gut führt. Immer der gleiche Mist. Er führt sich gut, wird von einem Speichelleckerhäftling angeschwärzt, seine Zelle wird durchsucht, man findet irgendeinen Scheißdreck, der Hafturlaub wird aufgeschoben
Max wälzt seinen Stein.
Marra hat drei Kinder und eine Frau. Die leben in Lecce. Schön soll es dort sein. Die Stadt wird Florenz des Südens genannt. Marra weint, wenn er an die Bambini denkt. Max weint auch. So viel hat er verpasst bei Julia. Nicht miterlebt, als sie ihren ersten Freund hatte. Er hätte dem Kerl eine geknallt. Julia war damals sechzehn. Und Max war nicht dabei, als sie ihren Schulabschluss gemacht hat und mit dem tollen Zeugnis in der Aula des Gymnasiums von Brixen gestanden ist. Fotos hat sie ihm geschickt: Julia in grau-schwarz gestreiftem Kleid, weißer Bluse, schwarzen, hohen Schuhen. Erwachsen. Fast erwachsen. Als Max so alt war, hat er seine erste Bank ausgeraubt.

PRINZ UND PRINZESSIN

Pietro ging nirgends mehr hin. Nicht in die Schule, nicht in die Kinderbetreuung, nicht zur Psychologin. Sofia war mit dem Fotografen bei einem Interview. Ich saß allein auf einem roten Minisofa in der Ordination der Verweigerungskoryphäe. In den Regalen und Kisten stapelte sich pädagogisch wertvolles Holzspielzeug. Neben dem Schreibtisch stand eine kniehohe Ritterburg, daneben ein Puppenwagen, zwei Puppen lagen nebeneinander und starrten an die Decke. Die Wände waren mit krakeligen Kinderzeichnungen tapeziert. Eine kam mir vage bekannt vor. Sie zeigte zwei kartoffelförmige Käfer ohne Hals mit winzigen Köpfen und Riesenfüßen. „Ja", sagte die Koryphäe. „Das hat Pietro gezeichnet. Es heißt Prinz und Prinzessin."

Ich nickte.

„Erkennen Sie sich nicht? Das sind Sie! Sie und Ihre Frau."

Ich senkte den Kopf. Sie fragte nach unserer Beziehung. Die so wichtig sei – auch für die Kinder. Ich antwortete ausweichend. Dass jeder mal Schwierigkeiten hätte, dass Streit in der Familie dazugehöre. Sie bohrte nach. Behauptete, dass Pietros Schulaversion, wie sie es nannte, auch damit zusammenhinge. Die Theorie hatte ich längst falsifiziert. Meine Eltern hatten nie gestritten, einander geliebt wie Philemon und Baucis. Ich hatte die Schule trotzdem gehasst.

Sofia kam nach Hause. Sie hatte getrunken. Es war früher Nachmittag. Ich schrie sie an. Ob sie Pietro nicht liebte. Sie schrie zurück. Ich solle mich schämen. Ich schämte mich. Es war die falsche Frage. Sie liebte Pietro. Mehr als alles andere auf der Welt. Mehr als mich. Wie sollte sie mich lieben? Einen Mann, der zu feig war, sie zu fragen, ob sie ihn liebte. Stattdessen den kleinen Sohn in die Arena schob. Ich sagte, dass Pietro nur mehr zu Hause hockte, weil er uns zeigen wollte, dass er unseren ewigen Streit nicht mehr ertrug. Sofia ließ sich in den Ikea-Fauteuil mit den chamoisfarbenen Polstern fallen, den wir gleich nach der Hochzeit in Mailand gekauft und mit dem alten Uno nach Bozen geschippert hatten.

„Ich denke schon lang darüber nach", sagte sie. „Gäbe es Pietro nicht, könnten wir uns einfach scheiden lassen."

Einfach scheiden lassen. Ich kehrte ihr den Rücken. Meine Brust zog sich zusammen wie ein Ballon, aus dem man die Luft herausließ. Ich wollte nicht, dass sie es merkte, wollte etwas sagen. Etwas, was ihr solchen Schmerz zufügte wie das, was sie gerade gesagt hatte. Wie immer, wenn sich der Boden unter mir auftat, wenn mein Schiff auf hoher See krängte, kam nichts. Mein Hirn fand keine Wörter, mein Mund formte keine Silben. Ich klemmte.

Sofia nicht. „Aber so", sagte Sofia. „So ist es anders. Er liebt uns beide. Er braucht uns beide."

Ich drehte mich um, sah sie an, blieb stumm.

„Wärst du bereit … Würdest du mit mir …"

Ich wartete.

„Würdest du mit mir zu einer Paartherapie gehen?"

„Ja", sagte ich. „Aber nicht bei der Verweigerungskoryphäe."

Wir lachten – zum ersten Mal seit Wochen. Machten eine Flasche Wein auf.

Das Telefon läutete. Ich hob nicht ab. Sofia schlurfte in den Flur, rief nach mir. Ich nahm den Hörer – widerwillig. Es war Agostini. Max Leitner war geflohen. Vaffanculo!

Agostini war bereits dort. Eine katholische Gemeinde in Padua, der dortige Pfarrer war der Gefängnis-Seelsorger. In der Pfarre durfte Max seine Familie treffen. Schon beim zweiten Mal hatte Leitner die Gelegenheit beim Schopf gepackt. Als er abgeholt werden sollte, war er weg. Keine Spur von ihm. Nirgends. Agostini holte die Spurensicherung. Sie fanden jede Menge Fingerabdrücke – auch genetische. In der Besenkammer wurde DNA von zwei Personen sichergestellt. Körperflüssigkeit von Max Leitner und ein langes kastanienbraunes Haar.

Agostini quetschte die Lehrerin aus. Sie habe Sex mit ihm gehabt. Von seinen Fluchtplänen habe sie nichts gewusst. Sagte sie. Ich ließ sie vorladen. Sie wiederholte, was sie zuvor gesagt hatte. Agostini fuhr nach Brixen. Das Leitner-Haus wurde observiert. Tag und Nacht. Er kam nicht. Julia war nicht da. Sie machte Prüfungen an der Uni.

Ich ließ mir ein Telefonino geben. Der EDV-Typ laberte etwas von SIM-Karte und vierundzwanzig Stunden aufladen. Keine Zeit, guter Mann, keine Zeit. Kann ich damit telefonieren? Erst am nächsten Tag.

Agostini rief wieder an. Ich fuhr nach Padua. Wir standen im Gemeindesaal der Pfarre. In den orange-braun gemusterten Gardinen hingen Staub und Mief der 1970er-Jahre. Agostini deutete an die Decke. Ich sah nichts. Agostini stieß mit einem Stab gegen die PVC-Platten. Eine lockerte sich. Er schob sie zur Seite.

„Er war sicher noch da, als wir hier gesucht haben", sagte Agostini. „Hat sich krummgelacht über unsere Blödheit."

Ich fragte, wann ihm die undichte Stelle im Plafond aufgefallen war. Sie war ihm nicht aufgefallen. Er war im Hotelzimmer gesessen und hatte gegrübelt, wo Max Leitner sich versteckt haben, in welcher Weltgegend er sein könnte. Da sei es ihm wie Schuppen von den Augen gefallen. Die Decke. Dort hatte keiner nachgeschaut.

Neben dem Gemeindezentrum hingen bunt schreiende Plakate mit Pizzen. Alle Tische im Gastgarten waren frei. Neben uns rasten die Autos vorbei. Ich zog die Ellbogen zum Körper, als die Pizzen kamen, Capricciosa und Napoletana. Dazu zwei Liter Wein. Der Ärger ließ sich nicht ersäufen. Die Observierer erstatteten Bericht. Das Haus blieb ruhig. Manchmal verließ Katharina die Wohnung, stieg ins Auto, fuhr zum Supermarkt, kam mit schweren Einkaufstaschen wieder. Auf allen größeren Straßen Südtirols standen Straßensperren. Keine Spur von Leitner. Wir waren uns sicher: Max war gen Süden unterwegs, in die Heimat seiner Freunde von der 'Ndrangheta, der Camorra, der Cosa Nostra.

Am Morgen hatte ich Kopfweh. Ich fuhr nach Bozen zurück, Agostini blieb.

Ich ordnete Vierundzwanzig-Stunden-Beobachtung der Lehrerin in Bologna an.

E-Mails aufmachen und schreiben sei ganz einfach, sagte die neue Sekretärin, deren Namen ich mir nicht gemerkt hatte. Ich sagte unwirsch, sie solle mir alles in mein Zimmer legen. Sie brummte etwas von Engstirnigkeit. Ich hörte nicht zu, nahm mir vor, ihren Namen gleich wieder zu vergessen, sollte er sich mir jemals einprägen. Wer soll befördert werden? Sagt mir leider gar nichts.

Agostini verhörte die Häftlinge, mit denen Leitner Kontakt gehabt hatte. Mit einem von der Anonima Sarda nahm Max das Abendessen ein, bevor er um acht Uhr eingeschlossen wurde. Der Sarde ließ sich nicht einschüchtern, blieb eisern dabei, er habe nichts gewusst, sei selbst überrascht gewesen, als Max nicht zum Umschluss kam.

Wieder las ich täglich Berichte der Carabinieri, die die Straßen absperrten. Als hätte sich die Zeit umgedreht und wäre in die falsche Richtung galoppiert, statt ins Jahr 2003 zurück ins Jahr 1992.

Es waren die gleichen ermüdenden, schlecht formulierten Zeilen über Typen in Autos. Typen mit Schlampen auf dem Beifahrersitz. Typen mit Spritzen im Fußraum. Typen ohne Führerschein. Bei Bibione hatte einer einen Motorschaden. Fünfzig Meter vor der Sperre

sei ihm die Karre verreckt. Er hatte die Motorhaube gehoben, mit einer Wasserflasche versucht, den überhitzten Motor zu kühlen. Offensichtlich hatte er vergessen, Kühlwasser einzufüllen. Der Wagen wurde abgeschleppt.
Agostini rief an, ich berichtete, dass Max bei Bibione gesehen worden war. Er fragte nach. Ich erklärte. Max hatte eine Panne vorgetäuscht, Wasser über den Motor gegossen, sodass es aussah, als rauchte der Wagen. Agostini pfiff durch die Zähne. Ich knirschte mit den Zähnen.
Der Abschleppdienst bestätigte, dass das Auto – ein 5000er-Range-Rover, schweineteuer übrigens – unbeschädigt war. Der Fahrer war eine Stunde später mit dem Wagen davongefahren.
Pietro lag im Bett, Sofia saß am Schreibtisch. Ich fragte sie, was sie nach neun Uhr noch arbeitete. Sie beantwortete E-Mails. Das ist nämlich ganz einfach. Die einfachste Sache der Welt.

MAX IM GLÜCK

Als die Spurensicherung endlich weg ist, klettert Max heraus. Der Wagen steht an der nächsten Straßenecke. Neben einer Pizzeria. Es duftet nach frischem Teig. Max hat Hunger. Aber erst einmal raus hier. Er öffnet die Tür eines dunkelblauen Mercedes S-Klasse. Der fährt locker hundertachtzig, und du spürst es nicht. Perücke, Jacke, Jeans liegen im Kofferraum, Funkgerät und Handys im Handschuhfach. In einem Umschlag liegt das Geld. 200.000 Euro, hat Simone gesagt. Simone ist ein Freund von Tommaso und der ist ein Freund von Gabriele. Gabriele kennt Marra. Gabriele wohnt in Lecce, ist aber eigentlich von der Camorra.

Max startet den Wagen. Neben dem Lenkrad ist ein winziger Fernseher mit Karten. Aber Max schaut lieber auf die Schilder. Auf dem Zubringer zur Autostrada stülpt er sich die Perücke über den Schädel. Sie halten ihn auf, sie fragen nach seinen Papieren, er hält ihnen den Führerschein hin, sie schauen sich das Bild an. Der hat ja gar keine grauen Haare. Ganz blöd.

Aber sie halten ihn nicht auf. Keine Polizei auf der Autobahn, alles frei. Ab in den Süden. Max fährt, fährt, fährt. Hundertachtzig, hundertneunzig, zweihundert, doch wieder hundertachtzig. Nicht, dass sie ihn wegen Schnellfahrens erwischen. So wie Al Capone, den sie geschnappt haben, weil er keine Steuern gezahlt hat.

Wie lang ist er nicht am Lenkrad gesessen. Max streckt die Arme durch. Die Sonne scheint, Max setzt eine Sonnenbrille auf. Lag auch im Handschuhfach. Sie sitzen in den Cabrios, sie stehen auf den Autobahnbrücken und schauen hinunter. Frauen. Überall Frauen. Schöne, langbeinige, junge Frauen mit wehenden Haaren und bauchfreien Tops.

Kurz vor Arezzo behauptet die Tankanzeige, das Benzin ginge aus. Max fährt bei einer Eni von der Autobahn ab, ruft Carolina an, fragt, ob ein Auto vor ihrem Fenster steht. Da stehen viele Autos. Alle leer. Sie werden sie verhören. Oh! Sie waren schon da. Ein großer, schlanker Ispettore mit behaarter Brust und ein kleiner, dünner in Uniform. Groß und schlank? Behaarte Brust? Schwarze Locken? Agostini!

Am frühen Abend taucht die Silhouette des Vesuv am Horizont auf. Die Kontaktleute stehen an der Autobahnausfahrt Richtung Centro. Drei junge Kerle in einem blauen Toyota. Einer ist Simone. Im Zentrum von Neapel stehen, sitzen, gehen wieder Frauen, in Miniröcken und hochhackigen Sandalen. Viele mit Nabelpiercing. Kurz vor Salerno biegen sie auf eine schmale Straße ab, bleiben an einem Landhaus stehen. Das Haus gehört einem der Camorra-Bosse. Eine Villa mit gelber Fassade, einer Freitreppe und protzigen Säulen, auf denen der Balkon thront. Simone fragt, welche Autos sie Max bringen sollen, sie haben alles. Die neuesten Modelle. Die werden von hier nach Afrika verschoben. Max will einen Porsche. Und einen Lamborghini. Den Mercedes will er auch behalten. Simone schlägt einen Range Rover vor. Sie haben gerade einen fast neuen 5000er.

Max geht ins Haus, stellt sich unter die Dusche, springt in den Pool, geht wieder duschen, ruft Carolina an. Telefonsex.

Am Vormittag werden die Autos geliefert. Der Lamborghini ist sonnenblumengelb. Max fährt in die Stadt, kauft sich zwei Hemden und eine Hose von Dolce & Gabbana. Und dann noch eine Hose mit Taschen an den Seiten. „Casual", sagt der Verkäufer, als er die Klamotten einpackt. Max kennt das Wort vom Englischunterricht in der Handelsschule. Ohne Englisch geht heute nichts mehr. Max überlegt, ob er seine Kontakte in die USA nutzen soll. Carolina will mit ihm ins Ausland gehen.

Alles zu seiner Zeit. Jetzt muss Max erst einmal das Leben genießen. Der schönste Strand in Neapel ist das Bagno Elena. Max zahlt fünf Euro Eintritt, mietet sich eine Liege auf dem Holzsteg und schaut hinaus auf das blaue Meer – Mare Nostrum.
In der Strandbar trinkt er einen Prosecco und noch einen. Die Kellnerin ist hübsch, rundes Gesicht mit netten Grübchen und ein knackiger Hintern. Max fragt nach ihrem Namen. Sie heißt Barbara. Und kommt aus Wien. Max wechselt ins Deutsche. Barbara hat seit drei Wochen nicht mehr Deutsch gesprochen. Abends führt sie Max ins Grand Hotel Vesuvio. Da ist Anzugpflicht, wie gut, dass sich Max von D & G hat einkleiden lassen. Das Restaurant ist auf dem Dach, sie sitzen unter freiem Himmel, schauen hinüber auf das imposante Castel Sant'Elmo, eine ockerfarbene Trutzburg. Barbara trägt ein schwarzes Hängerchen, ein zartes Nichts von Kleid. Sie strahlt und Max strahlt. Barbara liebt italienische Opern. In diesem Hotel soll schon Caruso gegessen haben. Und sie liebt die italienischen Männer, die schwarzhaarigen, impulsiven Lover. Wie gut, dass Max gerade auf Schwarz gewechselt hat. Sie gehen zum Auto. Max hat zu viel getrunken. Egal. Wer fragt hier nach Promille? Er reißt den Wagenschlag auf, Barbara gleitet auf den Ledersitz des sonnengelben Lamborghini. Sie fahren hinaus zur Villa und Barbara vögelt zum ersten Mal im Bett eines Mafioso.
Barbara muss arbeiten. Max fährt sie zurück in die Stadt. Stellt das Auto in die Tiefgarage, genehmigt sich ein Frühstück auf der Piazza Bellini. Lässt das Ei fallen. Die Frau, die gerade an ihm vorbeigetrippelt ist, ist direkt vom Laufsteg hierhergeflogen. Max legt einen Hundert-Euro-Schein auf den Tisch, wischt sich den Mund ab und rennt ihr nach. Sie ist zu klein für den Laufsteg, aber makellos. Max spricht sie an. Sie lächelt, antwortet in einem Kauderwelsch aus Italienisch und Spanisch. Das kennt Max. So hat Eliana, die schöne

Argentinierin, geredet. Diese Schöne ist auch aus Südamerika. Santo Domingo de Guzmán. Max weiß gerade nicht, wo das liegt. Auf einer Insel. República Dominicana. Gleich neben Haiti. Ach, dort. Die Dominikanerin hat bronzefarbene Haut, so zart und glatt wie Seide. Alles an ihr ist zart – eine Mohnblume, schön und fragil. Auf die Dominikanerin – das sieht er gleich – muss Max aufpassen.
Zimperlich ist die Mohnblume aber nicht. Und recht elastisch. Wenn Max oben ist, verknotet sie ihre Beine hinter seinen Ohren, dass Max ganz schwindlig wird. Was Max auch noch lernen muss: das Handy abstellen. Gerade als sich die Mohnblume verknotet, klingelt es. Und wenn das Telefon läutet, hebt man ab, so hat er es als Kind gelernt. Jetzt hebt er nicht ab, ist aber irritiert. Die Mohnblume nimmt es gelassen.
Abends ruft er zurück. Julia bedankt sich für das Geld, das er überwiesen hat. Sie kann es gut brauchen, will das Studium wechseln. Sie möchte jetzt Sprachen studieren. Englisch, die Lingua franca. Immer nützlich – egal, in welchem Business. Warum das Kind so geschwollen daherredet und ob man das nicht anders sagen kann. Wie anders? Normal halt. Von ihm hat sie das nicht. Die Kathi – die wollte immer höher hinaus. Julia ist beleidigt. Die Kathi, sagt sie, war für sie da, während Max sie allein gelassen hat. Jetzt ist Max beleidigt. Als ob er das gewollt hätte. Nein, das hat er nicht gewollt. Sonst hätte er ja nicht schon wieder ausbrechen müssen. Das findet Julia einen Witz. Er soll nicht behaupten, dass er für sie getürmt ist. Er ist draußen, damit er sich mit seinen Flittchen vergnügen kann.
Das muss sich Max nicht gefallen lassen. Er legt auf. Grußlos. Hörer gibt es keinen, den er auf die Gabel knallen könnte. Gabel gibt es auch keine. Max geht hinaus auf die Terrasse. Rund um die Villa ist hohes dürres Gras. Das gehörte gemäht. Warum kümmert sich der Vivandiere nicht darum? Kommt schließlich jeden Tag, um Max

das Essen zu bringen. Er sollte den Burschen endlich fragen, wie er heißt. Max geht hinein, schaut auf das Display. Kein Anruf in Abwesenheit. Ob Max selbst noch einmal anrufen soll? Sicher nicht. Julia ist seine Tochter, sie schuldet ihm Respekt.

Vom Stolz kann man sich nichts kaufen, hat der Pfarrer in Padua gesagt. Vergebung aber, die macht die Seele frei. Max hat widersprochen. Sein Leben lang war er ein stolzer Mensch, und niemand hat ungestraft seinen Stolz gebrochen. Jetzt aber geht ihm der Streit nicht aus dem Kopf, und Max hat anderes zu tun, als endlose Fantasiedialoge mit seiner Tochter zu spinnen. Sie hebt nicht ab. Max redet auf die Mailbox. Dass er das nicht so gemeint hat, mit dem Geschwollen-Daherreden. Dass er es super findet, dass sie studiert.

Sie schreibt eine SMS: Okay.

Max wirft Ausweise, Geld, T-Shirt auf den Beifahrersitz. Die Beretta legt er ins Handschuhfach. Sonst hat er sie hinten in der Hose stecken, das ist beim Fahren unbequem. Auf der Hauptstraße beugt er sich hinüber, holt die Pistole heraus, legt sie auf den Beifahrersitz, drapiert ein T-Shirt darüber, jetzt ist die Pistole unsichtbar. Unsichtbar, aber griffbereit. Er fährt aus der Stadt hinaus, auf die A16. Einmal quer über den Stiefel und dann zum Absatz. In Lecce wartet Marras Tochter Gina, ein Mädchen mit Sinn für Tradition. Gina ist in das Gewerbe des Papas eingestiegen. Ins Business der Family, wie Julia sagen würde.

Sie müssen Marra aus dem Gefängnis holen. Hält ja keiner aus da drin.

IN DIE ZUKUNFT SCHAUEN

Agostini war dafür, die Observierung des Leitner-Hauses aufzugeben. Seit zwei Wochen suchten wir ihn in ganz Südtirol, fanden nichts. Keine Spur. Ich war dagegen. Ich kannte Max. So wie ich immer Süditaliener blieb, immer noch sagte, ich sei aus Neapel, wenn ich gefragt wurde, so blieb er Südtiroler. Agostini schüttelte den Kopf. Wir sollten die Kollegen im Süden anheizen, statt hier unsere Energie zu verpulvern. Max sei längst bei seinen Freunden von der Camorra, der 'Ndrangheta, der Corona Unita.

„Das sind keine Freunde", sagte ich schroff. „Wir sind befreundet, Michele. Unter Mafiosi gibt es keine Freundschaft. Auch keine Familie. Was Mafiosi unter Freundschaft verstehen, ist eine Beziehung gegenseitigen Nutzens. Ist einer nicht mehr nützlich, wird er entsorgt. Würdest du das tun? Würdest du mich erschießen, wenn du mich nicht mehr brauchst? Oder noch schlimmer: meinen Sohn?"

Agostini schwieg. Er hatte natürlich recht. Mit all unserer Hightech hatten wir Max nicht gefunden. Und ich war nicht gut in Prognosen. Nie gewesen. Berlusconi hatte die Parlamentswahlen vor einem Jahr wieder gewonnen.

Julia zu überwachen hatte nichts gebracht. Bei ihr war Max nicht. Ihr Telefon durften wir nicht anzapfen. Katharina lachte bitter, als Agostini sie verhörte. Sie sei die Letzte, der Max von seinen Plänen erzählte. Das war immer so. Die alte Dame, die in Leitners Haus wohnte und ihn regelmäßig im Gefängnis besucht hatte, wiederholte wie aufgezogen, sie wisse nichts, sie sei eine alte Frau, sie warte nur noch darauf, endlich in den Himmel zu kommen. Agostinis Leute folgten ihr, wenn sie das Haus verließ. Sie ging zu einer Telefonzelle. Ich wusste, dass Notburga Kofler gerissen war. Ein Uniformier-

ter ging in die Telefonzelle, nahm ihr den Zettel aus der Hand: eine Handynummer. Sie sagte, sie wollte ihre Nichte anrufen, aber die hatte nicht abgehoben. Die Nummer auf dem Zettel gab es nicht. Da habe sie sich wohl verschrieben, als ihr die Nichte die Telefonnummer angesagt habe.
Ich ließ mir den Zettel schicken. Probierte tausend Varianten: Kein Anschluss unter dieser Nummer.
Diesmal sollte ich recht behalten. Anfang Oktober landete ein Bericht in meinen Mails. In Florenz betrat ein Mann mit einer Beretta ein Juweliergeschäft. Der Alarm ging los. Der Mann zog die Pistole. Legte sie auf den Verkaufstisch. Wies sich als Polizist in Zivil aus. Er wollte bloß eine Uhr kaufen – eine Omega, die er in der Auslage gesehen hatte. Die Carabinieri kontrollierten den Ausweis und ließen ihn gehen. Der Mann sei dann in einen 5000er-Range-Rover gestiegen und davongefahren. Mit der Uhr. Da sei einem der Carabinieri eingefallen, dass es vor Monaten einen Zwischenfall mit einem Rover gegeben hatte.
Max Leitner war in Florenz, nicht in Kalabrien oder auf Sizilien. Er war hier im Norden. Bald würde er hier auftauchen.
Was will er in Florenz, fragte Agostini. Ich schrieb zurück: „Nichts. Hier hat er nur die Uhr gekauft. Sein Ziel ist Bologna."
Carolina Rizzoli durfte nicht mehr aus den Augen gelassen werden. Wurde sie dennoch. Ende November erschien sie nicht zur Arbeit, meldete sich krank. Ich rief Agostini an, er war schon auf dem Weg zu ihr.
Stundenlang rührte sich nichts. Sofia, die Technikbesessene, hatte mir den Schlusschor des Weihnachtsoratoriums von Bach als Klingelton installiert. Die Trompeten schwiegen. Es war schon dunkel, als sie endlich jubilierten. Ich wusste, was mir Agostini sagen würde: Der Vogel war ausgeflogen.

„Alles in Ordnung“, trötete er ins Telefon. „Ich bin schon wieder auf dem Nachhauseweg. Carolina Rizzoli ist verschnupft, hat eine rote Nase vom ständigen Schnäuzen. Geht aber morgen wieder zur Arbeit.“

Ich drehte das Handy ab, es drängte mich nach Hause, Sofia war wieder schwanger, fühlte sich nicht wohl. Diesmal wird es ein Mädchen, sagte ich.

Sofia saß blass im Wohnzimmer, Pietro hatte ihr einen Tee gebracht. Er hatte viel von seiner Mutter. Ich hätte der meinen niemals Tee gekocht, ich hätte ihr gegen den Bauch getreten. Er freute sich auf sein Geschwisterchen. Sofia trank in kleinen Schlucken. Es sei diesmal ganz anders als beim letzten Mal. „Ja“, sagte ich, „weil es ein Mädchen wird!“

BONNIE UND CLYDE

Max hat einen Reiseführer für Apulien gekauft. Valentina soll sich Lecce anschauen. In der Altstadt stehen barocke Kirchen. Die Römer haben ein Amphitheater hingestellt, und ein Kastell ist auch da. Valentina braucht kein Kastell, sie hat sich die Kastelle in Neapel auch nicht angesehen. Max bleibt dabei: Bildung schadet nicht. Valentina gibt Max den Reiseführer zurück, sie kann Italienisch nicht lesen. Manchmal fragt sich Max, ob sie überhaupt lesen kann.

Die ganzen vier Stunden Fahrt hat sie ihn wegen Carolina bedrängt. Die ist längst wieder in Bologna, und es waren auch nur vier Tage. Max verspricht, sie nicht mehr zu holen. Er wird es nicht tun. Es war zu kompliziert, sie aus der Wohnung zu schaffen, den Moment abzuwarten, an dem ihre Bewacher sich einen Kaffee holen oder eingeschlafen sind. Sie in der Arbeit abzumelden. Ihr beizubringen, wie man einen Schnupfen schminkt und Tränen in die Augen zaubert. Das kann einmal gutgehen, zweimal nicht. Besser, Max fährt nach Bologna und trifft sie dort.

Sie sind sich nicht einig, wie sie vorgehen werden. Hubschrauber oder Tunnel graben oder eine Geiselnahme, am besten den Direktor. Gina ist für die Geiselnahme, Max für eine klassische militärische Aktion. Acht bis zehn Mann in einem Black Hawk. Im Hof landen, die Wachen mit MPs in Schach halten, einen zwingen, die Schlüssel herzugeben, in den Hochsicherheitstrakt laufen, Zelle 7B aufsperren, Marra rausholen, zurück zum Hubschrauber und weg.

Gina nickt. Sie sieht nicht aus wie die Lollobrigida. Ist klein, dünn, flachbrüstig, burschikos. Kurz geschnittenes buntscheckiges Haar, Nasenring. Die anderen schauen Max blöde an. Woher sie so viel Geld nehmen sollen, einen Black Hawk zu kaufen. Der kostet … kei-

ne Ahnung. Zehn Millionen? Mehr? Die Typen fangen an zu streiten, wie viel ein Black Hawk kostet. Max fragt sich, ob sie schon bemerkt haben, dass sie in Euro rechnen müssen.
Gina zieht eine Grimasse. Sie wird das Geld aufstellen, sagt sie. Egal, was so ein Helikopter kostet. Es läutet, Valentina ist von ihrem Spaziergang zurück. Sie hat volle Papiersäcke in der Hand. Gucci, Versace, Max Mara. Valentina hat sich in den Konsumtempeln neben den Kirchen herumgetrieben.
Max ist ungehalten. Es gibt keinen Plan, Marra sitzt immer noch in Padua, und seine Freunde kriegen ihren Arsch nicht hoch. Der einzige Mann in diesem elenden Haufen ist Gina. Wenn alle anderen den Schwanz einziehen, wird er das Ding mit ihr allein durchziehen. Sie vereinbaren, sich in einem Monat wiederzusehen.
Valentina ist versöhnt. Auf der Heimfahrt erzählt sie von ihrer Mutter in der Dominikanischen Republik. Die ist sehr arm, wohnt auf dem Land, hat Schmerzen im Unterleib, aber kein Geld für einen Arzt. Max wird ihr Geld schicken.
Barbara ist nach Österreich zurückgefahren, das Semester hat begonnen. Max hat Sehnsucht nach Carolina. Sex hat er, aber niemanden zum Reden. Spätestens zu Weihnachten will er sie besuchen.
Zwangsprostitution. Davon hat Max in der Zeitung gelesen. Sie holen arme junge Frauen aus ihren Dörfern in den Entwicklungsländern und erzählen ihnen, dass sie als Kindermädchen in Italien arbeiten werden. Wenn sie dann da sind, werden sie in die Bordelle gebracht und müssen die Beine breitmachen. Simone und Gabriele und Tommaso machen das nicht. Sie verschieben bloß Autos, keine Menschen. Valentina hat Schulden. Muss die Schlepper bezahlen. Die kommen sie holen, wenn sie das Geld nicht überweist. Max gibt ihr hunderttausend Euro. Damit kann sie sich freikaufen, sagt sie. Aber dann wollen sie mehr Geld und immer mehr und mehr und

die Mutter auf der Insel braucht eine neue Behandlung. Und der Black Hawk ist unglaublich teuer, aber das müssen die in Lecce hinkriegen, Max ist ja kein Bankier, nur Bankräuber.
Schon genug, dass Max nach München zur SpyWorld gefahren ist. Jeder Grenzübertritt ein Sicherheitsrisiko. Wenigstens sind die Österreicher auch in der EU, so ist er nicht aufgehalten worden und konnte einfach durchfahren. Die SpyWorld hatte alles: Infrarotbrillen, Infrarotferngläser, kugelsichere Westen, abhörsichere Funkgeräte, Wanzenaufspürgeräte. Die sehen aus wie Handys und fangen an zu piepsen, wenn sie auf Ungeziefer stoßen.
30.000 Euro hat ihn der Spaß gekostet. Eigentlich nicht ihn, aber doch ihn, er hätte das Geld auch ins Casino tragen oder mit Valentina auf den Putz hauen können. Auf dem Rückweg macht er halt in Bologna. Vor Carolinas Haus stehen jetzt zwei Autos für den Fall, dass eine der beiden Mannschaften einschläft.
Eine alte Frau steht an der Eingangstür, nestelt in ihrer Handtasche nach dem Schlüssel, steckt ihn ins Schloss, flucht, weil der Stock an der Schwelle hängenbleibt. Ein junger Mann mit Sonnenbrille und Schirmkappe bietet ihr an, ihr zu helfen. Die Alte sieht ihn von unten an. Ob er sie in den dritten Stock hinauftragen kann, krächzt sie. Er lacht, will ihr die Tasche abnehmen, nein, die ist nicht schwer.
Max läutet bei Carolina. Sie öffnet einen Spaltbreit, reißt die Tür auf, fällt ihm um den Hals, sprudelt los. Max flüstert, sie soll still sein, schaltet das Radio ein und geht mit dem Wanzengerät durch die Wohnung. Es piepst zweimal – einmal unter dem Couchtisch, einmal unter dem Bett. Max ist empört. Privatpersonen abzuhören ist nicht erlaubt. Er reißt die Wanzen heraus, öffnet den Mistkübel, bettet sie auf verfaulendes Obst. Carolina hat eine neue Klasse übernommen. Die Schüler sind Rüpel, grapschen ihr auf den Hintern, wenn sie vorbeigeht, machen zotige Witze, drohen ihr mit Vergewal-

tigung. Und keiner da, der für Ordnung sorgt, so wie Max damals. Er stemmt die Hände in die Hüften, wird das regeln, niemand tatscht seine Freundin an! Erst nachdem sie sich geliebt haben, erzählt Max, dass ihm einer von Carolinas Bewachern die Tür aufgehalten hat.
Valentina kann doch lesen. In Spanien plappert sie die ganze Zeit, liest ihm aus einem Modemagazin vor, zeigt ihm Bilder von Frauen in hohen Stiefeln und Leopardenfellmänteln. Bringt Max Spanisch bei. Es ist nicht viel anders als Italienisch, bloß dass die Spanier lispeln.
Sie fahren nach Torremolinos, das liegt an der Küste. Hier haben sie früher viel gekifft, Valentina kifft auch, aber Max nicht, er mag ja nicht einmal normale Zigaretten. Hält sich lieber an den Sherry, der hier ganz in der Nähe in Jerez gemacht wird. Länger als zwei Wochen kann Max nicht bleiben. Auch hier jagen sie ihn, seine Freunde haben ihm eine SMS geschickt, den Interpolcomputer gehackt. Max wird per Internationalem Haftbefehl gesucht. Mierda, sagt Valentina.
Max muss wieder nach Lecce, Gina hat Neuigkeiten. Die Typen sind auch da. Gina sollte sich nicht mit solchen Leuten einlassen, sie sehen zehn Kilometer gegen den Wind nach Mafiosi aus. Dicke Goldringe, Ketten, Lederkluft. Und sie haben keine Manieren. Wenn Max an den Professor denkt … distinguiert. Das war er. Die hier: Die stinken nach Blut und Gift. Einer von denen, der Große mit dem Rosentattoo am Hals, hat zerstochene Arme. Und wäscht sich nicht. Schwitzer sind sie allesamt.
Gina hat einen Tipp bekommen. In zwei Wochen wird ein Geldtransport von Rom losfahren. Mit siebzig Millionen Euro drin. Die Augen von dem Junkie quellen über. Wieder gibt es Streit, wie man das angehen soll. Der mit der krummen Nase, den sie Mauro nennen, will den Transporter so lang beschießen, bis alle tot sind, und

dann das Geld holen. Max sagt jetzt nichts mehr. Die haben keine Ahnung von Überfällen. Ein Auto mit Geld beschießen! Wenn der Tank explodiert, verbrennt die Beute. Mit diesen Vollidioten kann Max nicht einmal eine Bank überfallen. Die stellen sich vor die Kamera und schneiden Grimassen.
Valentina hat eine Überraschung. Sie reicht Max zwei Tickets. Christmas Shopping in New York. Silvester auf dem Times Square, Balldrop und Konfettiregen. Max gibt ihr die Tickets zurück. Er kann nicht nach New York. Valentina beginnt zu heulen. Wie oft muss er ihr noch erklären, dass er nicht in ein Flugzeug steigen kann? Auch nicht mit Perücke. Auch nicht mit Stock und Brille. Gar nicht. Paris? Zu weit weg. Nizza? Okay, Nizza. Noch bevor die Hexe Befana Süßigkeiten und Kohlen verteilt, sind sie wieder in Neapel. Hier ist es wärmer und Max wartet auf Nachricht. Er hat Staatsanwalt Pagano, dem Arschloch, eine SMS geschickt. Versprochen, sich zu stellen, wenn Marra nach Rom verlegt wird. Das Einzige, was er für seinen Freund noch tun kann.
Notburga hat angerufen. Sie sagt, sie wird es nicht mehr lang machen, weil ihre Beine nicht mehr mittun. Das sagt sie jedes Mal. Diesmal ist ihre Stimme belegt. Max fragt, was los ist. Die Mama. Sie hat einen Knoten in der Brust. Wird in einer Woche operiert.
Valentina besucht ihre Schwester, die wohnt im Norden im Veneto. Max fährt mit, besucht alte Freunde in Venedig. Viele von damals sitzen. Aber sie haben nicht alle erwischt. Giuseppe trickst immer noch alte Damen aus und verschifft Kokain nach Südfrankreich. Max ist gegen Kokain. Aber wenn sich einer kaputtmachen will, was hat sich der Staat da einzumischen?
Valentina schickt eine SMS. Sie wird um elf Uhr in Udine auf dem Bahnhof auf Max warten. Max fährt nach Mestre, holt das Auto, fährt los. Im Kofferraum scheppern die Maschinengewehre. Müs-

sen besser verstaut werden. Max pfercht sie in eine große Tasche, wirft noch zwei Pistolen dazu. Kommt in Udine an. Wo geht es hier zum Bahnhof? Max fährt dreimal im Kreis, ist verärgert. Unnötig. Er weiß, dass Valentina zu spät kommen wird. Wie immer.
In der Bahnhofshalle wuseln die Leute mit den Trolleys hierhin und dahin, stehen vor der Anzeigetafel, studieren die Züge. Valentina ist nicht da. Neben dem Schalter lehnt ein Typ in Jeans, dunkler Jacke und Brille. Am Schalter steht einer und diskutiert mit dem Kartenverkäufer. Jetzt dreht er sich um, schaut in Max' Richtung. Anzug, Kurzmantel, Stiefeletten.
Links von Max raucht einer, lässt den Stummel fallen. Vor der Bäckerei hält einer ein Croissant in der Hand, beißt aber nicht ab. Am Eingang steht einer mit einer Aktentasche, beim Abgang zu den Gleisen hat einer eine Zeitung unterm Arm. Max beobachtet die Männer aus dem Augenwinkel. Sie kommen langsam näher. Einer bleibt stehen, einer geht, ein anderer geht, bleibt stehen, der Kreis wird enger. Max sieht sich um. Wenn sie ihn hier verhaften, brummen sie ihm dreißig Jahre auf. Er hat die Tasche mit den Maschinengewehren mitgenommen.
Max geht durch einen Seitenausgang aus der Halle, der mit der Zeitung hinter ihm her, jetzt ohne Zeitung. Das Auto steht zu weit weg und außerdem sind da noch mehr Waffen versteckt. Max beschleunigt seinen Schritt. Ein großer Blonder kommt ihm entgegen, der war nicht in der Halle. Neben ihm fährt ein Auto, verlangsamt, verlangsamt. Gleich springen sie heraus und legen ihm die Handschellen an. Max biegt in eine kleine Gasse ab, er kennt Udine nicht, war nie hier, weiß nicht, wo die Straßen hinführen. Er springt über einen Zaun, durchquert einen Garten, springt noch einmal über einen Zaun, läuft an einem Pool vorbei. Es ist Februar, da schwimmt keiner. Die Leute sitzen in ihrem Steinhaus und wärmen ihre Füße

am offenen Kamin. Max klettert wieder über einen Zaun, ist jetzt in einer anderen Straße, läuft weiter, weiter, weiter. Dreht sich um. Er hat sie abgehängt.
Dennoch kann er nicht zum Auto zurück, muss warten. Ruft Giuseppe an. Wo genau er ist? Max weiß es nicht, findet kein Straßenschild. Läuft weiter, dort vorn eine große Straße. Viale Palmanova. Giuseppe wird sich kümmern.

VERLOREN

Max Leitners Mutter wurde mit einem Krankenwagen ins Spital gebracht. Auf die Gynäkologie. Mehr erfuhr ich nicht. Es war genug. Bald würde Max da sein.

Wir fanden ein ausgebranntes Auto am Stadtrand von Udine. Leitners Spur verlor sich, dann nahmen wir wieder Witterung auf. In Bibione. Dort wohnte er bei einem Ex-Häftling, der einst zu jenem Zweig der Camorra gehört hatte, die Il Professore zu Verbrecherglanz und Glorie geführt hatte. Inzwischen war der Mann auf unserer Seite.

Ich fragte, wann Agostini zugreifen wollte. Noch nicht, sagte er. Es sei etwas im Busch. Ich verstand nicht. Wieso nicht gleich? Wir wussten, wo er war. Wir hatten ihn. Wir brauchten nur die Hand auszustrecken. Ispettore Superiore Michele Agostini fragte mich, ob er sich je in meine juristischen Angelegenheiten eingemischt hätte. Hatte er nicht.

Mein Handy klingelte. Es war Sofias Nummer. Pietro sagte, ich soll sofort nach Hause kommen. Ich raste. Sofia lag auf unserem Sofa in einem roten See. Ich rief die Ambulanz. Fuhr mit dem Auto hinterher. Als wir hinkamen, war Sofia noch schwanger. Beim Nachhausefahren nicht mehr.

Sie weinte, weinte, weinte. Stellte die immer gleiche Frage: Warum verlor sie das Baby in der zweiundzwanzigsten Woche? In der zweiundzwanzigsten Woche. Noch drei oder vier Wochen und es hätte gelebt. Ich hatte keinen Trost.

Wir ließen den Kleinen begraben, standen an einem winzigen Sarg. Vier Leute, Sofia, Pietro, meine Mutter und ich. Wir warfen Rosen in die Grube und hielten uns an den Händen. Pietro war der Tapferste.

Heimlich ging ich zu Sofias Gynäkologen. Man müsse sehen, sagte er. So kurz nach einem Abort könne man nicht sagen, ob eine neue Schwangerschaft möglich sei. Ich war froh über diese Nachricht. Auf AltaVista blieben alle, die ein Kind verloren hatten, unfruchtbar.
Meine Mailbox quoll über von Agostini-Nachrichten. Max Leitner hier, Max Leitner dort. Was ging mich der Scheiß an? Ich hatte mein Kind verloren. Und ich war von Anfang an dafür gewesen, Leitner in dieser Wohnung in Bibione zu verhaften. Wozu der ganze Aufwand mit weiterer Beschattung. Wozu James Bond spielen?
Ich ließ das Auto stehen, trabte zu Fuß nach Hause. Ende Mai ist Bozen am schönsten. Es war warm, aber nicht heiß. Verschämt stand der rote Mohn im Gras am Ufer der Talfer. In den Gärten blühte es üppig. Die ersten Rosen öffneten ihre Knospen, blaue Iris reckten ihre Köpfe der Sonne entgegen. An den Stufen eines alten Häuschens standen Kübel mit Stauden, von deren Zweigen rosafarbene Herzchen baumelten. Bis heute weiß ich nicht, wie diese Blume heißt, aber eigentlich kann sie nur Herzblume heißen.
Zu Hause lag bleierne Trauer über allem. Pietro war bei einem Freund. Sofia saß mit geschwollenen Lidern auf dem Sofa. Die Flasche Wein war fast leer. Meine Mutter hatte gefragt, ob sie uns helfen könne. Aber Sofia mochte meine Mutter nicht. Als Pietro auf die Welt kam, dachte Mama, ihr medizinisches Wissen sei gefragt. Ich hätte energischer Nein sagen sollen.
Ohne mich anzusehen, sagte Sofia: „Du hast deinen Max Leitner, dem du hinterherjagen kannst. Was habe ich?"
„Das macht mir keine Freude!", sagte ich zornig. „Mir geht der Kerl genauso auf die Nerven wie jedem anständigen Menschen, dem die Kanaille je begegnet ist."
Warum stritten wir in diesem Augenblick? Warum nahm ich sie nicht einfach in den Arm und wiegte sie wie ein kleines Kind? In

den Filmen taten das die Ehemänner. Ich ging stattdessen weg, die Hände in die Hosentaschen gesteckt, und trampelte ins Büro.
Nicht weil ich dort so gern gewesen wäre. Sondern weil mir nichts anderes einfiel.
Agostinis Informant behauptete, Leitner plane, die Raiffeisen-Bank in Mühlen in Taufers zu überfallen. Ich lachte. Die Raiffeisen-Bank in Mühlen in Taufers. Wäre es nicht Max Leitner gewesen, hätte ich gesagt, das sind Hirngespinste. Diese Bank, genau die, hatte er schon früher ausgeraubt. Zweimal sogar.
Der Spitzel machte täglich andere Angaben. Einmal sagte er, die Bank werde in einer Woche überfallen, dann sprach er von zwei Wochen, dann von Monaten. Dann rief mich Julia Leitner an. Ihr Vater hatte seine Mutter besucht. Da sie mir das nun selbst gesagt hatte, musste ich ihre Großmutter nicht verhören. Es ging ihr schlecht. Sie hatte die Narkose nicht gut vertragen, war geschwächt, brauchte Schonung. Ohnehin hatte sie nichts zu sagen.
Wieso erfuhr ich von Julia Leitner, dass Max bei seiner Mutter war? Was taten unsere Beobachtungsposten? Daumen drehen? Das hatte ich nun vor. Zuerst aber kaufte ich unter den Lauben einen Strauß roter Rosen. Herzchenblumen gab es keine.
Max Leitner war Traditionalist. Er und zwei andere stürmten mit Schweinchen-Dick-Masken in die Bank in Mühlen in Taufers, bedrohten die Kassiererin, die zwei anderen Angestellten und eine Bankkundin, die später zu Protokoll gab, sie hätte beinah einen Herzinfarkt erlitten. Max ließ sich die Tasche füllen und verschwand mit seinen Kumpanen. Wenn ich den Fastinfarkt nicht mitdachte, gab es keine Verletzten.
Wir hätten der Kassiererin eine Farbpatrone geben sollen. War geplant, sagte Agostini. Leitner war ihm ein paar Stunden zuvorgekommen.

IN WALD UND FLUR

„Ja, ich bin die Magd des Herrn." (Lukasevangelium 1)

Paolo will zurück ins Dorf. Ihm ist kalt, und er ist außer Atem. Im Wald herumstiefeln ist nichts für ihn, sagt er. Max schwenkt fröhlich die Tasche. Hier drin ist das Glück. Hier drin ist die Freiheit. Hier drin sind die Frauen, Designerklamotten, Gourmetessen. Er isst am liebsten Pizza, sagt Paolo.

Sie sind auf nicht einmal zweitausend Metern oberhalb von Lappach. Wenn sie hinunterschauen, sehen sie die Turmuhr. Max hat seine Omega verloren. Er wird die Schläge zählen, dann weiß er, wie spät es ist. Paolo ist verzagt. Kann sich kaum mehr auf den Beinen halten. Max nimmt ihm den Rucksack ab, treibt ihn weiter hinein in den dichten Wald. Es wird bald finster, Paolo fürchtet die Dunkelheit. Max reicht ihm eine Infrarotbrille. Paolo will lieber eine Taschenlampe. Herrschaft, ist der Kerl noch nie davongelaufen? Kennt er die Regeln nicht? Taschenlampe. Da drüben, auf der anderen Seite, stehen sie! Max nimmt Paolos Kopf, dreht ihn zur Straße, zeigt ihm die Autos.

Was sie tun sollen, wenn es zu regnen beginnt, fragt Paolo. Nix. Sie sind schließlich Männer. Sie halten das aus. Regen ist nicht schlimm, nur unangenehm.

Als der erste Blitz den Himmel durchzuckt und Sekunden später der Donner kracht, fällt Paolo auf die Knie. Er soll die Kirche im Dorf lassen, sagt Max, aber der Sturm peitscht durch die Nadelbäume und reißt Max' Worte mit sich fort. Durch die Infrarotbrille ist alles grün, Paolo sieht aus, als müsste er kotzen.

Max nimmt das Fernglas. Das Infrarotlicht bricht durch die Fins-

ternis. Sie stehen noch immer unten an der Straße und schauen zu ihnen nach oben. Alessandro ruft an. „Kommt runter, die Straßen sind frei."
Max fragt, warum er nicht längst da ist. Sie haben vereinbart, sich hier zu treffen. Er ist bei einer Straßensperre aufgehalten worden. Ja, wo denn? Und wo er jetzt ist, will Max wissen. In Lappach, sagt Alessandro. Da ist alles ruhig. Max schaut hinunter, entdeckt das Auto. Ein silbergrauer Toyota mit Allradantrieb. Max sagt, Alessandro soll zum Ortsausgang von Lappach kommen. Der Toyota fährt los, hinter ihm zwei Autos. Max sagt, er soll weiterfahren, die beiden Autos bleiben dicht hinter ihm.
Max schickt ihm eine SMS. Das Handy funktioniert nicht mehr.
Paolo hat sich übergeben. Die Kotze klebt an seiner Brust. Er wischt sich ab, wischt die Hände ins feuchte Gras. Trotz des Sturms hört Max ihn heulen. Heulen wie ein Baby. Max führt Paolo durch den Wald hinunter. Beim ersten Bauernhof verkriechen sie sich im Heustadel. Draußen geht das Inferno erst richtig los. In den Ritzen zwischen den Brettern leuchtet es auf, ganz kurz, dann ist es wieder finster. Max zählt. Eins, zwei, drei, vier … Der Donner kracht. Ein Höllenlärm, der Blitz hat eingeschlagen, ganz nah. Gleich darauf wird es wieder hell und noch einmal und noch einmal. Paolo kniet auf dem Boden, die Hände schützend über den Kopf gelegt. Der Donner ist so laut, dass der ganze Stadel zittert. Und dann prasselt der Regen nieder. Und Paolo hat Angst, dass das Wasser eindringt, dass der Stadel überschwemmt wird. Dass sie hier ersaufen werden. Max beruhigt ihn. In einem Stadel ist noch keiner ersoffen. Aber Paolo ist nicht ruhig, er zittert wie Espenlaub, es ist plötzlich kalt geworden. Der Wind fährt durch die Wände, als gäbe es keine Bretter.
Max gibt Paolo seine Jacke. Paolo bibbert weiter. Er will nach unten laufen, mit dem elektronischen Schlüssel ein Auto knacken, egal,

welches, und dann wegfahren. Nur weg hier. Paolo ist am Ende. Nervlich, seelisch, körperlich. Max kann ihn nicht gehen lassen. Jedenfalls nicht allein. Sie drücken die Tür des Stadels auf, der Sturm drückt auf der anderen Seite. Jetzt sind sie doch draußen, laufen los. Die Höfe werden dichter. Das Dorf ist in Sichtweite. Da steht ein Opel. Paolo sperrt auf, klettert ins Auto. Das Auto hat kein Navi. Max erklärt. Hinunter ins Pustertal, bei Vahrn auf die Autobahn. Paolo fährt los. Max spürt es: Paolo läuft ins Verderben. Er nimmt das Funkgerät. Kein Akku. In der Tasche ist ein Reserveakku. Max baut den alten Akku aus, den neuen ein. Funkt Paolo an. Sagt ihm, er soll umdrehen. Spätestens bei Vahrn erwischen sie ihn.
Paolo wendet den Wagen. Max will ihn überreden, zu Fuß nach Bruneck hinunterzulaufen. Aber Paolo geht keinen Schritt mehr. Keinen Schritt. Max steigt ein. Also fahren. Über schmale Straßen bis Bruneck. Weiter über Pfalzen und Terenten. Hinter ihnen fährt schon seit zwanzig Minuten ein VW Polo. Max sagt Paolo, er soll langsamer werden, damit der Polo überholt. Damit sie nach hinten freie Bahn haben. Aber Paolo ist im Fluchtmodus. Er rast weiter. Der Polo hinter ihnen her. Wer sitzt da drin? Verdammt!
Bei Stegen warten sie. Sie können nicht ausweichen. Sie können nicht umdrehen. Der Polo versperrt ihnen den Weg. Max schreit, Paolo soll über die Felder fahren, aber Paolo fährt nicht über die Felder. Er bleibt stehen. Die Carabinieri reißen seine Tür auf, zerren ihn aus dem Wagen. Max stößt die Beifahrertür auf, rennt, rennt, rennt. Da steht einer, Max drückt ihn zur Seite und dann noch einen und noch einen. Jetzt wird geschossen. Da vorn ist ein Maisfeld. Max läuft hinein. Er muss jetzt da durch, dahinter ist der Wald, dann ist er gerettet. Er läuft, läuft, läuft. Die Maisstauden schlagen ihm ins Gesicht, auf die Hände. Hinter ihm rauschen die schwer beladenen Halme. Er dreht sich nicht um. Das Feld ist zu Ende, da ist eine Stra-

ße, aber kein Wald. Dort vorn. Ein Haus, noch ein Haus. Daneben eine Mauer. Mannshoch. Max springt, bekommt die Mauerkrone zu fassen, zieht den Oberkörper, dann das rechte und das linke Bein hoch, springt hinunter, landet in einem gepflasterten Hof. In der Ecke steht eine Hundehütte. Drin liegt eine Bulldogge. Der Hund schnarcht. Max greift hinein, kriegt das Halsband zu fassen, zerrt den Hund aus der Hütte. Der knurrt, schnappt nach Max' Hand. Der Hund ist draußen, Max kriecht in die Hütte. Drin ist es finster und es stinkt nach nassem Hund. Max legt sich auf eine Decke, spürt es feucht an seiner Seite, hat sich in Bulldoggensabber gelegt. Der Hund steckt den Kopf durch das Loch, fletscht die Zähne. Schnappt nach Max, Max weicht aus. Er hat keinen Schalldämpfer, will den Hund nicht erschießen. Kriecht weiter nach hinten. Öffnet den Rucksack. Holt eine Hartwurst heraus, spuckt drauf, reicht dem Hund die Hälfte der Wurst, isst die andere Hälfte. Der Hund schnuppert. Max hat keine Wurst mehr. Der Hund beruhigt sich, traut sich in die Hütte, will seine Hundedecke. Max zieht sie unter seinem Hintern hervor, der Hund legt sich drauf. Max streichelt dem Hund den Rücken, tätschelt seinen Kopf, nennt ihnen einen Braven, einen ganz Braven. Der Hund dreht sich zur Seite, bietet Max seinen Bauch. Max krault. Der Hund senkt sein Bein wieder und schließt die Augen. Max hat Durst, durchsucht den Rucksack. Er hat kein Wasser mehr. Das Hundewasser steht vor der Hundehütte. Max greift hinaus. Das Hundewasser stinkt. So riecht es auf dem Friedhof, dort, wo sie die verwelkten Blumen hinwerfen. Futterbrocken schwimmen darin. Das Wasser ist gelblich-trüb. Max trinkt. Schnell schlucken, bevor sich der Geschmack im Mund ausbreitet. Der Mensch braucht Wasser, notfalls Hundewasser. Max ist müde. Hundemüde. Draußen vor der Hütte beginnt der Tag. Von fern hört er die Kirchturmglocken. Er zählt die Schläge. Eins, zwei, drei. vier, fünf. Nichts geschlafen.

Max kuschelt sich an die Dogge. Als er aufwacht, ist es hell, gleißendes Sonnenlicht liegt auf dem grauen, grünen, blassrosa Natursteinpflaster vor der Hütte. Max hat Hunger. Das Essen kommt. Rindsragout in Sauce. Max isst den halben Napf, die Dogge frisst den Rest, schleckt den Napf aus, bellt. Ist noch immer hungrig. Max könnte auch noch eine Dose vertragen. Und jetzt meldet sich seine Blase. Max sieht sich um. Die Hundedecke ist ohnehin nass. Aber dann stinkt es noch mehr. Max riskiert einen Blick aus der Hütte, geht um das Haus herum. Sieht sich die Fenster an, sucht nach dem kleinen, schmalen. Durchs Klofenster ist er in der Handelsschule getürmt. War damals leichter. Er lässt das Braune liegen. Runterziehen macht zu viel Lärm.

In der Hütte ist es heiß, eng und fad. Max kriecht nach hinten, wurstelt das Handy aus der Hosentasche. Ruft Carolina an. Sie fragt, wo er ist. Irgendwo in Stegen in einer Hundehütte. Carolina weiß schon, dass seine beiden Komplizen verhaftet worden sind, sie haben es in den Frühnachrichten gebracht. Dass Max die halbe Dose gegessen hat, erzählt er nicht. Carolina liebt Zungenküsse. Will sie einen Mann küssen, dessen Zunge Brocken von Hundefutter hin- und hergeschoben hat? So eine ist Carolina nicht. Valentina schimpft. Warum Max die Bank ausgeraubt hat, obwohl er genug Geld hatte. Und dann noch in Südtirol, wo überall Polizei steht und darauf wartet, ihn wieder einzubuchten. Max braucht Trost. Telefoniert mit Barbara. Sie weint. Jetzt muss Max sie trösten. Barbara ist so lieb. Max krault den Hund.

Vor lauter Trösten hat Max die Beine übersehen, die plötzlich vor der Hütte stehen. Dünne Beinchen und kleine Füße mit rosa Sandalen und feste, sportliche Waden und Füße mit rot lackierten Nägeln in weißen Schlapfen und Beine mit Krampfadern und alten Füßen in Gesundheitsschuhen.

„Unser Hund kann sprechen", sagt eine Frauenstimme. Die, die zu den weißen Schlapfen gehört.
Dann ist ein Gesicht vor dem Hundehüttentürchen, faltig, große Nase, weißes Gebiss wie der Nussknacker, der bei Notburga in der Vitrine steht.
Sie haben die Nachrichten gehört. Max bittet die Frauen, ihn nicht zu verraten. Die Alte deutet wortlos auf die Mauer. Max kriecht heraus, geht zur Mauer, sieht sich um. Die Alte nickt. Max klettert drüber.
Im Himmel droben sitzen Maria und Josef und der liebe Jesus. Ein wenig darunter kreist der Hubschrauber.

GEFUNDEN

Ob ich bei der Verhaftung dabei sein wolle, fragte Agostini. Nein. Ich hatte genügend Verhaftungen erlebt. Auch von Max Leitner.
Sie kreisten ihn in einem Maisfeld ein. Irgendwann gab er auf. Erstaunlich. Immerhin war es ihm kurz zuvor noch gelungen, zwanzig Carabinieri einer Straßensperre zu überrennen.
Agostini kam zu mir ins Büro, warf seine Kappe auf meinen Schreibtisch und sich in den Stuhl davor.
„Wie lang?", fragte ich.
„Fast vierzig Stunden", sagte er griesgrämig. „Fast vierzig Stunden ist er in dem Maisfeld gesessen und hat uns provoziert."
„Glück gehabt. Wenn ich mich daran erinnere, wie lang er in dem Dornengestrüpp auf Isola Verde ausgeharrt hat …"
Agostini seufzte. „Wenn der Hubschrauber nicht gewesen wäre, säßen wir noch dort."
„Hat er geschossen?"
„Der Hubschrauber? Nein, aber durch die Druckwelle ist der Mais umgefallen. Max war plötzlich nackt. Da hat er aufgegeben."
„Ich meinte nicht den Helikopter. Ich meinte Max. In seinem Auto ist wieder ein ganzes Arsenal gelegen."
„Stimmt, aber er hatte keine Waffe dabei."
Das wollte ich nicht glauben.
„Sein Halfter war leer, als er endlich herausgekommen ist."
Ich griff zum Telefon. „Kannst du dir sparen", sagte Agostini. „Hab die Spurensicherung schon hingeschickt. Die durchkämmen das Feld mit Metalldetektoren."
Ich legte den Hörer wieder auf die Gabel.
„Wo ist er jetzt?"

„Kaserne in Bruneck."
Ich sah auf meinen Stehkalender. Es war der 20. Juni. Wir hatten Max Leitner ein Jahr lang gejagt. Im ganzen Stiefel nach ihm gesucht, vom Absatz bis zum Schaft, von Lecce bis Udine. Gefasst hatten wir ihn in Südtirol.
Ich schickte Agostini nach Hause. Er war seit mehr als fünfzig Stunden im Einsatz. Ohne Schlaf.
Sofia schrieb mir, dass sie später käme, sie wollte mit Pietro in ein Tierheim. Ich war noch nie im Büro von „La Stampa" in Südtirol. Sofia hatte ein eigenes Zimmer. Der Künstlerfotograf war bei ihr. Sie sprachen darüber, welches Bild zu einer bestimmten Geschichte passt. Sofia deutete auf ein Porträtfoto auf dem Bildschirm. Der Fotograf lehnte an ihrem Schreibtisch, richtete sich auf, schleuderte den rechten Arm Richtung Computer. „Find ich nicht gut. Hab es schon tausendmal gesagt. Köpfe, Köpfe, Köpfe. Immer nur Köpfe. Schau dir die Zeitung an, wir haben einen Wald von Köpfen ohne Körper und sonst nichts."
Sofia seufzte, sah mich überrascht an, der Fotograf ging hinaus.
„Warum einen Hund?", fragte ich.
„Er ist so allein", sagte Sofia. „Wenn er nicht bei Stefano ist, sitzt er zu Hause und spielt mit der Konsole. Und wenn er bei Stefano ist, spielen sie zu zweit auf der Konsole. Er braucht Bewegung. Und einen Spielgefährten."
„Aber warum kein Geschwister? Der Arzt sagt …"
Sofia senkte den Kopf. „Ich bin zu alt", sagte sie leise.
Ich schnaubte. Widersprach.
Sie: „Jede Schwangerschaft ab fünfunddreißig ist eine Risikoschwangerschaft."
„Und weil du sechsunddreißig bist, darfst du nicht mehr schwanger werden, oder was?"

„Siebenunddreißig, Fabio. Ich bin fast siebenunddreißig."
„Ich mag Hunde nicht", sagte ich matt.
„Okay. Fremde Hunde. Aber wenn du dich an den Hund gewöhnt hast, willst du ihn nicht mehr hergeben."
Ich warf sämtliche Anti-Hund-Argumente in den Ring, die mir einfielen.
Sofia verzog den Mund. Ob es denn irgendetwas gebe, womit sie mich überzeugen könnte.
„Das wirkt bei Pietro", grummelte ich. „Nicht bei mir."
Sie lächelte. Neigte den Kopf zur Seite, sah aus wie zwanzig. „Also?"
Ich zeigte auf ihren Bauch.
„Du verlangst ein Baby für den Hund?"
Ich sagte nicht Nein. Auch nicht Ja.
Sie sagte, dass sie Pietro den Hund versprochen hatte, keinen Rückzieher machen konnte.
Als ich ins Büro zurückkam, stand Agostinis Polo einsam und verlassen in der Garage. Ich hatte ihm den Autoschlüssel abgenommen. Agostini hatte keine Familie. Ich aber trabte zum Autohändler und sah mir die Familienkutschen an. Wir hatten schließlich bald einen Hund. Hunde müssen zum Tierarzt, in die Hundeschule …
Am späten Nachmittag fuhr ich nach Bruneck. Max Leitner saß in seiner Zelle und mampfte Pizza. Ich ließ ihn in ein Verhörzimmer bringen. Der diensthabende Carabiniere sah ihn an, als wäre Leitner der Papst oder die Queen. Leitner war ungehalten wegen der Pizza, die Artischocken fehlten.
Ich schaltete das Aufnahmegerät ein, leierte meinen Text herunter. Datum, Beschuldigter, Uhrzeit. Ich fragte, von wem das Fluchtauto stammte. Wer ihn versteckt hielt. Wo das gewesen sei, wer ihm Geld und Waffen besorgt hatte. Was er in Lecce getan habe. Warum er in Udine war.

Leitner legte seine muskulösen Arme auf den Tisch, sah mir in die Augen und sagte: „Leck mich am Arsch."
Ich sagte, dass ihm die Aktion wieder zwölf Jahre einbringen würde, wenn er nicht kollaborierte. Ich zählte auf: „Zwölf Jahre von der österreichischen Justiz. Plus zwölf Jahre von uns wegen diverser Banküberfälle. Plus zwölf Jahre wegen bewaffneten Raubs in Mühlen in Taufers, Widerstand gegen die Staatsgewalt, unerlaubten Waffenbesitzes. Ach, und ein paar Kleinigkeiten wie Zugehörigkeit zur organisierten Kriminalität, Besitzstörung, Beamtenbeleidigung. Also zwölf Jahre sind das Mindeste, was jetzt dazukommt. Zwölf und zwölf und zwölf, macht zusammen sechsunddreißig. Sechsunddreißig Jahre, Leitner! Das nächste Mal kommst du in der Holzkiste hinaus!"
Max Leitner sagte: „Meine Pizza wird kalt."

PANZERWAGENFANTASIE

Wieder im Loch. Das ist das Schlimmste: der Anfang. Die Zeit der Enttäuschung, der Selbstvorwürfe, bis Max ganz und gar zernagt ist. Sich wieder im Eingesperrtsein finden. Hineinfinden in das tägliche Nichtsein. Gefängnis – das ist gewesen sein und sein werden, aber nicht sein. Wenn Max sich dreinfügt, dann kommt er nie wieder heraus. Dann hat er die Segel gestrichen, und sie haben gewonnen. Max ist kein Häftling, Max ist ein Ausbrecher. Nicht zu ertragen, wenn Ewigkeiten immer das Gleiche passiert, wenn Monate, Jahre Frauen nur in seinem Kopf, nicht in seinen Armen stöhnen. Wenn das Leben ein Kreisel ist. Es dreht und dreht sich um die eigene Achse, die nächste Mahlzeit, den nächsten Umschluss, Gitterstäbe, Haken, Leintücher, Mauern, Stacheldraht. Like a rolling stone.

Wieder haben sie seine Lebensader durchtrennt, lassen ihn verdorren wie einen Baum, dem man die Wurzeln abhackt und die Rinde abschält, Streifen für Streifen. Langsam und zäh rinnt das Harz aus seinen Wunden den Stamm hinab, während er von innen morscht. Ständig denkt Max daran, was der Staatsanwalt gesagt hat. Es kann nicht sein. Es verstößt gegen die Menschenrechte, ihm noch einmal zwölf Jahre aufzubrummen, ihn sechsunddreißig Jahre wegzusperren. Kein Staatsanwalt der Welt würde für einen simplen Bankräuber sechsunddreißig Jahre Haft fordern. Aber hier ist etwas anderes im Spiel, etwas Persönliches, das diesen Pagano treibt. Der Leitner-Bauer soll vor dem König stürzen. Es ist ein kleines Opfer für Pagano, ein großes für Max, sein Kreuzweg wird sechsunddreißig Jahre dauern. Der Wagen rollt. Diesmal hat ihm keiner gesteckt, wo es hingeht. Und dann fällt ihm ein, dass der Staatsanwalt falsch addiert hat. Weil seine Anwälte beim letzten Urteil das Kassationsgericht in

Rom angerufen haben. Und weil das Kassationsgericht die Strafe auf sechs Jahre reduziert hat. Sind also höchstens dreißig Jahre. Davon acht abgesessen, bleiben zweiundzwanzig.
Max wird schwindlig, wenn er rechnet, wie alt er dann ist. Uralt. Uralt und grau und welche Frau wird dann noch ihr Bett mit ihm teilen? Mit einem Tattergreis mit falschen Zähnen, so wie die Hundefrau mit ihrem künstlichen Gebiss. Der Wagen rollt.
Die Carabinieri von Bruneck waren freundlich. Haben gesagt, es tue ihnen leid, dass sie Max erwischt haben. Es sei halt einmal ihre Aufgabe, ihn einzufangen. Und meine ist es, euch davonzulaufen, hat Max gesagt. Und gefragt, was sie mit ihm vorhaben. Sie haben es nicht verraten. Haben ihn in den Panzerwagen gestoßen mit Handschellen und Ermahnungen. Der Wagen rollt. Bleibt irgendwann doch stehen. Die Tür öffnet sich nicht. Max sieht aus dem Fenster. Keine Tankstelle. Keine Ampel, kein Stoppschild. Was tun sie hier? Kaffeepause?
Der Fahrer steigt wieder ein. Kurbelt das Fenster hinunter. Einer von der Staatspolizei fragt, warum Max nicht aussteigt. Der Fahrer zuckt die Achseln. „Die nehmen ihn hier nicht. Weil er immer ausbricht." Der Polizist nimmt das Handy, telefoniert. „Agostini sagt, wir sollen warten." Agostini. Der Handlanger des Westentaschen-Falcone.
Also warten sie. Dann kommt einer, reißt die Tür auf, schreit ihn an: „Leitner, ich rate dir: Verhandle mit dem Justizministerium. Ich lass dich hier nicht rein."
Max ist wütend. Schreit den Direktor an, er soll ihn jetzt sofort auf seine Zelle bringen und was zu essen und zu trinken beschaffen. Der Direktor wendet sich ab.
Sie warten. Der Beifahrer steigt aus. Der Staatspolizist stapft auf und ab. Telefoniert, stapft wieder. Zwanzig Meter nach links, zwanzig Meter nach rechts. Bleibt neben dem Auto stehen, zieht die Brau-

en zusammen. Max schnappt Brocken auf. Padua, Bologna, Nuoro. Nein, nicht nach Nuoro. Nicht zu den Maulwürfen in den Bau.
Der Beifahrer steigt wieder ein. „Ist gegessen. Wir bringen ihn nach Nuoro."
Max rasselt mit den Handschellen. Nützt nix. Sie fahren los. Nuoro. Von allen Gefängnissen dieser Welt ist Nuoro das härteste. Außer Alcatraz und Stein. Max ist zum Heulen. Genügt es nicht, dass sie ihn wieder geschnappt haben?
Er sieht aus dem Fenster. Sieht die Typen in ihren schnellen Autos, sieht die jungen Frauen, die lachenden Kinder. Sie fahren in die Ferien, ans Meer, nach Florenz und Rom, nach Neapel und weiter nach Capri und Stromboli. Neapel sehen und sterben, sagt man. Max will sterben. Vielleicht hat er Glück und die Fähre säuft ab. Vielleicht erbarmt sich die Himmelsmutter und schickt ein Erdbeben. Vielleicht ist Sardinien ein Vulkan wie der Vesuv. Vielleicht bricht er aus und schleudert Max mit Feuer und Lava hinauf, mitten hinein in die himmlischen Heerscharen.
Der Wagen rollt. Max spürt es beben. Es sind seine Knie. Wie bricht man aus einem Panzerwagen aus? Ist das schon jemals gelungen? Was, wenn er sich so fest gegen die Tür wirft, dass sie aufgeht. Was, wenn er sich auf die Straße fallen lässt. Like a rolling stone.
Sie fahren von der Autobahn ab, weiter auf die Landstraße. An der Fähre müssen sie warten. Das Telefon läutet. Der Beifahrer hebt ab, kurbelt das Fenster hinunter, winkt dem Staatspolizisten. Kurzes Palaver. Sie machen kehrt. Wie jetzt? Falsche Stelle? Falsche Fähre? Max fragt, was los ist. Sie sagen nichts.
Stunden im heißen Auto, nichts zu trinken, nichts zu essen, salziger Schweiß tropft auf den Boden. Wenn es doch Salzsäure wäre, ein Loch in den Boden brennte, ein Loch in die Freiheit. Max muss aufs Klo. Droht, in den Wagen zu pinkeln. Der Fahrer schreit Unflätiges

nach hinten. Der Beifahrer klopft seinem Kollegen auf die Schulter. Sie halten an einer Tankstelle. Max darf die Klotür nicht zumachen. Es stinkt. Gut so!

Sie fahren auf die Autobahn auf. Max verdreht den Hals, erhascht einen Blick auf ein Schild. Bergamo.

Am Abend steht Max vor dem Gesetz. Der Direktor schreit ihn an, dass er ihm Ärger machen wird, wenn Max ihm Ärger macht.

Er kommt in Einzelhaft. Darf nicht telefonieren. Darf niemanden sehen. Darf mit niemandem sprechen. Läuft in seiner Zelle von einer Wand zur anderen. Nicht zum Bett schauen. Zum Bett mit dem harten Polster, der kratzigen Decke, den harten Matratzen. Valentina mochte glatte Seidenwäsche. Sie kuschelte sich an ihn, ihr Haar kitzelte seinen Hals, sie rieb ihren Hintern an Max' Unterleib. Wenn sie genug hatten, schliefen sie ein, der kleine im großen Löffel. Lange Zeit ist Max früh schlafen gegangen. Neben Valentina ist er wach geblieben. Hat ihr beim Träumen zugesehen, gesehen, wie ihre Augen unter den Lidern wandern. Lauschte ihrem Atem, folgte der sanft geschwungenen Linie ihrer Silhouette unter der dunkelgrauen Seide. In diesen Augenblicken wäre Max gern ein Maler gewesen. Ein paar Mal hat er das Handy vom Nachttisch genommen und abgedrückt, aber die Fotos sind nichts geworden. Max war enttäuscht, wenn er sie am nächsten Morgen angesehen hat. Jetzt wünscht Max, er könnte die Bilder anschauen, ein ferner Spiegel, ein Abklatsch, gewiss. Max hat nur Erinnerung. Stofflos. Bald auch form- und farblos. Wie jene verblichenen Ansichtskarten, die die Großmutter vom Großvater im Großen Krieg bekommen hat, die Buchstaben der Wörter auf gleicher Höhe, gleich groß und breit, als habe der Großvater die Wörter konstruiert nicht geschrieben. Max konnte die alte Schrift nicht lesen.

Tagelang ist Valentina nackt im Liegestuhl am Pool gelegen. Nackt ist hier nur die Wand.

ZETTELKRAM

Agostini öffnete seine Ledertasche und legte einen Stapel Papier auf meinen Schreibtisch. Der Grafologe bestätigte es: Die Zettel hatte Max Leitner geschrieben. Agostini schlug eine chronologische Ordnung vor. Doch waren nur wenige Papiere mit Datum versehen. Ich war dafür, die Notizen inhaltlich zu kategorisieren. Zettel mit Namen und Telefonnummer. Nur Telefonnummern (Namen von uns zu ergänzen, soweit möglich). Nur Namen. Einkaufslisten. Gesprächsnotizen. Skizze. Und dann noch der Kalender, der alle Kategorien enthielt.
Aus den Erkenntnissen, die wir dadurch erlangten, ließen sich, wie es der Oberstaatsanwalt nannte, „die weiteren Handlungsfelder ableiten".
Die Zettel mit Namen und Telefonnummern führten uns zu drei Frauen. Einer, die wir bestens kannten, und zweien, die uns zuvor nicht begegnet waren. Barbara Pototschnig studierte in Wien und legte prompt auf, als ich sagte, wer ich sei. Ich rief noch einmal an, sie sagte, sie werde sich erkundigen, ob sie als Österreicherin meine Fragen beantworten müsse. Später sagte die altkluge Studentin, sie hätte mit Max geschlafen und in teuren Restaurants gespeist. Er sei großzügig und lustig gewesen. Ein Mann zum Pferdestehlen. Das weniger. Eher Juwelen oder den Inhalt eines Bankschließfachs. Die andere – Valentina Gomez – war eine Nobelprostituierte, die auf der Gehaltsliste jener Organisation stand, der einst Il Professore vorstand. Agostini spürte sie in einem Nachtklub in Treviso auf. Der Klub gehörte ihrer Schwester.
Valentina hatte langes, nachtschwarzes Haar, ein schmales Gesicht, breite Lider, einen großen Mund, dessen Lippen blutrot bemalt wa-

ren. Sie war klein, feingliedrig, mit festen Brüsten. Lolita mit zwanzig, auf den zweiten Blick dreißig. Ich fragte, was ihre Aufgabe war. Sie riss die Augen auf, fragte, was ich meinte. Agostini sagte, dass wir ihre Financiers kannten. Sie lehnte sich zurück, zuckte die Achseln. Ich bohrte. Sie sagte, ihr Boss wollte Geschäfte mit Leitner machen und vorher erfahren, wie er sei. Welche Geschäfte? In die Geschäfte des Chefs mischte sie sich nicht ein.

Ich fragte nach dem Versteck. Sie sagte, sie kenne es nicht. Ich zeigte ihr ein Foto vom Landhaus des Camorra-Bosses zwischen Neapel und Salerno. Sie schüttelte den Kopf. Ich drohte mit Gefängnis, wenn sie Falschaussagen machte. Sie sei nie dort gewesen. Ich rief die Spurensicherung an. Sie unterbrach: Ja, sie war dort. Aber nie mit Max. Ich winkte mit dem Handy. Doch mit Max.

Carolina Rizzoli war ungehalten. Sie hatte die Seite gewechselt. Ihr Neuer handelte mit Wertpapieren. Keine Empfehlung, wenn seine Freundin ständig von der Polizei verhört wurde. Am Jahrestag, Anfang September, wollten sie heiraten. Ich zog den Kalender aus dem Zettelhaufen, zeigte ihr die Carolina-Einträge. Auch keine Empfehlung.

Sie seufzte. Erzählte, dass Max sie zweimal besucht, ihr eine Tasche geschenkt habe.

„Die da?", fragte Agostini.

„Nein", sagte sie. „Die ist nicht echt."

Ich wunderte mich über Agostinis Frage. Die Tasche sah gewöhnlich aus, viereckig, kurze Henkel. „Produktpiraterie ist strafbar", sagte Agostini.

Sie lachte. „Diese Tasche schaut nur vage so aus wie die echte. Niemand glaubt, dass es eine echte ist."

Zu Hause fragte ich Sofia nach teuren Handtaschen. Sie erzählte von Louis Vuitton, Gucci und Hermès. Die teuerste war die Birkin

Bag. Ich setzte mich an Sofias Computer und gab den Namen in die schnelle Google-Suchmaschine ein. Die Birkin Bag ist viereckig mit kurzen Henkeln.
Max' Einkaufslisten lasen sich wie die Beschaffungsaufträge der Landstreitkräfte: alle Arten von Schusswaffen, Nachtsicht- und Überwachungsgeräte, Seile, Messer. Mit einer Ausnahme: Max Leitner plante, einen Black Hawk zu erwerben. Ich fragte Agostini, was ihm dazu einfiel. Befreiungsaktion, sagte er.
Ich zog die Skizze aus dem Haufen. Ein großes Rechteck, von dem ein kleinerer Teil durch eine strichlierte Linie abgeteilt war, um das herum – stark stilisiert – Gebäude eingezeichnet waren. Im größeren Teil des Rechtecks mittig ein Kreuz. Davon abgehend ein Pfeil in ein Gebäude auf der rechten oder linken Seite, je nachdem, wie ich die Skizze hielt. Ein Punkt etwa in der Mitte des linken oder eben rechten Teils des Komplexes.
Die Skizze könnte ein Gefängnis darstellen, das leere Rechteck den Spazierhof.
Ich orderte eine Magnetwand. Pinnte den Hubschrauber mit einem schwarzen Knopf ins Zentrum. Gruppierte die übrigen Zettel in konzentrischen Kreisen drumherum. Die drei Frauen in äußere Umlaufbahnen. Im Kalender fand sich ein Eintrag mit vier Namen. Drei Männer, eine Frau. Stefano, Mauro, Giacomo und Gina. Wer waren sie? Wie gehörten sie ins Bild?
Ich kopierte jede beschriebene Seite des Kalenders, ordnete sie den Kategorien zu. Die drei Typen und Gina heftete ich mit einem roten Magneten an die Wand. Gina war keine Geliebte von Max, das konnte ich sehen. Sie trat nur in der Gruppe auf, gemeinsam mit den drei anderen.
In seinen Notizen wies sich Max als guter Schüler seiner Lieblingslehrerin aus. Er schrieb penibel auf, welcher seiner Dulcineas er was

gekauft und was es gekostet hatte. Die mit Abstand teuerste war Valentina. Auf ihrem Konto landeten zu den Preziosen viele Tausend Euro, die Max als „Unterstützung für die Mama“ auf die Soll-Seite gebucht hatte.
Am 28. Juni fand sich der Kalendereintrag: „Streit mit dem Junkie. Gina ist auf meiner Seite.“
28. Juni. Ich blätterte durch den Max-Leitner-Akt. Am 28. Juni wurde Leitner von Polizisten in Zivil in Udine verfolgt, konnte aber entwischen. War diese Gina aus Udine? Ich ging zur Magnetwand. Agostini stellte sich neben mich, zeigte auf Valentina.
„Die Schwester“, sagte er. „Die hat den Nachtklub in Treviso. Ist nicht weit entfernt von Udine.“
„Und was hat die mit Gina und dem Junkie zu tun?“
Ich nahm einen Zettel, schrieb Junkie drauf, klemmte ihn neben Gina an das Brett.
„Könnte einer von denen sein“, sagte Agostini. Er meinte Stefano, Mauro, Giacomo.
„Schau mal“, sagte Agostini. Er zog ein Filofax heraus, zeigte mir die Kalendereinlageblätter. Manche leer, manche in großen Lettern vollgekritzelt. Namen mit Telefonnummern. Nur Namen. Nur Telefonnummern. Gedanken. Gesprächsnotizen. Viele mit mir. In einem Eintrag stand: „Padua, Bologna, Nuoro, Spoleto oder Carinola statt Bergamo.“
„Aber das war doch nicht im Februar“, sagte ich. „Das war vergangene Woche!“
„Eben“, sagte Agostini. „Vielleicht macht es Leitner in seinem Kalender genauso. Schreibt das, was er sich notieren will, einfach irgendwohin, egal, wann es wirklich gewesen ist.“
Ich rief im Gefängnis von Rom an, sah im Strafregister nach, drehte den Computer zu Agostini. „Bitte sehr“, sagte ich. Auf dem Schirm

war eine blasse junge Frau, violettes Haar, kurz geschnitten, Piercing in der Nase, burschikos. Vorbestraft wegen Autodiebstahls: Gina Marra.
Die Erkenntnis des Tages eröffnete uns das neue Handlungsfeld. Wir gingen einen heben.
Sofia hängte mir Carlo an. Pietro hatte sich beim Fußballspielen den Fuß verstaucht, ihr war schlecht. Ich nahm die Hundeleine. Carlo wedelte mit dem Schwanz. Er war ein kleiner, stämmiger Mischling mit freundlichen braunen Augen. Ich tätschelte seinen Quadratschädel, während ich die Leine am Halsband festmachte. Er bellte aufmunternd. Carlo und ich gingen beschwingt die Gasse hinunter. Er blieb an jeder Platane stehen, schnüffelte, hob das Bein. Wäre es mein Hund gewesen, ich hätte ihn Silvio getauft.

EIN INSPEKTOR KOMMT

„Da sie ihn aber drängte alle Tage und ihn zerplagte, ward seine Seele matt bis an den Tod, und er sagte ihr sein ganzes Herz und sprach zu ihr: Es ist nie ein Schermesser auf mein Haupt gekommen; denn ich bin ein Geweihter Gottes von Mutterleibe an. Wenn man mich schöre, so wiche meine Kraft von mir, dass ich schwach würde und wie alle anderen Menschen." (Buch der Richter, 16)

Max faltet die Hände. Es ist still droben. Seit dem Maisfeld bleibt es still. Der Hubschrauber hat Max umgeknickt wie die Halme rund um ihn. Er ist umgefallen, gebrochen. Jetzt ist jemand in ihm drin, eine inwendige Marionette. Die Marionette legt seine Hände aneinander. Die Marionette bewegt seine Lippen zum Abendgebet.
Die Marionette hatte Hunger. Sie hat Max' Seele gefressen.
Angeschrien hat sie ihn. Dass er selbst schuld ist, dass er nur drin ist wegen seinen Weibergeschichten, wegen der südamerikanischen Hure. Von ihr hat er sich das nicht abgeschaut. Wie lang hat die Notburga keinen Mann gehabt? Seit bald fünfzig Jahren. Und? Hat sie sich beklagt oder ist zu den Männern ins Wirtshaus gerannt? „Du bist der Hure hörig!", hat sie geschrien. Max hat geschwiegen. Aber gedacht hat er: Ja. Und wie er das gedacht hat, ist nichts passiert. Früher, wenn sie so einen Scheiß gesagt haben, dass er den Sex braucht wie andere das Heroin, hat er die Leute ausgelacht. Gesagt, dass er ein Mann ist, einer mit Eiern, kein Schwuler, der seinen Schwanz in den Arsch von anderen Männern steckt. Und dass er niemanden braucht, niemanden.
Wie Notburga das gesagt hat, dass er Valentina hörig ist, ist er stumm geblieben. Da hat er gewusst, dass er tot ist. Lebendig tot.

Man möchte meinen, dass das lebendige Totsein angenehm ist. Weil dir nichts wehtut. Stimmt aber nicht. Alles tut ihm weh. Als hätten sie ihm mit einem Schleifpapier die Haut abgerieben. So weh tut das, dass Max nicht schlafen kann. So weh tut das, dass es ihm die Tränen in die Augen treibt. So weh tut das, dass Max keine Luft kriegt, langsam erstickt. Wenn das nicht bald aufhört mit dem Wehtun, dann knotet er ein Leintuch zusammen und hängt sich auf. Damit endlich Ruh ist. Damit er endlich schlafen kann.
Von allen Gefängnisdirektoren ist der hier in Bergamo der aufdringlichste. Viermal schon hat er Max kommen lassen. Dann immer der gleiche Text: Sie werden Max erschießen, wenn er versucht zu fliehen. Max verschränkt die Arme. So einfach ist das nämlich nicht. Sollte Max getötet werden, wird der Ärger für den Direktor erst anfangen. Da sind Fragen zu beantworten, Formulare auszufüllen. Formulare, für die man Stunden benötigt. Für ein einziges einen Nachmittag. Der Direktor liebt Formulare, er ist ein Bürokrat. Max aber hat Rückgrat. Nichts werden sie aus ihm herauskriegen – weder über die vergangene Flucht noch über die kommende. Ja, er macht Pläne. Pläne, in denen der Direktor nicht vorkommt und seine blöden Scharfschützen auch nicht.
Ist aber nicht wahr. Er macht keine Pläne. Schon lang nicht mehr. Er sagt das nur so. Auch zu den anderen Häftlingen. Damit sie weggehen.
Er weint jetzt nicht mehr. Die Augen sind nur mehr rot. Wenn Max in den Spiegel schaut, schaut ihm der Teufel entgegen. Ist egal. Was muss er schön sein?
Max will zum Arzt. Er kann nicht aufs Klo gehen und die Hand schmerzt bei jeder Bewegung. Die Finger wollen sich jetzt fast gar nicht mehr ausstrecken. Es ist zum Glück die Linke, nicht seine Schusshand. Wer je versucht hat, einhändig zu fliehen, wird sagen:

Es geht nicht. Die Hand braucht Kortison, der Darm braucht Abfuhr. Max braucht Beruhigung.
Sie holen ihn an einem heißen Augusttag, legen ihm Handschellen an. Max fragt, wohin er verlegt wird, die mürrischen Beamten sagen nichts. Es wird ihm keine Tasche nachgeworfen. Nicht einmal die Zahnbürste. Und was ist mit seinen Büchern? Hey! Hey! Die fahren schon los, das Gefängnis hat seine Sachen behalten, die Fotos, sein Gewand, die Briefe, seinen Kalender. Alles! Das gibt eine Beschwerde. Eine ordentliche Beschwerde. Das ist gegen das Gesetz. Max tobt und wütet. Ist denen da vorn egal. Sie haben weiße Stecker in den Ohren.
Max schaut auf die Uhr am Tacho. Fünf Stunden. Fünf Stunden sind sie unterwegs. In brütender Hitze. Kurz vor Ferragosto. Mehr gestanden als gefahren. Die Hölle. Bruchstücke der Welt da draußen ziehen am vergitterten Fenster vorbei oder frieren ein, wenn nichts weitergeht – Scherben einer versunkenen Zeit. Irgendwo dazwischen blitzt die Küste auf. Also nach Nuoro. Ist mir egal, schreit Max. Schickt mich nach Nuoro zu den Maulwürfen. Wir graben uns gemeinsam einen Gang und hauen ab.
Sie bleiben stehen, die Schiebetür wird aufgerissen, sie fassen Max an Armen und Schultern und zerren ihn auf die Straße. Er sieht sich um. Wo sind sie? Nirgends ein Gefängnistor, keine Mauer, kein Stacheldraht, auch keine Fähre. Zwei Staatspolizisten drängen Max auf die andere Straßenseite, stoßen ihn in eine Seitengasse. An beiden Rändern niedrige Zäune, grüne Hecken, leuchtend rote und weiße Rosen, sauber gefegte Steinwege zu bunten, glatten Quadern mit schmalen, rechteckigen Fenstern und flachen Dächern – Bungalows, Architektenvillen. Hier war Max schon einmal, aber wann? Und warum? Und was tun sie hier? Sie bleiben an einer Gartentür stehen. Ein Schild am Eingang. Dottore Alessandro Lima. Ein Arzt? Sie sind

so weit gefahren, um ihn zum Arzt zu bringen? Gibt es in Bergamo keine Ärzte? Sie stehen in einem Vorzimmer mit Broschüren und einer Garderobe. Die Tür zur Ordination öffnet sich. Der Arzt deutet auf die Handschellen, die Polizisten nehmen ihm das Geschirr ab, bleiben mit gezogener Pistole hinter Max stehen. Die Fenster sind geschlossen, verriegelt, wie Max mit Kennerblick feststellt. Der Arzt hat keinen weißen Kittel an. Vielleicht ist es gar nicht der Arzt. Da sitzt noch einer, auch in Zivil, lässig gekleidet, Brille, grauer Haarkranz. Sie setzen sich. Max zeigt ihnen die Hand. Der Arzt wirft einen kurzen Blick drauf, stellt sich vor. Er ist der Dottore. Der neben ihm ist ein Therapeut. Physio? Nein. Psycho.
Der Psychiater sagt, was alle Psychodoktoren sagen. Dass es ganz normal ist, nicht normal zu sein. Max brummt. Kann er schlafen? Hat er Albträume? Ist er antriebslos? Wütend? Spricht jemand zu ihm, gibt ihm Anweisungen? Wird er verfolgt? Max antwortet folgsam auf die Fragen. Bei der letzten, ob ihm jemand auf den Fersen ist, schiebt Max den Kopf leicht nach rechts hinten. Ja, die. Und sonst? Max zieht die Schultern hoch. Er lässt sich nichts gefallen. Von niemandem. Was passiert, wenn sie ihn foltern, haben die in Bologna erlebt. Das hat sich Max nicht eingebildet, darüber gibt es Zeitungsartikel. Schlaf braucht er. Dass er nicht schlafen kann, macht ihn verrückt.
Die Herren wechseln ins Ärzteitalienisch, sprechen gedämpft miteinander. Überhaupt ist hier alles gedämpft. Unter den Rollos, die zur Hälfte heruntergezogen sind, fällt weiches Licht ins Zimmer, in dem es hell und freundlich ist. Eine grüne Garnitur mit zwei Fauteuils an einem hölzernen Couchtisch. Ein weißes Bücherregal. Ein Por-trät von einem Mann mit weißem Bart, der Max bekannt vorkommt. Sigmund Freud? Sie sitzen an einem Holzschreibtisch, ziemliches Trumm. Der Schreibtisch ist das einzige dunkelbraune

Möbel hier. Max kennt das Modell, auf der anderen Seite, der der Ärzte, ist ein Teil mit einem Rollladen.
Die beiden Männer neigen sich zu ihm. Und jetzt fällt Max ein, wann er hier war: als er seine Anwälte aufgesucht hat. Die wohnen in dieser Gegend. Also sind sie in Livorno. Seine Anwälte haben gemeinsam eine Kanzlei und ein Haus. Dass Männer zusammenleben, findet Max seltsam, aber die zwei sind keine Weicheier, die haben Mumm.
Die Psychoärzte haben Pillen im Angebot. Eine gegen Schlaflosigkeit. Eine gegen Traurigkeit. Eine gegen Ruhelosigkeit. Eine gegen Wut. Max nimmt von jeder Sorte, wer weiß, wogegen man sie tauschen kann. Nur die gegen die Wut will er nicht. Wut ist gesund. Sie hält ihn am Leben.
Erst abends sind sie wieder im Gefängnis. Sie haben seine Abwesenheit gut genutzt, in jeden Winkel seiner Zelle geleuchtet. Er darf telefonieren. Ruft in Livorno an. Der Anwalt – der jüngere von den beiden mit der hohen Stirn und der beginnenden Glatze – sagt, dass sie besorgt gewesen sind. Viele Häftlinge werden einfach niedergespritzt. Daher die Fahrt nach Livorno. Dottore Lima und dem Therapeuten vertrauten sie blind.
Max nimmt eine Schlaftablette.
Ist noch am nächsten Tag müde. Sie holen ihn schon wieder. Diesmal nur in den Besucherraum. Der aufgeblasene Agostini sitzt breitbeinig da, wartet auf das Vogelkonzert. Max will gleich umdrehen, aber die Wachen lassen ihn nicht. Agostini fragt nach dem Hubschrauber. Hubschrauber? Welcher Hubschrauber? Der Ispettore legt eine abgegriffene Ledertasche auf den Tisch, die Max nervös macht. Mit so einem Ranzen haben sie ihn damals zur Schule geschickt, zerfurchtes, kackbraunes Schweinsleder. Der Ispettore kramt in der Tasche, legt einen Zettel auf den Tisch. Darauf steht in seiner Handschrift

„Black Hawk". Max betrachtet den Zettel. Beugt sich nach vorn: „Ich höre Stimmen", sagt er beschwörend. „Der heilige Georg, der Drachentöter, hat mir gesagt, ich soll einen Hubschrauber kaufen."
„Quatsch", schreit Agostini, springt auf und rennt herum. Setzt sich wieder. Max soll jetzt endlich sagen, ob es den Hubschrauber gibt und was Max damit vorgehabt hat.
Max setzt die treuherzige Miene auf, sieht den Ispettore von unten an. Er hat gar nichts vorgehabt mit dem Hubschrauber. Wozu ihn der heilige Georg gebraucht hat: Das hat er ihm nicht verraten.
Agostini schaut ihn an, Blick aus Stahl. „Wir haben Gina", sagt Agostini. „Und wir finden auch den Junkie. Glaub mir, Leitner, Junkies sagen alles, wenn du ihnen dafür den nächsten Schuss versprichst."
Max lächelt. „Kann sein. Ich bin kein Junkie."
Am Wochenende wird er Valentina anrufen. Er hat es schon dreimal versucht, sie hat nicht abgehoben. Ob sie von den Menschenhändlern erwischt worden ist? Ob die ihr Gewalt angetan haben? Max hat bezahlt. Aber die Typen sind nicht gut in Buchführung, verwechseln Ausgaben und Einnahmen. Er wählt die Nummer. Hört ihre Stimme, beginnt zu heulen vor Erleichterung. Sie heult nicht. Ihre Stimme klingt ruhig, kräftig. Max hört genau hin. Keine Codewörter für Zwang, Freier, gekauften Sex. Valentina wird am Samstag kommen. Er hat nur zwölf Minuten geredet, hat noch achtzehn Minuten frei. Barbara fährt im September in die USA – Auslandssemester. So wie Julia. Die ist schon seit dem vergangenen Sommer dort, will noch bleiben. Viel Glück, dann. Good luck, wie man auf Englisch sagt. Carolinas Nummer stimmt nicht mehr.
Samstag. Max sitzt am Tisch, die Beine übereinandergeschlagen, das rechte hört nicht auf zu zappeln, er zählt die Stunden, zu viele, es sind zu viele. Er geht zum Schrank, nimmt eine von den Beruhigungstabletten. Er hat sie gesammelt, für alle Fälle. Max rasiert sich, zieht

ein frisches Hemd an, kämmt sich die Haare, putzt sich die Zähne. Zweimal. Fährt noch einmal durchs Haar. Da ist nicht mehr viel. Der Gefängnisfriseur hat ihn geschoren wie ein Schaf. Max streicht über die Wangen. Alles glatt. Es ist fünfzehn Uhr zehn. Valentina war nie pünktlich. Eine halbe Stunde ist gar nichts. Damals in Udine ist sie eine Stunde zu spät gewesen. Und als Max sie in die Oper ausführen wollte, so wie Barbara, ist sie erst in der Pause angetanzt.
Max sieht auf die Uhr, wechselt die Beinstellung. Das rechte Bein hört nicht auf zu zappeln. Max stellt beide Füße fest auf den Boden. Sieht auf die Uhr. Schlägt das linke über das rechte Bein, jetzt zappelt das linke. Er springt auf, geht zum Spiegel, hört ein Geräusch, endlich, sie kommen, sie bringen ihn ins Besucherzimmer. Nein, die Schritte verhallen, ein anderer bekommt Besuch. Max setzt sich auf das Bett, begutachtet seine Hände, alles sauber, kein Dreck unter den Nägeln. Er fährt mit der Zunge über die Zähne, nirgends eine raue Stelle. Max steht wieder auf, geht zum Schrank, sucht nach dem Kaugummi. Wo steckt der Kaugummi? Gestern war er noch da, zweites Fach. Max schwitzt. Er braucht jetzt sofort den Kaugummi. Valentina wird gleich da sein. Max schmeckt Fischiges, Fauliges. Was hat er gegessen? Knoblauch? Wo ist der Kaugummi? Extrastrong, er hat Extrastrong gekauft. Er wird sich zu Valentina beugen, sie wird sich angeekelt abwenden. Valentina ist nicht wie Carolina. Die konnte was vertragen, was wegstecken. Aber nicht Valentina. Valentina ist aus dünnem Glas. Nur im Bett, da ist sie biegsam wie junge Weiden. Valentina wird nächsten Samstag auch nicht kommen.

Die Gynäkologin erklärte, was passieren konnte, wenn Sofia das Fruchtwasser nicht untersuchen ließ. Trisomie 21: harmlos. Weit gravierender wirkten sich etwa die Trisomien 18 und 13 aus. Diese Kinder überlebten meist die ersten Monate nicht, litten zusätzlich zum Mikrozephalus an schweren Herzfehlern, einem Spalt in Kinn oder Kiefer oder hätten gleich gar keinen solchen.
Die Hebamme erklärte, was passieren konnte, wenn Sofia das Fruchtwasser untersuchen ließ. Im schlimmsten Fall konnte das Kind dabei sterben. Ich war gegen die Untersuchung, nicht nur, weil ich Ärzten seit früher Kindheit misstraue. Weshalb sollte unser Baby diese Krankheiten haben? Wir waren beide gesund. Pietro war gesund, abgesehen von gelegentlicher Misanthropie und permanenter Schulallergie.
Sofia sah mich an. Ich sagte, was ich dachte. Ich wollte das Kind.
Wir gingen hinaus in den warmen Augustabend. Die Geschäfte unter den Lauben holten ihre Ständer herein, sperrten ab, zogen die Rollläden herunter. Ich legte meinen Arm um Sofia. Männer von Welt redeten jetzt vom Leben, das fragil, gefährlich, aber doch auch schön ist. Schwinge ich mich zu philosophischer Rede auf, verkehren sich die Worte in platte Floskeln. Statt des Weltbürgers werde ich zum süditalienischen Schweinehirten. Kein Mittel, um eine berufsmäßige Wortklauberin zu beeindrucken.
Carlo leckte mir die Zehen ab, als wir nach Hause kamen. Er sprang an Sofia hoch, ich wimmelte ihn ab. Pietro saß vor dem Fernseher. Ich stellte Nudeln auf den Herd. Mein Handy läutete.
„Er hat mich verarscht", schrie Agostini in mein Ohr. „Komplett verarscht."

Ich forderte den Befund von Leitners Psychiater an. Er schickte mir eine Mail mit dem üblichen Hinweis auf die Schweigepflicht. Früher hatte Daniela Brandtner das für mich erledigt, die richterliche Anordnung besorgt, und zwei Tage später lag das Papier auf meinem Schreibtisch. Die Brandtner war nur für zehn Stunden aus der Karenz zurückgekehrt und nicht mehr für mich zuständig. Die Neue war nicht mehr neu, aber immer noch schnippisch.

Der Befund sagte, Max leide unter einer kognitiven Dissonanz, die die Folge seiner Inhaftierung sei. Ich ging hinunter zur Pathologin. Fragte sie, ob Menschen mit kognitiver Dissonanz Stimmen hörten. Sie fragte, wie ich darauf käme. Sie las das ärztliche Gutachten, schüttelte den Kopf.

„Was die meinen", sagte sie nüchtern, „ist, dass Max sauer ist, weil ihr ihn geschnappt habt. Aber sonst völlig gesund. Er hat Agostini verarscht."

Ich traf den Ispettore Superiore am nächsten Morgen auf dem Waltherplatz. Männer ohne Kinder wirken jünger, sportlicher. Das ist keine Ausrede. Er wischte sich den Milchschaum von der Oberlippe. Ich fragte, warum ihn dieser Black Hawk so enervierte. Agostinis Augen kugelten fast aus ihren Höhlen. Ob ich schon bemerkt hätte, dass Leitner dazu neige, das Gefängnis vor der Zeit zu verlassen? Ich legte die Fingerspitzen aneinander. „Ja", sagte ich, „davon habe ich gehört."

„Was, wenn diese Autoschieberbande Leitner aus dem Gefängnis holt statt wie ursprünglich geplant Nico Marra?"

Ich rührte in meinem Espresso, hatte seit der Früh Magenschmerzen, seit der Kindheit eine unüberwindliche Abneigung gegen Tee. Da lieber Bauchweh.

„Was hätten sie davon, Leitner zu befreien?", fragte ich.

„Ich hab diese Gina verhört", sagte Agostini. „Die ist hartnäckig,

stur, genau wie Max. Sie hat den Plan, ihren Vater aus dem Gefängnis zu holen, nicht aufgegeben, das spüre ich."
„Du meinst, sie will zuerst ihren Vater holen und dann Max?"
„Umgekehrt. Zuerst Max, dann den Vater."
„Warum nicht nur den Vater?"
Agostini biss in seinen Apfelkuchen. „Der hat die andere Methode gewählt, früher rauszukommen", sagte er kauend und deutete auf Walther von der Vogelweide mit seiner Laute. „Hat auf die Omertà geschissen. Das haben die Freunde von der Heiligen Vereinten Krone nicht so gern. Gina wird niemanden finden, der die Aktion mit ihr durchführt. Mit dem Junkie allein wird sie es nicht schaffen. Aber Max hat genügend Freunde in allen Teilen der Ehrenwerten Gesellschaft. Und wenn Max draußen ist, muss er ihr helfen. Ausbruch verpflichtet."
Agostini sammelte Apfelkuchenbrösel mit der Gabel auf. „Die beiden haben vor zwei Wochen telefoniert."
„Gibt es eine Aufzeichnung?"
„Jaja." Agostini winkte ab. „Er jammert darüber, dass er …"
Ein kleiner Hund sprang schwanzwedelnd an mir hoch. Ich tätschelte Carlo, redete beruhigend auf ihn ein. Am anderen Ende der Hundeleine stand Pietro und schüttelte Agostini die Hand. „Redet ihr schon wieder über diesen Leitner?", fragte er.
Eine neue Raumordnung musste her. Mein zehnjähriger Sohn hatte bemerkt, dass sich Max Leitner in meinem Leben breiter machte, als ihm zustand.
„Wir sind schon fertig", sagte ich ausweichend. Und zu Agostini: „Selbst einer wie Leitner gibt irgendwann auf."

Die Pille gegen die Traurigkeit macht ihn schlapp und antriebslos. Und traurig ist er dennoch. Max ruft seinen Anwalt in Livorno an. Der ruft beim Psychiater an. Der Psychiater sagt, was der Gefängnisarzt sagt, ein geheimer Ärztecode zur Beruhigung der Kranken. Das Medikament müsse erst anfluten. Ein Serotonin-Wiederaufnahme-Hemmer benötigt vierzehn Tage. Es kann auch zu einer Erstverschlechterung kommen. Aber dann wird sich seine Stimmung aufhellen. Max lässt es fluten. Die Pillen ändern nichts. Ebenso gut könnte er den Kaugummi kauen, den Max dann doch in seinem Necessaire gefunden hat. Geduld, Geduld, heißt es von den Ärzten. Sie verstehen nicht. Max hat keine Depression. Er ist traurig. So unendlich traurig wie nie zuvor in seinem Leben. Seine Medizin heißt nicht Sertralin, sondern Valentina.

Aber die kriegt er nicht. Sie kommt nicht. Schreibt nicht. Meldet sich nicht. Als das Zittern nicht aufhört, bringen sie ihn auf die Krankenabteilung. Ein Nervenarzt zapft ihm Blut ab. Lässt ihn auf und ab gehen. Fragt, ob Max manchmal nicht weitergehen kann. Ja, sagt Max, nach exakt fünf Metern ist es aus. Der Arzt lacht nicht. Fragt stattdessen, ob Max gut riecht. Ob die Speisen so schmecken wie gewohnt oder anders, metallisch. Max schlägt dem Arzt vor, das Essen selbst zu kosten. Er soll ernst bleiben, der Neurologe hat nicht den ganzen Tag Zeit.

Sie bringen Max zurück, abends bekommt er neue Medikamente. Andere Antidepressiva.

Um fünf Uhr morgens stehen sie in seiner Zelle, werfen ihn aus dem Bett, stecken ihn in die Nachbarzelle. Max hört, wie der Wachebeamte mit einem Stock gegen Wände, Bett, Tisch, Schrank schlägt.

Wie die anderen den Kasten aufreißen, alles ausleeren, sein Necessaire, sein Notizbüchlein, seine Zeitschriften und Bücher.
Sie haben den Saustall liegen lassen, auch schon egal. Max bückt sich, klaubt seine Wäsche auf, legt sie wieder zusammen, stapelt sie in den Spind. Haarbürste, Zahnbürste, Zahnpasta, Mundwasser, Rasierapparat, Seife, Haarshampoo, Duschgel, Hautcreme. Alles verstreut unter dem Waschbecken. Max sammelt Tuben, Fläschchen, Bürste und Kamm auf, ordnet es in die Fächer des braunen Täschchens. Die Einwegrasierer haben sie ihm weggenommen. Suizidprävention, haben sie gesagt, als sie den Gilette und die Ersatzklingen in einen Sack haben fallen lassen. Wir wollen doch nicht, dass du dir was antust. Natürlich wollen sie das nicht. Das gibt Papierkram, Formulare, stundenlange Untersuchungen, wie das hat passieren können. Max hat nichts gesagt. Es war ihm egal.
Wie alles. Alles egal. Kalter Kaffee und ungeröstetes, altes Toastbrot zum Frühstück? Egal. Predigt beim Direktor? Egal. Spaziergang im Hof gestrichen? Egal. Mieses Fernsehprogramm? Egal. Bücherei geschlossen? Egal.
Max kennt den Egalzustand von früher. Aber dann hat einer beim Spazierengehen einen Zettel in seine Hand gedrückt und ihm ins Ohr geraunt, dass der Haken schon bald fertig ist oder das Fluchtauto wartet, und der Egalzustand ist weg gewesen. Jetzt geht er nicht weg. Selbst wenn einer von den Apuliern verspricht, dass sie bald alle draußen sein werden, weil eine Aktion geplant ist. Die Apulier, denkt Max, haben eine große Klappe. Das hat ihn früher geärgert. Jetzt ärgert er sich nur noch selten. Es sind die Tabletten. Max weiß es. Wenn er die Tabletten nicht schluckt, kommt wieder das Kribbeln. Den ganzen Tag, die ganze Nacht, als wären seine Venen Ameisenstraßen, und er friert, obwohl es dreißig Grad hat. Und dann ist ihm heiß, als läge er unter einem Dampfbügeleisen. Und er will Va-

lentina so unbedingt wie nichts sonst auf der Welt. Und er denkt, dass er es keine Sekunde mehr aushält ohne sie. Damals – in Carinola – als sie ihn von der Lehrerin fortgerissen haben, da hat Max auch geweint und war traurig. Furchtbar traurig. Er hat Carolina geliebt, so geliebt. Aber mit Valentina ist es anders. Er braucht sie. Er kann nicht sein ohne sie. Sie oder die Tabletten. Selbst dann hat er Sehnsucht nach ihr, aber das Begehren ist nicht so spitz. Als hätte jemand mit einer großen Säge die Gipfel gekappt, sodass nur ein Plateau übrig blieb. Auf dem kann Max stehen, wenn auch schwankend.

Zum Wochenende telefoniert Max mit seinen Anwälten. Sie haben nichts herausgefunden. In Neapel ist Valentina nicht und bei ihrer Schwester in Treviso auch nicht. Der Privatdetektiv ist nach Santo Domingo geflogen. An der Adresse, die er von Valentinas Schwester bekommen hat, wohnt keine Maria Gomez. Wo sie hingezogen sein könnte, falls sie je hier gewohnt hat, weiß der Vermieter nicht.

Max legt auf, bleibt beim Telefon stehen, gekrümmt, geknickt. Die Tränen fließen und fließen, er kann nichts tun. Die Wachen schauen ihn an. Sie sagen nichts, tun, als sähen sie nichts. Sie werden es herumerzählen, böse grinsend. Da habt ihr euren Helden. Steht beim Telefon und flennt wie ein kleiner Bub, den die Mama im Supermarkt verloren hat.

Wäre Max selbst in die Dominikanische Republik geflogen, er hätte Valentina gefunden. Sie oder ihre Mutter. Er hätte in jedem Dorf, jeder Hütte nach ihr gefragt, nicht aufgehört zu suchen, bis er sie aufgestöbert und die Mutter ihn zu ihrer Tochter geführt hätte. Und dann hätte er Valentina geheiratet. Sofort und auf der Stelle.

Max richtet sich auf, tappt zur Tür, geht auf den Gang. Und dann schreit einer in seinem Rücken: „Leitner, komm zurück! Anruf für dich. Eine Frau ist dran."

STOSSGEBET

Sofia lag auf diesem Riesenbett. Die Schwestern und die Hebamme standen um sie herum. Ich tauchte den Waschlappen in kaltes Wasser, legte ihn auf ihre Stirn. Ich weiß nicht, wozu ich das tat. Die Pausen zwischen den Wehen waren seit Stunden eineinhalb Minuten lang, der Wehentropf hatte die Geburt nicht beschleunigt. Zum dritten Mal boten sie Sofia den Kreuzstich an. Sie lehnte ab. Mochte sie es ertragen, ich ertrug es nicht. Sie sah mich an, legte ihre kalt-schwitzige Hand auf meine, sagte, ich soll nach Hause fahren, Pietro war schon zu lang allein.

Ich protestierte. Schwach. Fuhr nach Hause. Machte Pietro und mir einen Toast. Ließ meinen auf dem Teller liegen. Ging zum Fernseher. Schaltete ein. Sie berichteten von einem Gefängnisausbruch. Ich starrte auf den Bildschirm, traute meinen Ohren nicht. Drei Männer. Aus Padua ausgerissen. Wieso war Leitner in Padua? Wer hatte diese Verlegung angeordnet? War doch bekannt, dass in Padua seine Freunde von der Anonima Sarda saßen. War bekannt, dass die nur darauf warteten, Leitner aus dem Gefängnis zu holen. Sie zeigten drei Fotos. Max Leitner war nicht dabei.

Ich ließ mich auf einen Sessel fallen. Pietro kletterte auf meinen Schoß. Der Hund schnarchte. Pietro lehnte sich an mich, sein Kopf in der Grube an meinem Hals.

„Was soll ich tun?", fragte ich. „Soll ich hierbleiben oder wieder zurückfahren?"

„Fahr zurück", sagte Pietro.

„Und du?"

„Ich warte hier."

Im Krankenhaus nahm mich eine Schwester an der Hand, rannte mit mir einen Gang entlang. Riss das Kinderzimmer auf, führte mich zu einem Bettchen. Ein sehr kleiner Mensch lag da in einer rosa Decke. Ich nahm das Menschlein heraus, fragte, ob es ein Mädchen sei. Ja, ein Mädchen. Es machte die Augen auf, sah mich, schloss die Augen wieder. Ich sah fragend zur Schwester. Sie sagte nichts. Ich betrachtete das Wesen in meinen Armen. Nur fest den Kopf halten, der darf nicht hinunterfallen. Waren diese Augen normal? War da nicht eine kleine Falte? Hatte Pietro auch so ausgesehen? Nein, seine Augen waren glatt, ich erinnerte mich deutlich. Pietro hatte glatte, feine Lider.

Eine andere Schwester kam herein, sagte, der Arzt wolle mit mir sprechen. Sie nahm mir die Kleine ab, legte sie in das Bett zurück. Unser Kind machte keinen Mucks.

Ich ging hinaus auf den Gang, meine Knie zitterten. Hatten wir uns versündigt, weil wir keine Fruchtwasseruntersuchung gemacht hatten? Mein Gott, warum dachte ich an so einen Scheiß, jetzt, da mich der Arzt zu sich rief, um mit mir zu sprechen. Worüber denn? Auf der Station saß ein junger Mann mit großen Augen und Dreitagebart an einem Tisch. Er stand auf, schickte die Schwestern hinaus, hieß mich setzen. Mir wurde schwindlig. Meine Augen füllten sich mit Tränen.

„Ihre Frau ist erschöpft", sagte der Arzt.

Ja, klar war sie erschöpft. Sie hatte gerade neunzehn Stunden geboren!

„Und sie hat viel Blut verloren."

Blut verloren. Okay. Dann sollen sie ihr Blutkonserven geben. Wir sind keine Zeugen Jehovas, wir haben damit kein Problem.

„Wir müssen Tests machen", sagte der Arzt.

Welche Tests, verdammt noch einmal? Bluttests. Schließlich kann man nicht x-beliebiges Blut anhängen. Der Arzt blätterte in Sofias

Krankenakte. Die Placenta war nicht vollständig herausgekommen, es musste eine Nachtastung durchgeführt werden. Der Arzt begann zu erklären. Ich unterbrach, sagte, dass ich wüsste, was eine Nachtastung ist.
„Ich muss Sie darauf aufmerksam machen, dass der Eingriff riskant ist", sagte der Arzt. „Der Kreislauf Ihrer Frau kann jederzeit zusammenbrechen. Es ist uns nicht gelungen, sie zu stabilisieren."
Ob es eine Alternative zu der OP gebe. Nein, keine. Ich gab meine Zustimmung.
„Und das Kind?"
Der Arzt blätterte wieder in der Akte. „Acht, zehn, zehn", sagte er. „Das Kind ist gesund."
Ich wankte zum OP. Sofia lächelte matt, als sie mich sah. „Sie ist gesund", sagte ich. „Es wird alles gut."
Die OP-Schwester holte das Bett, rollte es in den OP, ich winkte kindisch. Wenn ich Glück hatte, sah Sofia woandershin.
Ich solle nach Hause fahren, sagte der diensthabende Arzt, man werde mich anrufen, sobald Sofia erwacht sei.
Pietro lag schlafend auf der Wohnzimmercouch, der Hund hob träge den Kopf, als ich vorbeiging.
Um drei Uhr siebzehn war Sofia aufgewacht. Um sechs Uhr dreißig klingelte mein Handy erneut, das Display zeigte Agostinis Nummer. Um acht Uhr weckte ich Pietro, wir fuhren ins Krankenhaus, kauften in der Blumenhandlung einen bunten Strauß und setzten uns an Sofias Bett. Die Kleine wurde gebracht, Sofia legte sie an, das Baby nuckelte, Pietro streichelte ihren Kopf, ich machte Fotos.
Sofia war zu schwach zum Aufstehen. Wir blieben bei ihr sitzen, sahen zu, wie dunkelrotes Blut in Sofias Arme sickerte, wie der Pegel stieg, endlich ihre Wangen erreichte.
Wir stritten, wie wir das Baby taufen sollten, ich war für Susanna,

Sofia wollte eine Margherita, weil ihre Großmutter so geheißen hatte. „Pippa“, sagte Pietro. Dabei blieb es.

Agostini schickte eine Magnumflasche Champagner und siebenundzwanzig SMS.

Wir zeigten Pippa unser Zuhause, den Stubenwagen, den ich in einem Antiquitätengeschäft gefunden hatte, den Mond mit dem Schaf, der das Brahms-Schlaflied spielte, wenn Pietro an der Schnur zog. Er opferte seinen zerfledderten Hund und legte ihn Pippa ins Bettchen.

Gina Marra hatte ihre Bande in die Wüste Algeriens geschickt, von wo sie, wie es schien, nicht zurückgekehrt war. Gina verkehrte in anderen Kreisen. Statt mit Autos handelten die mit Menschen und Drogen. Agostini blieb ihr auf den Fersen.

Ich ließ mir Leitners Führungszeugnis schicken. Man hatte ihn vom Hochsicherheitstrakt in den normalen verlegt. Wie zum Trotz blieb er in der Zelle, saß den ganzen Tag apathisch am Tisch oder auf dem Bett und starrte in den Fernseher. Das vermochte Agostini nicht zu beruhigen. Seine Aufzeichnungen listeten drei Telefonate mit Gina auf. Sonst keine Anrufe. Nicht einmal von seiner Familie.

Agostini forderte Verstärkung durch eine Spezialeinheit der DIA an. Im Hinterland von Lecce war er auf einen verdächtigen Stall oder Schuppen gestoßen. Ich sagte, dass im Hinterland von Lecce jeder Schuppen verdächtig wäre.

Agostini schnaubte. In dem Schuppen war etwas Wichtiges, Großes. Er glaubte fest daran. Ich sagte, er solle die Rinder im Stall untersuchen lassen, die würden sicher mit EU-widrigem Super-Megaeuter-Futter vollgestopft und die Milch dann als Biomilch verkauft.

Tage später knallte Agostini Fotos auf meinen Schreibtisch. Black Hawk von vorn, im Profil, von hinten.

„Sehr hübsch“, sagte ich.

„Stand in dem Stall!“

„Hab ich kapiert, musst mir nicht das Trommelfell einreißen."
„Und weißt du auch, wem der gehört?"
Ich wusste es nicht. Agostini nannte einen Namen, fuhrwerkte auf meinem PC herum, präsentierte mir Il Panama, einen etwa fünfzigjährigen Camorrista mit scharf geschnittenem Gesicht, breitem Mund, grauen Augen, der vor allem in Kokain machte. Deshalb Il Panama? Nein, sondern weil er gern Hüte trug. Agostini baute komplizierte Namensbrücken, auch Renato Vallanzasca fiel. Die anderen Pfeiler: Mafia-Celebritys vom Scheitel bis zur Sohle.
Agostini richtete sich auf. „Diesmal", sagte er, „diesmal schnappen wir ihn, bevor er ausbricht. Und sein gesamtes Netzwerk dazu!"

NAMASTÉ

Max ist aus dem Koma erwacht. Weiß jetzt, was zu tun ist. Sofort. Ruft Gina an. Sie will ihm nicht helfen. Eben noch freundlich, jetzt kratzbürstig.

Max geht im Spazierhof im Kreis. Der blasse Kiffer steht in einer Ecke. Wieder unrasiert und mit gelben Zähnen. Max sagt dem Kiffer, er soll sich nicht so gehen lassen. Der Kiffer sagt, Max hat es leicht, der kriegt das Dope geschenkt, aber ihm geben sie nix. Obwohl er krank ist, das steht in der Akte. Max lässt den Kiffer stehen, der schreit ihm nach. Max dreht sich um, zeigt ihm den Stinkefinger. Die Tabletten haben Pudding aus ihm gemacht. Max trainiert, füllt Plastikflaschen mit Wasser und stemmt sie fünfzigmal rechts und links, Kniebeugen, Liegestütze, Sit-ups. Kniebeugen mit vollen Flaschen in den Händen. Liegestütze mit einmal klatschen, zweimal klatschen, dreimal klatschen. Zehn, zwanzig, fünfundzwanzig, dreißig. Im Stand laufen, Knie hochziehen bis zum Kinn.

Ausgerechnet der blasse Kiffer klärt ihn auf. „Steht auf dich, die Kleine", sagt er.

In Kübeln kommt Post von Frauen, die Max aus den Zeitungen und vom Fernsehen kennen und sich ihn in verliebt haben. In Kübeln werden die Briefe wieder abtransportiert. Gina ist keine von denen. Das ist eine zähe Gangsterbraut.

Max schreibt Gina einen Brief. Als Test, nicht um sie zu täuschen. Das Papier ist so weiß und leer wie sein Kopf. Was ist in den Briefen von der Lehrerin gestanden? „Liebe Gina", schreibt er. „Es war schön, mit dir zu telefonieren. Ich habe mir vorgestellt, wie du aussiehst." Guter Satz. „Du hast so schöne …", ja, was eigentlich? Arme? Nein. Beine? Was soll's. „… Beine." Dürre Haxen haben wir das in

Südtirol genannt, denkt Max, aber ganz dünne Beine sind modern. Je dünner die Beine, desto kürzer die Röcke.
Zwei Sätze sind zu wenig für einen Brief, auch wenn er groß schreibt. „Du hast auch schöne Augen", schreibt er. Und ah! Er kann schreiben, dass sie ihren Vater von Max grüßen lassen soll. Wenn sie mit ihm redet. Oder telefoniert.
„Mir geht es gut." Max streicht das letzte Wort durch. „... nicht gut. Ich hoffe, dir schon."
Die halbe Seite ist voll. Reicht.
Max gibt den Brief zur Post. Die Tage vergehen, kein Anruf. Der Kiffer hat sich getäuscht. Wie konnte Max nur auf ihn hören? Oder sie haben den Brief gar nicht aufgegeben. Weil sie glauben, dass Max wirklich in Gina verliebt ist. Weil sie denken, dass Max wieder die Tabletten nimmt, wenn Gina nicht antwortet. Dass Max dann wieder ruhig und brav in seiner Ecke sitzt, während die Bilder aus dem Fernseher durch ihn hindurchfallen.
Der blasse Kiffer hat einen Freund. Der heißt Lovis und macht Yoga. Zu Hause in der Trainingshalle haben sie auch Yoga gemacht. Die Lehrerin hatte orange gefärbtes Haar, trug bunte Schals, gebatikte T-Shirts und Flatterhosen in Lila und Blau. Die Hausfrauen sind auf allen vieren auf der Matte gekauert und haben Katzenbuckel gemacht. Das Yoga von Lovis ist anders. Dreimal begrüßen sie die Sonne. Dreimal wird Max zum Krieger. Großer Schritt, die Arme nach oben gestreckt, Drehung nach links, und seitwärts gestreckte Arme, zum Schluss auf einem Bein, mit nach vorn gestreckten Armen, eine Übung, die in der Schule die Standwaage geheißen hat. Der Schweiß tropft auf den Boden. Ausatmen. Und mit dem Einatmen ...
Leitner al telefono!
Ginas Stimme klingt müde, nein, weich! Sie hat den Brief gestern bekommen, die italienische Post! Max fragt nach dem Junkie. Den gibt

es nicht mehr. Das ist gut, sagt Max und meint es ehrlich. Der Junkie ist nicht gut für Gina. Wer gut für sie ist? Ein Mann. Ein richtiger Mann. Gina hat Marra besucht. Er ist krank, Bauchspeicheldrüsenkrebs. Will nicht im Gefängnis sterben. Deshalb hat er die anderen verraten, sicher deshalb. Max redet über Valentina. Erzählt, dass er mit ihr telefoniert hat, Stunden vor seiner Verhaftung im Maisfeld.
„Ah", sagt Gina. „Die Bitch war verkabelt." Sie versteht jetzt, warum Max sie finden will. Die Bitch braucht eine Abreibung, sie soll keinen Schaden mehr anrichten. Sie ist gesehen worden, in Treviso. Mit einem Mann. Es gibt Fotos. Max will die Fotos. Der Wachebeamte im Eck nimmt Haltung an. Den Polizeifunk anzapfen, denkt Max. „Hattet ihr Funkkontakt?"
„Ja", sagt Gina und jetzt ist sie wirklich müde, Max hört es ihr an. „Hat aber nix gebracht." Max fragt Gina, wann sie ihn besuchen kommt. Nächste Woche. Nächste Woche wird sie kommen.
Gina hat jetzt türkisfarbenes Haar und einen Ring durch die Oberlippe. Ihre Ohren sind beide bis oben zerstochen und mit Gold gefüllt. Sie küssen sich. Das Foto liegt sperrig in Max' Mund. Er würgt es heraus. Die Spucke entwickelt das Gesicht eines Mannes, ein wenig älter als Max. Kantiges Kinn, blaue Augen, hohe Stirn mit tiefen Falten. Das Haar von einem affigen Hut bedeckt. Auf der Rückseite steht: 1,80 m, schlank.
Max kennt den Mann nicht. Jetzt einen Blick in die Verbrecherkartei werfen. Alle Welt redet von diesen Hackern, wenn man einmal einen braucht, ist keiner da.
Max zeigt das Foto im Spazierhof herum. Ein Kalabrese deutet auf den Hut. „Il Panama". Vielen Dank auch, das sieht Max selbst, dass der Kerl einen Panamahut aufhat. Ob Max noch eine von den Benzos hat. Nein!

LEITNER MAX IS OUT

Alle glücklichen Polizisten gleichen einander, jeder unglückliche Gesetzeshüter ist auf seine eigene Weise unglücklich.
Ich hatte ernsthaft gedacht, Max Leitner wäre in den Ruhestand getreten. Agostini hatte ernsthaft gedacht, er hätte die Leitner-DNA entschlüsselt.
Später haben wir nie wieder über diesen Tag geredet.
„Wo bist du?“, fragte ich.
„Auf dem Weg zu Gina Marra.“
„Wäre es nicht klüger, die Häftlinge zu befragen?“
„Nach Bergamo habe ich Mattia Lorenzo geschickt. Guter Mann“, sagte er knapp.
Gina Marra wurde wegen Beihilfe zur Flucht verhaftet. Ich fragte sie nach Leitner. Sie hatte keine Ahnung, wo „das Arschloch“ war. Sollte er sich melden, solle sie die Polizei verständigen.
Sollte er sich trauen, sich bei ihr zu melden, werde sie ihn erschießen.
Ich ließ sie gehen. Ein Mann mit schwarzer Aktentasche, eine Frau mit einem Kinderwagen und eine mit Einkaufstasche folgten ihr. Ich fragte, warum. Agostini breitete sein Theorem auf meinem Schreibtisch aus. „Der da“, sagte er auf den Panamahutträger in weißem Leinenanzug weisend, „ist der neue Sugardaddy von Valentina Gomez. Der handelt mit Drogen aus Kolumbien. Seine Lager sind vermutlich hier …“ Agostini stand auf, ging zu meiner Italien-Karte. Seine Hand umkreiste den Stiefelabsatz rund um Lecce. „Und!“ Er drehte sich zu mir um. „Er hat einen Hubschrauber. Hier!“ Sein Finger klopfte ins Nichts des Lecce-Umlands. „Seine Freunde sind auch Gina Marras Freunde. Gina hat schon einmal

geplant, gemeinsam mit Max Leitner ihren Vater aus dem Gefängnis zu holen. Mit einem Helikopter!"

Max Leitner war nicht mit einem Hubschrauber, sondern klassisch mit Leitern über die Mauer und korrupten Wachen entkommen. Die Leitern musste jemand gebracht haben, jemand von außen. Agostini blieb dabei: Es waren die Typen aus Lecce gemeinsam mit dem Panama-Camorrista.

Ich fuhr selbst nach Bergamo. Lorenzo sprach mit den Häftlingen. Die Männer und Frauen von der Spurensicherung tappten mit ihren weißen Schutzanzügen die Mauer entlang, suchten nach Fußabdrücken und anderen Indizien. Im Gras lagen zwei Leitern. Ich ließ mich zum Direktor bringen. Er war blass und hatte Ringe unter den Augen. Nicht geschlafen. Um halb fünf Uhr morgens wurde er angerufen. Radau im Gefängnis. Die Wachen liefen wie aufgescheuchte Hühner durcheinander, jeder behauptete, er habe nichts gesehen, ein anderer sei schuld. Leitner und einer von der Cosa Nostra hatten ihre Zellen verlassen. Wie? Der Direktor saß mit hängenden Schultern an seinem Schreibtisch, den Drehsessel zur Wand gewendet, starrte auf den Boden, auf dem Tisch standen drei leere Kaffeebecher. Ich ließ mich zu Leitners Zelle führen. Die Tür war unversehrt. Jemand hatte aufgesperrt. Einer von den Wachen. Warum hatte die Wachablöse nicht bemerkt, dass Leitner nicht im Bett lag? Alle bestechlich? Ich betrat die Zelle. Unter der Bettdecke eine unförmige Masse. Auf dem Polster lag eine blonde Perücke.

Die drei Ganoven, die sich mit dem anderen Flüchtigen, einem gewissen Ricardo Bernatoni, die Zelle teilten, hatten tief geschlafen, nichts gehört. Bloß einer war kurz munter geworden, hatte geglaubt, Ricardo sei aufs Klo gegangen.

Mehr als die schweigsamen Häftlinge interessierten mich die Wachen. Ich setzte mich zu dem Polizisten, der sie befragte. Gerade eben war ein junger Mann dran, der nervös seine Hände rieb. Er sagte zehnmal, dass er ganz sicher in Leitners Zelle hineingeschaut, aber nichts Verdächtiges bemerkt hatte. Da sei einer im Bett gelegen, also sei er weitergegangen. Und dann sei der Alarm losgegangen. Ich fragte, wie viel Zeit vergangen war. Der Wachhabende sagte, eine Viertelstunde, zwanzig Minuten.

Lorenzo spulte seinen Fragebogen ab. Wie hatte Leitner mit den Leuten draußen Kontakt aufnehmen können? Von wem hatte er das Handy? Der junge Mann kaute auf seiner Unterlippe. Manche Lippenkauer wissen etwas, andere haben bloß Angst. Er sagte nichts. Rieb wieder seine Hände. Manche Händereiber wissen etwas, andere haben bloß Angst. Ich fragte, was mit seiner Hand sei. Er sagte: „Hausfrauenekzem."

Lorenzo insistierte: Wer von den Wachen könnte Leitner das Handy gegeben haben?

Der junge Mann nannte einen Namen. Lorenzo nickte, ließ ihn gehen. Er zeigte mir vier Namen von Wachen, die mehrmals erwähnt worden waren. Die hatte er sich für den Schluss aufgehoben.

Ich studierte die Personalakten. Einer, dessen Sohn in den USA studierte. Teuer. Einer, der dreimal geschieden war und vier Kinder hatte. Teuer. Einer, dessen Frau an Krebs erkrankt war. Wahrscheinlich teuer. Einer unauffällig. Auf den ersten Blick. Er verbrachte seine Freizeit in den örtlichen Spielhallen. Die Spielcasinos hatten ihn gesperrt. Ich ließ ihn vorladen. Er brüllte herum, fuchtelte mit den Armen. Er hatte Max Leitner das Handy nicht gegeben, nannte einen anderen Namen. Den mit dem Sohn in den Staaten, Raffaele di Simone. Der gestand. Alles. Auch, dass er für Leitners Komplizen Marihuana hineingeschmuggelt hatte. Auch, dass er die Zellen aufgesperrt hatte. Es tat ihm leid, aber für den Sohn … Er hätte selbst studieren wollen, seine Eltern hatten kein Geld. Hätte ich Leitner

laufen lassen, damit Pietro studieren kann? Das unfaire Leben stellte mir diese Frage nicht.
Ich war übernächtigt, packte meine Sachen, ging nach Hause. Carlo lag in seinem Körbchen und schnarchte. Pippa tat, was Babys tun. Sie saugte ihre Mutter aus, kackte ihre Windeln voll, raubte uns den Schlaf. Ich war dankbar.

Ricardo raunzt. Er will was zu rauchen. Er will in einem Bett liegen, nicht auf der blanken Erde. Er will einen Polster. Eine Decke, wenigstens. Er will Leute treffen, Spaß haben. Max will, dass er endlich still ist. Ricardo schaut beleidigt. Max lauscht. Ein Rauschen in der Luft. Max sieht hinauf. Ein Nachtvogel kreist über ihnen. Es knackt ganz in der Nähe. Vielleicht die Maus, die die Eule gleich schnappen wird – Geräusche des nächtlichen Waldes. Max setzt die Infrarotbrille auf, schaut in die Finsternis. Neben einer großen Eiche öffnet sich die Erde zu einem Loch – ein Fuchsbau. Groß genug für Füchse, zu klein für einen Menschen. Selbst der dünne Ricardo passte nicht hinein. Max lässt Ricardo durchschauen, zeigt ihm den Bau. Ricardo bekommt Angst. Beißen Füchse Menschen? Max schüttelt den Kopf. Füchse werden im Frühjahr geboren, bleiben ein paar Monate bei der Mutter und machen sich dann selbstständig. Jetzt, im Oktober, ist überhaupt nichts los in so einer Fuchsbehausung. Ricardo kramt im Rucksack, zieht ein Stück Brot heraus, kaut darauf herum, sieht Max fragend an, reißt ein Stück vom Brot ab, reicht es Max. Der erzählt kauend, dass Füchse mit Hunden verwandt sind. Dass sie auch so bellen, sich aber mit Hunden nicht vertragen. Ricardo zieht das Handy aus der Tasche, sieht auf die Uhr. Naturgeschichte ist langweilig. Sie essen schweigend. Ricardos Hosentasche vibriert. Er zieht das Handy heraus, klappt es auf, sagt hundertmal, dass er kein Geld hat, hält es weg vom Ohr, flüstert: „Raffaele."
Max nimmt Ricardo das Telefon aus der Hand. Raffaele will das Geld. Er war beim Treffpunkt. Aber nur er. Geld hat er keines bekommen. Es sind noch hunderttausend Euro offen. Er will mit seiner Freundin nach New York zum Christmas Shopping fliegen. Ist noch Zeit, sagt

Max. Und dass er das Geld schon kriegen wird. Raffaele sagt, dass ihn die DIA in die Mangel genommen hat. Max sagt, er soll nur ruhig bei dem bleiben, was sie besprochen haben. Dass er nichts weiß und nichts mitbekommen hat. Und den Spieler anschwärzen.
Was die Leute mit diesem Christmas Shopping in den Staaten haben. Als gäbe es in Italien nichts zu kaufen. Ricardo sagt: „Der hat einen Sohn in Amerika. Vielleicht will er ihn besuchen."
Max glaubt das nicht. Vater und Sohn waren zerstritten. Der Sohn forderte Geld. Das findet Ricardo nicht gut. Ein Sohn schuldet dem Vater Respekt. Deshalb hat er auch den Typen erschossen, der Ricardos Vater niedergemäht hat. Max erklärt das mit der Todesstrafe und der Ehre. Die Ehre muss verteidigt werden. Aber jemanden aus dem Hinterhalt erschießen ist nicht ehrenvoll. Nur der liebe Gott darf die Menschen zu sich rufen. Ricardo ist eingeschlafen.
In Turin bleiben sie zwei Tage in einer großen Wohnung. Endlich duschen, Zähne putzen, frische Kleidung. Den Bart lässt Max stehen, er steht ihm. Süßlicher Marihuana-Geruch zieht an ihm vorbei. Ricardo sitzt rotäugig im Wohnzimmer. Er wird bis zum Abend auf dem Sofa sitzen, den Fernseher aufdrehen, nach einer amerikanischen Sitcom suchen, bei der blödesten hängenbleiben.
Max ruft Enrique an. Sie wollen sich in der Stadt treffen, die Wohnung liegt im Lingotto, jenem Teil der Stadt, in dem früher die Autos gebaut wurden. Schon lang wohnen hier keine Arbeiter mehr. Wenn Max vor die Tür geht, sieht er junge Familien mit Kinderwagen, modisch gekleidet, Hipster, wie man jetzt sagt. Max ist zu früh. Nein, nicht zu früh. Er ist absichtlich schon da, geht über die großzügige Piazza San Giovanni. Der Dom ist ein großes, schlichtes Gebäude. Max öffnet das große Portal. Eine Halle, schmucklos. Ein Gang flankiert von großen Säulen. Max steckt die Finger in das Weihwasserbecken, macht sein Kreuzzeichen. Wenn man in eine Kirche kommt, in

der man noch nie gewesen ist, darf man sich etwas wünschen. Max wünscht sich, dass dem Mann mit dem grauen Haarkranz und der Brille, der wie beiläufig neben einer Säule steht und in einem Reiseführer liest, schlecht wird. Durchfall wäre auch okay. Nichts Böses, genug, um die Verfolgung aufzugeben. Hier können sie ihm nichts tun, hier hat Max Kirchenasyl. Er setzt sich hin, spricht ein Gebet. Die Grabtuchkapelle ist vorn. Max ist enttäuscht, die Kapelle ist geschlossen, wird renoviert. Das Grabtuch wird nicht gezeigt, muss vor Licht und Touristen geschützt werden. Eine Broschüre verweist auf das Sindone-Museum, das alle wissenschaftlichen Erkenntnisse über das heilige Tuch gesammelt hat. Max will keine Wissenschaft. Er hat eine Sendung gesehen, da wurden alle möglichen Untersuchungen gezeigt, die beweisen sollten, dass das Grabtuch echt oder eben nicht echt ist. Als ob sich die Magie ins wissenschaftliche Korsett zwingen ließe. Das Grabtuch, das weiß Max, hat Kräfte so stark wie der Heilige Gral, der Kelch, aus dem Jesus Christus beim Abendmahl getrunken hat.

Das Tuch ist weggesperrt. Trotzdem wirkt es. Max spürt es in den Knien, sie zittern. Der Mann mit dem Reiseführer ist fort. Max geht hinaus ins gleißende Licht, sieht sich um, eine Gruppe Pensionisten dackelt hinter einer Frau her, die einen blauen Handschuh auf eine lange Stange gesteckt hat. Die brauchen keinen Lonely Planet.

Zwei Frauen gehen über den Platz, die eine bei der anderen eingehängt. Dahinter ein Bub mit einem Eis in der Hand. Auf einer steinernen Bank sitzt ein Mann und starrt in seinen Fotoapparat, auf der anderen ein altes Ehepaar. Auf den Stufen vor dem Dom hockt ein junger Mann mit Dreadlocks und dicker Jacke. Max wendet sich nach links Richtung Piazza Castello. Er dreht sich blitzschnell um, der Mann mit dem Fotoapparat ist aufgestanden. Er ist etwa zwanzig Schritt hinter Max, jetzt dreißig. Max biegt rechts ab, der Kameramann ist nicht zu sehen. Als Max noch einmal links abbiegt, sieht er den Kameramann um die Ecke biegen. Max läuft zu den Taxis. Reißt die Tür auf, schaut in das Gesicht des Grauhaarigen mit Glatze und Brille, schmeißt die Tür zu, geht zum nächsten Taxi, steigt ein. Der Fahrer dreht sich um, will eine Adresse, Max sagt, er soll fahren. Sofort. Wohin? Egal. Fahren. Der Taxifahrer schüttelt den Kopf, startet den Wagen. Max schickt eine SMS. Neuer Treffpunkt: auf dem Dach der ehemaligen Fiat-Fabrik. Lingotto, sagt Max. Schnell. Der Fahrer brummt etwas von unerfüllbaren Wünschen der Fahrgäste und dass sie in Turin nicht schneller fahren könnten, als es eben ginge. Max dreht sich um. Das Taxi mit dem Grauhaarigen ist zwei Autos dahinter. Max wachelt mit einem Hundert-Euro-Schein. Der Taxifahrer verzieht den Mund zu einer bedauernden Grimasse. Max sagt, dass er Zahnweh hat. Zahnweh? Ja, Zahnweh. Die vorderen Schneidezähne schmerzten seit Stunden. Ja, Zahnweh hat der Taxifahrer auch oft. Er biegt in eine winzige Seitengasse ab und dann in noch eine und noch eine. Als sie wieder auf die Hauptstraße kommen, steht ein Taxi an der Ecke, hinter dem Lenkrad ein Grauhaariger mit Brille. Max flucht. Der Fahrer hat den anderen auch gesehen, drückt auf die Tube, fährt Schlangenlinie zwischen den Autos durch, sie werden angehupt, angehupt, angehupt. Ist nicht mehr wie früher, sagt der Taxler. Er biegt wieder ab und dann noch einmal und Max hat die Orientierung verloren. Sie bleiben an einer Kreuzung stehen, vor ihnen ein weißer Fiat. Nein, kein Taxi. Dahinter ein grauer Hyundai und ein Toyota. Max verrenkt sich den Hals, sieht kein anderes Taxi, sie haben den Grauhaarigen abgehängt.

Vor der Fiat-Fabrik bleibt das Auto stehen, Max springt hinaus, gibt dem Fahrer den Hundert-Euro-Schein, läuft hinauf, die ewig lange gewundene Straße, die einst die Fiat bis zum Dach hinaufgefahren sind. Oben wartet Enrique. Er trägt einen hellen Anzug und einen

Strohhut. Enrique führt Max in ein Kaffeehaus, plaudert über Arabica-Bohnen. Max sagt, dass er und Ricardo nicht bleiben können, erzählt von dem Kameramann und dem Grauhaarigen. Enrique hat schon alles organisiert, abends werden sie abgeholt. Von hier zur Wohnung sind es zehn Minuten zu Fuß, Max dreht sich dreimal um, kein Kameramann, kein Taxi.

Ricardo stopft Pizza aus dem Karton in sich hinein, lacht und lacht. Worüber eigentlich? Dharma und Greg streiten. Um neunzehn Uhr werden sie abgeholt. Ricardo will in Turin bleiben. Ist doch schön hier.

„Woher willst du das wissen?", knurrt Max. „Du warst keine Minute draußen."

In Mailand stapft Ricardo durch das Quadrilatero d'oro della moda wie hypnotisiert. Sie latschen an Versace-, Armani-, D-&-G-, Max-Mara-Boutiquen vorbei. Ricardo will alles kaufen. Max gibt ihm zehntausend Euro.

Sie treffen sich am späten Nachmitttag beim Friseur. Ricardo will einen Irokesenschnitt. Max fragt, ob er blöd im Schädel sei. Noch auffälliger geht es wohl nicht. Der Friseur schlägt Beckham-Welle vor, die hätten jetzt alle. Wenn es alle haben, ist es gut. Max lässt sich militärisch kurz schneiden und dunkelbraun einfärben.

Um fünf Uhr morgens kommt der Fahrer, es geht quer über den Stiefel. Genua, Parma, Bologna, Rimini. Und weiter in den Süden. Täglich ruft di Simone an. Dann dreimal täglich, dann stündlich. Ricardo findet es unfair, dass di Simone noch immer kein Geld gesehen hat. Stimmt nicht. In altem Geld hat er eine halbe Milliarde bekommen. Und einen Urlaub mit der Freundin. Und der Direktor? Was bekommt der? Eine aufs Maul.

In Palermo gibt es endlich Pässe. Der auf Ricardos Foto hat genau so eine Beckham-Tolle wie Ricardo. Haben jetzt nämlich alle. Das

Leitner-Double hat hellbraunes Haar, also wieder zum Friseur, keine Zeit für neue Papiere. In jeder Stadt tauchen irgendwann ein Grauhaariger mit Brille, ein junger Mann mit Dreadlocks, eine Pensionistin mit Einkaufstasche auf. Und all diese Menschen gehen in die gleiche Richtung wie Max und Ricardo. Immer. Es ist Freitag, drei Uhr, stockfinstere Nacht. Sie steigen ins Auto, fahren zur Küste, klettern auf eine Jacht. Ricardo mault wieder. Ihm wird schlecht auf Schiffen. Herrschaft, dann rauch halt wieder Joints. Einundzwanzig Stunden mit Ricardo auf dem Schiff, Max ist froh, dass er eine eigene Kabine hat. Er ist auch nicht gern auf hoher See. Schiffe und Flugzeuge meidet er. Nicht weil er Angst hat, das Schiff könnte untergehen, das Flugzeug abstürzen. Aber er kann nicht hinaus.

GEGEN WINDMÜHLEN

Di Simone war suspendiert worden. Ich rief ihn an, er hob nicht ab. Ich schickte Agostini zu seiner Wohnung. Als er eintraf, hörte er Stimmen im Hinterhof des Mietshauses. Eine Gruppe junger Männer stand um ein Auto herum. Eines von diesen riesigen deutschen Protzautos, innen Leder und Tropenholz. Ein Maybach. Die jungen Männer stammten aus der Nachbarschaft. Einer von ihnen wusste, dass di Simone auf Urlaub war. Auf einer Insel. Waren die Nokia-Handys für Leitner und Bernatoni, die angeblich dreihundert Euro gekostet hatten, wohl ein wenig teurer gewesen.

Ich rief di Simones Sohn in den Staaten an. Er sagte, dass er seit Jahren mit dem Vater, dem „korrupten Schwein", gebrochen hatte. Ich fand di Simone über Handyortung. Er genoss das türkisfarbene Meer und den feinen Sand am Mondello-Strand bei Palermo. Ich überrumpelte ihn über die Rezeption eines Cosa-Nostra-Hotels. Drohte ihm mit dem Antimafiaparagrafen. Seine Stimme flatterte, als er mich fragte, was ich wollte. Ich wollte Namen, Kontaktpersonen. Sonst noch etwas? Ja! Wo war Max Leitner? Keine Ahnung.

Gleich nach seinem Ausbruch stöberte ihn Agostini mit di Simones Hilfe über das Handy auf. Der dümmliche Bernatoni redete munter drauflos, wenn di Simone anrief. Erzählte, wo sie gerade hinfuhren und was sie dort taten. Mehrmals hatten wir den Ritter von der traurigen Gestalt umzingelt. Im letzten Moment zog Sancho Panza ihn aus der Schlinge.

Agostini schrieb Leitner und Bernatoni international zur Fahndung aus. Bernatonis Familie gehörte einem Zweig der Palermer Cosa Nostra an. Im Juni war dort Addiopizzo gegründet worden. Ich sah die Bilder demonstrierender junger Menschen im Fernsehen. Die

Jungen hatten endlich genug von den bösen alten Männern, die ihnen vorschrieben, was sie zu tun und vor allem, wie viel sie zu bezahlen hatten. Falcone und Borsellino wären stolz gewesen. Ich war es auch – ein wenig. Damals glaubte ich, dass sich Addiopizzo in ganz Italien ausbreiten wird. Wenn es in Sizilien gelungen war, jener Trutzburg gegen Frauenrechte und Gesetzestreue, dann konnten wir es überall schaffen. It's up to you, Palermo.
Heute nennt man das Nerd, was Max und ich schon damals nicht waren. Instinktiv aber tat er das Richtige. Er entsorgte die Handys. Wir orteten keine Signale mehr, Godot kam nicht. Ich nutzte die Zeit des Wartens für Büroarbeit, brütete über den Zahlen und Daten der Justizanstalt Bergamo. So ein Gefängnis benötigt Unmengen an Essen, bloß um die Leute sattzukriegen. Und die Wäscherei steht Tag und Nacht nicht still. Blut muss man mit kaltem Wasser ausschwemmen, sagte meine Großmutter, und bis heute weiß ich nicht, ob sie das symbolisch meinte. In Bergamo häuften sie Unmengen Waschpulver an. Ich starrte auf die Rechnungen, hatte mich noch nicht an die neue Währung gewöhnt. Schon lang nahm ich keine Arbeit mehr mit nach Hause. Damals tat ich es doch. Sofia kitzelte Pippas Fußsohlen, die Kleine krähte fröhlich. Ich hielt ihr verblasste schwarze Zahlen auf glattem Thermopapier unter die Nase. Sie lachte. Fünfhundert Gramm Hartweizennudeln um sieben Euro? Luxusrestaurant? Nicht unbedingt.
Der Despar verkaufte billiges Mehl um neunundvierzig Cent, teures um etwas mehr als einen Euro pro Kilo. Wenn ich aber eine Tonne Mehl kaufte, und zwar beim Großhändler: War es dann nicht günstiger? Auf meiner Rechnung war es das nicht.
Ich hatte mich von einem geschenkten Fiat Uno auf einen werksneuen Fiat Tipo hochgearbeitet. In der Garage des Direktors stand ein Bentley aus den 1950er-Jahren neben einem Mercedes der S-Klas-

se. Den Oldtimer finanzierte er aus Schmiergeldern für die neuen hohen Mauern, die um das Gefängnis herum errichtet werden sollten. Die Baumafia war nicht zimperlich. Wenn nötig, verdiente sie auch an Gefängnisbauten. An Leitner und Bernatoni hatte er nichts verdient. Das schien ihn post festum zu ärgern. Mich auch. Meine akribische Recherche hatte einen bestechlichen Direktor ans Licht gezerrt, Leitner aber blieb in Deckung.

Mit einer Wanderkarte lässt sich's gut wandern. Heute läuft alles über Google-Maps. Ich vertraute auf Tabacco. Mein Blick wanderte von der Stiefelspitze den Schaft hinauf. Die alte Karte hatte einst meinem Vater gehört.

Wie hatte es der schlaue Fuchs wieder geschafft, aus dem Bau zu verschwinden und sich in Luft aufzulösen? Luft? Luft! Ich rief bei Agostini an, fragte nach dem Helikopter. Er war längst in Lecce gewesen. Der Heli stand unberührt in dem Stall. Sein Besitzer hatte den schwarzen Falken regulär gekauft. Es gab kein italienisches Gesetz, das die Haltung des metallenen Vogels verbot. Also nicht Luft. Wasser? Sizilien ist eine Insel. Wenn die Bosse übers Meer fuhren, trieb es sie in die Vereinigten Staaten, wo sie den Menschen italienische Pizza und asiatisches Heroin brachten. Auch das kolumbianische Kokain machte auf seinem Weg von Süd- nach Nordamerika oft eine Schleife über Europa. Waren Don Quijote und Sancho Panza unterwegs nach New York? Ich glaubte nicht, dass es Ricardo Bernatoni, der das Alphabet für ein Modell von Alfa Romeo hielt, in die USA zog. Aber Leitner? Konnte er Englisch? Ich kramte in der dicken Akte, fand die Telefonnummer. Der eifersüchtige Englischlehrer freute sich, dem einstigen Rivalen eins auszuwischen. Sein Englisch? Na ja, die If-Clauses, aber sonst: not so bad! Leider.

Ich legte auf, es läutete gleich wieder. Krachen in der Leitung, eine Frauenstimme, schlechtes Englisch. USA? Nein. Nordafrika. Leitner

und Bernatoni waren in Ceuta. Bernatoni hatte Kontakt mit Leuten vom Geheimdienst aufgenommen. Sie sollten ihn und Leitner über die Grenze nach Marokko schmuggeln. Wir hatten sie!
Mein Handy piepste. Sofia schrieb mir, dass das Theater früher als sonst begann. „Drei Schwestern", ein langes Stück. Ich war müde, wäre gern nach Hause gefahren. Die Stimme der Paartherapeutin klang in meinem Ohr: Arbeitszeit, Familienzeit, Paarzeit. In meinem Dreiklang war der Grundton dominant. Ich musste meinen Akkord harmonisieren. Mir hätte Paarzeit vor dem Fernseher genügt.

CASABLANCA

Es wird bald aufhören, sagen die Leute. Es regnet nie länger als zwei Tage. Morgen wird die Sonne scheinen. Max glaubt nicht daran. Seit sie hier sind, friert er, obwohl hier alle vom milden Klima reden. Wirklich kalt ist es nicht. Aber feucht und klamm. Max hat genug vom milden Klima, will ins extreme Klima. Ins heiße nämlich. Ricardo, der ewige Nörgler, beschwert sich nicht. Denkt gar nicht daran, dass er der Unzufriedene ist, Max der Disziplinierte. Als hätte jemand einen Schalter umgelegt und jetzt ist alles anders. Umgekehrt.

Aus drei Gefängnissen ist Max ausgebrochen, hier kommt er nicht über den Stacheldraht. Ceuta ist besser gesichert als Fort Knox. Es geht schließlich nicht um Ceuta. Auch nicht um Spanien. Sondern um die EU. Die muss vor Afrikanern geschützt werden, die ungehindert hinein- und nicht mehr hinausströmen. Die dann in Spanien, Italien, Deutschland, England, Frankreich Sprachkurse und Sozialämter überschwemmen. Solche Sozialhilfeimmigranten nämlich, die sind gefährlich. Max und Ricardo wollen auf die andere Seite. Raus aus der EU, hinein in den Schwarzen Kontinent.

Die Tage vergehen im ewigen Gleichklang. Max steht auf, um sechs Uhr, wie er es gewohnt ist. Neben ihm schnarcht Ricardo, die Decke zwischen die Beine geklemmt, den Kopf neben dem Polster, mit halb geöffneten Lidern. Max verrichtet das Morgengebet. Dankt der Himmelsmutter, dass sie ihn wieder in die Freiheit entlassen hat. Auch wenn sich die Freiheit gerade eben wie Eingesperrtsein anfühlt. Es liegt nicht am Stacheldrahtzaun. Oder nicht nur. Max hat verstanden. Jedes Mal hat ihm die Himmelsmutter eine Aufgabe gestellt. Damals auf Isola Verde hat sie ihn in die Dornen gesetzt. So wie einst Jesus Christus eine Dornenkrone getragen hat. Und so wie Gott aus dem brennenden Dornbusch befohlen hat, das Volk Israel ins Gelobte Land zu führen. Deshalb ist tagelang kein Regen gefallen. Bis Max ohnmächtig wurde. Er hat die Stimme Gottes gehört. Beim zweiten Mal sollte er Valentina aus den Fängen der Menschenhändler befreien. Max hat getan, was er konnte. Heute weiß er: Es war zu wenig. Jetzt hat ihm die heilige Jungfrau einen Verirrten geschickt. Einen, der ohne ihn verloren ist. Noch ist nicht Zeit, Ricardo die Richtung zu weisen. Noch muss Max vorpreschen und Ricardo hinterherziehen.

Max holt Frühstück, Weißbrot, Schinken, Ziegenkäse, wartet, bis Ricardo ein Auge auftut. Sie trinken Kaffee in der Küche, ein Tisch mit Resopalplatte, zwei Stühle aus Stahlrohr mit blauem Kunststoffbezug auf der Schaumstoffsitzfläche. Max zieht einen vom Tisch weg, der Stuhl scharrt über den schwarz-weißen Terrazzo-Boden, Max setzt sich. Durch das Fenster fällt trübes Licht auf den gefleckten Stein. Ricardo hat Hunger. Das Weißbrot ist zäh, Ricardo stopft sich ein Blatt Schinken in den Mund, zieht eine zerknautschte Marlboro aus der Schachtel, raucht. Max hat ihm verboten zu kiffen. Er will keine Aufmerksamkeit. Nicht, bevor sie drüben sind. Ricardo dämpft die Zigarette aus, isst den letzten Schinken direkt aus der Plastikpackung. Lässt die leere Hülle liegen, stapft ins Wohnzimmer, dreht den Fernseher auf. Dharma und Greg ohne Pot sind nicht lustig. Ricardo versteht nur die Hälfte oder noch weniger. Max schlüpft in die Daunenjacke, geht zur Kathedrale. Riesiges Gebäude aus der Renaissance. Gelb und weiß gestrichen. Zwei Glockentürme neben dem dunklen Portal, das mit grauem Stein eingefasst ist. Drinnen ist es erstaunlich hell, alles weiß und hellgrau getüncht. Die Kirche ruht auf massiven Säulen. Wie viele haben versucht, die Kirche niederzureißen? Protestanten und Atheisten, die sich Aufklärer nannten

und doch nichts anderes wollten, als das Gold der Kirche an sich zu reißen. Die Kirche steht immer noch und der Papst sitzt in Rom und gibt den Gläubigen seinen Segen. Urbi et orbi.
Das alles sieht Max in einem Augenblick der Stille. Es ist bald Weihnachten.
Er geht hinaus ins Freie. Der Himmel ist schmutzig weiß wie eingetrocknete Zahnpasta. Über dem Meer bauschen sich Wolken. Max wendet sich nach rechts, latscht über den breiten Paseo Richtung Plaza de la Constitución, wo die Busse abfahren. Weiter in die Fußgängerzone. Auf den Orangenbäumen der Allee hängen Lichterketten, in den Geschäften dudeln spanische Weihnachtslieder. Max hat die Hände tief in die Taschen gesteckt, es ist windig, die Lichter schaukeln hin und her, eine Haube wäre angenehm, aber nein, es hat doch über zwanzig Grad. Max betritt einen Handyladen. Nokias in allen Größen in Blau, Grau, Silber und Schwarz hängen an ihren Telefonkabelspiralen. Ein arabisch aussehender Verkäufer kommt herangeschlurft, fragt Max auf Spanisch, was er möchte. Max stoppelt die Spanisch-Brocken, die er von Valentina gelernt hat, zusammen, es werden keine ganzen Sätze. Italienische Wörter spanisch auszusprechen hilft eher nicht. Der Verkäufer brabbelt über Gadgets. Max braucht keine Gadgets. Abhörsicher – das ist das Stichwort. Auf einem der weißen Regale hängt ein breites Handy mit großer Tastatur, die aussieht wie die eines winzigen Computers. Der Verkäufer fliegt in den Mobilhimmel. Die schwarze Beere: Mit diesem Gerät, behauptet er, könne man sogar unterwegs seine Mails abrufen. Ach so. Max nimmt es in die Hand, das Kabel zieht sich in die Länge, Max hält das Gerät ans Ohr, ein unhandliches Handy. Der Verkäufer schüttelt den Kopf. So ist es nicht gedacht. Zum Telefonieren braucht man ein Headset. Wie bitte? So was Doofes können sich auch nur die Amerikaner einfallen lassen: ein Telefon, mit dem man nicht tele-

fonieren kann! Kanadier, verbessert der Verkäufer. Max kauft vier Nokia-Geräte. Auf der Plaza de la Constitución dreht er um, geht zurück, lässt die dicke Brombeere einpacken.
Auf dem Nachhauseweg nimmt Max Tapas mit und Falafel von einer Garküche. Ricardo schmecken die Kichererbsenbällchen. Er isst sie wie Bonbons. Steckt sie sich in den Mund, bevor Max Teller und Besteck aus der Küche geholt hat. Mit vollem Mund erzählt er, dass er einen gefunden hat, der sie rüberbringt. Er hat dem Kerl schon hundert Euro gegeben. Sie werden ihn abends an einer bestimmten Stelle beim Zaun treffen. Es ist der fünfte sichere Tipp, der fünfte verlässliche Schlepper. Um sieben Uhr bindet sich Ricardo die Turnschuhe und streift die Jacke über. Auf der Straße wendet sich Ricardo nach links, Max nach rechts. Ricardo schreit ihm nach. Max hebt die Schultern. Es zieht ihn in eine Seitengasse des Paseo. Vor einer Bar stehen die Gitschen in kurzen Röcken und Shorts, die unter den langen Jacken verschwinden. „Casablanca" steht in roter Leuchtschrift über dem Eingang. Max geht die Stufen hinunter. Es ist eine schummrige Bar. In einer Ecke ein Tisch, an dem vier Männer sitzen. Sie tragen weiße gehäkelte Häubchen, zu denen sie hier Kufi sagen. Auf dem Boden steht eine brodelnde Shisha. Der rot gemusterte Schlauch ist porös, löst sich an vielen Stellen, entblößt stumpfes Plastik. Feiner Apfelduft zieht durch den Raum. Max folgt der Duftspur an die Bar, bestellt ein Bier. Neben ihm sitzt eine junge Frau mit untergeschlagenen Beinen auf einem hohen Hocker und telefoniert. Max erklimmt den Stuhl neben ihr. Er hat sie gestern auf der Straße gesehen. Sie hat ihn angelächelt, Max ist ihr gefolgt, sie ist aufs Klo gegangen und nicht mehr herausgekommen. Heute aber sitzt sie da, lächelt wieder, zwei Reihen weißer Zähne blitzen zwischen roséfarbenen, breiten Lippen auf. Max wünscht ihr guten Abend, sie nickt huldvoll. Max fragt sie, wie es ihr geht. Sie spricht kein Spanisch. Nur

Französisch und ein wenig Englisch. Eine Marokkanerin. Max lässt den Blick über die Beine der Frau schweifen. Dunkle Bronze. Ist das der Farbton? Max denkt an die Kataloge in den Baumärkten, Kärtchen mit winzigen Farbflecken, die Kathi einst an Wände, Kästen, Tische angehalten hat. Der Tisch, der Sessel, die Kommode sahen nie aus wie erwartet. Sie heißt Jamila, das bedeutet die Schöne. Klar, was sonst? Sie lacht.
„With who do you talk?", fragt Max. Der muffige Lehrer in Bologna fällt ihm ein, der sie mit Yes-/No-Questions und Fragen mit Fragewörtern zermürbt hat.
Sie sieht kurz auf das Handy. „Attorney", sagt sie.
Bitte! Die wichtigen Vokabeln hat er ausgelassen. Was, Herrschaft noch einmal, heißt „attorni"?
„Procurateur", sagt sie.
Max reißt die Augen auf. „Procuratore?"
Sie nickt.
„Procuratore di stato?"
„Oui, oui."
Max wendet sich ab. Nimmt einen Schluck Bier.
„You don't like police?"
Max verzieht den Mund. Ein Schmetterling lässt sich auf seinem Unterarm nieder. Max betrachtet die weißen Halbmonde in den zartrosa Nägeln. Hübsch, denkt er.
„It is good to have friends at the police", sagt sie.
„Which procuratore?", fragt er.
„Not important", sagt sie.
Max sieht ihr ins Gesicht. Sie lächelt schwach. Rutscht vom Hocker, muss kurz wohin.
„You come back?", fragt Max.
„I come back", sagt sie.

Sie verschwindet hinter der Tür. Der Barmann steht mit dem Rücken zu Max, poliert Gläser, stellt sie ins Regal. Max nimmt das Handy, klappt es auf. Die letzte Nummer: keine italienische Vorwahl. Max scrollt durch zwanzig Nummern. +39 kommt nicht vor. Er klappt das Handy zu, legt es zurück auf den Tresen. Lautlos windet sich Jamila auf den Hocker zurück.

„In Marokko is different", sagt sie. „Police and mobsters so!" Sie legt die Zeigefinger beider Hände aneinander. „Some mobsters okay, some not. Some are killers. They are not good. We catch them. But some …" Sie zieht die Schultern hoch. „Many people have no work in Marokko. They must live. They have families."

Max trinkt schweigend.

„You?"

Sie sieht ihn an, Max sagt noch immer nichts.

„You have family?"

„I have a daughter."

„And wife?"

Max schüttelt den Kopf. „No wife."

Jamila steckt ihr Handy in die Tasche. Kurz denkt Max, er hätte es abwischen sollen. Jamila bestellt Weißwein. Der Barmann hebt die Brauen, stellt ihr dann doch das Glas hin. Max spricht über das Wetter. Jamila kichert. Findet alles lustig, so wie Ricardo, wenn der weiße Kegel zwischen seinen Lippen klebt.

Die Shisharaucher sind gegangen. Ein Mann und eine Frau drängen sich in der anderen Ecke aneinander, Max zahlt. Jamila folgt ihm. Sie hängt sich ein, sie wandern auf den Paseo. Es ist eine kühle, klare Nacht. Sie schauen auf das glitzernde Meer. Die Wellen sind mit weißschaumigen Kronen geschmückt. In ihrem Rücken ragen golden gestrichene Zäune übermannshoch in den Himmel. Sie sind mit stacheligen Drahtkronen bewehrt. Jamilas Hand schlüpft in Max'

Pranke. Sie hat einen festen Griff. Die Wohnung ist nur zehn Minuten entfernt. Max wünscht sich, dass Ricardo schon drüben ist. Hundert Euro für eine Nacht ohne ihn. Max sperrt die Tür auf, es ist finster und still. Kalter Tabakrauch liegt schwer in der Luft.

Ricardo ist kurz nach Mitternacht wieder da. Durchnässt, durchgefroren, durchgeknallt. Max tröstet ihn. Sind ja nur hundert Euro. Insgesamt also inzwischen fünfhundert. Keine Sache für Ricardos Familie. Sie haben ihm die Euro säckeweise an die Tür gestellt.

Jamila sitzt in einem beigefarbenen Fauteuil. Ihre Pumps hat sie achtlos unter den Polstersessel geschleudert. Ricardo starrt sie gierig an.

Max sagt, dass Ricardo auf dem Sofa im Wohnzimmer schlafen muss. Ricardo will nicht auf dem Sofa liegen. Jedenfalls nicht allein. Max zeigt ihm den Vogel. Die Couch ist eng und unbequem. Ricardo will seinen Polster. Max flucht. Sagt, dass Ricardo nie auf dem Polster liegt. Ricardo kickt einen Plastiksack mit schmutzigen Jeans durch das Wohnzimmer. Er wird sicher nicht auf der Couch schlafen. Seine Familie hat die Wohnung beschafft. Seine Familie hat all die Autos bezahlt, mit denen sie hierhergekommen sind. Und die Schiffspassage und überhaupt alles. Max wäre noch in Bergamo, wenn Ricardos Familie nicht gewesen wäre. Jetzt ist Max richtig grantig. Zu lang schon tanzt Ricardo auf seiner Nase Kassatschok. Max schreit ihn an, er soll sich zusammenreißen, sich endlich wie ein Mann verhalten, nicht wie ein verzogenes Muttersöhnchen.

Ricardo spuckt auf den braunen Teppich: „Crucchi!"

Max schnappt Ricardo am T-Shirt, zieht ihn zu sich. „Pass auf, was du sagst."

Ricardo ist das Messer im Sack aufgegangen. Glänzender Stahl sticht Max ins Auge.

CHARLES LINDBERGH

Es gibt keine Ereignisse, nur Entwicklungen. Wo habe ich diesen idiotischen Satz gehört? Er ist falsch, falsch, falsch. Schwachsinn. Es gibt Ereignisse, und sie ändern alles, egal, was vorher war. Das Helle wird schwarz, aus fröhlich wird verzweifelt, aus unbeschwert wird panisch, aus Leben wird Tod.

Wir sahen uns das Stück an, wir gingen in eine Bar, wir tranken Cocktails und Bier. Wir waren beschwingt. Wir mussten nach Hause, das Kindermädchen ging noch zur Schule.

Wir sperrten auf, es war leise. Wir grinsten, wahrscheinlich alle eingeschlafen. Sofia legte ihren Finger auf die Lippen. Ja, ich hatte zu laut gelacht. Wenn Pippa aufwachte, blieb sie munter bis zum ersten Hahnenschrei. Wir trippelten auf Zehenspitzen ins Wohnzimmer. Es war finster. Ich tappte zu Sofias Schreibtisch im Eck, zündete die Lampe an. Gedämpftes Licht fiel auf eine leere Couch. Die Kinderzimmertür stand offen. Pietros Bett war unberührt. Carlos Decke verwaist. Klar. Sie schliefen bei meiner Mutter. Wo war das Kindermädchen? Nicht hier. Pippas Gitterbett: leer. Unser Schlafzimmer: leer. Das Bad: leer. Sofia und ich liefen durch die Wohnung. Keine Spur von Lisa und dem Baby. Ich sah sogar im Abstellraum nach, in der blöden Hoffnung, die beiden hatten Putzen gespielt und waren dabei eingeschlafen. Und ja, ich lief auf den Balkon. Im Dezember. Sofias Schreie zerschossen mein Trommelfell. Ich suchte weiter. Ein Zettel, eine Nachricht. Lisa war mit Pippa in ihre eigene Wohnung gegangen. Ich rannte ins untere Stockwerk, läutete Sturm bei Lisas Eltern, eine Ewigkeit, die Tür öffnete sich einen Spalt, dann ganz. Sofias Mutter im Nachthemd. Wie, wo Lisa ist? Bei uns natürlich. Die passt auf Pippa auf. Sollte längst zu Hause sein.

Lisas Mutter hielt sich am Türrahmen fest. Ihr Gesicht wurde grau. Hinter ihr eine dunkle Silhouette. Und dann noch eine. Bertold führte seine Frau ins Wohnzimmer, Fragen prasselten auf mich nieder. Ich stolperte wortlos zurück zu Sofia. Lisas Bruder rannte hinter mir drein. Beschimpfte mich. Ja, beschimpft mich. Ich bin schuld, ich bin an allem schuld.
Ich holte mein Handy aus der Tasche, tat, was zu tun war. Tat, um irgendetwas zu tun. Nicht herumzusitzen, nicht zuzuhören, nicht da zu sein. Ich drängte Lisas Bruder aus der Wohnung. Ja, rüde. Er weckte das Haus auf.
Die Weißen kamen herein, ich führte Sofia hinaus, wir hatten hier nichts verloren. Agostini stand unten beim Eingang. Wir quetschten uns in seinen Polo. Hotel oder bei ihm? Wir antworteten nicht. Ich legte meinen Arm um Sofias Schultern, sie stieß ihn weg. Agostini brachte uns zu sich nach Hause. Ein Arzt kam, packte Infusionen aus, Sofia schrie ihn an, sie wolle keine Beruhigung, sie wolle ihr Kind. Ich war nie gut im Aushalten, hätte sofort alle Infusionen der Welt in mich hineinrinnen lassen. Ein Blick auf Sofia ließ mich stumm den Ärmel hinunterrollen.
Um vier Uhr morgens bekam ich die knappe SMS. Wenn ich Kinder wiederhaben will, muss ich Suche nach Max und Ricardo einstellen. Ich schrieb zurück: „Sofort Lisa ans Telefon holen. Wenn beide Kinder gesund, blase ich Suche ab."
Es kam keine Antwort.
Deeskalieren ist das Wichtigste. Steht in jedem Handbuch. Die Entführer nicht reizen, ihnen ruhig mitteilen, dass alle Forderungen erfüllt werden. Siebzig Prozent der Entführten kommen zurück, wenn das Lösegeld bezahlt ist. Sie wollten kein Lösegeld.
Ich schrieb: „Sofort Lisa ans Telefon holen. Wenn Kindern etwas passiert, jage ich Max Leitner und Ricardo Bernatoni bis an mein

Lebensende und schieße ihnen persönlich eine Kugel in den Kopf."
Es blieb still.
Agostini riss mir das Handy aus der Hand, starrte auf meine SMS, schüttelte den Kopf. Ich sah zu Sofia. Sie war in Agostinis abgewetztem braunen Fauteuil zusammengesunken, die Beine angezogen, die Füße versteckt. Die Haare hingen in Strähnen herab, verdeckten ihr Gesicht, die Angst drückte ihre Schultern nach unten. Sie spürte meinen Blick, hob das Gesicht. Die Augen stumpf und leer, die Wangen hingen herab, fahl und grau, die Lippen blutleer. Als Kind hatte ich einen Film über Edith Piaf gesehen, die meine Mutter verehrte. So sah die Sängerin aus, als Alkohol und Auszehrung ihr Gesicht zerfasert hatten. Wie damals rollte der Schock durch meinen Körper. Ich wandte mich ab. Telefonierte mit den Suchmannschaften. Sie hatten unser Viertel durchkämmt, keine Spur von den Kindern. Die Nachbarn hatten ein Auto gesehen, einen silberfarbenen Opel Corsa. Der war lang auf der anderen Seite gestanden. Autonummer: unbekannt. Ich rief in der Zentrale an, unter den gestohlen gemeldeten Autos waren vierunddreißig Opel-Besitzer. Alle aus Süditalien. Wusste gar nicht, dass die Leute dort deutsche Autos fuhren. Schämte mich für den Gedanken. Schämte mich, irgendetwas zu denken, was nicht half, mein Kind zu finden.
Ich fragte, wer zu Max' Familie gefahren war. Niemand. Ich hielt das Handy weg, sah Agostini an. Schrie ihn an. Sofia stand auf, hielt mir den Mund zu, fragte nach. Agostini erklärte. Max war es nicht. Ich wüsste das besser als jeder andere. Max entführt niemanden. Schon gar keine Babys. Max ist ein Räuber, kein Kidnapper.
Wer dann? – Sofia.
Agostini tippte auf Bernatoni. Oder seine Familie. Ein Clan aus Sizilien, einflussreich. Ärzte, Unternehmer, Regionalpolitiker, sogar ein Richter. Bernatoni war gewaltbereit. Er hatte die Mörder seines

Vaters getötet. Deshalb saß er ein. Sein Vater war in den Mafiakrieg der 1980er verstrickt gewesen. Wie, blieb unklar. Selbst Falcone und Borsellino hatten ihm nichts nachweisen können.

„Ich weiß, wo die beiden sind", sagte ich. „Und ich werde dorthin fahren und sie suchen, bis ich sie habe und bis sie mir gesagt haben …" Die Tränen überfluteten den Rest meiner Rede.

Sofia stand kerzengerade wie einer dieser Haselnussstäbe, an denen die Mutter die Rosen festband. „Wo?"

„Ceuta", sagte ich. „Sie wollen über die Grenze."

„Ich komme mit", sagte sie.

Agostini wagte Einwände. Sie sagte, sie sei Journalistin, sie wisse, wie man recherchiert.

Ich hing im Internet. Mit dem Auto waren wir in fünfundzwanzig Stunden dort. Ich ließ mir von Google die Zugverbindungen nach Neapel anzeigen. Der nächste fuhr um fünf Uhr zehn, zwei Stunden Zeit zum Packen.

Im Zug rief ich den Camorrista im weißen Leinenanzug an. Sagte, dass ich seinen Black Hawk brauchte. Er war kein Frühaufsteher, brummte, dass er den Helikopter längst verkauft hätte … gut, also nicht verkauft, aber nicht vollgetankt … gut, also volltanken … aber in Ceuta könne der Hubschrauber nicht landen. Ich sagte, er werde eine Möglichkeit finden, wenn nicht, würde ich dafür sorgen, dass er die nächsten Jahre nicht ausschlafen könne. Im Knast ist um sechs Uhr Morgenappell.

Sofia trug hellblaue Jeans, einen dunkelblauen Pullover, einen roten Schal, den sie raffiniert um den Hals drapiert hatte. Sie hatte die Haare kompliziert verwuselt hochgesteckt, Make-up aufgelegt, Augen grau und schwarz umrandet, matten Lippenstift aufgetragen. Sie sah aus wie eine dieser Damen auf den Covers der Lifestyle-Magazine. Ihre Füße steckten in weißen Converse. Sie zog sie aus, legte die

Beine auf die Bank neben mir, ich sah auf rot bemalte Fußnägel und schlanke Fesseln. Hübsch, dachte ich.
Wir tranken Kaffee im Speisewagen. Das Koffein fuhr mir ins Blut, machte mich zappelig. Sechs elende Stunden. Pietro rief an, fragte, warum er bei der Oma bleiben musste. Sofia brach in Tränen aus, sagte, sie werde ihm alles erklären, aber nicht jetzt, er solle sich keine Sorgen machen. Lisas Eltern riefen etwa zwanzigmal an, ob es Neues gebe, zwanzigmal Hoffnung, zwanzigmal Enttäuschung. Meine SMS – und die zehn, die ich danach noch geschrieben hatte – blieb unbeantwortet. Die Entführer meldeten sich nicht.
Achtundvierzig Stunden, sagen die Entführungsspezialisten. Dann geht das Fenster zu. Wer bis dahin nicht gefunden wurde, hat kaum eine Chance. Ob es mit einem Baby kürzer war – ich wagte nicht zu fragen.
Agostini rief an. Er hatte Mattia Lorenzo zu Leitners geschickt. Sicher ist sicher. Sie wussten nichts. Seine Mutter sagte hundertmal, dass Max es nicht gewesen sei: Was immer er früher angestellt hatte, sie hatte es nie geleugnet.
Hubschrauberflüge mag ich nicht. Mir wird schlecht. Auch Sofia wurde erst wieder rosig im Gesicht, als wir gelandet waren. Außerhalb der Stadt auf einer Wiese. Ein blauer Mercedes brachte uns in die Stadt. Ich telefonierte mit der Agentin, die mich angerufen hatte. Sie sagte mir, dass Max und Ricardo noch auf der spanischen Seite wären. Ich fragte, wie und wo wir uns treffen könnten. Sie sagte, sie werde mir Bescheid geben, es sei nicht so einfach. Ich sagte, es ginge um Leben und Tod. Nein, das sagte ich nicht. Ich verlor die Nerven. Stille in der Leitung. Leben und Tod von zwei Kindern. Einem Baby. Meinem Baby. Sie sagte, sie werde schauen, was sie tun könne. Ich solle mich erst ausruhen, dann in einer Bar in der Nähe des Paseo nachfragen.

Sie hatte recht. Es war fünf Uhr Nachmittag, Sofia und ich waren seit vierunddreißig Stunden auf den Beinen, hatten seit zwanzig Stunden nichts gegessen. Wir waren nicht hungrig, nicht müde. Sofia rief ein Taxi. Als wir bei der Bar ankamen, dämmerte es. Ein Schild besagte, dass um einundzwanzig Uhr geöffnet würde.
Wir trabten auf den Paseo Alcalde Sánchez Prado und von dort weiter zum Hafen. Mafiabosse haben große Jachten. Ob Pippa unter Deck von einem dieser Schiffe lag? Ob Lisa bei ihr war? Ihr Wasser und Fläschchen gab? Die Windeln wechselte? Die kleine Pippa tröstete, wenn sie weinte? Und wer tröstete Lisa?
Sofia steuerte auf einen McDonald's zu. Davor stand ein dicker roter Weihnachtsmann und verteilte Zuckerl. Wir setzten uns in den ersten Stock, kauten lustlos einen Burger und tranken einen halben Liter Coca-Cola. Es blieb noch viel Zeit bis einundzwanzig Uhr. Sofia hatte nur zwei Bissen vom Burger gegessen. Um kurz vor acht stiefelten wir zurück zu der Bar. Sie war geschlossen. Wir blieben stehen, sahen alle Minuten auf die Uhr.
Wir waren in Nordafrika. Der Barmann kam um kurz vor halb zehn, sperrte das Vorhängeschloss auf, klappte die grauen Türläden auf, sperrte die gläserne Eingangstür auf und ließ uns ein. Wir waren die ersten Gäste. Ich zupfte die Fahndungsfotos aus der Innentasche meiner Jacke. Bei Ricardo Bernatoni schüttelte der Barmann den Kopf. Max Leitner erkannte er. Ja, der war hier. Das letzte Mal? Der Barmann verzog den Mund. Vorgestern? Oder ist es schon drei Tage her? Gestern jedenfalls nicht. Ganz sicher nicht.
Ich seufzte, bestellte Bier, Sofia Cola. Wir setzten uns an einen Tisch in der Ecke. Das Lokal füllte sich spärlich. Ein paar Araber, zwei junge Mädchen, die sich kichernd in die andere Ecke setzten und an einem Glas Wein nuckelten – Malaga, extrasüß.
Sofia fragte mich, warum der marokkanische Geheimdienst Max

und Ricardo nicht längst verhaftet hatte. Man vermute Kontakte zur marokkanischen Drogenmafia und wolle den Hintermännern auf die Spur kommen.
Sofia sah auf ihre Taschenuhr. Wir waren gefangen im Paradoxon der Zeit. Sie blieb stehen und raste – gleichzeitig! Wir hatten noch vierzehn Stunden.

FEILSCHEN

Zwölftausend Euro, sagt der Mann mit den stechenden Augen unter buschigen Brauen. Max sagt, er zahlt ihm die Hälfte. Der Mann nickt. Dreitausend jetzt, dreitausend, sobald sie drüben sind. Max sagt, er hat nicht so viel. Der Mann deutet auf Ricardo. Der sitzt teilnahmslos auf einem blutverschmierten Fauteuil.

Max hat den Stich gar nicht gespürt. Erst danach, als Ricardo auf dem Boden gelegen ist, hat er bemerkt, dass er blutet. Jamila hat mit einer kleinen Pistole herumgefuchtelt und geschrien. Max hat nichts verstanden, sie hat Französisch geschrien. Dann ist der Arzt gekommen.

Wieder die linke Hand. Als wäre die nicht schon genug bedient. Den Mittel- und Ringfinger kann Max gar nicht mehr ausstrecken. Schnappfinger, hat der Arzt in Bergamo gesagt und etwas von Knötchen gefaselt, die die Sehne einengten. Jetzt also ein Schnitt quer über den Handballen. Max ist ins Bad gegangen, hat nach Verbandszeug gesucht, nichts gefunden. Die Hand hat geblutet, geblutet, geblutet. Jamila hat die Pistole eingesteckt, telefoniert. Einer ist gekommen, hat einen kleinen Koffer aufgemacht, ein Fläschchen herausgeholt, die Hand besprüht. Kurz hat es wie im Krankenhaus gerochen. Der Arzt hat Gaze auf die Wunde gelegt, die Hand in einen festen Verband gepackt. Erst dann hat er sich Ricardo zugewandt. Er ist zusammengekauert auf dem Boden gesessen. Blut hat auf den Berberteppich getropft. Der Arzt hat seinen Kopf gehoben. Über dem linken Auge klaffte eine Platzwunde. Der Arzt hat mit Jamila geredet. Kehlige Laute mit viel ch und a.

Der Kampf hat Ricardo nicht zur Vernunft gebracht. Kaum war der Arzt weg, hat er wieder geflucht. Jamila hat gesagt, sie müssen ver-

schwinden. Heute noch. Die italienische Polizei sei ihnen auf den Fersen.
Ricardo steht auf, gibt dem Mann sechs violette Scheine. Der Schlepper redet mit Jamila. Wieder Kehliges. Jamila nickt. Sagt, sie werden den Mann in sechs Stunden, kurz nach zweiundzwanzig Uhr, wiedersehen. Aber! Jamila hat die Pistole wieder in der Hand. Geht nach hinten, Richtung Tür. Sie umfasst die Pistole mit beiden Händen. Sie verrät ihnen den Treffpunkt nur, wenn Max und Ricardo ihr verraten, wo die Kinder sind.
Welche Kinder?
Der Schrei. Er wühlt sich vom Bauch die Kehle hinauf und reißt seinen Mund auf. Der Zorn ist ein Wolf, er fällt Max an, verbeißt sich in seinen Hals, seine Eingeweide. Jamila hat die Pistole in der Linken. Sie geht auf Max zu, legt ihm die Rechte auf die unverletzte Hand. Wiederholt die Frage.
Ricardo sagt dümmlich: „Es war nicht meine Idee."
Natürlich nicht. Seit wann hat Ricardo Ideen? Vor einem Moment noch hätte ihn Max erschlagen können. Jetzt nicht mehr. Aus dem Messerstecher Ricardo ist wieder das einsame Kind geworden. Sein wirrer Blick huscht über den Boden, als suche es nach seinen Murmeln, die unter Sofa und Kasten gekollert sind.
Max ist plötzlich müde. Jamila fragt wieder und wieder, wo die Kinder sind.
Ricardo zieht die Schultern zu den Ohren. Er weiß es nicht. Jamila wirft ihm sein Telefonino zu. Ricardo ruft an, lässt das Telefon auf die Brust sinken.
„Hat keinen Sinn mehr", sagt er leise.

PURGATORIUM

Ich hielt das Handy in der Hand, beim ersten Vibrieren riss ich es hoch, drückte auf den roten Hörer, fluchte, es läutete wieder, ich drückte auf den grünen. Die marokkanische Agentin sagte, wir sollten uns ein Hotelzimmer nehmen, morgen früh würde sie kommen. Ich sagte, wir wollten sie sofort treffen, jetzt gleich. Wir kämen überallhin, egal, wo sie sei. Sie sagte, morgen früh, legte auf, hob nicht mehr ab.

Ich tippte mit zitternden Fingern eine flehende SMS. Sie schrieb zurück. „Um sechs Uhr morgens vor dem Eingang des Parador de Ceuta." Ich schrieb: „Wissen Sie, wo die Kinder sind?" Sie antwortete: „Morgen."

Das Parador de Ceuta war ein Hotel, das wir uns nicht leisten konnten. Wir checkten ein. Legten uns samt Gewand auf das Bett. Ich stellte den Wecker. Die vollen Stunden wurden von einer nahen Kirche eingeläutet. Ich sah dennoch jedes Mal auf das Handy. Um fünf Uhr dreißig standen wir beim Eingang. Es war noch finster. Die Agentin war gnädig. Sie kam zehn Minuten vor sechs. Ich wusste es, bevor sie es uns sagte.

Ich blieb stehen. Sofia blieb stehen. Wie wir das schafften, weiß ich nicht.

Personenbeschreibung der Agentin: irgendwie groß, jedenfalls erwachsen. Sie hatte Haar und Augen.

Sofia neben mir sagte leise: „Ich muss sie sehen."

Wir saßen dann im Hotelzimmer.

Sofia neben mir sagte leise: „Ich muss sie sehen."

Ja, hier sagte sie das. Oder waren wir schon unten?

Die Agentin schenkte Wasser ein und gab uns die Gläser. Die Agen-

tin war schon weg. Sofia schenkte Wasser … Das Zimmermädchen schenkte Wasser ein. Glaub ich.
Ich rief Agostini an. Der Einzige, den ich ertrug. Er hatte seine Frau verloren. Das Gespräch war schwierig. Ich hatte Halsweh. Meine Stimmbänder hatten sich zersetzt. Ich flüsterte. Sie sollten die Kinder in die Gerichtsmedizin bringen. Ich käme dann vorbei. Wir kämen dann vorbei.
Wir wurden ins Bett gelegt. Und ein Arzt stand da. Oder eine Ärztin. Oder eine Krankenschwester. Vielleicht waren wir im Krankenhaus. Mein Handy läutete. Ich richtete mich auf, klappte es mechanisch auf, hielt es ans Ohr. Agostini brüllte mir ins Ohr: „Kommt sofort her!"
Ich ließ mich wieder zurücksinken, klappte das Handy zu. Sofia nahm es mir aus der Hand, zerrte mich hoch. Wir wankten zwei Stockwerke hinunter zur Lobby. Vor dem Eingang stand ein Polizeiauto. Zwei Junkies stiegen ein. Wir fuhren zu einem Militärstützpunkt, stiegen in einen Hubschrauber. Grober Sand rieb in meinen Augen. Stunden über dem Meer. Sofia sah aus dem Fenster in wolkenloses Grau. Es war windig. Wir stürzten nicht ab.
Dann wieder ins Auto. Endlich vertraute Stimmen, Menschen, die mich verstanden.
Agostini stand in einer schwarzen Jacke unter einer windzerzausten Palme auf einer Mole. Wir stapften hinaus. Weiter draußen waren die Jachten vertäut. Agostini trabte voran. Ich war nicht vorbereitet. Jetzt merkte ich es. Stattdessen hatte ich die Zeit damit verbracht, einer Schimäre nachzujagen, eine Hoffnung zu zwingen, real zu werden. Das war mein Leben. Die letzten Stunden hatten auskristallisiert, was ich immer getan hatte: formlose Hoffnungen zurechtgeschmiedet, schwitzend und keuchend, und geglaubt, so würden sie wahr.

Die Weißen standen herum, ihre Köfferchen und Taschen in den Händen. Agostini drängte sie zur Seite, stieg in den Schiffsbauch hinunter. Ich kletterte hinterher, wollte Sofia festhalten, sie brauchte meine Hilfe nicht.
Die Kabine war leer. Auf dem Tisch stand ein aufgeklappter Laptop. Agostini drückte mit seinem blauen Plastikfinger auf die Entertaste. Ein Bild von Lisa – Pippa im Arm. Das Bild begann zu laufen. Lisa sagte in Südtiroler Italienisch: „Den Internationalen Haftbefehl zurücknehmen. Die Bestätigung bis achtzehn Uhr da hinschicken." Sie hielt einen Zettel hoch, darauf stand eine Mailadresse: lisaepippa@yahoo.it. Der Bildschirm wurde schwarz, mir wurde schwarz.
„Na los!" Ah, Sofia. Wir hatten zwei Stunden.
Ich raste hinaus, kletterte wieder hinauf, rannte die Mole zurück, in die Stadt. Internetcafé suchen. Wo denn nur, wo? Ah, Taxi. Der Chauffeur quatscht los, dass er auch nicht weiß, wo so etwas ist, ich muss ihm schon die Adresse nennen. Herrschaft, fahr einfach los, wir werden schon eines finden.
Die Rechnung fiel hoch aus, ich ließ Sofia mit dem Taxler sitzen, rannte in das Geschäft, dessen Auslagen mit @-Zeichen zugekleistert waren. Drinnen saßen junge Männer. Es wurde gekämpft. Mal im Mittelalter, mal im Dritten Weltkrieg. Ich lief zur Theke, bekam einen Platz zugewiesen. Der Internetcafetier reichte mir ein Taschentuch. „Abwischen", sagte er. Von meiner Stirn troff der Schweiß. Herrschaft, wie hieß die neue Brandtner? Kann nicht sein! Agostini. Ich mailte ihm, er solle bitte der neuen Brandtner sagen … Sofia setzte sich neben mich. Nannte einen Namen. Richtig, so hieß die neue Brandtner. Ich tippte. Sie rief mich an. Ob sie das denn so ohne Weiteres tun dürfte. Ja, ohne Weiteres. Und sofort. Aber der Oberstaatsanwalt … soll scheißen gehen. Und mir dann sofort alles schicken. Sofort!!!

Wir warteten. Endlich kam der Internationale Haftbefehl. Er war durchgestrichen. Drunter stand, dass er aufgehoben worden war.
Ich tippte die Mailadresse in die vorgesehene Zeile. Sofia griff mir in die Tastatur, besserte sie aus. Ich schrieb „Internationaler Haftbefehl – ungültig" in die Betreffzeile, hängte das Dokument an, drückte auf Senden. Wir hatten noch eine Stunde.
Wir blieben sitzen. Ich stieg aus dem Programm aus und wieder ein. Nein, nicht zurückgekommen. Ich brauchte frische Luft. Einen Atemzug nur. Ging vor die Tür, trabte auf und ab. Wäre ich Raucher gewesen, hätte ich geraucht. Egal, was.
Pippa und Lisa waren im Turnsaal einer Mailänder Schule. Beide wohlauf.
Ein größeres Wunder als dieses hielt das Leben nicht mehr bereit. Dieses eine genügte.

BUNGA BUNGA

Der Zaun ist zwanzig Meter hoch, kann nur mit großen Zangen zerschnitten werden. Es muss schnell gehen. Alle fünf Minuten kommt die Guardia Civil vorbei. Wenn die da ist, werden die Zaunschneider zur Ablenkung Steine auf ihr Auto werfen.

Das ist nicht notwendig. Die Zaunschneider sind schnell. Max und Ricardo schlüpfen durch. Rennen. Mitten hinein in die Meute marokkanischer Polizisten. Sie verlangen 15.000 Euro. Max sagt, er hat kein Geld. Die Polizisten lachen, ziehen die Pistole. Max spreizt die Beine. Sie klopfen. Vorn, hinten. Die Geldscheine hat Max in mehreren Päckchen auf den Rücken geschnallt. Die Hände des Polizisten klopfen zu weit oben.

Ricardo schreit, Max soll den Polizisten das Geld geben. Alles, was sie dabeihaben. 300.000 Euro. Ricardo ist verrückt.

Max holt aus, schlägt dem ersten Polizisten ins Gesicht, rammt dem zweiten das Knie in den Bauch, schlägt dem dritten auf die Nase, schreit: „Lauf!"

Ricardo ist weg, Max rennt ihm nach, stolpert, fliegt, in einen Schacht, er ist mit Wasser gefüllt, nein, nicht mit Wasser. Mit Scheiße, urinverdünnt. Die Polizisten stehen um ihn herum, einer mit geschwollener Nase, einer hält sich den Bauch. Max will sich hinausziehen, der mit der blutenden Nase stößt ihn zurück. Ein anderer zieht ihn dann doch nach oben. Sie binden ihn an einen Baum. Die Schnüre schneiden ihn an der Brust ein, das Geld drückt im Rücken gegen die Rippen. Max hustet. Es stinkt bestialisch. Max muss die Luft anhalten. Er muss telefonieren, dann bekommen sie ihr Geld. Jedes Wort presst er heraus, wenig atmen, gerade so, dass er nicht umfällt.

Der Polizist mit Bauchweh spuckt ihm ins Gesicht. Der, der Max herausgezogen hat, gibt ihm sein Handy. Pecunia non olet.
Jamila ist schnell da. Sie wohnt in Tétouan, das ist in der Nähe. Sie redet mit den Polizisten, gibt ihnen Geld. Tausend Euro. Mehr später. Max zieht sich die Stinkehose aus, steigt in das Polizeiauto. Sie fahren in die Stadt. Jamilas Wohnung ist im dritten Stock. Vom Balkon aus kann Max die Berge sehen, grüne Flanken, darüber nackter Fels. Schön. Er steht mit Handtuch auf dem Kopf und um die Lenden da und sieht in die Ferne. Jamila legt ihren Arm um ihn, zeigt ihm ihre Stadt, die die Berber die weiße Taube nennen. Jamilas Arm ist lang und sehnig, so wie Jamila selbst. Sie ist fast so groß wie Max, aber fünfzig Kilo leichter. Wenn sie lacht, lachen ihre grünen Augen mit und ihr ebenholzschwarzes Haar wogt bis zu den Schultern. Jetzt lacht sie nicht, jetzt schnurrt sie. Max hat zu tun, legt die Geldpacken auf einen Tisch, breitet die Scheine aus. Manchmal stinkt Geld doch. Er kann nicht bleiben. Ricardo ist in Rabat bei Freunden seiner Familie. Keine gute Idee, ihn dort allein zu lassen. Jamila fährt mit.
Ricardo schickt einen Wagen, einen Rolls-Royce. In Rabat bleibt das Auto vor einem Hochhaus stehen. Die Wohnung ist im obersten Stock, ein langer Gang, von dem die Zimmer abzweigen, links die der Frauen, rechts die der Männer.
Max ist verschwitzt, geht ins Bad, stellt sich unter die Dusche, lässt das Wasser auf seinen Nacken prasseln. Die Wasserhähne sind aus Gold. Das Bett in seinem Zimmer ist aus massiven dunkelbraunen Pfosten, einem dieser duftenden dunkel gemaserten Tropenhölzer, und mit einem bestickten Überwurf bedeckt. Darunter Polster, in denen der Kopf versinkt wie in weichem Schnee, und eine Decke, so leicht und zart wie von Feenhand gewebt. Am Abend werden sie wieder geholt, es gibt Party. Der Rolls-Royce bleibt vor einem Palast stehen. Der sitzt auf einem Hochhaus wie ein Storchennest auf

einem Rauchfang. Der Palast ist so groß, dass man sich verlaufen könnte, stünden nicht überall Diener in Livree, die Max sanft dahin oder dorthin drängen. Die Buffettische sind so lang, dass Ende und Anfang nicht zu sehen sind, hier könnte eine Kompanie verköstigt werden. Es schmeckt nur viel besser als beim Bundesheer. Max schnuppert an Gerichten mit orientalischen Gewürzen, Safran, Kreuzkümmel, Koriander, vieles, was er nicht kennt. Er bleibt vor einem Gusseisenkessel stehen, darunter ein Schildchen, arabische Schnörkel. Ein Koch kommt beflissen heran, Max fragt, was das ist. Chowder. Aha. Max lässt sich von der arabischen Fischsuppe geben, kleine Fischstücke schwimmen in einer Sauce mit Kartoffeln, Gemüse, Bohnen.
Er sitzt mit dem Teller in der Hand auf einem ledernen Pouf, eine orangefarbene Stofflampe taucht Raum und Menschen in weiches Licht. Auch die Frau, die sich neben ihn setzt: Jasmina. So duftet sie auch. Sie fragt, wie lang er schon in Rabat ist, einer sehr alten Stadt. Das hat Max schon gesehen, große Altstadt. Jasmina schüttelt den Kopf. Das meint sie nicht. In Rabat wurden die ersten Menschen geboren. Wirkliche Menschen. Die Schädel, die in der Nähe gefunden wurden, die Rabat-Hominiden, sind die ersten der Gattung Homo sapiens. Ah so. Jasmina fragt, wo er herkommt. Max sagt, Italien. Sie wechselt ins Italienische, sagt, dass er gar nicht wie ein Italiener aussehe mit seinen blonden Haaren und den grünen Augen. Max hat sich wieder blond gefärbt, das passt zu den Papieren. Das Mädchen beginnt zu schwärmen – von der Piazza Navona in Rom, dem wunderbaren Brunnen. Von den vatikanischen Museen. Vom Petrusgrab Berninis im Petersdom mit dem großen Baldachin und den vier Heiligenstatuen. Das Mädchen hat zarte Gliedmaßen, ist klein, ein wenig wie Gina Marra, aber runder, eleganter. Sie legt ihre Brille zur Seite und Max überlegt, ob sie die trägt, damit jeder sieht, dass

sie Studentin ist. Max schaut sich um, es gibt auch andere Frauen hier. Alle jung und schön. Jasmina lehnt sich zurück, stützt sich mit den Händen am Boden ab, ihr Rock fällt auseinander, entblößt feste Waden, zarte Schenkel. Ein rotes Dreieck blitzt auf, als sie ihre Beine andersrum übereinanderschlägt.

„Ich bin sapiosexuell", sagt sie. Hebt den Oberkörper wieder an, greift nach einem Pfirsich, der in einer silbernen Schale auf dem kleinen Tisch steht, leckt an der Haut, beißt hinein. „Ich verliebe mich nur in Männer, die hochintelligent sind."

„Hab ich mir gedacht", brummt Max. „Michelangelo hat großartige Statuen gemacht. Nur beim Moses – da hat er einen Fehler gemacht. Hat ihm Hörner aufgesetzt. Weil das falsch in der Bibel dringestanden ist."

„Ja", sagt Jasmina gurrend.

Der Gastgeber, ein großer Mann in bodenlanger Jalabiya und Palästinensertuch, kommt auf Max zu, setzt sich neben ihn, scheucht die Kunststudentin davon. Max und Ricardo sollen am nächsten Tag wiederkommen, es gibt Geschäftliches zu besprechen. Max nickt. Wie er mit Jasmina zufrieden sei, fragt ihn der Gastgeber. Redet viel. Der Gastgeber winkt. Eine andere Frau kommt. Leila. Tochter eines Scheichs aus Dubai. Auch klug, aber keine Studentin. Leila redet weniger. Sieht noch weiblicher aus. Max will sie nicht mitnehmen, in der Wohnung wartet Jamila. Der Gastgeber sagt, Max soll Jamila nach Hause schicken. Sie arbeitet für den Geheimdienst.

Max mag Jamila. Leila ist auch schön. Hat leuchtende Augen. Langes, wallendes Haar, das ihr bis zum Po hinunterfällt. Und in ihren Augen leuchtet eine unbestimmte Sehnsucht. Aber heute hat Max eine entdeckt, da ist ihm ganz schwindlig geworden. Sie ist ihm auf dem Gang begegnet, dann gleich in den Frauentrakt abgebogen. Sie war verschleiert. Er hat nur ihr Gesicht gesehen. Und ihre Hände.

Die waren bedeckt mit feinen roten Henna-Tattoos. Max hat diese Hände angeschaut, fest, klein, die können zupacken. Und die Augen, die feine Nase, die vollen Lippen. Die rosigen Wangen. Die schmale Silhouette unter dem Schleier. Wenn Max an sie denkt, wird er nervös. Am Abend wieder Party, Max sucht nach der Frau mit den Tattoos. Viele Frauen haben rot gemusterte Hände. Die eine ist nicht da. Max isst Fischsuppe. Ricardo stochert in einem Teller mit Meeresfrüchten herum. Mault, dass die Kuchen die gleichen sind wie gestern. Sie schmecken wie Couscous mit Honig. Ricardo will Pannacotta. Max schleppt Ricardo zur Dessertabteilung, drückt ihm einen wackeligen Vanillepudding in die Hand. Wenn Max nach Hause kommt, wird Jamila schlafen. Also nimmt er Leila mit.
Asis ist ein hagerer Mann mit großer Nase. Sein Büro ist im Zentrum von Rabat in einem unauffälligen weißen Gebäude im Erdgeschoß. In seinem Zimmer steht ein großer Tisch mit einem Computer. Über ihm schaufelt ein Deckenventilator heiße Luft von da nach dort. Die Rollos sind heruntergelassen. Asis sitzt in einem Bürostuhl mit fünf Rädern. Auch er trägt Jalabiya und dazu Turnschuhe von Adidas und ein PLO-Tuch. Er lässt die Kugeln eines kurzen arabischen Rosenkranzes durch die Finger gleiten. Sieht Max und Ricardo lang an, nickt, holt die Pässe und Führerscheine und drückt Max noch zwei Perücken und eine Gesichtsmaske in die Hand. Ricardo fragt Max, warum er keine Maske bekommt. Max weiß es nicht. Asis unterhält sich nicht mit Ricardo, redet nur mit Max.
Sie werden mit dem Rolls-Royce abgeholt. Es geht aufs Feld. Alkohol gibt es nicht, aber gegen Marihuana scheint der Prophet nichts einzuwenden. Die Äcker sind so weitläufig, dass Max Stunden brauchte, sie alle zu inspizieren. Die Landwirtschaft ist das eine, der Handel das andere. Der Wagen bleibt vor einer betonierten Lagerhalle stehen. Das Gras wird in Säcken gestapelt. Der andere Stoff handlich in

Plastikquader verpackt. Gastgeber Mustafa zeigt Max die Bestände. Er spricht Arabisch, hat einen Dolmetscher mit. Crystal Meth ist Scheiße, sagt der Dolmetscher. Mustafa handelt nur mit bestem Heroin, direkt aus Afghanistan. Darauf legt er Wert. Und die Marge ist besser. Kein Vergleich. Mustafa schwitzt unter dem Turban, nimmt das Tuch ab. Er ist fast kahl. Deshalb – der Rabat-Hominide neigt sich zu Max und hebt den Zeigefinger – deshalb ist es notwendig, dass er sich auf die Geschäftspartner verlassen kann. Das sieht Max ein.

Nachmittags schwimmen sie im Pool auf dem Dach ihres Hauses. Leila will nicht schwimmen, der Pool wird von allen anderen Bewohnern des Hauses auch benützt. Ricardo steht am Beckenrand, eine Dose Bier in der Hand. Er ist stolz auf seine Freunde. Die die Freunde seiner Familie sind. Max möge bedenken: die Möglichkeiten, die sich hier böten. Da ginge es nicht um ein paar hunderttausend Euro, da ginge es um Millionen. Max hat nicht vor, ins Drogengeschäft einzusteigen. Schweigt. Sinnt auf Geldquellen.

Jamila zieht ein bodenlanges buntes Kleid an, greift nach dem Kamm. Grobe Zinken durchfurchen die dunklen Wellen des Meers. Jamila fasst das Haar zusammen, streift einen Gummi drüber, steckt Nadeln in den dicken Knoten. Max beobachtet ihre wogenden Schultern, die kräftigen Arme, den langen Hals, die zarten Ohren. Sie ist schön. Sie braucht Geld. Max drückt ihr ein Flugticket in die Hand. Sie zerreißt es.

Leila wartet im Storchennestpalast. Die Gäste stehen und sitzen herum, rauchen, trinken, die Frauen verschleiert, andere in Shorts und knappem T-Shirt. Studentinnen, allesamt. Behauptet Mustafa. Studentinnen brauchen auch Geld. Max geht zum Buffet. Lässt sich verschiedenen Fisch auf den Teller häufen. Ricardo rümpft die Nase. Er hat von dem Fleisch probiert. Schmeckt anders als zu Hause und

riecht streng. Max seufzt. Stellt Ricardos Teller neben eine Wärmeplatte. Nimmt einen leeren, häuft Spaghetti Bolognese drauf, reicht ihn Ricardo. Er saugt die Nudeln ein, als hätte er noch nie Spaghetti gegessen. Max dreht sich um, geht zu einem Tisch, Ricardo setzt sich neben ihn. Max will den Abend nicht mit Ricardo verbringen. Leila isst zwei Miesmuscheln und Salat. Sie kuschelt sich an Max, sagt, sie will nach Hause. Jetzt schon? Sie sind gerade erst gekommen.
Von nebenan fliegen arabische Melodien herüber. Leila will tanzen. Sie gehen hinüber, da tanzen Männer und Frauen, an den Schultern eingehängt. Leila legt ihren Arm um die Schulter einer bummeligen Blondierten mit schwarz umrandeten Augen und knallroten High Heels, Max den seinen um Leila. An ihn hängt sich ein bärtiger Araber in weißem Hemd und brauner Stoffhose. Ein Schritt nach rechts, ein Schritt nach links, ein Schritt nach rechts, Füße überkreuzen, Schritt nach rechts und wieder von vorn. Eine junge Frau in langem Rock und weiter Bluse durchbricht die Kette, geht in die Mitte, wiegt ihre Hüften und windet die Arme vor Brust und Kopf, weiße Seeschlangen auf der Suche nach ihrem nächsten Opfer. Eine zweite und eine dritte tun es ihr gleich. Leila bleibt bei Max.
Jamila hat die Brombeere entdeckt. Um sechs Uhr morgens reißt sie die Tür auf, tut, als sähe sie Leila nicht, steigt über sie drüber, setzt sich neben Max. Hier, in diesem Gebäude, gibt es WLAN. Max reibt sich die Augen. Was gibt es hier? Ist das gefährlich? WLAN – Wireless LAN, ohne Kabel. Max braucht auch kein LAN mit Kabel. Damit – Jamila wachelt mit dem dicken Handy – kann Max Julia Mails schicken. Sie fragt Max nach seiner Mailadresse. Max hat keine. Leila tritt nach Jamilas Hintern, will sie aus dem Bett drängen. Jamila schüttelt Leila ab, die wirft ihr einen giftigen Blick zu. Jamila giftet zurück. Wendet sich wieder dem Handy zu, drückt darauf herum, sagt, dass Max jetzt eine Mailadresse hat. Er soll Julia gleich schrei-

ben. Wie denn? Jamila deutet auf ein Feld. Hier: Mailadresse von Julia. Hat er nicht. Jamila verdreht die Augen.
Leila kreischt. Jamila hat ihr die Waden zerkratzt und Schimpfwörter an den Kopf geworfen. Eines davon hat Max verstanden, obwohl er kein Arabisch spricht: Bitch.
Schon wieder geht krachend die Tür auf. Ricardo steht ihm Zimmer, beladen mit blau-weiß gestreiften Plastiksackerln. Was macht der hier? Der steht nie vor elf Uhr auf. Hinter seinem Rücken taucht Jasmina auf, winkt ihnen zu. Jasmina? Die Sapiosexuelle?
Ricardo schwenkt die Sackerl. „Frühstück!"
Max seufzt. Mag nicht im Bett frühstücken. Brösel im Bett – nein, danke. Sie gehen auf die Terrasse, Jasmina und die beiden Frauen decken den Tisch, kochen Kaffee.
Ricardo ist Geodät. Mit Diplom von der Technischen Universität. Ist schnell gegangen – der zweite Bildungsweg. Teuer? Och, ja, was so ein Studium halt kostet. Ein paar hunderttausend Euro werden es gewesen sein. Aber Bildung ist wichtig. Die lassen sich die Eltern was kosten. Und so einen Ingenieur, der sich auskennt mit den Metallen und Steinen, den kann man immer brauchen. Geodät, sagt Max. Das sind die, die mit den langen schwarz-weißen Stangen in der Gegend stehen. Und einer schaut durch einen großen Fotoapparat mit Stativ. Ach, das ist Ricardo! Auch gut. Das kann er – mit einer Stange herumstehen. Ricardo grinst. Die Frauen kommen mit vollen Tellern auf die Terrasse. Melone, Sternfrucht, Bananen, Ziegenkäse, Oliven, Toast und starker schwarzer Kaffee.
Unter ihnen breitet sich der Stadtteppich aus, Rabat ist eine Königsstadt.
„Dort", sagt Jasmina und zeigt zur Morgensonne, „dort drüben ist der Palast des Königs." Dahinter, noch weiter im Osten, liegt Salé, das mit Rabat zusammengewachsen ist wie ein siamesischer Zwil-

ling. Aber dort müssten sie nicht hin, dort ist es nicht so schön. Es wird laut auf der Straße, blubbernde und hupende Tuk-Tuks schlängeln sich durch die Autos. Zwei Männer beginnen zu streiten. Jasmina achtet nicht darauf, erzählt unverdrossen von der Schönheit der Stadt mit ihrem Wahrzeichen, dem Hassan-Turm, der einst Teil der zweitgrößten Moschee der Erde war. Leila und Jamila lauschen andächtig, als hätte es nie einen Streit gegeben, Ricardo putzt sich die Nägel mit einem Taschenmesser.

Es klingelt an der Tür, draußen steht ein schmutziges Kind, dem der Rotz aus der Nase läuft. Wie kann man im Sommer bei der Hitze verkühlt sein? Max gibt dem Buben eine Packung Taschentücher. Die Augen des Kindes leuchten auf, als hätte jemand eine Taschenlampe hinter der braunen Regenbogenhaut angeknipst. Ob Max auch einen Stift hat? Stylo, Stylo. Jaja. Max hat einen Stift. Zwei sogar. Für den Bruder auch noch einen. Der Bub richtet die Botschaft aus. Asis will mit Max reden.

Diesmal trägt Asis Uniform und Militärstiefel. An seiner Brust hängen Orden. Er fragt, ob Ricardo dabei ist. Nein. Asis nickt. Max setzt sich in einen alten hölzernen Bürostuhl. Asis rollt in seinem Drehsessel hinter dem Schreibtisch hin und her. Er will Max warnen. Vor wem denn? Vor Ricardo. Ricardo? Der harmlose, einfältige Ricardo? Was ist mit ihm? Er telefoniert zu viel. Asis hat ihn verwarnt, aber Ricardo hört nicht auf ihn. Mindestens einmal am Tag ruft Ricardo in Palermo an. Asis zeigt Max eine breite Rolle Computerpapier mit Telefonnummern. Einige mit Kugelschreiber – Stylo – umrandet. Italienische Nummern mit Palermer Vorwahl. Ricardos Eltern? Nein. Eine Frau. Nicht verwandt. Asis greift in seine Schreibtischschublade, holt Fotos heraus. Max schaut auf eine kleine junge Frau mit großer Nase, kurzem Haar, hoher Stirn und fleckiger Haut. Blasse Lippen, verbissener Zug um den Mund. Grü-

ne Augen. Die Augen sind hübsch. Entfernt erinnert das Mädchen an Gina Marra. Oder nein, an Jasmina.
Max wird Ricardo ins Gewissen reden. Er selbst hat nur zwei- oder dreimal zu Hause angerufen. Jedes Mal das Handy danach entsorgt.
Max streift durch den Suq. Dort wuchern die Juweliere. Es ist nichts dabei, was einer Scheichtochter stünde. Max verlässt das Gewirr, ruft ein Taxi, lässt sich auf die breite Avenue Mohammed V kutschieren. Hier protzen die Auslagen mit Gold und Marken. Der breite palmengesäumte Streifen in der Mitte ist ein langgezogener Park. Die Häuser am Rand in dezent arabischem Stil, weiß und sauber, mit kleinen Bögen im obersten Stock, sehen aus, als würden sie täglich frisch gekalkt. Max sondiert die Schaufenster, Gold in allen Farben und Steine von Blutrot bis Blütenweiß. Ein langes Collier mit Diamanten im Brillantschliff ruht auf einem seidenen Polster in einer samtbezogenen Schachtel, ein dazu passendes Armband von Cartier wird in ein langes Etui gelegt. Ring? Nein, keinen Ring.
Ricardo ist mit Jasmina unterwegs. Sie will ihm die Kasbah zeigen. Dann wieder Party bei Mustafa. Max fragt, wie es in der Festungsanlage war. Groß ist sie, sehr groß. Schaut aber überall gleich aus, lehmig-braunes Gemäuer. Max zieht Ricardo in den Spielsalon. Die Männer kauern neben Backgammon-Brettern aus Marmor und werfen elfenbeinerne Würfel durch die Luft. Max und Ricardo setzen sich an einen Tisch mit verwaistem Brett. Max redet Ricardo ins Gewissen. Ricardo prustet empört. Was Max wieder daherredet. Von wegen verfolgt. Es sind überall Menschen hier, an jeder Ecke. Klar, dass manche von denen in die gleiche Richtung gehen. Max soll sich behandeln lassen, es gibt hier gute Ärzte. Er nimmt die Würfel, schleudert sie quer über den kleinen Tisch mit Perlmuttintarsien. Pasch! Die Würfel sind gefallen.

Ich glaube an Kompetenz. Ich kann Gesetzestexte lesen. Agostini kann Verbrecher fangen. Besser, als jeder andere, den ich kenne. Chirurgen schneiden Krankes weg, Mechaniker reparieren Autos, Installateure Leitungen und Hähne, Psychologen reparieren Ehen. Ich baue den Wasserhahn nicht selbst ein, ich operiere mich nicht selbst, ich gehe zur Eheberatung. Wahrscheinlich ist Sofia nur bei mir geblieben, um unsere Kinder vor mir zu schützen. Ich hätte Pietro und Pippa von Kopf bis Fuß verkabelt, hätte ich gewusst, wie es geht. Big Father is watching you.
Ich hielt mich an die Abmachung, suchte Max Leitner nicht. Agostini war nicht gebunden. Ich musste mein Wissen nicht verleugnen, ich hatte keines. Die Agentin hatte sich wochenlang nicht gemeldet. Max Leitner war in Marokko. Marokko ist groß.
Agostini lud mich zum Abendessen ein. Ganz informell überlegten wir, was Leitner braucht. Geld. Jeder Flüchtige benötigt Geld. Er hatte keine Kontakte in Marokko. Lief alles über Ricardo. Agostinis Augen sprühten wie Wunderkerzen auf dem Christbaum. Er förderte sein anachronistisches Notizbuch zutage. „Ricardo ist ein fleißiger Telefonierer. Diese zwei Nummern hat er angerufen. Eine aus Palermo. Ein Mädchen. Polizeibekannt wegen Drogenbesitzes."
Und eine andere Nummer hatte er ebenfalls regelmäßig gewählt. Eine aus Marokko. Max Leitner. Wer sonst. Gecheckt? Freilich. Die Nummer war auf einen gewissen Ahmed al-Basri zugelassen. Der echte al-Basri lag seit einem halben Jahr im Krankenhaus und würde bald sterben.
Wenn man einen Wal harpunieren will, wirft man zuerst kleine Steine auf das Tier, um die Entfernung einzuschätzen. Ich scrollte

in meinem Handy die Adressen durch. „Hier!“, sagte ich. „Renato Scalfaro. Arbeitet bei ‚La Repubblica‘. Ist ein Draufgänger.“
Agostini tunkte Weißbrot in die Sauce seines Vitello tonnato. „Und?“
„Er könnte hinfahren und Max interviewen.“
„Wieso sollte Max das tun?“
„100.000 Euro sind ein gutes Argument.“
Agostini zog die Brauen zusammen. „Woher kennst du den?“
„Meine Frau ist Journalistin, schon vergessen?“
Unser Stein landete direkt auf dem Rücken des Wals. „Er bläst“, sagte Agostini fröhlich, als er mich anrief.
„Wo?“
„In der Wüste rund um Rabat.“
Das Treffen verlief im Sand. Scalfaro war dort, Leitner nicht. Es war meine Idee gewesen, dennoch war Agostini enttäuschter als ich. „Warten“, sagte ich. „Wir müssen warten. Irgendwann kommt er.“
Notburga Kofler lag im Krankenhaus. Sie wollte ihr Gewissen erleichtern. Ich fuhr nach Brixen. Eine sehr kleine Dame lag in einem großen weißen Bett. Die Nase stand spitz aus dem Gesicht. Sie hatten ihr das Haar abgeschnitten. Statt des Dutts im Haarnetz, mit dem sie einst vor der Schule stand, mit dem sie wahrscheinlich geboren worden war, hatte sie jetzt einen Pagenkopf. Dünne Federn lagen auf ihrer verschwitzten Stirn. Die Wangen grau vor Schmerz und Auszehrung. Ich setzte mich an ihr Bett, nahm ihre knochige, schwielige Hand. Die Adern stachen blau aus runzlig-weißer Haut hervor. Sie öffnete die Augen, deutete mir, sie aufzurichten. Ich drückte auf Knöpfen herum, der Kopfteil fuhr hoch. Notburga sah geradeaus. Ich fragte, was sie mir sagen wollte. Sie wandte sich mir zu. „Sie wissen es schon, oder?“
Ich zuckte die Achseln.
„Er ist mein Kind“, sagte sie leise. „Nicht das von der Steffi.“

Das wusste ich nicht.
Sie seufzte, strich mit der Hand über die glatte Decke, als wollte sie Brösel entfernen oder Insekten.
„Der Max ist auf die Welt kommen, da waren sein Vater und die Steffi schon verheiratet. Und die Steffi hat gedacht, dass sie keine Kinder bekommen kann. Deshalb hat sie mir den Buben abgenommen. Und sie hat ihn sehr gern gehabt. Er ist ja was ganz Besonderes."
Die Stimme brach. Vor dem Fenster lag mausgrauer Himmel, dichte Schneewolken hatten sich vor die blasse Wintersonne geschoben.
„Sie war immer gut zum Max", fuhr Notburga fort. „Auch als sie dann ihre eigenen Kinder bekommen hat. Vier gleich. Stellen Sie sich vor. Wir haben ihm nie was gesagt. Zuerst war er ja noch so klein. Und dann war er so schlimm. Und dann war er …"
… noch schlimmer, dachte ich.
„Ich hab mich immer gesorgt um ihn. Immer, immer. Hat nix genützt."
Ich drückte ihre Hand.
„Haben Sie ihn gefunden?"
„Nein", sagte ich. „Aber wenn Sie etwas wissen, müssen Sie es uns sagen."
Sie lachte oder hustete. Oder beides. Und sagte, dass sie nix wüsste.
„Aber eines ist gewiss", sagte sie schnaufend und röchelnd, „dass ihr ihn wieder einfangt. Es sind die Weiber. Die werden ihm immer zum Verhängnis. Er kann nicht ohne sie. Und sie verraten ihn. Alle. Die Jetzige wird ihn auch verraten. Ich hab es im Glas gesehen."
Das Glas hätte ich gern gehabt. Wahrscheinlich wäre es in meinen Händen blind geworden.
„Passen Sie gut auf ihn auf und seien Sie nicht zu streng mit ihm", sagte sie.
Die Agentin rief an. Max war noch immer in Rabat. Sie hatte der

Polizei – dem guten Teil, der nicht korrupt war – einen Tipp gegeben. Sie verfolgten ihn schon seit einiger Zeit. Es sei eine Frage von Tagen, sagte sie.

Ich fragte sie, ob sie in Rabat sei.

„Nein", sagte sie schroff, „ich bin in Tétouan. Und da bleibe ich."

LEVIATHAN

„Aber der Herr verschaffte einen großen Fisch, Jona zu verschlingen. Und Jona war im Leibe des Fisches drei Tage und drei Nächte.
Und Jona betete zu dem Herrn, seinem Gott, im Leibe des Fisches. Und sprach: Ich rief zu dem Herrn in meiner Angst, und er antwortete mir; ich schrie aus dem Bauche der Hölle, und du hörtest meine Stimme. Du warfest mich in die Tiefe mitten im Meer, daß die Fluten mich umgaben; alle deine Wogen und Wellen gingen über mich, daß ich gedachte, ich wäre von deinen Augen verstoßen, ich würde deinen heiligen Tempel nicht mehr sehen. Ich sank hinunter zu der Berge Gründen, die Erde hatte mich verriegelt ewiglich; aber du hast mein Leben aus dem Verderben geführt, Herr, mein Gott. Da meine Seele bei mir verzagte, gedachte ich an den Herrn; und mein Gebet kam zu dir in deinen heiligen Tempel. Die da halten an dem Nichtigen, verlassen ihre Gnade. Ich aber will mit Dank dir opfern, mein Gelübde will ich bezahlen; denn die Hilfe ist des Herrn.
Und der Herr sprach zum Fisch, und der spie Jona aus ans Land.“
(Jona, Kapitel 2)

Leila hat ihn die arabische Liebeskunst gelehrt. Max hat gedacht, er könne nichts mehr lernen. Doch sie zeigt ihm, was der Mann tut, um den Penis länger steif zu halten, eine wonnige Zurückhaltung, ein schmerzhaftes Balancieren und Tänzeln auf dem haarfeinen Seil zwischen Schmerz und Lust. Sie hingegen muss nichts mehr lernen. Sein ganzes Sein, scheint es, ist Penis, ist Hoden, ist Penis, verschmilzt mit ihrer Hand, ihrer Vulva, ihrem Anus. Ekstase, flüstert eine Stimme in seinem Ohr, sie ist tief und dunkel und gehört nicht zu Leila, und doch hört er sie.

Am Morgen tauschen sie. Max stellt die feinen Schmuckkästchen auf den Kopfpolster, Leila zieht ein schlankes rot-weißes Rechteck aus ihrer Tasche. Es ist die Fluggenehmigung. Kein Ticket. Das braucht sie nicht. Auf dem Flughafen wartet der Learjet ihres Vaters.
Max fährt zu Asis ins Büro, sagt Adieu. Er steht auf, umarmt Max, sagt, es sei gut, dass er fährt. Ricardo wird in wenigen Stunden verhaftet werden.
Max steigt in den Rolls-Royce. Leila hat ein schwarzes Kopftuch auf, trägt eine große Sonnenbrille. Ihre Lippen sind korallenrot geschminkt. Max setzt sich neben sie, sie lehnt ihr Knie an seines. Max denkt daran, was sie mit diesem Knie alles gemacht hat. Sie gehen zum Rollfeld. Die Tür öffnet sich. Leila springt die Stufen hinauf. Von hinten sieht sie aus wie Jacqueline Kennedy. Max bleibt stehen. Sie dreht sich um. Sieht ihn an.
„Ich kann nicht“, sagt Max.
Asis tobt. Max lässt das Gewitter vorbeiziehen. Erklärt das italienische Mafia-Quidproquo. Ricardo hat ihn aus dem Gefängnis geholt: quid. Allein schafft er es nicht. Max muss ihm beistehen, egal, worin: quo. Rechnungen müssen bezahlt werden.
Asis schickt sie nach Casablanca. Das Auto bleibt vor einem Landhaus im Villenviertel Anfa stehen. Es ist neu, sieht aber wie ein altes Haus aus. Die Fassade ist in erdigem Orange gestrichen, einer Wüstenfarbe. Das hölzerne Tor ruht in einem großen Bogen, um den herum ein Bogen in etwas dunklerem Orange gemalt ist. Um die Rundung ist ein Kranz aus kleineren Bögen aufgemalt, kleine, stumpfe Strahlen. Die Fenster des ersten Stocks sind ebensolche Bögen wie das Tor – nur kleiner. Max geht hinein, das Haus ist klimatisiert, ein Schwall kalter Luft umschmeichelt seine Haut. Sie stehen in einer großen Halle, die ist westlich eingerichtet. Ein hoher Esstisch, ein Couchtisch, ein Ledersofa von Rolf Benz. Max

tritt auf die breite Terrasse, blickt hinaus aufs Meer. Mare Nostrum. Hier gehört es den Afrikanern.
Max lässt sich auf die Couch fallen. Der Kühlschrank ist gefüllt, sie sagen dem Fahrer, was sie abends essen wollen. Max bestellt Chowder. Ricardo will Pizza. Italienische Pizza, keine marokkanische.
Der Fahrer schreibt es auf einen Zettel, die Schriftzeichen ziehen in dekorativen Arabesken nach links. Ricardo geht in ein Zimmer, sperrt ab.
Max fährt in die Stadt, lässt sich zur großen Kirche chauffieren. Steigt aus. Geht hinein. Ein riesiger Betonbau aus den 1950er-Jahren. Auch das Innere der Kirche ist klobig-klotzig, als hätten die Architekten die Adresse verwechselt. Liebe Bauherren, hier wohnt Gott nicht. Und Raum ist in der kleinsten Hütte. Max setzt sich in die letzte Reihe, faltet die Hände, betet ein Vaterunser, ein Ave Maria und ein eigenes Gebet, in dem er die Himmelsmutter um Vergebung bittet. Er hat lang nicht gebeichtet, es haben sich Sünden angesammelt. Die Gottesliebe ist zwischen den breiten Säulen verloren gegangen, die Furcht bleibt.
Der Chowder heißt in Casablanca Bouillabaisse und schmeckt anders als in Rabat, seifig und sandig. Und der Fisch ist voller Gräten. Ricardo mampft seine Pizza, Max reißt sich ein Stück ab. Erzählt von dem Mann mit der Zeitung, dem Mann mit der gelben Kappe, dem Kerl in der Bar, der seinen Kaffee nicht getrunken hat. Ricardo ist stur. Redet wieder von Halluzinationen. Max platzt der Kragen. Wie oft soll er Ricardos Hals noch aus der Schlinge ziehen? Ricardo sieht ihm fest in die Augen, schlägt mit der Faust auf den Tisch. Wieso er schon wieder an allem schuld ist? Max fragt, wie viele Leute hier sind. Dann wird wohl einer von ihnen etwas falsch gemacht haben. Ricardo schießt in die Höhe. Liegt er jeden Tag mit einer anderen Nutte im Bett? Glaubt Max wirklich, die tun das, weil er so schön

ist? Oder so klug? Jetzt reicht es. Max wäre längst im sonnigen Dubai und ließe sich die Cocktails in goldenen Bechern an den Pool bringen, wenn er nicht wegen Ricardo hiergeblieben wäre. Oh, das hätte er nicht müssen. Ricardo geht es ohne Max besser. Viel besser sogar. Das Leben ist einfacher ohne einen großen Bruder und seine Ermahnungen. Gleich zieht Ricardo den Schmetterling aus dem Socken. Gleich fliegt er durch die Luft und saust herab auf die bloße Haut. Max weiß es, sieht es in Ricardos flackerndem Blick. Zeit, sich hinzusetzen, die Hand locker auf Ricardos Unterarm zu legen, ihm zu versichern, dass er sein Freund ist.
Max holt aus, sein Arm schwenkt um seine Achse wie ein mächtiger Kran und trifft Ricardos Ohr. Der schwankt, greift sich an den Kopf, sinkt zu Boden, betrachtet das Blut an seinen Händen. Max läuft hinaus, frische Luft, frischer Wind, weite Landschaft, sanfte Landschaft für die wundgeschauten Augen. Max stapft durch ein Wäldchen, weiter, weiter, in die Steppe, dürres Gras an seinen Knöcheln. Das Gras ist hier so scharf wie Ricardos Messer. Max setzt sich auf einen Stein, der inmitten des Nichts liegt, als hätte Mutter Gebirge im Hinterland ihr Kind vergessen. Jetzt erst sieht er, dass es ein Feld ist. Die dürren Stängel waren vielleicht einst Weizen oder Mais. Max kniet nieder. Unser tägliches Brot gib uns heute.
Das Meer ist aufgewühlt, schaumige Wellen klatschen ans Ufer. Die Promenade ist windzerzaust, heute flaniert hier keiner. Am Morgen hat es geregnet. In den Cafés hocken die alten Männer und krakeelen. Max und Ricardo biegen ab in die Innenstadt. Hinter ihnen einer von den Alten, ein zahnloser Clown mit eingesogenen Wangen. Er findet bald Freunde. Max knufft Ricardo in die Seite. Ricardo dreht sich um. Ja bitte, noch einmal. Sag ihnen doch gleich, dass wir sie gesehen haben. Sie stehen an einer Kreuzung, es ist eine breite Straße, die Autos rasen dahin. Sie gehen bei Rot drü-

ber, die Marokkaner hupen verärgert. Hinter ihnen geht einer von den Geheimdiensttypen zu Boden, ein anderer zerrt ihn auf, sie fluchen. Max lacht. Aber kurz, denn da ist ein Polizist auf der anderen Straßenseite und dann noch einer und noch einer, ein ganzes Empfangskomitee. Sie fallen zu zehnt über Max und Ricardo her, sie sind in einem Bienenstock, alles schwirrt und sticht. Die Handschellen klicken. Die Übermacht zerrt sie ins Auto, fährt sie in eine Kaserne. Ricardo wimmert. Max sieht zu Boden. Er hat sich in die Wange gebissen. Langsam fließt blutiger Speichel zu Boden. Die Araber kümmert das nicht.
Raus aus dem Wagen, rein in ein großes Gebäude. In den oberen Stockwerken sind die Fenster nicht vergittert, ist nicht notwendig. Sie binden Max an einem Stuhl fest, die Hände hinter der Lehne zusammengezurrt. Ricardo wird in ein Zimmer nebenan gebracht. Ein großer Mann mit Schnauzbart und blau-weißer Uniform kommt herein, legt seine Kappe auf den Stuhl, fragt ihn auf Französisch nach seinen Personalien. Max nennt seinen falschen Namen und sein angebliches Geburtsdatum. Der Mann schlägt ihm grob ins Gesicht. Zischt, wie er wirklich heißt: Max Laitnäääarrr. Das Verhör wird lang dauern. Max weiß es. Der Schnauzbärtige will Namen. Wer vom Geheimdienst hat mit Max und Ricardo kollaboriert? Wer hat sie versteckt? Wer sind die Hintermänner? Max schweigt.
Die Zeit vergeht mit Schlägen und kalten Schauern im Gesicht. Nebenan schreit Ricardo. Man steckt ihm Kugelschreiber ins Ohr. Das sagt der Schnauzbärtige. Und schuld ist Max. Weil er nicht redet.
Max denkt nach. Nennt Namen. Der vom Geheimdienst, sagt er schließlich auf Englisch, hat Ali geheißen. Und sein Freund Jassir. Oder war es umgekehrt? Ja, umgekehrt. Sicher umgekehrt. Wieder Ohrfeigen. Neue Namen: Hamaz und Latif. Oder umgekehrt. Latif und Hamaz.

Der Schnauzbärtige kommt nicht mehr, dafür andere. Eine Frau. Sie hebt den Rock. Sagt, dass sie mit ihm schläft, wenn Max ihr sagt, was sie hören will. Sie hat dicke knotige Oberschenkel. Und Max mag ihren süßlichen Geruch nicht.

Er sitzt schon seit Stunden mit den gefesselten Händen auf dem Stuhl, die Finger sind angeschwollen, die Stricke scheuern an den Gelenken. Max muss aufs Klo. Jetzt gleich. Sie lassen ihn nicht gehen. Soll er es einfach rinnen lassen? Die Agenten können hinaus, er sitzt in seinem Dreck. Max kneift zusammen, bis es schmerzt. Endlich kommt eine, die ihn vom Stuhl losbindet, ihn aufs Klo lässt. Ricardo war auch pinkeln, sagt sie.

Die Wonne dauert fünf Minuten. Dann wieder zurück in den Schraubstock. Max sieht beim Fenster hinaus. Es wird dunkel. Wenigstens kommt er jetzt in die Zelle. Er ist müde, er braucht Schlaf, will sich die Hände reiben, nachdenken. Wie konnte es passieren, dass sie jetzt hier sitzen? In diesem elenden Loch?

Ein Mann kommt herein. Er sieht aus wie von der Putzkolonne. Stellt eine Lampe auf. Sie leuchtet Max ins Gesicht, das Licht bohrt sich in seine Augen wie ein Stachel ins Fleisch. Er protestiert, den Mann kümmert es nicht. Max schreit. Der Putzmann ist taub. Geht grußlos. Die Lampe leuchtet Max in die Augen. Selbst wenn er sie zumacht, geht das Licht durch seine Lider durch, leuchtet in Max hinein, bis tief unten in seine Seele. Er kann nicht schlafen. Der Kopf ist so schwer wie ein Sack Mehl. Wenn er ihn nach hinten legt, tut ihm der Nacken weh, wenn er ihn hängen lässt, auch. Es ist jetzt überall finster, nur in diesem Raum ist es gleißend hell. Die Lampe verdampft die Tränen im Nu. Die Zunge liegt dick und schwer im ausgetrockneten Mund – Sahelzone. Jetzt sehnt sich Max nach einem Schwall Wasser, fauligem, stinkigem Wasser, Wasser, nur ein Schluck.

Die Winternächte sind länger als die Sommernächte. Max hört Schritte, immer Schritte. Und Stimmen, laute und leise. Sie schreien, sie reden, sie flüstern, sie krächzen. Und Max darf nicht verrückt werden.
Am Morgen kommen zwei Männer herein. Sie drehen die Lampe ab. Max blinzelt. Es ist finster. Aber jetzt ist Tag. Ein scheckiger, fleckiger Tag mit Blitz und Donner. In einer Ecke stehen zwei. Er sieht nur ihre Silhouetten. Schemen. Sie unterhalten sich halblaut. Sie werden den Wasserhahn aufdrehen, sagt der eine. Jetzt erst erkennt Max das Emaille-Waschbecken mit dem Wasserhahn. Sie werden den Hahn aufdrehen und nicht mehr zudrehen. Der andere sagt, sie sollten das besser in der Dusche tun. Besser in der Dusche. Max sieht noch immer nichts. Nur Umrisse, hell und dunkel. Seine Welt ist ein schmaler Streifen geworden, ein Schlitz, durch den wenig hereinkommt.
Sie tragen ihn samt Sessel in die Dusche, drehen den Hahn auf. Kaltes Wasser prasselt auf ihn nieder. Er schreit, das Wasser ist laut. Niemand hört ihn.
Sie bringen ihn zurück ins Büro. Das Wasser tropft auf den Boden, er ist aus Fliesenmusterplastik.
Wieder Fragen. Wieder Namen. Wieder Schläge. Wieder Wasser. Wieder Harndrang.
Gegen Mittag kommt der Mann mit der Lampe. Nein, keine Lampe. Es ist doch hell. Der Mann hat einen Topf in der Hand. Er beugt sich über Max. In dem Topf ist Couscous. Der Mann steckt Max den Löffel in den Mund. Bis in den Rachen. Max spuckt und bekommt keine Luft. Unbarmherzig stopft ihm der Mann immer neue Löffel voll Gries in den Rachen. Max schluckt, schluckt, schluckt.
Am Nachmittag ist Schnauzbart wieder da. Er verliert die Geduld, sagt er. Max auch. Ricardo hätte schon alles gesagt. Sie wüssten es bereits. Das ist gelogen. Max weiß es. Hätte Ricardo die Leute verraten, wären sie längst in ihren Zellen.

Aus Stunden wird eine Woche. Der Jänner ist ohne Sekt und Vorsätze ins Land gezogen.
Am sechsten Tag hat sich Max verloren. Er ist jetzt nur mehr Hülle. Die schmerzt an immer neuen Stellen. Max registriert es wie ein Arzt, der eine Leiche seziert. Aha. Hier ein Magengeschwür. Und die Leber ist zersetzt. Das Herz ist zu einer Erbse eingeschrumpelt und die Nieren sind hart wie Kieselsteine. Haut: ledrig, faltig, trocken. Die Lippen: aufgesprungen. Die Zunge: geschwollen. Die Lider: geschwollen. Die Wangen: aufgedunsen.
In den nächsten Stunden werden seine Lippen die richtigen Namen formen, ohne dass Max es ihnen befiehlt. Sie werden von ganz allein reden. Sie werden alles sagen, was Schnauzbart hören will.
Schnauzbart kommt herein, er tritt auf Max zu, sägt seine Seile durch, befiehlt ihm, aufzustehen. Die Glieder knacken und knarren wie der Motor des alten Traktors, mit dem Onkel Ignaz aufs Feld gefahren ist, als Max ein Kind war. Schnauzbart schiebt ihn hinaus, auf den Gang, hinunter in ein Auto. Die Handschellen sind eine Wohltat im Vergleich zu den Fesseln. Sie fahren durch leere Straßen, auf die Autobahn, sie rasen die Küste entlang nach Norden. Ricardo sitzt zusammengesunken neben Max. Er sieht übel aus. Sein Gesicht ist blau verfärbt, im Unterkiefer fehlt ihm ein Zahn. Auf dem linken Ohr liegt ein schmutziger, durchnässter Verband, mit breitem Pflaster festgeklebt. Seine Augen sind kaum zu sehen, die Lider sind dick und verkrustet. Im Mundwinkel hängt eine braune Kruste. Max muss nicht in den Spiegel schauen, um zu sehen, wie er selbst aussieht. Sie sitzen eineinhalb Stunden im Lieferwagen. Fahren durch Rabat, ein Verkehrspolizist steht inmitten einer Kreuzung und pfeift wüst durcheinander. Winkt mit weiß behandschuhter Hand hektisch mal dem, mal jenem.
Es geht weiter nach Salé. Dort ist es nicht so schön, hat Jasmina ge-

sagt. Dort müssten sie nicht hin. Sie halten vor einem hohen Zaun mit Stacheldraht. Max und Ricardo werden hineingestoßen, kurzer Weg zum Gebäude, Gefängniszelle. Nicht Zelle. Halle. Gefängnishalle. Mehrere hundert Leute in einem einzigen Raum. Vier Polizisten treten sie hinein. Die Häftlinge beachten sie nicht. Einige kauern auf dem Boden. Ein paar haben ein Bett und liegen darauf. Fliegen schwirren an der niedrigen Decke. Eine Glühbirne hängt müde herab. Es gibt nichts aufzuhellen. Das Klo ist immer besetzt. Max und Ricardo stellen sich an. Es ist nicht schwer zu finden. Die Reihe steht vor einem stinkenden Loch. Und dann sind sie dran. Ein Loch und rundherum ist auch alles braun und es stinkt nach allen Ausscheidungen. Die quellen aus allen Löchern. Aus allen.
Max ist schlecht, er kann nicht aufs Klo gehen, nur Wasser lassen. Ricardo tut, wie alle hier, dreht den Wasserhahn auf und putzt sich mit der linken Hand. Der Hand, mit der man nicht isst.
Und dann geht die Tür auf. Acht Wachebeamte kommen mit einem schweren Kessel und Stapeln von Plastiktellern. Auf die wird ein Schöpfer Bohnensuppe geknallt. Jeder Häftling einen Teller. Max graust bei dem Gedanken an die Bohnen und wie die wieder rauskommen. Aber Ricardo isst den Eintopf und sagt, er ist gut. Und Max isst auch. Bohnen sind nahrhaft, haben Eiweiß. Eiweiß braucht der Mann, das hat Notburga gesagt, wenn Max nicht essen wollte.
Max hat gedacht, sie wären in der Hölle, als man sie allein in einen Raum eingesperrt und an einen Sessel gefesselt hat. Das war erst die Vorhölle. Jetzt sind sie in der richtigen. Hier wird gedealt. Mit Drogen und Betten. Max kann ein Drittel Bett haben, wenn er zahlt. Aber Max will nicht im Bett mit zwei anderen liegen, die sich seit Wochen, Monaten nicht gewaschen haben. Oder nur eine Hand.
Ricardo mietet ein Drittelbett für zehn Euro die Woche, liegt ganz außen, schnarcht in der Nacht um die Wette mit seinen Bettgenos-

sen. Max hockt sich auf einen hölzernen Schemel und lehnt sich an die Wand. Der Geruch von Eiter und Fäulnis steigt ihm in die Nase. Neben ihm hat sich einer hingelegt, dessen Wade eine einzige Wunde ist. Die Maden tun sich am offenen Fleisch gütlich. Max muss gehen. Vor Müdigkeit beginnt er zu zittern. Die Schemel sind jetzt auch alle belegt. An der Wand ist gerade so viel Platz, dass Max im Stehen schlafen kann. Zwei, drei Stunden. Und morgens kräht der Hahn auf dem Mist. Max muss nachdenken. Wie soll er denken, wenn er nicht einen Augenblick Ruhe hat? Nicht einen Augenblick. Zu jeder Tages- und Nachtstunde ist es so laut, dass Max nicht einmal mit Ricardo reden kann. Er hört ihn kaum. Die Gefängnishalle ist eine Landkarte aus Gerüchen. Max sucht nach weißen Flecken. Es gibt sie nicht. Die gelben sind besser als die braunen. Oder die bunten.
Zwei Stunden hinaus an die frische Luft. Alle wollen hinaus, wollen die Ersten sein draußen, im Freien. Max ist eingekeilt zwischen Leibern, die sich durch eine Tür zwängen. Hinaus in den Spazierhof. Zwei Stunden frische Luft atmen. Die Nase weit nach oben recken, den Kopf in den Nacken legen, die Wolken beneiden ums Vorbeiziehen. Gehen geht nicht. Der Hof ist voll. In einer Ecke stehen, schauen, dass rundherum genug Platz ist, an niemandem anzustreifen. Und dann wieder hinein. Es stinkt jetzt noch schlimmer als vorher. Max stolpert. Über einen Mann. Er liegt da. Hat die Augen offen. Atmet nicht. Max schreit nach den Wachen. Es kommt keiner. Ein junger Bursche sieht Max neugierig an. Fragt, warum er schreit. Max deutet auf den Toten. Liegt schon seit drei Tagen da. Es gab eine Messerstecherei. Da ist der eine erstochen worden. Ist aber besser als verwundet werden. So wie der, den Max schon gesehen hat. Der mit den Würmern im Bein.
Der Junge spricht gebrochen Italienisch. Ist Student. Hat in Rom studiert. Aber dann haben sie ihn an der Grenze geschnappt. Er musste

den ganzen Koffer ausleeren. Da war nur ganz wenig drin. Ein paar Briefchen halt zwischen den Unterhosen und in den Turnschuhen. Das meiste hatte er geschluckt. Aber sie haben es gefunden und ihn ins Loch gesteckt. Und Max ist verzweifelt und will die trostlosen Geschichten nicht mehr hören. Nichts mehr von Drogen und Armut, Tod und Teufel.

Es fängt im Bart an zu kitzeln und zu jucken, und dann in den Achselhöhlen und in der Schambehaarung und dann im Haar. Max fragt Ricardo. Ja, der Bart lebt. Ricardo schabt zwischen den Beinen und kratzt sich die Kopfhaut blutig. Und es hört nicht auf zu jucken. Überall. Überall.

Der Direktor sagt, es gibt keine Läuse in Salé. Er hat eine Einzelzelle für Max und Ricardo. Große Vergünstigung für die zwei Ausländer. Es wurde interveniert. Von wem? Der Direktor zeigt nach oben. Asis, alter Freund.

Max steht eine Stunde lang unter der Dusche, rasiert sich Bart und Kopf und auch zwischen den Beinen. Die Tiere versuchen, sich vor der Flut im Abfluss zu retten, es gibt kein Erbarmen. Keiner wird gerettet.

ABGESANG

Ich sitze im Kofferraum meines Wagens, der Deckel steht offen, ich binde mir die Bergschuhe zu, stehe auf. Es ist ein strahlender Herbsttag. Eine kleine Tour auf den Falzeben, ein paar Stunden hinauf gen Himmel, den Unerreichbaren.

Die Mail kam Anfang Jänner. Max Leitner und Ricardo Bernatoni hinter Schloss und Riegel. Und eine Eingabe. Die Idee war abstrus genug, dass sie nur von Leitner stammen konnte. Er suchte um politisches Asyl in Marokko an, weil er von den Behörden in Italien verfolgt würde. Dem Ansuchen wurde nicht stattgegeben. Worauf er sich an uns wandte, wir sollten ihn nach Italien zurückholen. Kurz überlegte ich, das Schreiben zu ignorieren. Verloren gegangen. Oje. Blöderweise hatte Sofia ein neues Steckenpferd. Sie recherchierte freiwillig und ohne Bezahlung für Amnesty International und verfasste Berichte über die Zustände in Gefängnissen. Die in Marokko gehörten nicht zu den Vorzeigeinstituten. Ich ließ Leitner nach Carinola bringen.

Wir sind zusammen alt geworden. Mein weißer Wal und ich. Und ich frage mich, ob es ein Wal war, dessen Konturen ich unter dem Wasser sah, oder ob ich einer Schimäre hinterhergejagt bin wie einst der unglückselige Bellerophon. Jetzt sehe ich, dass es nicht die Bestie war, die mir ein Bein ausgerissen hat, ich war es selbst. Ich habe mir ein Bein ausgerissen und selbst als ich einbeinig hinter dem Schemen herhinkte, verstand ich nicht. Gut, sagten die Moiren oder Erinnyen oder wer sonst meinen Lebensfaden gesponnen hat. Wenn denn das Bein nicht genügt, nehmen wir dein Herz. Und auch hier war es nicht Moby der Schlaue, sondern jener Krake, der sich mit seinen tausend Tentakeln überall in Italien festgesaugt hatte. Die

Moiren meinten es gut mit mir: Sie haben mir mein Herz wiedergegeben. Als ich Pippa in die Arme schloss, war ich endlich bereit, meinen Wal ziehen zu lassen.
Er hat es noch einmal versucht. Ein Pfarrer ließ ihn entkommen, klassisch während eines Hafturlaubs. Leitner versteckte sich, drehte ein Video, das er über YouTube verbreitete. Sie haben ihn wieder eingefangen, so wie jedes Mal.
Sein Herz ist schwach geworden, höre ich. Es will nicht mehr schlagen. So ist also Stacheldraht und dicken Mauern gelungen, was wir nie geschafft haben: einen Unbeugsamen weichzuklopfen. Er saß wieder ein, wurde schließlich in Hausarrest entlassen. Es ist nicht gutgegangen. Ein Gutachten bestätigte: Leitner findet sich in Freiheit nicht mehr zurecht. Er kam wieder in den Bau. Bis sich dann doch einer fand, der ihn bei sich aufnahm. Bald hat er seine ganze Strafe abgesessen und sollten sie mich fragen, werde ich sagen: Lasst ihn frei. Es ist genug.
In Sizilien hat der Krake hat jetzt weniger Arme. Wenn ich über die Insel fahre, prangt das Etikett an Geschäften und landwirtschaftlichen Genossenschaften: Addiopizzo. In Neapel aber wachsen die Jungen nach. Sie gehen nicht zur Schule, sie finden keinen Job, ihre Eltern waren auch bei der Camorra, viele von ihnen sind tot. Freedom is just another word for nothing left to lose.
Ich habe Pippa nicht gefragt, ob sie mitkommen will. Sie wandert nicht gern, liegt lieber am Strand und wischt auf ihrem Smartphone herum. Inzwischen aber hat die Schule begonnen, wir schicken sie auf ein deutsches Gymnasium – das hat einen guten Ruf. Wenn ich nach Hause komme, wird Sofia mir vorlesen, was sie an Präsident Erdoğan geschrieben hat oder schreiben wird, der nicht müde wird, Journalisten zu drangsalieren. Ich werde schweigend zuhören. Sie wird sagen, ich könne mein juristisches Wissen auch einmal für Gu-

tes, Sinnvolles einsetzen. Ja, werde ich sagen. Ich fange morgen damit an. Morgen ist ein guter Tag.
Über meinem Kopf kreist ein Milan. Er ist dem Himmel näher.

Dichtung und Wahrheit
Nachwort

Die Frage ist alt. Jedenfalls so alt wie die Griechen. Oder älter. Vielleicht haben sich schon die Menschen in Cro Magnon gefragt, warum der Maler, als er auf der steinzeitlichen Vernissage das Bärenfell zur Seite zog, um sein Werk zu zeigen, nur die obere Hälfte des Pferdes gemalt hatte, und was er damit sagen wollte. Wir wissen es nicht. Die Griechen jedenfalls haben darüber nachgedacht. Speziell Platon hat über die *methexis* spekuliert, das Verhältnis der Dinge (und Handlungen, Ereignisse) zu den Ideen darüber. Denn dass diese nicht deckungsgleich sind, war klar. Der Komponist Morton Feldman, rigoros dem L'art-pour-l'art-Prinzip verpflichtet, meinte sogar: „Die Kunst lehrt nichts über das Leben – und Leben nichts über die Kunst." An eine Katharsis im aristotelischen Sinne, als Läuterung der Seele durch das Mitfühlen mit dem Helden der Tragödie, mochte er also nicht glauben. Ich auch nicht. Dennoch denke ich, dass es eine Beziehung zwischen Kunstwerk und realem Leben gibt. Dass die Kunst etwas widerspiegelt, was in uns hineinscheint und ein Wiedererkennen evoziert. Wir fühlen uns berührt – oder eben nicht.

Laut Karoline Exner war für Hegel nur die griechische Tragödie eine echte. Denn nur der unschuldig schuldig werdende Held sei ein tragischer. Ist Max Leitner in diesem Sinn ein tragischer Held? Mag sein. Er jedenfalls hat seinen Weg gewählt. Wie sehr er das freiwillig getan hat, kann ich, obwohl ich nun viel Zeit mit ihm verbracht habe, nicht sagen.

Seine Familie und sein Umfeld haben sich dieses Leben nicht ausgesucht, es wurde ihnen aufgedrückt – ein Stempel, nach dem sie nicht

verlangt haben. Die Menschen in seinem Umfeld, Max Leitners Eltern, Geschwister, Frauen, Nachkommen, sind daher zu schützen. Die in diesem Roman geschilderten Personen sind nicht real, nicht einmal realen Personen nachempfunden. Es gibt sie nicht.
Ebenso wenig wie Max Leitners Antagonisten, den Staatsanwalt Fabio Pagano. Er und seine Familie sind erfunden und ergo auch alles, was diesem Staatsanwalt widerfährt. Die geschilderte Kindesentführung hat nie stattgefunden.
Dennoch folgt dieser Roman Max Leitners Spuren und viele der unglaublichsten Episoden haben sich tatsächlich zugetragen. So hat sich Max Leitner – eigener Erzählung zufolge – tatsächlich etwa einen Monat lang auf der Halbinsel Isola Verde in einer Dornenhecke versteckt, und er hat tatsächlich der Polizei ihre Lebensmittelvorräte geklaut. Bei einer späteren Verhaftung ist er wirklich in einer Hundehütte gesessen und hat – in der Not – Hundefutter gegessen. Und in Marokko ist er laut seinen Angaben gefoltert worden.
Aber selbst diese Passagen sind in meinem Kopf entstanden und wenn man Max Leitner fragte, würde er wohl sagen: So ist es nicht gewesen …

Dank

Ich bedanke mich bei der Edition Raetia und Projektmanagerin Eva Simeaner, dass sie mich gefragt haben, ob ich über den Ausbrecherkönig Max Leitner einen Roman schreiben will. Ich ließ mir das Material schicken: und ich wollte. Eva Simeaner hat engagiert das Prozedere der Entstehung und das Marketing koordiniert. Und alles mit einem Lächeln.

Der Verlag hat mich großartig unterstützt, und zwar schon bevor ich mit der Arbeit begonnen habe. Debora Nischler, Mitarbeiterin der Edition Raetia, hat Max Leitner zweiundzwanzig Stunden lang interviewt und das Interview transkribiert und in eine lesbare Form gebracht. Wer einmal auch nur eine Stunde Interview transkribiert hat, weiß, wie viel Arbeit das ist. Auch dafür: vielen herzlichen Dank!

Empfohlen hat mich Eva Rossmann, der ich inzwischen schon so viel schulde …

Der Zeitrahmen war eng. Dass der Roman in so kurzer Zeit entstehen konnte, verdanke ich zwei Institutionen, die mir unbürokratisch und schnell jeweils ein Aufenthaltsstipendium für Südtirol zuerkannt haben. Im Juli 2019 durfte ich im Rahmen der Franz-Edelmaier-Residenz für Literatur und Menschenrechte rund zehn Tage in Meran verbringen. Dafür danke ich der Schriftstellerin Michèle Minelli, die mir das Stipendium ermöglicht hat. Im August verbrachte ich weitere zwei Wochen in St. Michael/Eppan in der schönen Wohnung, die mir der Verein Goldgasse Eau & Gaz Residency zur Verfügung gestellt hat. Ich bedanke mit bei Kathrin und Sarah Oberrauch, es war ein wunderbarer Aufenthalt.

Beide Stipendien habe ich intensiv genutzt, um zu schreiben und zu recherchieren.

Und ich bedanke mich bei meinem Lektor Joe Rabl. Er hat sensibel und klug in das Manuskript eingegriffen und den Text besser gemacht. Ich war/bin für jeden Hinweis dankbar.
Schließlich bedanke ich mich bei dem Autor Robert Buchschwenter, der gerade an einem Drehbuch zu Max Leitner arbeitet, für interessante Gespräche und Gedanken über die Person Max Leitner.
Judith Niederwanger und Alexander Pichler haben bei der Edition Raetia einen Wanderführer herausgegeben: „Die schönsten Touren und Fotospots in Südtirol". Das Buch schildert die Wanderungen ausführlich und eindrücklich, das war sehr hilfreich.
Last but not least bedanke ich mich – wie immer – bei meiner Familie, meinem Mann Helmut, der mich bei den Lesungen auf dem Akkordeon begleitet, und meinen Kindern, den Zwillingen Josefine und Antonin. Ihr wisst ohnehin, wofür.

AUTONOME PROVINZ BOZEN SÜDTIROL
PROVINCIA AUTONOMA DI BOLZANO ALTO ADIGE

Deutsche Kultur

Mit freundlicher Unterstützung der
Südtiroler Landesregierung, Abteilung Deutsche Kultur.

1. Auflage
ISBN: 978-88-7283-703-0
Foto Umschlag: Max Leitner, fotografiert von Gerd Eder
Grafisches Konzept und Druckvorstufe: Philipp Putzer
Lektorat: Joe Rabl

Anregungen an info@raetia.com
Unser gesamtes Programm finden Sie unter www.raetia.com

RAETIA